一名记者的
红色印记寻访

滕新书 著

中国海洋大学出版社

·青岛·

重印说明

2019年7月，《一名记者的红色印记寻访》首次印刷，《烟台日报》《烟台晚报》《今晨6点》等烟台报纸和网络媒体均予以报道，《人民日报海外版》、新华网、《解放军报》也先后报道，人民网、中国军网等网站多有转载，笔者所在的烟台日报社退休总编辑王永福手书评论，发表在《烟台日报》；曾任中华人民共和国中央军事委员会副主席、国务委员兼国防部部长的迟浩田将军题字点赞："传承红色基因 弘扬浩然正气"，并回信勉励笔者："与时俱进，再创辉煌"。

该书除了被普通读者阅读和文史爱好者收藏外，也被一些县市区的组织、宣传、文化等部门和学校、企事业单位作为"不忘初心、牢记使命"教育活动的学习材料，一些单位还邀请笔者前去进行专题讲座，分享学习心得。

2021年1月，该书入选烟台市委宣传部、烟台市文联和烟台市文旅局评选的"2019—2020年度烟台市优秀文艺作品名录（文学类）"。

时值中华人民共和国成立七十周年，该书出版当年即已售罄，但至今一直被读者所期盼。鉴于2021年是中国共产党成立一百周年和抗美援朝出国作战七十周年，本书特增加部分内容再次印刷，以飨读者。

本次重印增加内容，包括迟浩田将军的题字、王永福的书评《寻访历史印记 传承红色基因》、烟台市革命老区建设促进会红色文化研究部部长邵文兵的《致敬胶东革命老区》以及笔者写于今年的一篇报道《特等功臣王学风烈士的家乡在海阳》。

为滕新吉同志新作点赞

传承红色基因
弘扬浩然正气

迟浩田

庚子年夏北京后海

在红色土地上寻找红色印记

　　新闻记者不仅是时代的记录者，更应该是事实的挖掘者和历史的传承者。新闻就像矿藏，只有像矿工一样顺着矿脉的线索去努力挖掘，才能采写到真正有价值的新闻——从这个意义上说，不是矿工的记者不是好记者。而要传承历史，很多时候需要记者去探寻被尘封的事实真相。本书收录的作品，不仅有对健在的革命功臣的采访，有对牺牲的革命烈士事迹的追寻，有对革命后代寻找先辈印记的记录，更有当代人对革命前辈战斗历史的挖掘、整理和对他们革命精神的传承。

　　胶东在中国革命史上具有举足轻重的地位，是一片红色的土地。

　　在这样一片红色的土地上，作为烟台日报社的记者，在二十五年的新闻工作中，我采访过很多与红色印记有关的人物和事件。与以往出版的一些回忆革命前辈的作品不同的是，这里收录的不是广为人知的史料，而多是我自己挖掘、采写的革命前辈鲜为人知的壮举和事实，其中的寻访历程，既是对革命前辈的崇敬和缅怀，也为历史留下了永远的记忆。除了做一个忠实的记录者，我还找到了令侵华日军敬佩的招远跳井烈士牺牲的准确地点；找到了一对胶东八路军夫妻当年演绎《柳堡的故事》的地方，吸引了一批英雄后代前来寻找父辈战斗的足迹；找到了一位革命前辈兄长的牺牲地，弥补了他们一家人七十年的遗憾；找到了当年救治任常伦的群众和任常伦当年救出的战友，了解了任常伦牺牲的真相；找到了几位志愿军烈士的国外安葬地，了却了他们后人的心愿；特别是历时十年之久，通过一位志愿者从朝鲜墓地捧回的一把土，让一位安葬在朝鲜的志愿军烈士魂归故里；帮助作为革命后代的日本遗孤寻找亲生父母，消除了她一些遗憾。在寻找令侵华日军敬佩的招远跳井烈士时，我一下子发现了三位跳井牺牲的烈士的事迹，不由让人心生感慨：还有多少烈士壮举被湮灭在历史的尘埃中啊！

新闻是易碎品。今天的新闻就是明天的历史，我对红色记忆的挖掘、采访和报道，不仅是为了缅怀革命前辈、教育当代人，还可以作为明日历史的备忘录，使其不至于湮灭在历史长河中。

除了一篇因为版面原因没有发表之外，本书收录的文章都发表在烟台日报社创办的《烟台日报》《烟台晚报》《今晨6点》上。编汇此书时，作者对部分文章的标题、内容等做了技术性的修改。为便于阅读，书中收录的消息、通讯都删去了电头和署名，其中两篇与他人合作的文章后有备注。书中作品基本按照历史或逻辑关系排序。除了第一部分引用作家萨苏的两篇博客文章外，附录均为他人作品和文字。

滕新书

2019年3月27日

致敬胶东革命老区

胶东，这片红色的土地，为中国革命和建设做出了突出贡献，具有极其重要的地位。无数革命先烈把宝贵的鲜血抛洒在这块热土上，为后人留下了可歌可泣的故事。作为一名记者，滕新书多年如一日，将笔锋伸向历史的深处，先后采写了近两百篇与红色印记有关的报道，并出版了这部革命历史题材报道作品集——《一名记者的红色印记寻访》。读着书中的作品，感觉到他是有情怀的，他的心是热的，他是一名有责任感的记者。更难能可贵的是，与很多照搬史料或者单纯听革命前辈及其亲人回忆、讲述不同的是，他不是单纯地作为一名记录者去倾听、转达，而是像专业的历史学者一样抱着治史态度严谨考证，以独特的视角探索历史，根据一些线索去挖掘被遗忘、被忽略或被埋没的史实，甚至通过自己的努力去帮助当事人解决一些实际问题，从而写出了一些现实性很强的新闻报道。所以，他的这些新闻作品不像一般新闻那样是易碎品，他的这些作品具有独有的感染力、震撼力、渗透力，也经得起历史的检验。而且，他这种带着情怀去工作的态度也是可资借鉴的，有了这种态度，做任何事情都会成功的。

胶东地区是山东红色革命的发祥地之一，是中国进行红色革命最早的区域之一。1920年，烟台海军学校的学生李之龙和郭寿生加入了北京大学马克思学说研究会，自此，马克思主义的萌芽在胶东大地上生长、壮大。1921年秋，胶东地区开始了党团活动，建立和发展共产党组织，逐步成为受共产党影响较多的重要地区。在党的领导下，胶东地区建立起一支觉悟高、战斗力强的革命先锋队，并在昆嵛山区保存了一支红军游击队。到1949年9月，胶东地区的共产党员已发展到三十二万四千二百三十三名，占全国党员总数的7.23%。胶东党组织的发展壮大是胶东革命取得胜利、走向辉煌的根本原因。

在胶东地区，人民群众积极开展减租减息、土地改革和经济建设，积极支援全省、全国的革命事业。在抗战最艰难的1942年和1943年，胶东地区贡献的对抗战来说最重要的公粮占山东抗日根据地的42%以上。胶东农业在全省抗战和解放战争中发挥了极为重要的作用。为保证军需民用，胶东人民创办了北海银行和兵工厂，金融贸易、交通运输等各项事业快速发展，胶东由此成为山东乃至华东地区的财政支柱和战略物资的主要供应基地。胶东根据地的黄金生产为根据地经济建设和中国革命做出了特殊贡献。据不完全统计，仅抗战时期，胶东地区就为党中央秘密运送黄金十三万两，为共产党提供了重要的经费来源。

解放战争时期，为保卫胶东根据地，英雄的胶东人民响应党中央号召，先后掀起五次大参军高潮。从1946年7月到1949年3月两年多的时间，胶东地区有二十八万多人参军。特别值得一书的是，在解放战争时期，胶东走出了解放军四个野战军。

我们都知道一个经典说法，解放战争的胜利是老百姓用小车推出来的！在莱阳，赤山一日之内就有五百名青年报名参军，组成了有名的"赤山营"，山前店有一百五十多人组成了"山前连"。在淮海战役纪念馆里有一根小竹竿，现在是国家一级文物，它是莱阳农民——华东支前英雄唐和恩参加淮海战役支前时随身带着的。当年，每经过一个村庄，他都把村庄的名字刻在小竹竿上，最后一共刻下山东、江苏、安徽三省八十八个村庄的名字。一个普通的老百姓，推着小推车，冒着连天炮火，忍着严寒饥饿，跟着我们的军队走了几千里路——唐和恩是胶东地区二百八十万支前民工的优秀代表！胶东地区的支前民工抬着担架、推着小车、赶着胶轮大车，浩浩荡荡，跟随解放大军从胶东走向山东，走向华东，走向全国！史料记载，为支前，胶东人民无偿提供大小车辆八十一万辆、担架七十三万副、牲畜二十四万头、船只一千六百六十四艘、粮食二十亿斤、军鞋一百二十四万双。

在长期的革命斗争中，中国共产党始终与人民群众同呼吸、共命运。1942年冬季，日、伪军对胶东抗日根据地的"拉网合围"大"扫荡"中，胶东军区十三团的十名战士到东海区执行任务，返回途中在马石山与敌人遭遇。为了救护被围在火网里的人民群众，他们数次往返冲杀，全部牺牲。在这次反"扫荡"中，为救护群众而牺牲的指战员还有胶东行署警卫连十八勇士、胶东军区十六团团部及部分营连一百余人、胶东军区十七团和东海独立团零星部队、胶东兵工厂警卫排战士、胶东抗大部分师生、西海军分区警卫部队等等。这些被围在火网里的胶东部队，在没有上级统一号令、各自为战的情况下，全都自发地做出了同样的选择——用自己的生命和热血救援身陷绝境的群众！各部队舍生忘死，奋勇拼杀，整班整排整连的指战员血洒青山，谱写了一曲曲党群同心、军民一家人、生死与共的英雄赞歌……

这些只是胶东红色印记的点滴！胶东，是红色的土地；胶东人民，是英雄的人民！

烟台既是一座国家历史文化名城，又是一座有着光荣革命传统的英雄之城。在革命和建设的历史进程中，烟台是革命老区中的发达地区，是发达地区中的革命老区。这片土地有如此辉煌的成就，自有其独特而深厚的土壤。这些年来，党史工作者、红色文化工作者和不少新闻记者一直在整理、挖掘这片土地上的红色印记，取得了丰硕的成果，这本《一名记者的红色印记寻访》，无疑是万花丛中一朵格外鲜艳的花朵。滕新书的执著追求也在提醒催促我们：不要等历史远去才追悔莫及，趁尚有革命前辈健在，趁革命的见证者尚有记忆，我们应该尽快地以严谨的考证精神去抢救、挖掘，以此致敬胶东革命老区，以此致敬革命前辈，以此致敬中国革命！

邵文兵

2021年6月7日

（邵文兵，烟台市革命老区建设促进会红色文化研究部部长）

寻访历史印记 传承红色基因
——读《一名记者的红色印记寻访》

烟台日报社记者滕新书，前几天登门送来新作《一名记者的红色印记寻访》，请我这个退休多年的老新闻工作者阅后谈点意见，盛情难却，匆匆写下如下感想，借以同作者与读者交流。

通览全书，才知作者历经数年，对抗日战争和解放战争中发生在胶东大地的革命历史故事和英雄人民浴血奋战的英勇事迹做了广泛深入的采访，呈现在读者面前。这是一本回顾历史、缅怀先烈、重新焕发革命英雄主义和爱国主义的生动教材。在庆祝中华人民共和国成立七十周年的历史背景下，推出这样一部著作同读者见面，恰当其时。

胶东大地是一片革命圣土。在战争年代，这里的广大人民群众在党的领导下奋起抗敌，踊跃参军参战，不怕流血牺牲，为夺取革命战争的胜利、建立红色政权，做出了不可磨灭的贡献，载入史册。

随着历史的发展，战争的硝烟散去，除了一些重大历史事件和突出英雄人物永远留存在人们的记忆中，有些历史故事和人物事迹逐渐淡出人们视野，印象模糊，甚至湮灭。

列宁同志有句名言：忘记历史，意味着背叛；习近平同志谈到，"希望广大党员、干部认真学习党史、新中国史，深刻认识红色政权来之不易、新中国来之不易、中国特色社会主义来之不易"。历史不能忘记，革命的英雄故事要永远讲下去，红色的基因要代代传承，保证江山千秋万代不变色，推动社会主义光辉事业不断向前发展。

滕新书正是出于这种历史担当，自觉地挑起讲好革命故事、努力传承红色基因的重担。他深有体会地告诉我："作为一名记者，我希望自己能为后人留下一点记录，特别是那些革命前辈用鲜血和生命染红的足迹，我不想让他们消失在历史的长河中。"

作者对发生在胶东这片红色土地上的许许多多革命故事，做了广泛的、多侧面的寻访和深入挖掘，从壮烈牺牲的烈士到活在当下的英雄人物，从勇于奉献的英雄壮举到革命乐观精神和革命爱情故事，乃至特有年代的历史人物，在力所能及的范围内都进行了收集和记录，希望为现在进行革命传统教育提供生动素材。

为了这一美好的愿望，作者的足迹踏遍了胶东城乡，寻访健在的当事人，探寻烈士的归宿和遗迹，辨识历史事实的真伪，甚至追溯新的历史线索，一丝不苟，充分尽到了一名记者追求事实真相的职业使命。

正如作者所说："这里记录的不是广为人知的史料，而多是我自己挖掘采写的革命前辈鲜为人知的壮举和事实。"他不道听途说，不人云亦云，一切以真凭实据为准。

比如，胶东战斗英雄任常伦，在胶东大地家喻户晓，老幼皆知。作者没有满足已有的文字记载和民间传说认定英雄是中弹牺牲在战场上。他通过广泛寻找英雄的战友和一些当事人，最后得出结论：英雄在最后的白刃战中连续刺死多个日本兵，被背后的日本兵刺中倒在血泊中，群众用担架把他从火线抬到后方医院，后来不幸牺牲在医院里。

尽管中弹牺牲依然不失任常伦的英雄本色，但记录事实真相、反映本真事态，是记者的神圣职责。而且，笔者认为，在子弹打光了、手榴弹用完了的情况下，坚持战斗更能彰显"人在阵地在"的顽强精神——英雄牺牲在白刃战中，更体现了其大无畏的英雄形象。滕新书对一个个历史事件和人物形象都像对任常伦的事迹寻访一样，保持了追求事实真相的精神，对英雄负责，对读者负责。

新闻是明天的历史，历史是昨日的新闻，两者既不相同，又存在相互转换的辩证关系。记者，顾名思义，是今天新闻的记录者和传播者，但在特定的历史条件下，历史事实也可以具有新闻性，为现实服务。无疑，《一名记者的红色印记寻访》的内容，是过去那个年代的陈年往事，早已成为历史，好像同新闻采访和宣传不搭界，但在纪念中华人民共和国成立七十周年的新的背景下，在大力宣传和弘扬革命传统、传承红色基因的新形势下，这本书无疑具有现实针对性，具有新闻价值，成为向群众进行革命传统教育、树立社会主义人生价值观的生动事实，滕新书尽到了一名记者的使命担当。

读过滕新书这本厚厚的新作品，面对着他的新作为，我不禁联想到作者初进烟台日报社时的往事和小插曲。那是在1994年底，滕新书拿着一叠发表过的作品原件和其他文字材料来到我的办公室，毛遂自荐想进烟台日报社做采编工作。我当面翻阅了他带来的材料，觉得有基础，是可用之才，但看到其简历，发现学历为大专，不符合当时报社的进人条件。因为当年我担任烟台日报社总编后做出一条规定：编采岗位，对新闻和文学专业人才的要求是全日制大学本科以上学历，其他专业为硕士研究生以上学历。当时，我想以此硬性规定回绝他，当即问了句："你是专科毕业？"滕新书意识到我这句问话的用意，当机立断表态："王总，我虽是专科毕业，但只要您给我机会，我保证将来干得比本科生都好。"这种斩钉截铁、充满自信的表态打动了我，我当即拍板，同意其进报社试用。

时隔几年后，我就从总编岗位退下来，再没有同滕新书接触。二十多年后的去年6月，因为报道烟台果树专家、我的好友刘志坚，滕新书与我见过一面，还未曾说过他要出这本书。想不到，前几天，他呈上了一本厚厚的作品专集，以实际行动向我证实，他当年的表态不是自我吹嘘，而是付之踏踏实实地奋斗，卓有成效。我翻看他这些年的成绩表，他采写的稿件不仅在烟台日报社旗下的报纸发表，还见之于国家和省级报刊，多年来获得过全国和省级新闻奖，连续三年获得烟台日报社"十佳记者"称号，2018年11月又获得烟台"全市优秀新闻工作者"称号。

实践证明，我当年破例让滕新书来到报社编采岗位的决定没有错。事实说明，重学历而不唯学历的辩证用人之道有利于人尽其才，而主观努力和个人奋斗永远是人才成长的正确道路。

王永福

（2019-10-31《烟台日报》）

（王永福退休前任烟台日报社党委书记、总编辑）

目
录

第十二章   "红二代"关注烟台红色文化

后记

第一章
寻找日军记载的招远跳井烈士

2014年，我在作家萨苏的新浪博客中看到一篇文章，提到侵华日军桑岛节郎归国后写作的《华北战记》曾记载了招远一名八路军地方干部被俘跳井的事迹，并为此呼吁寻找这位烈士牺牲的地点。

萨苏的这篇文章是2010年发表的，当时引起了很多人关注、留言，多家媒体也做过报道，但都没有找到这位烈士牺牲的具体地点。

2014年9月至10月，我多次赶赴招远，走访近十个村庄，联系数十人，终于找到了这位无名烈士牺牲的地点。与此同时，我也寻访到许多其他英雄的事迹，包括其他两位跳井牺牲的烈士，前后写出五篇报道。

在这一寻访过程中，我没有单纯地相信当地村民的说法，而是根据桑岛节郎书中提供的线索与他们的说法进行比对，根据各种证据排除了他们最早认定的那位烈士；随后，又根据各种情况进行推理、计算、分析，根据当年日军经过的地点，结合部队的行军速度和行走的时间确定其行军路线，再从路线沿途的村庄打听，最后得到线索，找到了桑岛节郎记载的招远跳井烈士牺牲地点——之前，萨苏根据读者提供的线索，在博客文章里认定他们找到了那位烈士，外界也一致认定了其结论，如果我不到现场采访纠正，恐怕外界就会以讹传讹，那位烈士就可能永不为人所知了。

这五篇系列报道发出后，也引起很多读者关注，不少人陆续提供了一些当年抗战英雄的线索，我因此接连采访报道了当地一些革命故事，不仅弘扬了革命先烈的丰功伟绩，也使更多的读者受到了爱国主义和革命主义的教育，认识到今天的幸福生活来之不易。

在这几次采访中，我的女儿、时年十八岁的滕艺，利用假期几次跟随我采访，帮我拍摄照片，也获得了不少教益，可见言传身教的作用。

萨苏介绍的侵华日军桑岛节郎的《华北战记》，给我们提供了另一个了解当年革命前辈英雄事迹的视角，因为处于敌对的立场，侵华日军对这些英雄的记录可能会更真实一些——一个侵华日军认为是"了不起的、有着坚定信念的"的八路军干部的壮举，胜过我们用一堆形容词的赞美——从这个意义上讲，当年与革命战士对阵的侵华日军的感触，也是我们衡量英雄的一把尺子。

在寻找招远跳井烈士期间，我们也了解到一些以往史料不曾记载的细节，像日军投降后吃饭担心被投毒的恐惧，看老百姓恨他们就转过屁股让老百姓打，等等，让人听了忍俊不禁。

作为记者，除了基本的了解、记录事实外，还应该依靠自己的学识和能力去分析、判断事物的真假，挖掘事件的真相，才能避免被假象或错误的表象迷惑，为读者提供真实可靠的报道，不至于为历史留下迷雾，甚至是错误。

（一）萨苏曝出日军记载招远烈士故事

2010年11月11日，著名军史专家、日本问题专家、作家萨苏在新浪博客发表了一篇文章——

我们能找到他吗？

——日军记载的无名战士

写这篇文章的时候，心中其实只有一个想法——我们能找到他吗？

如果能找到，想到他的墓前，献一束花。

桑岛节郎，《华北战记》的作者，在《齐山之战》一节中，写下了一段他的亲身经历，那是他在1943年一次扫荡中的经历。我想，萨苏唯一能做的，就是把它完完整整地翻译过来——

昭和十八年（1943年）一月七日随下店据点的官兵轮换回中队部休整，我终于回到了阔别三个月的医务室，从那些老兵们的吼叫声中解放了。青木忠三郎上等兵代替我去下店担任卫生兵，中队这里我还有一个同事，是长浜升上等兵。

"好了好了，总算安生一些了。"就在我刚刚这样想的时候，当天夜里，又接到随队出发的命令。时在夜十一点三十分，外面大雪纷飞。讨伐队由一个指挥班、两个小队、一个机关枪分队组成，此外还有县警备队的一个中队。日军驻屯的各县县城，都有两个中队以上的县警备队，一般行动时都会留一个中队担任留守。不过，县警备队战意低迷，没有足够的战斗力。

在大雪中跋涉，没有说话的欲望，所以大家都默默无语，埋头行军。我今天穿得有些少。本来应该穿羊毛的防寒裤，结果只穿了一条薄薄的军裤，寒冷的感觉从脚下一直升上来，下半身冷得厉害。天快亮的时候，雪停了，所见之处都是白皑皑的雪原。我们踏雪前进，在拂晓突袭了位于招远县北部一个叫作石栅的村庄。但是，八路军早已转移了。"也许还有躲藏起来的，进村，彻底地搜！"带队的中队长下达了这样的命令，挨家挨户的搜查终于有了结果，我们抓到一名年轻的地方干部（日语为"工作员"）。

因为按照计划第二天还要继续战斗，这一天我们准备到招远县北部招远与龙口之间的要冲槐树庄宿营。于是，吃完早饭后我们出发。

我在昭和十七年（1942）十一月参加作战的时候，带的是长枪，不过这一次没有带，只在腰间的皮带上佩一支毛瑟式手枪。我编在指挥班，班长寺岛辰三军曹对我下令道："桑岛，你，拉着俘虏走。"那名干部被双手反剪捆绑着，寺岛把绳子的一端扔给我牵着。

这名八路军干部看起来二十四五岁，个子不高，但目光锐利。他留着偏分的头发，皮肤白皙，堪称美男子，是一个让人看来干练而有气度的年轻人，穿着一身新便服。

我能讲磕磕巴巴的中国话。在青岛陆军医院进行卫生兵教育培训的时候，我曾经向忘记了名字的一名药剂少尉学中国话，一个星期一小时，先后学了四个月。在下店，也曾经和县警备队的队员接触，于是，也算是能懂一点中文。

"你多大年龄？"

"到了招远就要杀你啦。"

我这样对俘虏说。但是，我的话对他仿佛是耳边风，他连看也没看我一眼。就这样一言不发地走了两个小时。突然，他转向我站定，开了口："这场战争，最后的胜利一定属于中国。看不到祖国的胜利就要死了，真遗憾啊。"

他镇定地说完这句话，猛然间高呼一声："中国共产党万岁！"冲了出去，纵身跳进路边的一口水井，投井自杀了。这一切都发生在令人错愕的一瞬间。这时，众人才叫着："怎么了？"赶到井边来看。第二小队第一分队队长小泉佑司伍长道："要死，就成全他吧。"一边说，一边举起步枪，朝井中连打了五枪。

行军的时候，我把俘虏的绑绳一圈一圈挽在自己手上，但是鬼使神差地，在发生跳井的事情之前，我把绑绳多余的部分拴成了一个绳捆，自己只拉着最后的一小截。于是，当他冲出去的时候，才来得及急忙放手，而没有被他带进井里去。山东半岛雨水不多，所以有田的地方往往都挖有灌溉用、很深的井，井口与地面几乎是齐平的。这次出事的井，就是这样的。

"桑岛，你幸运啊，没让八路拉了同归于尽。"在我趴在井口向下看的时候，寺岛军曹拍着我的肩说。

与军事相比更重视政治的八路军中，干部的地位很高。所以即便只抓住一个干部，也可以算是战果了。结果让他这样死了，肯定要被中队长"另眼相看"的吧，我想。不料柏崎中队长竟是无言，而我自己一句辩解的话也说不出来。

一瞬间，那名自杀的干部的脸浮现在我的脑海里，而且伴随着我继续行军。中国人之中有这样了不起的、有着坚定信念的青年人，让我觉得对中国人必须重新审视。设身处地想过后，满心纠结。这件事，发生在山东省招远县城北方大约十五公里的地方。

"这场战争，最后的胜利一定属于中国。看不到祖国的胜利就要死了，真遗憾。"

"中国共产党万岁！"

这两句话，是我读这段文字时最为震撼的部分。假如在电影或电视剧中看到这样的台词，我想，很多人会笑——不怪观众，怪我们的文艺工作者，演绎过太多宣传色彩浓厚的东西。

但是，在生命的最后一刻，从那位年轻的八路军口中说出的这两句话，能形容的词语，我认为只有一个，那就是——神圣。

无论今天我们怎样看，发生过的，就是历史。

在这段日本老兵写给日本人看的历史中，我们看到了自己当年曾经拥有的神圣。

这才是最让我震撼的地方。

忽然想起，在抗战烈士墓地，曾多次看到的一句题词——"民族之光"。

这名被曾经的敌人所钦佩、记录在异国文字中的烈士，牺牲的时间是1943年1月8日，被捕地点在招远县石栅村，牺牲地点在招远县。

在中文的史料中，我无法找到任何关于他的信息。

六十七年后，我们，有希望找到他吗？

附：在日本老兵的记录中，如牺牲在招远的这名烈士的事件，比比皆是。例如，桑岛在《华北战记》第四章《不断的讨伐中》，也曾记录了另外八名八路军的死。

这一次的事件，发生在那名高呼"中国共产党万岁"自尽的八路军干部牺牲后第四十天。这四十天里，桑岛所在的日军先在齐山，后在张画山头两次遭到八路军的沉重打击，特别是张画山头之战中，八路军还活捉了一名日军曹川野道角三郎（十九大队第一中队新兵教育士官，群马县出身），令日军恼羞成怒。12月20日，日军根据情报，向据称八路军五旅十三团活动的招远西方山地前进，试图夺回川野道军曹。

出发时，为了泄愤，日军将关押在招远县警察队的八名八路军俘虏（推测是地方干部）拉到县城西方六公里的一个村庄杀害。

桑岛记录了这些八路军俘虏最后的时刻——

八人中第一个被处死的，是一名刚过三十岁、身材高大、面色浅黑但两眼神气湛然的八路。

"天贺谷，为前日在齐山战死的根本（指齐山战斗中被八路军击毙的机枪手根本光明上等兵，天贺谷的朋友）报仇吧！"柏崎中队长下令道。

"哈伊"一声，天贺谷三男上等兵（茨城县西茨城郡岩濑町青柳村）出列，在俘虏面前亮出了刺刀。虽然他的动作略显紧张，但我们都明白，选择天贺谷上等兵行刑，是因为他在新兵训练时有过刺杀俘虏的经历，而且被中队长等认为是新兵中最为镇静的一个。

但是，面对刺刀，即将被杀的俘虏却没有任何畏惧，始终神色自若，这让我们深感惊讶。他的双手被绑在背后，面对有些手忙脚乱的天贺谷上等兵轻轻挺起了胸膛。一瞬间，天贺谷上等兵有些失神，但他马上调整过来，"呀"地大喊一声，一刀刺去，却偏离了心脏，刺刀贯通了俘虏的身体，从背后透出足有二十公分，闪着幽光。那个俘虏中了这一刀依然挺立，天贺谷拔出刀来，第二刀终于刺中了俘虏的心脏，他平静地倒了下来，吐出了最后一口气。

中队长等竟然一起跑过来确认他的死亡。我看到面对死亡却连眼皮都没有眨一下的俘虏，当时心中真的被震动了——这是我们做不到的。尽管民族不同，但我觉得，他们是真正为了救国大义牺牲的烈士，令人敬畏。我的心境当时就是这样的。

天贺谷的刺杀俘虏应该只是开始，另外七名俘虏已经被拉到一边，坐在地上。但看到刚才的情景，我们虽然面对他们，竟然谁也无法抬起头来去直视他们。

他们中的一名，据说是八路军招远县南部地区大队长的外甥，是二十三四岁的青年人。没有帽子，身上穿着棉袄，圆脸，光头，白皙的面孔却有浓密的胡须，令人印象深刻。看起来，他不像个士兵，更像是地方部队，比如县独立大队里面政治指导员类型的干部。

八路军使用游击战术，所以战斗员被捕获的情况甚少。但是，开展住民工作的干部以及谍报员，却经常被我们抓到。以我看来，他们都是在国家危急的时候抛舍生命、令人钦佩的爱国者。

这名青年，在战友被杀害、自己即将死去的时候，却十分镇静，轻轻地说了一句话，我推测意思大概是这样的——"要杀就早点来吧。相信中国一定会胜利，为了抗日救国的大义，我会笑着死去"。

看着镇定自若的他，我的脑海里闪现出了双亲和弟弟妹妹的形象。

结果，只有天贺谷上等兵杀了第一个。其他七名俘虏都被带走了，带到西边去。五分钟后，那边传来十余声枪响。一时，我以为是敌人来袭，但不一会儿，有通知下来——"刚才的枪声，是保安队在枪毙那七名俘虏"，显然，是柏崎中队长下令要他们干的。

"啊，那个俘虏也死了吗？"八名俘虏中，只有那个年轻中国人的面孔让我无法忘记，总是在我的眼前晃来晃去……

（二）读者提供招远跳井烈士线索

2010年12月7日，萨苏又在博客上发表了一篇文章——

日本老兵书中的烈士有了下落

日本老兵桑岛节郎所写的《华北战记》一书，从对手的角度记录了抗日战争期间山东军民在胶东地区和日军作战的若干史料。他在书中曾回忆，在一次讨伐中他所在部队的日军在山东招远县石栅村俘虏了一名八路军干部，但这名不屈的中国人在押送途中投井自尽，差一点把押送的桑岛一起带入井中。这名八路军干部视死如归的精神令桑岛十分震动。

笔者曾将这段文字翻译过来，写成了《我们能找到他吗？——日军记载的无名战士》一文，算是对这名烈士的纪念。

桑岛对这名烈士牺牲的经过纪录详尽，但由于年代久远，实际上，在写作这篇文章的时候，个人认为要找到这名烈士在中方的记载，希望是十分渺茫的。

尽管如此，有很多热心的朋友还是进行了认真的追寻，其中，春秋中文网络社区的老胡网友曾专门为此写了一篇考证文章，可算十分用心。

老胡的文章如下——

推测这位烈士的身份

（只可以考证出身份）

1.叫作石栅的村庄其实是"石棚村"

2.推测烈士的身份

根据招远文史第五辑《招北县委政府领导招北人民抗战记》的记载，石棚村属于招北县第七区，是招北县委、县政府（注：当时叫招北行署）常常活动的几个村庄之一。

根据《中共招远地方史第一卷》的记录：1942年5月31日后"县党政军机关被迫迁到偏僻贫穷的宅科村和口后徐家村(现属张星镇)一带"。

"1942年底，招北县境内遍布三十多个敌据点，根据地逐步缩小，县委及行署机关只能在七区、十一区有限的几个村子活动。"

大家可以看招远地图，宅科村就在石棚村以南。

这附近另有一个机关：招北县第七区区委，但《招远县宋家镇志》有这样的记录："1942年1月……以原九区川里乡党支部为主，组建了中共招北第七区委员会"，可见区委干部原先是当地村干部，不会是这样"留着偏分的头发，皮肤白皙"的形象。

于是，结合日军的叙述，推测这位烈士，"干练而有气度的年轻人"很有可能是招北县委、招北行署隐蔽在招北县七区这一带的工作人员。

也介绍一下历史背景：自1942年11月21日开始，日寇华北派遣军司令冈村宁次指挥一万五千余名日军，在千余伪军的配合下，采取拉网合围战术，对胶东抗日根据地进行冬季大"扫荡"，史称"冬季拉网大扫荡"，至12月29日结束。这是日寇在胶东发动的规模最大、历时最长的"扫荡"。

桑岛说的那句"我在昭和十七年（1942）十一月参加讨伐作战的时

候"，就是指参加"冬季拉网大扫荡"。大"扫荡"之后，敌人对抗日根据地实行疯狂地"蚕食"、分割和封锁，抗日根据地缩小，军民衣食及军需用品极端匮乏，形势大为恶化，抗战处于极端困难时期。桑岛1月7日"当天夜里，又接到随队出发讨伐的命令"，则是"冬季拉网大扫荡"之后继续"蚕食"根据地的军事行动了。

这段考证，被证明已经颇为接近事实。

2010年12月3日，现在山东龙口工作的徐宪先生来函，谈起这名烈士的情况。出生于招远的徐先生确认，当时确有一名八路军干部投井自尽，投井的地点，就在招远县徐家村，在他少年的时候，这口井还在。

徐先生的来信相关部分如下——

　　"日本兵记得差不多，但村名不对，文中的石栅村应为石棚村，到槐树庄宿营也不对，应为张星镇，槐树庄是小村，离张星五华里，张星才是招黄之间的要冲（推测日军是为了避免暴露行动而专门在小村住宿——萨苏注）。那位八路应在口后徐家村投井，因石棚到张星或槐树庄，必经之路是徐家，路从徐家村中穿过，那口井紧靠路边。石棚离徐家十二华里，全是山路，大雪弥漫也需两小时。

　　余就是徐家生人。徐家离招远三十三华里，少年时，听老人讲，路边这口井抗日时有个八路投井被鬼子打死，北海区政府来人抬走了，乡亲们用辘轳把水淘干，重新吃这口井的水。一年夏天河水倒灌井水，淘井时老人讲，这口井是第二次淘，第一次是八路投井那次。"

和徐先生又通了一次电话，才知道其先人即为招北县大队成员，牺牲在蔡家战斗中，难怪对这段历史耳熟能详。徐宪先生推测，这名干部应该不是招远县或招北县县大队的成员，否则其身份应该比较容易核实。徐先生一并证实了桑岛文中所提到的若干其他战斗，比如八路军围攻黄山馆之战、张画山汽车伏击战（徐先生认为应该是张华山），看来，其行文还颇有可信之处。

目前，唯一遗憾的是，这名牺牲的八路军干部到底是谁，还没有定论。有一名网友（瑞士）认为，从《胶东风云录》和其他资料来看，当时胶东行政主任公署公安局警卫连指导员王殿元率三排在唐慈同志的指挥下在石棚村执行任务，如果是石棚村，那么应该是其中一员；但是十七团团政治处主任曲维善当时也在附近被俘虏，后无消息。所以这里打上个问号。

所以，这一点，还要等待进一步的调查。

无论结果如何，从徐先生提供的情况来看，历史并没有真的被遗忘，或许，有的时候，它就在我们的身边。如天安门前那座纪念碑上所书——"人民英雄永垂不朽"。

感谢徐宪先生，感谢老胡和瑞士等网友的帮助。

（三）记者找到三位招远跳井烈士

我们一定能找到这位无名烈士!
侵华日军撰文记载一被俘干部跳井牺牲
热心读者徐宪称其牺牲在招远市徐家村

当年的侵华日军桑岛节郎回国后写作《华北战记》，其中记载了一名八路军地方干部在招远被俘押送途中跳井牺牲的细节，经作家萨苏在博客上披露后引起很大反响。热心读者徐宪分析认为这位干部是在招远市徐家村跳井，但其身份却仍然是个谜。

日军记载招远一干部牺牲细节

在侵华日军桑岛节郎的《华北战记》中，有这样一段文字（略有删减）——

昭和十八年（1943年）一月七日随下店据点的官兵轮换回中队部休整……当天夜里，又接到随队出发的命令。时在夜十一点三十分，外面大雪纷飞……我们踏雪前进，在拂晓突袭了位于招远县北部一个叫作石栅的村庄。但是，八路军早已转移了。"也许还有躲藏起来的，进村，彻底地搜！”带队的中队长下达了这样的命令，挨家挨户的搜查终于有了结果，我们抓到一名年轻的地方干部（日语为"工作员"）。

因为按照计划第二天还要继续战斗，这一天我们准备到招远县北部招远与龙口之间的要冲槐树庄宿营。于是，吃完早饭后我们出发……

班长寺岛辰三军曹对我下令道："桑岛，你，拉着俘虏走。"那名干部被双手反剪捆绑着，寺岛把绳子的一端扔给我牵着。

这名八路军干部看起来二十四五岁，个子不高，但目光锐利。他留着偏分的头发，皮肤白皙，堪称美男子，是一个让人看来干练而有气度的年轻人，穿着一身新便服。

…………

"你多大年龄？""到了招远就要杀你啦。"我这样对俘虏说。但是，我的话对他仿佛是耳边风，他连看也没看我一眼。就这样一言不发地走了两个小时。突然，他转向我站定，开了口："这场战争，最后的胜利一定属于中国。看不到祖国的胜利就要死了，真遗憾啊。"

他镇定地说完这句话，猛然间高呼一声"中国共产党万岁！"冲了出去，纵身跳进路边的一口水井，投井自杀了。这一切都发生在令人错愕的一瞬间。这时，众人才叫着"怎么了？"赶到井边来看。第二小队第一分队队长小泉佑司伍长道："要死，就成全他吧。"一边说，一边举起步枪，朝井中连打了五枪。

行军的时候，我把俘虏的绑绳一圈一圈挽在自己手上，但是鬼使神差地，在发生跳井的事情之前，我把绑绳多余的部分拴成了一个绳捆，自己只拉着最后的一小截。于是，当他冲出去的时候，才来得及急忙放手，而没有被他带进井里去……

一瞬间，那名自杀的干部的脸浮现在我的脑海里，而且伴随着我继续行军。中国人之中有这样了不起的、有着坚定信念的青年人，让我觉得对中国人必须重新审视。设身处地想过后，满心纠结。这件事，发生在山东省招远县城北方大约十五公里的地方。

我们能找到这位牺牲的干部吗？

桑岛节郎，侵华日本独立混成第五旅团老兵，回国后写作出版《华北战记》（日本诚进社1978年出版），讲述了自己在中国战场的所见所闻。

萨苏，本名弓云，1992年毕业于北京师范大学，旅居日本时曾兼任《环球时报》驻日本记者，并涉猎日本侵华史料，发现了很多不为人知的抗战细节，翻译介绍到国内，引起了强烈反响。桑岛节郎的这篇文字就是萨苏翻译发表在其博客上的。

"写这篇文章的时候，心中其实只有一个想法——我们能找到他吗？"萨苏在文首写道，"如果能找到，想到他的墓前，献一束花。"

"'这场战争，最后的胜利一定属于中国。看不到祖国的胜利就要死了，真遗憾啊。''中国共产党万岁！'这两句话，是我读这段文字时最为震撼的部分。"萨苏在文末说，"假如在电影或电视剧中看到这样的台词，我想，很多人会笑——不怪观众，怪我们的文艺工作者，演绎过太多宣传色彩浓厚的东西。但是，在生命的最后一刻，从那位年轻的八路军口中说出的这两句话，能形容的词语，我认为只有一个，那就是——神圣。无论今天我们怎样看，发生过的，就是历史。在这段日本老兵写给日本人看的历史中，我们看到了自己当年曾经拥有的神圣。这才是最让我震撼的地方。忽然想起，在抗战烈士墓地，曾多次看到的一句题词——'民族之光'。"

"这名被曾经的敌人所钦佩、记录在异国文字中的烈士，牺牲的时间是1943年1月8日，被捕地点在招远县石栅村，牺牲地点在招远县。在中文的史料中，我无法找到任何关于他的信息。"萨苏在博客中感慨，"现在，我们，有希望找到他吗？"

读者推测其牺牲地点是徐家村

萨苏的这篇博客发表后，短短一个月就吸引了三百多位读者留言，除了个别杂音，绝大部分读者都表达了对这位烈士的赞叹、敬仰之情，也有不少读者提供线索，希望能找到这位烈士的身份。在春秋中文网络社区，版主老胡甚至专门写了一篇考证文章，认为日军所称的村庄"石栅"其实是"石棚"之误，并推测烈士的身份很有可能是招北县委、招北行署隐蔽在招北县七区一带的工作人员。现居龙口的招远人徐宪则称，当时有一位八路军干部在其家乡招远市徐家村投井自尽，当年他还曾淘过此井。

"招远没有石栅村，根据日军描述，这个村应该是石棚村。石棚离徐家村六公里，徐家村离招远十六公里，从石棚到槐树庄的必经之路就从徐家村穿过，这些数据基本符合日军的记叙。"与记者多有联系的徐宪告诉记者，"那位干部应该是在我老家徐家村投井，因为那口井当时紧靠路边——后来我还淘过这口井。"

在徐宪的记忆里，他小时候就听老人们说抗日时有个干部跳进他们村的井里被鬼子开枪打死，北海区政府来人把他打捞上来了，这口井是村里的饮水井，他们把井淘了淘，继续吃这口井的水。二十世纪七十年代，这口井因为发大水被淹了，他还下去淘过。

"我家当时属于五队，队里派我和徐锐、徐皖清架起辘轳淘井。徐皖清说，这口井是第二次淘了，第一次是来鬼子的时候，有一个八路干部投井，被鬼子打死，满井血红，捞起尸身时，他身上露着棉花，淘井时还淘出些子弹壳。"徐宪告诉记者，"他的这一回忆佐证了鬼子连开五枪的记述，英雄所投之井确为此井无疑。萨苏曾邀中央电视台的朋友来拍此井照片，以便与日本老兵文章相佐证，可惜这口井因拓宽公路早已掩埋了。"

　　如果能确定这位干部就是在招远徐家村跳的井，那他到底是谁呢？

　　一位读者分析，根据《胶东风云录》和其他资料来看，当时胶东行政主任公署公安局警卫连指导员王殿元率三排在唐慈的指挥下到石棚村执行任务，十七团团政治处主任曲维善当时在附近被俘虏，后无消息，会不会是他呢？

　　"这一点还要等待进一步的调查。"萨苏说，"无论结果如何，从徐先生提供的情况来看，历史并没有真的被遗忘，或许，有的时候，它就在我们的身边。如天安门前那座纪念碑上所书——'人民英雄永垂不朽'！"

（2014-9-14《今晨6点》）

我们要找的无名烈士是他吗？

记者根据线索实地采访，找到跳井烈士两位后人

侵华日军桑岛节郎在《华北战记》中记载了一名八路军地方干部在招远被俘跳井的事迹，新浪知名博主萨苏公布此事后引起各地极大关注，招远籍读者徐宪称这位烈士是在其家乡投井，那这位烈士到底是谁呢？记者昨天实地寻访，找到了在徐宪家乡徐家村跳井的烈士后人。

淘井村民：烈士所跳井现埋在公路下

9月14日，《今晨6点》以《我们一定能找到这位无名烈士！》报道了作家萨苏和很多热心人寻找一位七十年前在招远跳井的八路军地方干部的消息后，根据热心读者徐宪提供的线索，记者昨天赶到其家乡招远市张星镇徐家村，探访那口井的遗迹，希望至少知道那位烈士牺牲的准确地点，也算对他的告慰。

2013年，招远市徐家村和招远市高家庄子村、大涝洼村、孟格庄村获得了山东省第二批历史文化名村和第二批中国传统村落称号，有关部门在徐家村南路边立了两块石碑，见到这两块石碑，也就知道到了徐家，也称口后徐家村。

记者进了村，在村头看到几个闲聊的人，一打听，其中之一就是当年与徐宪一起淘井的徐锐。

"那口井应该就在这个位置，当时井上还有个凉亭！"徐锐带着记者走到穿村而过的公路上，指着一块地方说，"这口井井底有个手指粗的泉眼，平时七八尺深，半个村的人都吃这口井的水。"

⊙徐家村村民徐冽和徐春前接受记者（右）采访

　　"七二三年发大水淤了，我们三个人下去淘，下面两个人上面一个人。"徐锐是1955年生人，，二十世纪七十年代初正是十七八岁的年纪，也是有劲的时候，被生产队安排和徐宪、徐皖清一起淘过这口井。

　　"三四十年前修路时，这口井被填死了。"他指着一边说，"这口井原来就在这河边，垒高了一点。"

知情村民：跳井的是北里庄的文书

　　"他们来了，他们岁数大，他们知道的情况多！"就在记者采访时，又来了一位眉毛很浓和一位穿蓝衣、戴凉帽的村民，徐锐告诉记者，他们是七十八岁的徐冽和七十九岁的徐春前。

"跳井的是北里庄的文书，他身上还带着文件。鬼子走了后，他家里来领尸体了。"两位老人确切地说，"鬼子还把一块缩口石扔下去了，那石头长有一米、宽三十厘米、厚十五厘米！"

文书，既是公文、字据、契约、书札等的统称，也是书写这些文字的职业人，如果说跳井的真是文书，也符合日寇桑岛节郎所称的八路军地方干部的身份。

"他当时是怎么跳井的呢？"记者问两位老人。

"究竟怎么进去的不知道，当时看到日本人进村我们都跑了！"两位老人说，"他们村有个老书记叫王克水，你去找他就知道了！"

桑岛节郎提到的石棚北面和西面与龙口交界，与招远其他乡镇往来一般要经过徐家村，徐家村又位于当年招远经十里铺、大里通往黄县（今龙口）的官道上，当年日寇从石棚到槐树庄很可能经过徐家。徐家村到石棚约有六公里，全是山路，以当时日军冒雪步行一夜、战斗后再步行军的速度，从石棚到徐家村走两小时也有可能。徐家村到招远十六公里，这也符合桑岛节郎所称离招远约十五公里的说法。根据这些情况判断，让他敬佩的招远跳井烈士应该就是这位北里庄的文书。

烈士后人：父亲的照片都没敢留下

北里庄，是离徐家村八公里左右的一个大村，在招远到黄县官道上的大里村东南，村东有孤山、宋家山等山脉，现在正处在省道路西。北里庄村1938年就有党组织秘密活动，1943年1月成立了党支部。

记者随后来到北里庄，在村民的指认下，顺利地找到了老书记王克水，向他说明了来意。

⊙烈士后人张文政、张文尧接受记者（左）采访

"他叫张显信，叫鬼子闯（扔）井里去了！"王克水告诉记者，"他有两个儿子，小儿子是从学校退休的，现在都在家里！"

在村里负责调解工作的张显朋，将记者带到了张显信的大儿子、七十四岁的张文政家里，顺路把他的弟弟、七十岁的张文尧叫了来。

"他当时在村里管柴粮，那天上山弄草，在山上被抓去了。看到他口袋里有八路和国民党的条子——两方都来要柴粮，他都得给，所以两方的条子都有——鬼子就把他拖到口后徐家扔井里去了！"听说记者来了解他父亲的情况，张文政很激动，他说，"父亲死的时候我才四岁，弟弟还没出生——他是我父亲死后四个月出生的，父亲的照片不敢留下，都烧了，他的音容笑貌我现在一点印象都没有！"

"谁看到他被扔到井里去了吗？"记者问他。

"没有人看到，当时别人告诉他应该往沟里跑，结果他往山上跑，鬼子的马队在山下看见就把他抓去了，但是不是扔井里没有人看见——我也是听我母亲说的。"张文政说，"我父亲死后，村里地下党去把他捞上来抬回家，后来还来人安排给我们代耕，我母亲说'你们一来我就难受'，就没用他们代耕！"

代耕，很多人以为是二十世纪八九十年代历史发展的产物，是指远离家乡到珠三角农村替人耕种土地的一个特殊群体的行为。其实，早在1949年，人民政府就曾对缺少劳力的烈士或军人家庭进行过代耕代收的帮助。

"我父亲死后，就埋在山上，有块墓碑也看不清字了！"张文政说，他的母亲二十多年前也去世了，她知道更多的情况。

细节有异：他是我们要找的烈士吗？

张显信是桑岛节郎书中记载的八路军干部吗？

在村里管柴粮，当年也是文书之类的职务，身上带着八路军和国民党的收条，这位张显信有可能被当年的日寇认作八路军的地方干部，这与桑岛节郎在《华北战记》中记载的烈士身份相符。但是，桑岛节郎称他们是在石棚搜查时抓的人，而张显信是在北里庄村东山上被抓的；桑岛节郎说那位八路军地方干部是他们从石棚押送他到槐树庄路上跳井的，但从北里庄到徐家显然与他们的行军方向正好相反；如果说是他们在去石棚路上抓到的，按照日寇晚上十一点半出发、拂晓突袭石棚的时间推算，那他被俘应该是凌晨天很黑时，张显信怎么可能那时去山上拾草呢？

而且，张文政说他弟弟的生日是1944年的正月二十一，他是在父亲去世后四个月出生的，那张显信就是1944年阴历九月去世的，这也与桑岛节郎所说的1943年1月18日不符。难道是桑岛节郎把时间记错了？时间能记错，但下不下雪一般不会记错吧——在北方的招远，农历九月下雪一般也不可能。

按照桑岛节郎所说的离招远十五公里、离石棚两个小时路程的说法，这个在石棚到槐树庄路上的村子应该就是徐家，但如果张显信不是桑岛节郎记述的那位八路军地方干部，那在徐家应该还有第二位跳井的八路军地方干部，但徐家村的老人们说只有这一位——到底是哪条信息有误呢？

如果张显信确实不是桑岛节郎所说的那位干部，那他到底是谁呢？他到底是在哪里跳的井呢？记者为此在当地多方打听，却再没有得到任何线索。

（2014-9-19《今晨6点》）

日军记载的烈士牺牲在段家洼

当时安葬在丛家灵山庙，姓名和现在安葬地成谜

"日本鬼子押着一个小伙子顺着山沟从丛家过来，小伙子在我们村南路边跳了井！"招远市张星镇段家洼九十一岁的段兴田的这番话，为我们揭开了日军记载的招远无名烈士牺牲地点之谜，但他的姓名和现在的安葬地点却又成了谜。

张显信不是日军记载的烈士

在招远徐家跳井的北里庄烈士张显信是不是侵华日军桑岛节郎记载的烈士呢？记者9月14日和9月19日的报道引起了不少读者的关注，他们指出了日军记载与这位烈士牺牲情况的一些细节差异，记者也进行了查证。

按照桑岛节郎的记叙，他们是在石棚（根据他说的从招远夜里十一点半行军到拂晓的距离推算，他们到达的"石栅"确实为"石棚"之误）抓住这位八路军地方干部的，到槐树庄的路上走了两个小时后他跳了井，而北里庄的张显信是在离石棚二十里地以南的北里庄被抓的，后来他在石棚东南、北里庄西北的徐家跳了井，这与日军的行军方向正相反。

而且，张显信之子张文政今年七十四岁、张文尧七十岁，张文政说张文尧是在父亲去世四个月后出生的，生日是正月二十一。按照农村说虚岁的习惯，张文尧应该是1944年正月二十一出生的，他们的父亲张显信应该是1943年阴历九月去世的，这也与他们说的父亲秋天去世相符。记者再次询问徐家村的徐列，他也确认北里庄这位烈士在他们村跳井的时间是秋天；而桑岛节郎记载的时间是1943年1月8日，当时是1942年的阴历腊月初三，晚上还下了雪，可

以确定他不可能把这两个时间弄混。

如此说来，北里庄的张显信虽然也是被日军抓住后在路上跳井的，但肯定不是侵华日军桑岛节郎书中记载的那位无名烈士。

虽然张显信不是桑岛节郎记载的那位烈士，虽然我们也不知道他牺牲时的细节，但他的壮举同那位烈士一样，同样值得我们敬仰。

日军到槐树庄另有行军线路

在徐家跳井的张显信不是桑岛节郎记载的烈士，徐家也没有第二位烈士跳井，而徐家几乎是石棚经此到槐树庄这条线路上唯一符合桑岛节郎记叙情节的跳井地点，那是不是说日军走的不是这条路呢？

"日寇从石棚到槐树庄会往西翻山走，从丛家到段家洼、栾家庄、北曹家庄、东战家、西战家，这条路近，他们以前走过！"几天前，记者与桑岛节郎确定的抓住那位八路军地方干部的地点——石棚村的党支部书记王业利取得联系后，他打听村里的几位老人没找到线索，但却指出了日寇的行军路线，他说，"当时招远县大队常住石棚，鬼子经常来扫荡，对这儿的路也熟。"

石棚，西面、北面与龙口接壤，东临瓮顶，西靠虚空山，西南有双目顶，南隔南围子山与丛家相连。王业利告诉记者，从石棚去丛家走山路的话一个钟头就到了，再有一个钟头就能走到段家洼、栾家庄、东战家、西战家那几个村。那几个村到招远的路程也就是三十多里地，而且都离得不远，村挨村，小村也不大，那位烈士如果是在那里跳井，日寇可能也分不出那口井是哪个村的。

几经周折，记者分别与丛家、段家洼、栾家庄、北曹家庄、东战家、西战家几个村取得了联系，希望从他们村里的老人那里打听到线索。

"我们村三面环山，从北头到南头一公里，当时日寇没有胆量押着人从

村里走，那位烈士不可能在我们村跳井！"丛家村党支部书记丛春万告诉记者，丛家西与段家洼、北栾家庄相接，1949年前就是五百户的大村，1932年曾擒获日寇从东北派来的七个特务，在村北五虎山前的石洞里把他们处死了；1938年，他们又建起了共产党地方政权和八路军民兵武装，日寇一般不敢到他们村。"他们可能从村外走，估计两个小时能从石棚走到段家洼、栾家庄、北曹家庄、东战家、西战家那几个村。"他说。

有位烈士当年在段家洼跳井

两天后，记者再与丛家、段家洼、栾家庄、北曹家庄、东战家、西战家几个村联系，都没有人听说过跳井烈士的事情。

"日本鬼子会不会从石棚爬西山走北栾家河村？从那里翻过花儿山就能直接到槐树庄。"丛家村的丛春万又跟记者分析说。

记者正准备与北栾家河村联系，段家洼村党支部书记段业田突然来了电话，他说："我们村一位老人说有这么回事，日本鬼子押着一个小伙子顺着山沟从丛家过来，小伙子在我们村南路边跳了井！"

得到这个消息，记者立即动身。两个多小时驱车一百二十多公里，记者到达招远市张星镇段家洼村，见到了段业田和九十一岁的段兴田、八十岁的段良辰。

"小伙子可能是在山东面（石棚）被抓着了，押着往西走，走到我们村南，地边离道四五步有口井，他就跳了进去。"段兴田告诉记者，"那是段洪善家的地，靠着栾家庄，1979年奶子场村修水库，三十多户姓林的迁过来建新林家村，那块地就划给他们村了，井也早填死整地修路了。"

"因为人死在我们村的井里，捞起来后就由我们村的人去抬，有段生田、段元福、段云田，还有一个，忘了是谁。"段兴田说。

"小伙子有二十一二岁，背着个书包，留着小分头，头上有两道纹（伤口），我去看过。"段良辰告诉记者，"当时抗日政府让我们把他抬到丛家村南二里地的灵山庙埋了，坟还用砖砌着，我上学时还去扫过墓。"

他的跳井时间与日军记载吻合

段家洼的段兴田和段良辰虽然确认这位烈士跳的井是他们村的，但对事情发生的具体时间却记不清了，记者随即赶往那口井附近的栾家庄和东战家调查。

"我们小时候也听说过这么回事，至于哪年的事不知道！"在栾家庄，记者找到了村里岁数比较大的栾秋德和栾秋功，他们说村里有一位八十多岁的老人，但他记不清事了，想打听得到东战家村。

在东战家村，记者遇到了热心的西战家村村民战金海，在他的带领下，记者见到了八十五岁的战丕成。战丕成生于1929年，1942年时十三岁，当时邻村发生这么大的事情他应该能记得。

"我听说过，当时害怕没敢去看！"战丕成说，"那是在日本鬼子投降前两三年，好像是在春天！"

战丕成的说法已经可以证明这位烈士牺牲的时间与桑岛节郎的记载相符。为了慎重起见，记者随后又赶到烈士安葬地点丛家村，找到一位九十岁的老人丛立田了解情况。

"是鬼子投降前两三年的事，他们步行到山东面（石棚）扫荡，抓住他押着往西走，走到段家洼村西头、栾家庄村东头，他没办法就跳了井，是头晌的事。"1942年的阴历腊月，丛立田当年应该是十八岁，事情记得很清楚，他说，"捞上来抬到我们村南庙里埋了，后来招远来人迁走了。当时那儿还埋了十四团一个当兵的，他是在张星打鬼子炮楼牺牲的，老家是莱阳的，后来他家里来人把他搬回去了！"

烈士姓名和现在安葬地点成谜

丛立田记得招远来人把安葬在丛家灵山庙的跳井烈士迁走了，但迁到哪里却不知道。随后，记者又赶到招远城区寻找这位烈士的信息和下落。

"招远有两处烈士墓地，一处是1945年建的齐山抗战殉国烈士公墓，安葬着当时招远南部地区烈士的忠骨，以后再没往城里迁葬；另一处是1960年3月在县城西郊修建的招远革命烈士陵园。"招远市民政局一位工作人员告诉记者，"1981年，招远整理了一本《烈士英名录》，记载着四千多名烈士的情况，如果知道姓名可以从上面找到。"

虽然不知道姓名，但这位烈士牺牲的时间和地点确定了，说不定可以根据这两个信息查到他的名字和安葬地点。记者随这位工作人员赶到招远革命烈士陵园，翻遍了那本《烈士英名录》，可惜，很多烈士牺牲的时间和地点缺失，已有的时间和地点信息中也没有阳历1943年1月8日、阴历1942年十二月三日和段家洼的记载——即使那位烈士的名字在这本名录上，也无法查到他是哪一位。

"还有一种可能是当时他没有被评为烈士，这里就没有记载。"这位工作人员说，"如果他是地方干部，被鬼子杀害后不一定能评为烈士。"

侵华日军桑岛节郎记载的招远无名烈士牺牲的地点确认了，但他到底是谁、现在安葬何处却成了谜！

（2014-10-6《今晨6点》）

大岚也有个跳井牺牲的八路军

寻找日军记载的招远烈士，发现不少民间抗战事迹

"我们村也有一个八路被鬼子抓到后跳了井！"昨天，招远市张星镇大岚村的王宪喜告诉记者，"鬼子朝井里开枪把他打死了，把他捞上来又打了他好几枪！"

大岚村也有个八路跳井牺牲

9月14日，《今晨6点》以《我们一定能找到这位无名烈士！》为题，报道了作家萨苏和很多热心人寻找一位七十年前在招远跳井的八路军地方干部的消息；9月19日，又以《我们要找的无名烈士是他吗？》为题，报道了记者在招远市张星镇徐家村寻访到的一位抗日战争时期跳井牺牲的烈士——招远市张星镇北里庄村的张显信，他的情况与日军记载的那位无名烈士有些出入；10月6日，记者又报道了再次寻访结果——《日军记载的烈士牺牲在段家洼》，可惜，其姓名和现在的埋葬地点没有找到。

这些报道发出后，记者又了解到不少当地人关于那段历史的记忆。

"我们村也有一个八路被鬼子抓到后跳了井！"看到报道后，招远市张星镇大岚村的王宪喜昨天告诉记者，"鬼子朝井里开枪把他打死了，把他捞上来又打了他好几枪！"

王宪喜所说的这位烈士叫王庆恩，在招远有关史料中有记载。王庆恩是1920年出生的，1937年5月入伍，1943年在大岚村被敌人杀害，1943年被当时的招远县抗日政府批准为烈士。

大岚村因地处大片山岚中得名。1943年3月，村民王安序第一个加入共

产党，当年就建立了党支部。

"我眼看着哥哥被日军打死！"

"当年我二哥就在我眼前被鬼子的机枪打中了！"在招远市张星镇东战家采访时，八十岁的战登桂告诉记者，"当时，等我回家告诉妈妈后回来，哥哥已经死了，周围流成了血湾！"

记者前往东战家寻找在段家洼跳井牺牲烈士的知情者时，在战金海的带领下找到了战登桂家，记忆力不错的战登桂对当年的情况记忆犹新。

"那年我八岁，我二哥十岁。八路军在槐树庄那里截了日本鬼子七辆汽车，一个八路骑着马来找人搬东西。我们到了沙沟马家，听说日本鬼子的增援部队来了，就往后跑。跑到欧家河东，看到鬼子的机枪在河东岸扫射，我们就往东沟跑。"战登桂说，"当时我在前面跑，一回头，就看到我二哥大腿被打中了！"

据招远有关史料记载，1943年3月19日，八路军在招远市槐树庄西南公路上炸毁了六辆日军汽车，消灭日伪军二十多人。

"那时，日本鬼子跑到我们村拆了庙，拿着木料和石头、砖到张星修炮楼，我还被抓去顶工干了两天！"战登桂告诉记者。

徐家村民活捉一个日本军人

"我们村一个人曾经抓了一个日本鬼子，村里很多人都知道这事！"记者到张显信跳井牺牲的张星镇徐家村采访时，现在迁居龙口的徐宪告诉记者，"他叫徐春璋，我得叫他二爷爷！"

徐家村往南五里地就是下院村，两村之间有一个陡峭的高坡垭口，站在山口，两村全貌尽收眼底，下院北面的王家村、韩家村、徐家村村名前因此被冠以"口后"二字。过了垭口下陡坡，有一个急弯（现在公路取直，拐弯路已废弃不用），徐宪的二爷爷就是在那个拐弯处抓了个日本军人。

"徐春璋参加了八路军。那天部队休整，他就请了假，骑着一匹大白马回乡探望父母后归队。到了这个拐弯处，迎面跑来一匹枣红色大洋马，是鬼子。"徐宪说，"狭路相逢，事发突然，又太近了，双方都来不及拿枪，二人不约而同跳下了马。那个鬼子人高马大，徐春璋个子矮，鬼子可能想抓俘虏，抓活的，结果反而被徐春璋活捉了。"

"徐春璋把鬼子兵押回村里时，村中乡亲都惊呼：'好小子，也不捆起来，你好大胆。'"徐宪告诉记者，那日军被抓后彻底失去了斗志，衣衫不整浑身是泥。村干部赶紧报告了当时的招北七区，七区就来人把日军和大洋马等战利品领走了。

在徐家村采访时，记者在村民的带领下还见到了一条抗战时的标语，隐约可见上面写的是"欢迎参加八路军　坚持持久战"，后面落款好像是"七宣"——"招北县第七区宣传队"的简称。

日寇在北里庄欠下累累血债

记者到北里庄采访在张星镇徐家村跳井牺牲的张显信的情况时，了解到这个村当年也屡屡遭受日寇的侵扰，受尽了欺压。

1940年秋天，日伪军在招远北里庄村北打死了村民王春双和王有同六岁的儿子；1940年冬天，驻扎在招远李家庄子的日寇到村里扫荡，抓走了村民张景岳，对其严刑拷打——他家里卖掉三分地才把他赎回来；1941年秋天，日伪军三十多人包围北里庄搜捕地下党员，将两百多名村民抓到村北毒打，并抓走了村民张学林、李殿林，关在李家庄子折磨了四五天。

"1938年党组织就在北里庄秘密活动，1939年王克敏第一个加入了共产党。到1941年，村里成立了党小组，1943年就成立了党支部。"一位北里庄村民告诉记者，"当时党组织带领群众对敌斗争，经常发动民兵夜间挖公路、割电线，到鬼子炮楼附近打冷枪，前后共有九人参军后牺牲在战场上！"

"日寇投降后老实了！"

"当年侵占招远的日寇投降后被八路军押往龙口，走到我们村里时天晚了，就住下了，老百姓一听还要给他们饭吃就骂，说打他们轻了还给饭吃！"记者在段家洼采访时八十岁的段良辰告诉记者，"当时日寇听了，就拍着屁股说：'打吧，打吧！'"

"当时我们自己也没有什么好吃的，就拿地瓜给他们吃。他们不认识地瓜，以为是毒药，还怕我们药死他们！"段良辰说，"这些鬼子确实该死！以前有一次日本鬼子到了我家，看到我姐姐就喊着'花姑娘、花姑娘'往前扑，我妈赶紧拿出一盒鸡蛋，他们看见抢鸡蛋去了，我姐姐才没被糟蹋。"

村民们介绍，抗日战争时期，住在张星炮楼的日寇三天两头到段家洼骚扰，不是抢掠村民的粮食、家禽和家畜，就是绑架村民给他们修炮楼、挖战壕，闹得村民们有家不能住，经常夜宿山沟。1938年8月，段家洼村的王义山入党后，又发展了王义升、段希桂入党，并在其家中成立了招北县第九区第一个中共党小组，秘密发动村民参加抗日救亡活动，经常夜间到青黄路上掐电线，破坏公路，埋地雷，同日寇展开游击战。

"抗战时，段家洼有十多人参军，其中八人壮烈牺牲。"村民们介绍，段家洼原名洼子村，因地处河畔洼地得名，后因与招远几个村重名改为现名，自古重视文化教育，曾有"文墨村"之称，当年出过四位秀才。

（2014-10-14《今晨6点》）

日军记载的招远烈士安眠家乡

葬到丛家灵山庙后迁走，应该已经得到安葬

"既然他是葬在丛家灵山庙后被迁走，那肯定是政府把他安葬了，或者是归葬故土，肯定是安眠在家乡了！"寻找侵华日军桑岛节郎在《华北战记》里记载的招远无名烈士线索中断后，招远市民政局一位工作人员告诉记者，"无论是在哪里，他都可以安息了！"

招远无名烈士线索中断

"既然他是葬在丛家灵山庙后被迁走，那他应该是被安葬到烈士陵园或是自己村里了！"为了寻找侵华日军桑岛节郎在《华北战记》里记载的招远无名烈士，记者找到招远市民政局后，一位工作人员说："如果他是丛家附近村子的，到丛家迁葬时丛家人肯定知道他是哪个村的，知道他是谁了；他们不知道，那就说明他不是附近村子的。"

这位工作人员说，像牺牲在徐家村的北里庄村文书张显信，两村相隔十多里地，距离不是很远，他牺牲后家里就得到了消息，抗日政府把他捞上来后把他送回家了家。这位在段家洼牺牲的八路军地方干部开始埋在丛家村南的灵山庙，说明他家应该离那里挺远；丛家人说招远去人迁葬，说明他家应该是在招远城附近或是招远南部，很可能是来人把他迁葬到了烈士陵园或他的家乡。"肯定不会没有人管！"他说。

"当时烈士的批准标准不一样，有的是口头宣布，有的是书面通知，1949年中华人民共和国成立后难免有一些烈士没记录在名册里！"这位工作人员说，"即使记录在册的这些烈士，很多牺牲时间和地点也记录不全，说不定他

就在烈士名册里，只是无法核对。"

招远设立两处烈士陵园

"现在招远有两处烈士陵园。"招远民政局这位工作人员告诉记者，"一处是齐山抗日殉国烈士纪念塔，1986年被招远县人民政府列为县级重点烈士纪念建筑物保护单位；一处是招远革命烈士陵园，2001年被省政府批准为省级重点烈士纪念建筑物保护单位。"

1945年春，抗日战争进入大反攻阶段，胜利在望，为了纪念在抗日战争中为国捐躯的招远烈士，招远县抗日民主政府决定在招远南部的齐山顶上修建抗日殉国烈士纪念塔。1945年3月，日寇的薄家炮楼被攻克后，招远各地大部分获得解放，纪念塔开始修建，8月13日就竣工了，这就是齐山抗日殉国烈士纪念塔。

齐山抗日殉国烈士纪念塔塔身正面书写着"抗日殉国烈士纪念塔"九个大字，一层三面分别刻有招远籍的八路军殉国烈士、地方政府工作人员殉国烈士、抗日群众殉国烈士的名字，其他两面各刻有一篇纪念文章。塔下正南是1946年5月由招远县齐山区、高山区修建的"抗战殉国烈士公墓"，安葬着招远县齐山区、高山区烈士的忠骨。

1960年3月，招远县委、县政府又在县城西郊初家山东麓修建招远革命烈士陵园。1992年，招远革命烈士陵园的纪念馆又开设了两个展室，一个是"革命烈士事迹展室"，一个是"招远革命斗争史展室"，成为教育后人不忘革命历史、缅怀革命先烈的地方。

（2014-10-18《今晨6点》）

第二章
"一字之师"找到烈士安葬地

　　一字之差，可能造成天壤之别；一字之差，也会阻断七十年的寻亲路。

　　2014年11月，我做完寻找日军书中记载的招远烈士系列报道后，在查阅招远齐山战斗资料时，发现了一篇烈士家人寻找其安葬地点的报道。这位烈士当时是在招远齐山战斗中牺牲的，牺牲后被埋在附近一个村子里。时隔七十年后，他的家人在接受一位记者采访时说："现在我最大的遗憾就是不知道大哥葬在什么地方，牺牲证上说大哥被葬在招远当地一个叫'岑口村'的地方，我们家后来也去过招远民政局，但没打听到这个'岑口村'。"

　　因有抗日烈士纪念塔而闻名的齐山位于招远市南部的齐山镇，与我的家乡毕郭镇滕家村不过十里之遥——当年刚上小学时，我还曾在清明时节站在村头遥望到齐山烈士塔下为烈士扫墓的红卫兵队伍，羡慕他们能去那么远的地方，羡慕他们能去为烈士扫墓。

　　作为当地人，我知道齐山周围没有岑口村，但有一个岭上村，"岑"为"岭"字的另一写法，"口"字是否为"上"字之误呢？

　　为此，我找到了烈士家人的联系方式，辨认了他们手中的烈士通知书，基本确定就是一字之误。随后，我又通过岭上的同学打听情况，最终帮烈士家人找到了烈士的安葬地，还带他们赶到现场进行了祭拜，了却了他们一家的心愿。

完成这一报道的同时，我了解到这位烈士家人多是从小跟着母亲参加革命的老前辈，特别是其三哥，还曾参加过抗美援朝战争，就又对其事迹进行了采访、报道。

其实，这一字之差，本来很多人都应该看出来，即使外地人想不到，但作为招远人，应该熟知齐山烈士纪念塔附近的村子，当这位烈士家人前去寻找时，应该想到"岑口"为"岑上"之误。可惜，因为这一字之差，让这位烈士的家人苦苦等待了几十年，实在是令人遗憾。

作为一名记者，虽然职责是报道新闻，但在搜集、了解新闻素材的同时，也应该为当事人着想，不能仅仅为报道而采访。从这个意义上说，记者也是一位社会工作者，而且是职责范围无限宽广的社会工作者，只要是当事人的正当需求而且自己力所能及，都应该帮助解决。

一字之误误了七十年寻亲路

"岑上" 误为 "岑口"，家人拿着通知书找不到烈士安葬地

"岑上" 是 "岭上"，这样的写法也没有错，但错把 "上" 误为 "口"，把 "岑上" 当作 "岑口"，带来的可能就是终生的遗憾！一位当年的抗战烈士被安葬后家人找不到其安葬地，记者的这一发现也许可以揭开这位1943年牺牲的烈士安葬地之谜。

家人找不到烈士安葬地点，"岑口" 疑为 "岑上" 误

11月2日晚上，记者在查阅招远齐山战斗资料时，发现了一位在这次战斗中牺牲的战士被安葬后家人找不到其安葬地点的报道。

"现在我最大的遗憾就是不知道大哥葬在什么地方，牺牲证上说大哥被葬在招远当地一个叫 '岑口村' 的地方，我们家后来也去过招远民政局，但没打听到这个 '岑口村'。" 抗日战争时期的烈士李基升的弟弟李基生，当年接受一位记者采访时如是说。

据记者了解，战争年代的烈士，除了个别重要人物会择地安葬，家乡在附近的会被亲人接回家去安葬，一般官兵会被就地安葬在附近，这位在齐山战斗中牺牲的李基升也会被安葬在齐山周围的村庄。记者家乡就是招远，知道齐山的所在地，也知道齐山周围乃至整个招远都没有 "岑口" 村，倒是有一个 "岭上" 村，这个 "岑口" 肯定是 "岭上"，应该是 "岭" 字用了另一种写法，写作 "岑" 字；而 "上" 字一连笔被误认作 "口" 字，或者是当时书写通知

的人笔误抄写成"口"字，烈士家人自然就找不到他的安葬地点了。

第二天上午，记者先查到李基生的电话号码，与他取得了联系，约他下午在单位见面，请他带上那份烈士通知书辨认一下。随后，记者与一位家乡就是招远岭上村的同学徐萍取得联系，向她说明情况后，请她打听一下家乡人，问问当年是否有外地烈士安葬在村里。

岭上曾安葬一位外地烈士，家人误会找遍招远没踪迹

11月3日中午，记者接到同学徐萍的电话，说她九十三岁的奶奶虽然耳朵有些背，但思维很清晰，记忆力很好，记得齐山打仗那年确实有一位烈士安葬在他们村的后山上，不知道那位烈士是哪里人，也不知道墓还在不在了。

当天下午，记者就在单位见到了烈士李基升的弟弟李基生。李基生拿出了一份薄薄的、发黄的、已经有些破损的通知书。通知书是"十四团政委李华、副团长官峻亭"发给"八区田家村村长、各救会长"的，正文除了烈士姓名、参军时间、牺牲时间、牺牲地点和埋葬地点是手写外，其他都是印刷的，字迹清晰，而手写内容多有连笔，"岑上"确实像"岑口"，或者是当初书写通知的人误把"上"字写成"口"字，造成了这一误会。

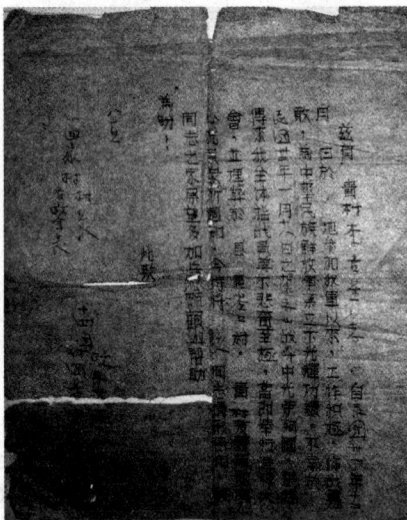

"我大哥本名'李基声'，他嫌'声'字的繁体字'聲'写起来麻烦，就写成了'升'，因为黄县人的口音会把'声''升'念成xing，后来念着念着

大哥的名字就变成了'李吉星'。"李基生说,"所以,他的名字有时被写作'李吉星',有时被写作'李基升'。"

"1991年,我从西安退休回来,就根据通知书上写的地点到招远民政局打听大哥的安葬地点。当时我们以为通知书上写的是'岑口',但民政局的人说那里没有这个村,结果没找到!"李基生告诉记者,"当年还有人以为'岑口'应该是'嶺国'——因为当时'口'字是'国'字的另一个写法,就想到了'灵山郭家',还有人说他牺牲在'灵山',我们就到招远几个有'灵山'的村都找过了,自然也是没有结果。"

名字刻上革命烈士纪念塔,档案多有舛误挡了寻亲路

记者发现,李基生所带的几份材料多有舛误,一些数据也不统一,"岑上"误为"岑口"也就不奇怪了,但恰恰是这些舛误阻挡了他们的寻亲路。

当年,李基生在招远县志办公室查到的齐山战斗时间是"1944年7月",但他手里的通知书上清楚地写着是"1943年1月18日";在1950年10月山东省人民政府颁发的《革命军人工作人员烈士家属证》里,他大哥的名字是李基升,但牺牲时间和地点填写为"1943年即墨灵山",当时的填表机关为"龙东区公所"。

当年到招远寻找大哥安葬地失败后,李基生后来在栖霞英灵山的胶东革命烈士纪念碑上找到了大哥的名字——李基升。随后,1995年10月22日,他接到了胶东革命烈士陵园管理处一位工作人员的信,介绍了他们那里汇存的《抗日战争时期革命烈士芳名册》第七卷上对他大哥情况的记载。

根据这份档案记载,二十一岁的李基升是1942年入伍的十四团战士,籍贯为"黄县洼后臣家区尤东臣村",在"招远县齐山村战斗中阵亡",安葬地点为"招远县嶺崮村"。

"这个籍贯名称应该是'黄县洼后龙东区田家村'。"李基生告诉记者。

显然，这份材料把区名和村名颠倒了，又写了几个错字；而且，他牺牲在"齐山战斗"中，而不是"齐山村战斗"中；安葬地点更是一错再错，"岑上"被误作"嶺崮"。

离家参军七十多年没回家，七旬老人想祭奠一下大哥

"当年村长早就收到这张牺牲证了，但直到腊月三十才送到我家，他是想让我们过不好年。"李基生说，"农村有句老话，整人最狠的招就是'别人家过年让你家报庙'——就是别人家欢欢喜喜过年时，你家死了人到土地庙报丧。"

今年七十七岁的李基生是1991年从西安退休后回到烟台的。他原本是兄弟姐妹五人，上有三个哥哥一个姐姐，他最小，父亲在他一岁时去世了。当年他们住在黄县田家村，村长是"汉奸"，经常欺压他们。他的大哥就是不堪压迫跑到东北的，后来回来投奔了八路军，不料一年多后家里就接到了他的牺牲证。

由于李基生的大哥是周围十里八村的第一个"八路"，他牺牲后，他们家里就成了八路军的"地下交通站"。为了不引起外人怀疑，地下党建议他们去北马酒厂买酒回来开"酒坊"，他的三哥就这样也走上了革命道路，参加了地下工作，后来参了军。他的母亲和姐姐则在家里纺线做鞋，做好后徒步三四十里，送到当地一个根据地——迟家沟。

"大哥走后直到牺牲，家人再也没有见过他，至今也没找到他的坟墓！"李基生告诉记者，"现在看来，确实是一字之误误了七十年，等我回家告诉儿子，安排时间到'岭上'找一找，如果能找到，去祭奠一下，对我去世的母亲和哥哥也是一个告慰！"

（2014-11-9《今晨6点》）

李基升烈士安葬在招远岭上

后来迁葬齐山烈士塔下，具体哪个坟墓不得而知

11月8日，认定"岑口"为"岑上"之误后，记者陪同李基生到招远市毕郭镇岭上村，找到了他大哥最初的安葬地。可惜的是，烈士后来迁葬到齐山烈士塔下，但具体是哪个坟头不得而知。

当年确有烈士安葬岭上村，"岑口"肯定是"岑上"

11月2日，得知原籍龙口的李基生拿着大哥李基升的牺牲通知书却找不到他的安葬地，记者分析其安葬地应该是招远市岭上村，"岑上"被误作"岑口"，当然就找不到了。李基生与记者交流后认为很有道理，而且，家乡就是招远市岭上村的徐萍打听到他们村当年确实埋葬过烈士，李基生就决定和记者一起，到岭上村寻找他大哥的安葬地。

就在李基生准备前往招远市岭上村寻找大哥李基升（李吉星）安葬地的头一天，徐萍专程从烟台赶回二百里外的家乡岭上村，提前打听当年村里埋葬烈士的情况，得知当初那里不止埋过一位烈士，齐山战斗中牺牲的好几位烈士都被安葬在那里。

徐萍了解到的信息基本可以认定岭上村就是李基生大哥的安葬地，记者为此与招远市民政局取得了联系。招远市民政局随后通知了岭上村所属的毕郭镇的民政部门，让那里的工作人员届时陪同记者和李基生一同前往。

赶赴招远寻找烈士安葬地，李基生希望孩子记住历史

昨天上午，记者和李基生及其儿子、儿媳一起驱车赶往招远市毕郭镇岭上村。

路上，李基生讲述起以前他到栖霞英灵山寻找大哥下落时遇见的一件感人事：看到一家三口在山顶摆着祭品撒了花瓣，他就问他们家里什么人牺牲了葬在这里。男主人回答，他没有亲人埋在那里，就是觉得烈士应该被怀念，所以每年都带着孩子去看一看。

"历史不应该被忘记！"李基生说，"我找大哥的下落，也是想让孩子们记住他为国家做过的贡献！"

李基生告诉记者，除了父亲早逝，他们一家基本都参加了革命。大哥参军牺牲后，妈妈、姐姐和三哥随后开始地下党工作，三哥成为地下交通员，后来参军成为军医；四哥解放初留学苏联，回国后成为第一代导弹专家；他是中华人民共和国成立后考到了军事院校，搞导弹测控研究；二哥小时候去了营口姑妈家，后来上学成为国民党的伞降兵，唯一一次上前线是在淮海战役中向被困的国民党部队空投补给，随后去了我国台湾——二十世纪八十年代，他从台湾回来讲起这段往事，三弟李基文对他说：作为解放军参加淮海战役时，他们在战场上捡过国民党飞机空投的补给，"也许就是你投下来的！"

"现在父母葬在家乡，二哥葬在台湾，三哥葬在安徽，四哥葬在郑州。"李基生说，"一家人遍布祖国大地，不知道这次能不能找到大哥的下落……"

九十岁老民兵回忆当年情形，老教师想起烈士迁葬齐山

上午10点多钟，记者和李基生一行到了招远市毕郭镇政府大院，接上民政工作人员苏万涛，一起赶到岭上村。

到了岭上村，在村干部的陪同下，我们找到了徐萍的父亲徐光胜。今年七十五岁的徐光胜是一名退休教师，他告诉我们，九十岁的徐展敖头脑清晰，能记得当年的情况，就带我们去了他家。

"不是三个就是四个！"我们问起当年齐山战斗后村里安葬的烈士时，徐展敖说，"人埋下两三天后，我在地头看到一个妇女在哭她的哥哥。把坟扒开，她认出了自己的哥哥，说他腿上有疤！"

"那次是东海八路军和招远来的鬼子打仗！"徐展敖告诉记者，"我那时是民兵，经常受训（民兵训练）。"

"那些坟还在吗？"记者和李基生问他。

"搬走了，搬到齐山去了！"徐展敖说，"那里的地早整了，现在是庄稼地！"

"是一九五几年（二十世纪五十年代）迁到齐山烈士塔那里的！"徐展敖这么一说，徐光胜也想了起来，他说："我爷爷和我父亲都是木匠，棺材就是他们做的！"

"当时村里住着八路军，还有一个八路军的医院！"我们随后前往埋葬烈士的地方时，徐光胜又想起了这个情况。

"哦，这么说，烈士开始埋在这里就不奇怪了！"李基生说。

齐山战斗牺牲后安葬岭上，李基生率儿祭奠烈士大哥

随后，徐光胜带着我们到了村西北一块麦地前，说当年烈士就埋在这里。

眼前这片麦地方方正正，地势平坦，麦垄直挺，一垄垄麦苗绿意浓郁。抬眼看，齐山就在七八里外的西北面。

"好好看能看到山前的白点，那就是烈士合葬墓！"徐光胜指着齐山告诉我们，"以前清明节去给烈士扫墓时，我还看到一些坟前插着牌子写着名字，

后来牌子就看不到了。"

　　现在能确认了，大哥李基升在齐山战斗牺牲后开始就是埋在这里！李基生让儿子去村里商店买来了一捆烧纸和几束香。

　　把大哥的照片摆在麦地前，拿出一半烧纸点上，插上一束香，又把一束香放到烧着的纸上，李基生和儿子、儿媳一起向大哥鞠了一躬。

　　"七十年了，终于找到你了！"李基生说，"以后我还会来看你的！"

　　告别了岭上村村干部和徐光胜，苏万涛又陪着我们赶往李基升迁葬的齐山。

安葬齐山殉国烈士塔下，李基升坟头成谜留遗憾

　　沿着窄窄的水泥路，经过毕郭镇西沟子村、夏甸镇金城村和山前兰家村，再驶过一段泥土路，车就开到了齐山南面山脚下。

　　齐山是招远南部一座比较有名的山峰。传说，公元前，齐国大将宴弱起兵攻打莱国路过此地，见此山独峰秀拔，霜叶松涛点缀其间，林壑优美，就驻兵于此，并称其为齐山。

　　我们沿着山路爬到顶，迎面就是烈士纪念塔。1945年春，抗日战争胜利在望，为了纪念为国捐躯的烈士，招远县抗日民主政府决定在齐山顶上修建纪念塔，当年8月13日竣工。

　　齐山烈士塔身正面书写着"抗日殉国烈士纪念塔"九个大字，一层三面分别刻有牺牲的招远籍八路军殉国烈士、地方政府工作人员和抗日群众的名字；塔下正南不远是抗战殉国烈士公墓，1946年5月由招远县齐山区、高山区人民修建，安葬着招远县齐山区、高山区烈士的忠骨。至于以后迁葬来的烈士埋在哪里，具体哪个坟头是谁，现在却无人知晓了。

　　"想想那些无名烈士，再看看大哥的名字已经刻在英灵山烈士塔上，又知道了他就埋在这里，这已经是最大的安慰了！"李基生说。

　　按照当地的民俗，李基生和儿子、儿媳一起把另一半烧纸压在烈士公墓前，将几束香也摆上去，算是对大哥的怀念和祭奠……

　　"每年清明节都会有人来祭扫！"苏万涛安慰他们说，"除了西山烈士陵园，这里是招远最集中的烈士安葬地，一直有人来祭奠！"

（2014–11–13《今晨6点》）

烈士弟弟十二岁随母亲参加革命

一本《预防注射证》揭秘朝鲜战场上的细菌战

李基文，李基升的弟弟，1933年1月生于黄县龙东区洼后田家村，1944年跟随母亲参加地下革命工作，1946年入党，1947年9月参加八路军，参加过解放战争和抗美援朝战争。1952年回国到南京第五军医大学（后改为南京铁道医学院，现为东南大学医学院）学习，后留校任教，从事医疗研究，1984年12月离休，2006年病逝。

十二岁就跟随母亲参加革命

"我三哥李基文十二岁就跟随我母亲做地下工作！"昨天，祖籍龙口的李基生老人告诉记者，1943年，他当八路军的大哥李基升牺牲后，他家成为地下交通站，他三哥的任务是站岗放哨、送信、散发传单，八路军攻打据点时他还曾在铁水桶里放鞭炮助阵。

"三哥以前的档案记载他参加革命的时间是入伍时间，2000年才改为1944年。"李基生说，"三哥这么做不是为了待遇，而是为了纪念当年的抗战岁月，为了让后人记住历史。"

在1952年8月中国人民志愿军政治部颁发给李基文的《革命军人证明书》（军证字第74号）上，对李基文参加革命工作的记载是："1944年8月于黄县迟家沟自愿参加地下党。"

2000年4月11日，全国农业展览馆离休干部蓝孝永写过这样一份证明：

"我原是李基文哥哥李吉星（李基声）所在连队的连长，1944年夏秋期间我奉命去黄县南山迟家沟（根据地）了解我连牺牲同志抚恤工作落实情况。当我问到八区田家村李吉星同志家的情况时，适逢其母及弟纺棉花送线来此，张作臣同志介绍说，太巧了！这是李吉星母亲李曲氏和弟弟李基文，他们都是我们地下党工作同志，并为我们军队后勤纺花送线，各救会（各界救国会）对其救济工作已落实。我曾对其弟身背手枪及手榴弹认（应为印之误）象深刻，也很高兴，刘绍南和张作臣说，这是我们发给他的，因要通过敌人封锁线。"

十五岁参军离开家南征北战

1947年9月，李基文联络龙黄联立中学的一帮同学一起参了军，离开家乡，到了八路军九纵教导团卫生营。1948年4月，他被分到九纵二十六师医疗队（后改称第三野战军九兵团二十七军八十师），随军参加过解放周村战斗、三伏山战斗和解放潍县的战斗，三进三出郁来余（燕翅山），又参加了济南解放战役、追歼黄伯滔战斗和淮海战役的一、二、三阶段以及永城围歼战；1949年4月20日下半夜，他随军从巢县渡过长江，参加了上海解放战役，多次荣立战功。

1950年10月上中旬，李基文所在的二十七军八十师从丹东坐火车入朝参战，机枪架在火车顶上。行至相当于步行两天的行程，敌人吓退了，他们又步行返回丹东——当时鸭绿江大桥已被敌人炸断，他们只好从浮桥到达丹东。由于是先头部队，情况紧急，虽然当时的气温是零下四十摄氏度，但他们仍然穿着单衣，女同志穿着裙子和长裤。

李基文后随所在部队乘火车经沈阳到达临江，又从临江过了鸭绿江，到达朝鲜战场。

1950年11月中旬，在新兴里战斗中，李基文所在部队经过五天五夜消灭了美军王牌部队"北极熊团",击毙了团长,并缴获了美国"北极熊团"团旗。1951年,他们经过了五次战役一、二、三阶段,期间过了汉江,到达离汉城三十多里的地方,经历了金城阻击战、坑道战和反细菌战,李基文先后荣获立一次三等功、一次二等功。

抗美援朝遭遇美国细菌战

"这就是当年美军进行细菌战的证据!"李基生拿着一本号码为26529的《预防注射证》告诉记者,"这里记载着我三哥在朝鲜战场上打鼠疫疫苗、斑疹伤寒疫苗和牛痘苗的情况。"

这是一本中国人民志愿军后勤卫生部制的小册子,内文第一页中文页面填写着号码、部别和姓名——只是李基文被写作"李吉文",而封二朝文页面填写的是"李基文",上面还盖着一枚朝鲜文字大印,旁边是"康良煜"的汉字印章——当年他是朝鲜"祖国统一民主主义战线"中央委员会常务委员。小册子详细记载了李基文的疫苗注射情况,分别为鼠疫疫苗三次、斑疹伤寒疫苗三次和牛痘苗一次。还有一页是《中国人民志愿军反细菌战个人卫生守约》,第一条是"我发现敌人飞机或特务撒虫放毒马上报告",其他主要是个人应遵守的卫生习惯,包括"绝对不喝生水,也不吃生凉饭菜"。

1952年1月20日,几架美军飞机飞到朝鲜北部伊州转了几圈,随后就有人发现地上出现一些小虫子、跳蚤以及那个季节不该出现的苍蝇。接着,大批用纸包、纸筒装着的跳蚤、蜘蛛、蚂蚁、苍蝇、蟋蟀、虱子等也出现在志愿军前线阵地和一些居住区。

中朝医学科学部门查明,美军撒下的这些小虫带有鼠疫杆菌、霍乱细菌、伤寒杆菌、痢疾杆菌、脑膜炎双球菌、脑炎滤过性病毒等共十多种,双方随即开始了大规模防疫灭菌卫生行动,中国国内也开展了"爱国卫生运动"……

"美帝国主义,万恶滔天,它临到死亡的边缘,胆敢对中朝人民进行细菌战……"至今,李基生还能回忆起当年小学生都会唱的歌曲《消灭细菌战》,"消灭细菌战,捉拿细菌战犯,让美帝国主义和它的臭虫虱子跳蚤苍蝇一起完蛋。"

美国政府赔了夫人又折兵

随着美军开始细菌战,朝鲜已绝迹的鼠疫、霍乱等传染病又发生了,回归热、天花、伤寒也开始流行。而在投送细菌弹时,至少有二十五名美国飞行员被中朝军队击落活捉。虽然美国公开历史文献从不提及这一页,但包括美国人在内的正义人士当时都揭露了这种无耻行为——

当年,两位拒绝透露姓名的美国官员透露的消息称,三个日本细菌专家奉李奇微总部之命,携带进行细菌战的一切必要装备,离开东京到达朝鲜,准备以朝中人民部队的被俘人员作为细菌试验对象,并且提出了在冬天进行细菌战计划的报告。

1952年3月,居里夫人的女婿、诺贝尔奖获得者、世界和平理事会主席约里奥·居里声明:"在1月28日至2月17日中旬,美国军用飞机在朝鲜前线和后方散布鼠疫、霍乱、伤寒以及其他可怕传染病的细菌……使用细菌武器显然是违反国际法的,这种罪恶行为,直接违反世界和平大会华沙会议所通过的表示了全人类愿望的要求禁止细菌武器、化学武器以及其他大量毁灭人类的武器的决议。"

当时,各国科学家组成的"国际民主法律工作者协会调查团"和"调查在朝鲜和中国的细菌战事实国际科学委员会"先后来到朝鲜和中国实地调查,不久就向全世界昭告:"朝鲜及中国东北的人民,确已成为细菌武器的攻击目标,美国军队以许多不同的办法使用了这些细菌武器,其中有一些办法,看起来是把日军在第二次世界大战期间进行细菌战使用的方法加以发展而成的。"

当年，一名美军士兵和二十五名美军被俘飞行员在中朝军队宽待战俘政策的感召下，也供认了参与进行细菌战的详细经过。

慑于国际压力，美国政府最后悄悄停止了细菌战计划，他们不仅没靠细菌战占到便宜，反而在国际舆论和道义上一败涂地。

（2014-11-29《今晨6点》）

第三章

胶东当年也有《柳堡的故事》

《柳堡的故事》是1949后首部也是当年罕见的描写现役革命军人的爱情电影，其中一曲《九九艳阳天》唱遍天下，更让观众在战火纷飞、硝烟弥漫之外看到了革命军人的浪漫和温馨，也更真实地反映了当年的革命前辈为了革命流血、牺牲之外的日常生活。事实上，虽然当年的革命斗争形势严酷而又惨烈，但在几十年的革命生涯中，革命将士也有自己的感情生活，也要恋爱、结婚、生子，只是以往的文学和影视作品怕削弱革命斗争主题常常回避了这一点。

2014年，我在寻找红色革命记忆报道素材时，从网上结识了抗战前辈罗义淮的后人、解放军报社退休记者罗小兵，从他那里得到了不少其父母抗战时期的素材，其中一张照片就是像《柳堡的故事》一样浪漫的合影——他们坐在河中的沙滩上，神情欢快而又闲适，充满了革命浪漫主义的温情，也堪称"柳堡的故事"。

因为罗义淮当年有一部从敌人那里缴获的相机，他留下了不少照片资料。在这张神似《柳堡的故事》的照片背面，当时注明的摄影地点对罗小兵来说却成了谜。父母去世后，罗小兵想将父母的遗物好好整理出来，但却将龙飞凤舞的"楚留店"的"店"字当成"盍"字，多年查找这个地点找不到，成为他的一件心事。

作为烟台当地人，我知道烟台属下的栖霞有一个村名"楚留店"，就将此消息告诉了罗小兵，罗小兵终于找到了留下父母爱情故事的那个地点——遗憾的是，因为自己当初的误会，他2008年编写出版的父亲诗词选中，就是将"楚留店"误作"楚留盏"，留下了永久的遗憾。

不久之后，为了寻找父辈的红色印记，罗小兵和几位抗战前辈的后代一起来到胶东，找到了他们父辈献出青春的地方，找到了父母当年的房东，看望了革命老区的人民。在他们的感召下，还有爱心人士为老区人民捐款，演绎了又一段佳话。

作为一名记者，我当时随同他们一行做了见证，并对此进行了连续报道，记录下了这些动人的故事。

这又是一个一字之差引出的故事，也是我第二次作为"一字之师"成人之美。一字虽小，却常常关系巨大，如果辨识不出这个字，罗小兵就不会找到这个父母当年合影的地方，他也不会和几位革命后代前来寻找父母战斗的足迹，他们的心中就会永远留着这个遗憾——所以说，作为记者，不能单纯地为新闻而新闻，记者应该是一个具有各方面知识的杂家，记者如果单纯是一个文字或影像记录者，恐怕就会被目前已经上岗、未来肯定会广泛使用的人工智能机器人取代。

胶东八路军演绎《柳堡的故事》

罗小兵考证父母合影地点在栖霞楚留店

　　"在父亲保存的老照片中，有一张是他与我母亲的合影，背面虽然有他的字迹，但年代太久，模糊不清，特别是拍摄地点究竟在哪里很让人疑惑。"革命前辈罗义淮和衣向璞的儿子、解放军报退休编辑罗小兵昨天告诉记者，"直到有一天我从网上搜到了这个地点，并在地图上找到了确切位置，才揭开了谜底——照片的拍摄地是在栖霞市桃村镇楚留店村。"

　　1941年底，祖籍四川的胶东抗大三支校政治处宣传股长罗义淮和祖籍蓬

莱的胶东抗大卫生队医务所副指导员衣向璞自由恋爱后，经组织批准结婚。在相濡以沫的烽火岁月里，罗义淮、衣向璞夫妻俩留下了不少照片，其中有一张是他们依偎在河滩上的合影，背面有罗义淮的题字："22/9，1944；与向璞合摄于楚留店村之南河沙滩上。义淮"。在照片背面，上端还有墨色稍深、一看就是后来补写的竖排的四个字："形影相依。"罗义淮和衣向璞后来共同迎来了中华人民共和国的成立，并继续在军队里工作。

两位革命前辈去世后，罗小兵一直在整理他们的照片，并对每张照片都进行了详细考证，这张照片更让他上心。

"有人看了这张照片感觉活脱脱像电影《柳堡的故事》，我看到后也想了许多。"罗小兵说，"现在人们常喜欢问'你幸福吗'，我想，父母亲当年在拍这张合影时的感觉是最幸福的。有机会去胶东，我一定要去寻找父母曾经热恋过的地方！"

（2014-10-29《今晨6点》）

罗义淮用相机记录革命历史

洗一次相片出来鼻孔都熏黑了

　　罗义淮，籍贯四川（今重庆）荣昌，1918年出生，1936年在四川万县省立师范参加抗日救亡运动，1938年初与学友赴延安陕北公学并入党，同年底参军。1940年，罗义淮随抗大进入胶东抗日根据地。1949年后，罗义淮先后在华东军大、南京军事学院、北京高等军事学院和昆明军区后勤部工作；1955年授上校军衔；1960年晋升大校军衔，曾荣获二级独立自由勋章、二级解放勋章和胡志明金质奖章；1978年病故，经昆明军区报请总政批准授予革命烈士称号。

　　衣向璞，1923年12月26日出生于山东蓬莱，1938年7月参加八路军，1939年1月加入中国共产党，先后参加过马石山战斗、高济战斗、灵山战斗、粉子山战斗以及莱芜、孟良崮、周村、潍县、济南等战役，曾获三级独立自由勋章、三级解放勋章。1949年后，衣向璞曾在华东军政大学子弟学校、第八机械工业部、昆明医学院、江苏教育学院等处工作，2001年6月30日病逝。

　　"抗战时期从敌人手中缴获的一部德国'蔡斯'相机父亲一直带在身边，留下了不少战争年代的珍贵照片。"当年在胶东抗日根据地做宣传工作的罗义淮的儿子罗小兵昨天告诉记者，"这部相机后来由我母亲衣向璞捐赠给了陆军第二十七集团军军史馆。"

蓬莱城里两姑娘成了"土八路"

"'俺是个土八路!'这满含着自诩、自谦和自强、自豪,带着浓重胶东乡音的口头语,是处世一向低调的母亲生前经常爱说的一句话。"昨天,解放军报社退休编辑罗小兵接受记者采访时说,他的母亲衣向璞祖籍蓬莱,祖辈与明代抗倭民族英雄戚继光同住在一条街上,母亲虽是个柔弱女子,却从小受着中华民族勇于抵抗外敌入侵的传统民族精神教育和熏陶。

1938年7月,正在念高小、未满十五岁的衣向璞就满怀着打日本、救中国的一腔热血,背着家人,追随共产党地下组织负责人,偷偷溜出城参加了八路军。第二年,她入了党,又潜回蓬莱城,把闺中待嫁、不满封建包办婚姻的二姐衣洛夫领出城,也当了"土八路"。

"我姥姥是个深明民族大义的老人,她早年守寡,辛辛苦苦把四个孩子拉扯大,对我母亲和二姨投身抗日革命是默许的,只是在外人面前没有捅破这层纸。"罗小兵说,舅舅后来告诉他,老衣家两个黄花闺女"投了八路"的消息在蓬莱城传开后,汉奸把他们的母亲抓到宪兵队灌辣椒水,逼问她两个女儿的去向,但老人在敌人的严刑拷打下只字未说。敌人没有确凿证据,最后只得把她放了。

南方女婿娶了个蓬莱姑娘

"姥姥生前一直想见见这位南方女婿,但因战争年代战事繁忙,父亲总没有机会去蓬莱探望岳母大人,这成了他的终生遗憾。"罗小兵告诉记者,1941年12月29日,八路军胶东抗日军政大学三支校政治处主任

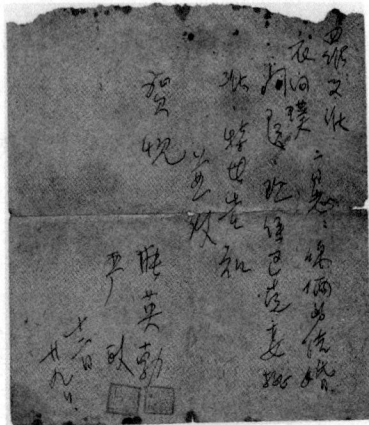

张英勃和副主任严政联名签署干部结婚批准书，时任政治处宣传股长的罗义淮和时任卫生队副指导员的衣向璞结了婚。

从此，这对风华正茂的八路军青年走到了一起，在战火硝烟和政治动荡的风风雨雨中，志同道合、相濡以沫几十年。

1940年3月中旬，罗义淮随所在部队从鲁中开赴胶东。经过一个月的辗转战斗，4月上旬进入胶东抗日根据地，在招远、掖县、莱阳边区的掖县桑园村与胶东军校会合。两校合编后，成立抗大一分校胶东支校，对外称"八路军第一纵队教导团"，罗义淮在胶东支校政治处任宣传股长。1941年春天，许世友带领渤海军区一个团打下牙山，打开了胶东根据地的新局面。3月，罗义淮所在的抗大胶东支校进驻牙山根据地，直到日寇投降，这期间认识了衣向璞，并与她结为夫妻。

"父亲当时任宣传股长、教导员，解放战争时期任胶东五师政治部宣传科长，华东野战军九纵队政治部宣传部副部长、部长，以及二十七军宣传部部长、八十一师政治部代主任、华东军大教育部副部长。"罗小兵说，"他前期和母亲都参加过莱芜、孟良崮、周村、潍县、济南等战役，以后还参加过淮海、渡江、上海等战役。"

马石山被困，小女兵机智脱险

"别看我母亲当时不满二十岁，但经过三四年的战斗考验，她的革命经验也很丰富，曾经带领两个战士虎口脱险！"罗小兵告诉记者。

1942年11月17日，日军华北方面军司令官冈村宁次纠集了青岛、烟台等地两万多名日伪军，对马石山附近的胶东抗日根据地进行了前所未有的冬季"大扫荡"。他们白天无山不搜，晚上在各个要道、山口拉上铁蒺藜，挂上铃铛，每隔三五十步就点起一堆篝火，最后残杀了五百多名手无寸铁的群众，制造了骇人听闻的"马石山惨案"。

当时，衣向璞所在部队被敌人打散了，她带着两个比自己小四五岁的男兵也被敌人包围在马石山，三个人中只有衣向璞带着一支小手枪和几枚手榴弹。不满十九岁的衣向璞给两个小战士各发了一枚手榴弹，安慰他们沉着应敌，宁死也不当俘虏。

夜深了，衣向璞在草丛中发现敌人的枪声大多响在暗处，篝火通明之处反而没有多少动静，就大胆判断越是亮处越有空隙，很可能是突围的最佳处。拖到后半夜，趁敌人松懈之机，衣向璞带着两个小战士迅速从敌人的篝火燃烧处冲了出去，终于脱险。

遇"扫荡"第一个孩子夭折

"父亲生前最不愿在母亲面前提及、怕勾起她撕心裂肺回忆的一件事是第一个孩子的夭折！"罗小兵告诉记者，"1943年冬，母亲刚生下第一个孩子就遇上日本鬼子扫荡，她只得和孩子躺在担架上紧急转移。路上怕婴儿啼哭引来敌人，她就用棉被捂住孩子的嘴。没想到，到了宿营地，孩子早已断了气……"

淮海战役前夕，长女死后流产四次的衣向璞又怀孕了。当时她在二十七军后勤部任政治协理员，眼看要过长江取得胜利了，她不想当个"半截子革命派"，便与罗义淮商量流产，以免影响随军出发。

"再流产恐怕以后成习惯性流产，就再不会有孩子了！"二十七军副军长贺敏学从其夫人李立英那里知道了此事，就对衣向璞下了死命令："留下保胎！"

就这样，衣向璞留在曲阜二十七军留守处，没有跟随大军参加淮海战役和渡江作战。后来，陈毅司令员闻听此事赞许说："贺副军长做得对头，不要孩子，不要后代，我们革命为了啥子嘛？！”

就在攻打上海的隆隆枪炮声中，衣向璞5月23日在济南生下了第一个儿子，取名"小兵"——就是罗小兵。三个月后，母子俩搭乘军列平安开进了大上海。

不在一线参战照样能干革命

1947年蒋介石发动全面内战，在重点进攻陕北的同时也开始重点进攻山东，九纵西出胶东迎战，在孟良崮战役中捉了数千俘虏，其中有不少四川兵。罗义淮以自己浓重的川音大嗓门给这些俘虏上课，使这些士兵很惊奇胶东来的八路军里还有四川老乡，而且是"当官"的。在乡情乡音的亲切感化和耐心的思想动员工作后，许多俘虏纷纷调转枪口，加入了解放军。

　　"父亲罗义淮生前长期做宣传工作，业余生活中爱好摄影。抗战时期从敌人手中缴获的一部德国'蔡斯'相机他一直带在身边，留下了不少战争年代的珍贵照片。"罗小兵说，"这部相机后来由我母亲衣向璞捐赠给陆军第二十七集团军军史馆。"

　　"父亲讲过，战争年代没有电灯，洗照片都在白天，钻在老百姓家的八仙桌下，四面用厚被子遮掩好，晒一张相就从桌底下伸出手一次，利用自然光曝一次光，曝光时间长短全凭经验积累。"罗小兵告诉记者，"在黑黑的桌子底下，只能用蜡烛代替红灯观察把握相片的黑白反差，洗一次相片出来，人不仅被憋得满脸通红，而且两个鼻孔都被蜡烛烟熏得漆黑。"

　　同时，也正是因为这个便利条件，罗义淮保存下很多当年的照片，为我们留下了不少红色记忆。

（2014-10-15《今晨6点》）

罗小兵解读父母照片背后的故事

当年支前到潍县，掖县妇女最少挑担一百五十里

作为胶东抗战前辈后代的罗小兵，在参加过胶东抗战的父母去世后，用心考证了他们留下的老照片，挖掘整理出了一段段革命历史故事，这也成为他对父母最好的纪念。

掖县妇女挑着担子支前到潍县

1948年4月，在山东战场，我军转入战略进攻，二十天攻下潍县城，全歼敌人两万五千余人，地方党组织和人民群众全力以赴支援作战，掖县妇女挑着担子前去支前。

"父亲在战争年代留下的老照片最多的是1948年潍县战役的老照片，共有四十八张。"罗小兵昨天告诉记者，他的父亲罗义淮当时任华东野战军九纵队政治部宣传部部长，他拍摄了潍县战役战前、战中及战后拥军庆功活动的场景，基本反映了潍县战役全过程，其中大部分说明词都是罗义淮当时撰写的，除了战斗和战场场景还有人民支前、慰问以及英模大会的镜头。

"这些照片里还有两张是与掖县有关的镜头，一张掖县妇女支前的照片说明是'为保卫家乡，掖县妇女踊跃支援前线'，一张是掖县桑园村组织秧歌慰问。"罗小兵介绍说。

潍县，是潍坊解放前的旧称；掖县，就是现在的莱州。虽然两地相邻，但从莱州最靠近潍坊的地方到潍坊城区也有一百五十里，妇女们挑着担子去支

前，可见当时人民群众对子弟兵的支持。

一张合影记载革命姐妹战友情

"母亲衣向璞的老相册中，比较多的是她和家里人的照片，最多的就是和我二姨衣洛夫家人的，因为她们俩分别于1938年和1939年跑出蓬莱城投奔了八路军，走上了共同的革命道路，后来又分别嫁给了八路军战友，都获得了三级独立自由勋章和三级解放勋章，两家来往最多。"罗小兵说，其中比较早的一张是1946年他的母亲和二姐衣洛夫、二姐夫孙寄尘及外甥海勋的合影，照片背面有孙寄尘题字——"义淮、向璞同志留念。一九四六/九/三于蓬莱"。

在罗小兵的眼里，衣洛夫是个传奇般的伟大女性。

在1942年日寇大扫荡的马石山战役中，衣洛夫被敌人的机枪扫断了双腿，根据地的乡亲们把她从死人堆里救出，捡回了一条命，后来被评为三等甲级残废军人。衣洛夫的爱人孙寄尘也是蓬莱人，1938年1月参加革命，第二年入党，荣获二级独立自由勋章、二级解放勋章，曾任胶东五旅、胶东军区情报科长，负责收集敌伪情报，执行锄奸任务。

孔迈：华侨回国参战成为新闻人

"这张是孔叔叔抗日战争期间负伤后在休养所拍的合影，送给我父亲显然是报个平安，以免老战友挂牵。"罗小兵告诉记者，在他父亲留下的老照片中，很多是孔迈（原名孔东平）和徐舟力夫妇一家的合影。

孔东平是印尼华侨，1939年返回祖国投身抗日战争。他先到陕北公学学习，年底到抗大一分校参加八路军，与罗小兵的父亲罗义淮成为战友。1949年渡江战役前夕，孔东平调任新华社第三野战军总分社九兵团新华分社社长并兼任长江报社社长，罗义淮和他分开，后来孔东平改名叫孔迈，1962年二人重逢在人民大会堂的一场国际形势报告会上。

"会议主持人宣布做报告人的名字是新华社驻古巴分社社长孔迈，我父亲听他的声音很熟悉，就犯起了嘀咕，报告一结束，我父亲上去相认，果然是分别十三年的老战友。"罗小兵说。

魏来国：毛主席夸他"神枪手"

在罗义淮收藏的照片中，还有一张毛主席夸赞的"神枪手"——魏来国的照片。

"这张照片中，魏来国叔叔扣扳机的右手裹着纱布，看来是负伤未愈。"罗小兵告诉记者，魏来国是荣成市东山镇干占村人，出生于1925年11月，

1942年参加八路军，离休前任二十七集团军副军长。

　　1946年7月2日，在胶济铁路南泉车站以东兰格庄阻击战中，魏来国以一百三十五发子弹毙伤国民党军一百一十人的战绩创下了我军新的毙敌记录。1947年4月，他又带领七七团四连在蒙阴白马关阻击敌人，打退敌人七次冲锋，打死打伤敌人五百多名，他一人打死打伤敌人九十二名。战后，纵队司令部授予他们连"白马关战斗模范连"荣誉称号，并给魏来国记了一等功。喜讯传到山东军区司令部，许世友司令员对其他军区首长说："好样的，好样的，全区都要开展向魏来国、向四连学习的活动。"

　　"陈毅在向毛主席汇报工作时特地提到了魏来国一百三十五发枪弹打倒一百一十个敌人的事迹，毛主席高兴地说：'一个人就消灭了敌人一个连，了不起啊，全军官兵都像魏来国这样，解放战争的时间将大大地缩短。'"罗小兵告诉记者。

（2014-10-28《今晨6点》）

英雄后代寻找胶东红色印记（上）

在楚留店和战场泊找到罗义淮、许世友住过的老屋

3月12日至15日，开国少将谭右铭的女婿杨欧、开国大校罗义淮的儿子罗小兵，来到烟台寻找其父辈在胶东的红色印记，在栖霞市桃村镇楚留店村和海阳市郭城镇战场泊村，他们发现了罗义淮和许世友住过的老屋。

抗战先辈后代寻找父辈红色印记

3月12日，开国少将谭右铭的女婿杨欧、开国大校罗义淮的儿子罗小兵和为谭将军撰写回忆录的马海平老师一起来到烟台，与有关部门座谈交流，为刚刚去世的谭将军撰写画传充实资料。

谭右铭将军生于1910年12月，2015年2月14日去世。谭将军是重庆市云阳县人，又名谭林，1932年加入中国共产主义青年团，曾任共青团上海美专支部书记，同年加入共产党，曾在川东地区创建中共党组织，在云阳组织工农武装暴动。1937年，谭将军加入山西牺盟会抗日青年决死队，后随八路军一一五师参加抗日战争，1943年3月任中共胶东区委宣传部代部长，后任胶东军区政治部宣传科科长、组织部部长，以及山东军区第五师政委、华野九纵二十五师政委等职，曾参加过淮海战役、上海战役、抗美援朝，1955年被授予少将军衔。

3月14日至15日，杨欧、罗小兵与有关部门座谈交流后，在烟台开发区史志研究室姜顺海、烟台港公安局刘晓宁的陪同下，又和几位烟台的革命前辈

后代一起，寻访了父辈们在胶东留下的红色印记。

楚留店探访"柳堡故事"上演地

去年10月29日，记者在《今晨6点》发表《胶东八路军演绎〈柳堡的故事〉》，报道了罗小兵考证出父母一张酷似"柳堡的故事"镜头的照片拍摄地点在栖霞市楚留店村的情况，罗小兵一直希望有机会到那里探访一下。3月14日，一行人的第一站就是楚留店。

1941年底，祖籍四川的胶东抗大三支校政治处宣传股长罗义淮，和祖籍蓬莱的胶东抗大卫生队医务所副指导员衣向璞自由恋爱后，经组织批准结婚。儿子罗小兵在整理他们的照片时，发现其中一张是他们依偎在河滩上的合影，背面有"22/9，1944；与向璞合摄于楚留店村之南河沙滩上。义淮"和"形影相依"两处字迹。这张照片洋溢着青春和爱情，很像是电影《柳堡的故事》里的镜头。

在栖霞市桃村镇楚留店村边，罗小兵看到的是早已改造过的清洋河，河中拦坝蓄了水，已经找不到父母当年蹲坐拍照的河中沙滩了，但他还是激动得连连拍照，作为对父母在战火中美好爱情的留念。

"即使在当年那样战火纷飞的岁月，也有美好的爱情！"罗小兵说，"现在人们常喜欢问'你幸福吗'，我想，父母亲当年在拍这张合影时的感觉是最幸福的！"

进村意外找到罗义淮住过的老屋

一行人原想进村转一圈就走，记者提议找村里的老人了解一下当年的情况，结果意外地找到了罗义淮当年在村里住过的老屋。

村中广场边有一群正在玩乐的老人，罗小兵拿着当年父亲、母亲合影的照片向他们求证时，几位老人都还记得"罗股长"。

"罗股长住在老郝家！"时隔七十年，八十五岁的郝恩合（音）记忆犹新，他说，"那时抗大每年都来过春节，夏天还来歇伏！"

在郝恩合带领下，一行人到了罗义淮当年的房东郝春台（音）家里，现在那里住的是郝春台的儿媳滕云久（音）。

"那时种了一院子牡丹花！"七十八岁的滕云久说，"那时这房子朝北开门，这里是卫生所，旁边窗上开了个洞，拿药方便。"

桃村镇楚留店村687号，走进这个小院子，罗小兵见到了父亲、母亲七十多年前住过的老屋，坐了坐他们曾经坐过的炕头。他们谈起当年的往事，滕云久笑得前仰后合。

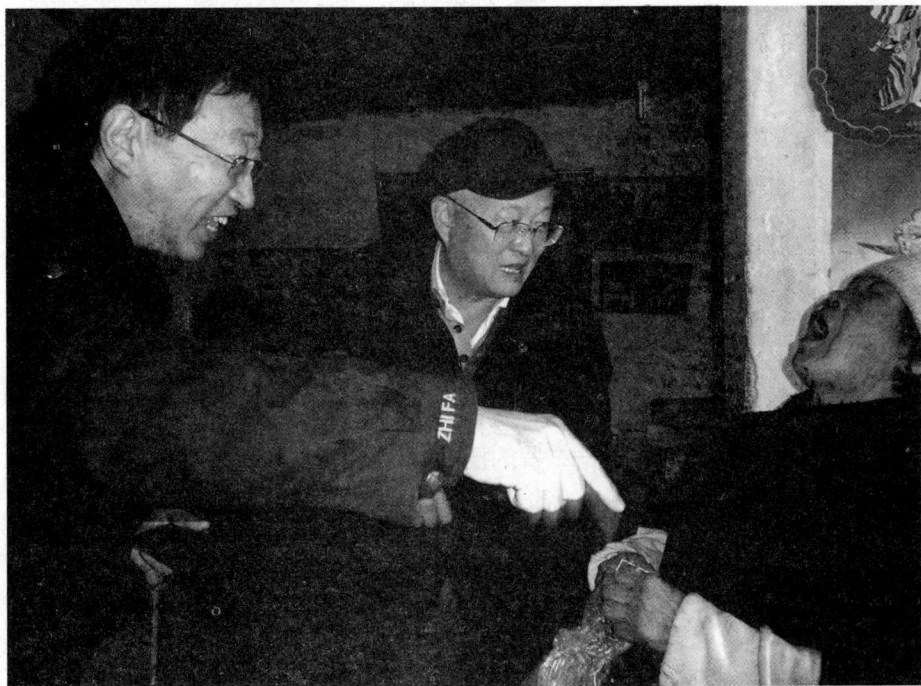

"等我回去，一定带着家人一起来看您！"临走时，罗小兵拉着滕云久的手说。

走出滕云久家门，住在前面的郝德国（音）听到声音出来了，说当年抗大校长蔡正国就住在前面的房子里，张（英勃）主任住在他后屋——1953年4月12日，作为在抗美援朝战争中牺牲的职务最高的志愿军，副军长蔡正国牺牲的消息传回国，毛主席曾喃喃叹息："蔡正国，蔡正国，不幸殉国，又折我一员骁将！"

一行人随后赶到英灵山胶东革命烈士陵园。适逢周末，烈士纪念堂关着门，大家就爬到山顶，瞻仰了烈士纪念塔和任常伦塑像，缅怀胶东八路军抗战的业绩。

战场泊发现许世友住过的老屋

当天下午，一行人又赶到海阳市郭城镇战场泊村，参观了"许世友将军在胶东纪念馆"和八路军胶东军区机关旧址。1942年7月1日，八路军胶东军区在海阳县朱吴村成立，军区机关后来迁至战场泊村。被称为"传奇将军"的开国上将许世友，在这里率领胶东军民进行了艰苦卓绝的抗日战争，毛主席称赞在许世友领导下的胶东子弟兵"打红了胶东半边天"。

谭右铭在胶东军区期间担任过军区政治部组织科长和宣传科长，他的女婿杨欧特意找到挂着"组织科"和"宣传科"牌子的老屋，在前面拍照留念。

在战场泊村425号，八十二岁的杨洪波说当年许世友就住在这栋房子里。他还记得当年许世友的爱人田普给了他一块洗衣服的"胰子"——肥皂，他没用完，还给她时，她没要。

为了表达革命后代对老区人民的感情，原四十五军一五八师刘健夫的儿子、现在烟台港公安局工作的刘晓宁给老人留下了二百元钱。

同行人见到老人窗外一盏锈迹斑斑的油灯，就建议杨欧带走做个纪念。杨欧给老人留下一百元钱，因摔伤躺在炕上的杨洪波在炕上连喊："不要，不要，你拿走吧。"

"那油灯已经证实是二十世纪七八十年代的产品，不过谭老他们当时用的也是这种油灯，现在放在他的灵位前，别有一番滋味。"3月17日，已经回到北京的杨欧告诉记者。

马石山缅怀前辈的壮烈事迹

离开战场泊，一行人又前往探访位于乳山的马石山，缅怀当年在马石山惨案中牺牲的胶东军民。驾车从309国道边的青山村爬了七公里的山路，就到了山顶的马石山十勇士纪念馆，可惜纪念馆正在施工，还没建好。

1942年11月，日军华北方面军司令官冈村宁次，指挥两万人对胶东抗日根据地"大扫荡"。11月21日，敌人合围以牙山、马石山为中心的抗日根据地，白天无山不搜，无村不梳，晚上密布岗哨，拉起铁蒺藜挂上铃铛，每隔三五十步燃火一堆，将山口封住。驻在马石山附近的我党政军机关破网而出，日军就疯狂屠杀平民百姓。

"我母亲当时十八岁，是抗大医务所副指导员，所在部队被打散后，被鬼子困在包围圈里，身上只有一支小手枪和几枚手榴弹。"罗小兵说，"她发现篝火最亮的地方敌人防守最薄弱，就带着两个比她小四五岁的男卫生员半夜冲了出来；和我妈一起参加八路军的二姨衣洛夫被敌人的机枪打断了双腿，是乡亲们把她从死人堆里救出来的。"

"当时鬼子像梳头似的把老百姓赶上山，逼到悬崖边，有些人没办法就跳了下去！"家乡就在附近的姜顺海说，"一些八路军突围后又杀进去解救老百姓，几进几出，不愧是工农的子弟、人民的武装！"

从马石山下来，一行人从东面绕到309国道，正看到落日悬在西面的马石山上，日红如血。

"马石山落日！"罗小兵叹道，日落马石山就像日本鬼子的惨败，他们横行霸道的日子一去不复返了。

同行的马海平想起了那首传唱不衰的歌曲，当即拍照发微信："西边的太阳就要落山了，鬼子的末日就要来到，弹起我心爱的土琵琶，唱起那动人的歌谣……"

（2015-3-22《今晨6点》）

英雄后代寻找胶东红色印记（下）

边走边拍照片发微信，朋友受感动捐款给老区人民

　　3月12日至15日，开国少将谭右铭的女婿杨欧、开国大校罗义淮的儿子罗小兵来到烟台，寻找其父辈在胶东的红色印记。他们边拍照片边发微信与朋友们分享寻访情况，一位朋友感动之余提出要捐出五千元钱，以表达对老区人民的敬意。

英雄后代继续寻找红色印记

　　3月14日探访烟台南部栖霞、海阳和乳山等地的胶东红色印记后，15日，开国少将谭右铭的女婿杨欧、开国大校罗义淮的儿子罗小兵，在烟台开发区史志研究室姜顺海、烟台港公安局刘晓宁等的陪同下，又前往烟台东部各地探访革命前辈的足迹。因为当天位于牟平的雷神庙战斗纪念馆不开门，一行人只去了文登天福山起义纪念馆和无染寺"一一·四"暴动指挥部遗址。

　　1935年农历十一月初四，中共胶东特委以昆嵛山为中心发动了席卷胶东的"一一·四"暴动，指挥部就设在无染寺。暴动失败后，于得水和王亮领导部分幸存人员组成昆嵛山红军游击队，为胶东革命保存下了宝贵的火种。

　　1937年12月24日，在文登、荣成、威海三地交界附近的天福山，爆发了威震胶东的天福山起义，创建了胶东第一支抗日武装——山东人民抗日救国军第三军（简称"三军"），标志着共产党独立领导的第一支胶东人民抗日武装诞生，拉开了胶东武装抗日救国的序幕。

1938年2月，"三军"成立后的第一场战斗——奔袭牟平县城的雷神庙战斗，打响了胶东抗日的第一枪，揭开了胶东人民奋起抗战的序幕。

天福山起义纪念馆发现错误

15日上午，一行人驱车来到文登天福山起义纪念馆。在"解放战争时期第三十二军主要战史沿革"展板前，罗小兵发现上面提到三十二军参加过1948年8月的潍县战役，并围困过青岛、即墨守敌，就告诉纪念馆工作人员：三十二军是1949年2月才成立的，1950年11月撤销，此处记载有误。

1949年2月，中央军委统一全军部队编制和番号，胶东军区前线指挥部第五师、第六师改编为第三十二军，原来的第六师改称九十四师，第五师改称九十五师。随后，三十二军与其他地方部队进行了青岛、即墨战役。1950年年初，山东军区警备四团、五团、二团、三团各一部组建了九十六师，后加入三十二军。三十二军随后从青岛南下福建，执行剿匪任务。1950年11月，三十二军的番号撤销，机关部门部分充实到第八兵团的兵团部，另一部分和原来的二十九军部合编，成立铁道公安司令部。

"这两张三十二军的照片实际是华野九纵打潍县战役及战役之后群众慰问的镜头，是我父亲罗义淮生前拍摄的。"罗小兵告诉那位工作人员，两张照片的原片还在他手里。

罗小兵原是解放军报社理论部副主任、高级编辑，近年来一直在搜集整理父辈的革命史料。退休后，他在2011年和六位革命后人发起了"寻访先辈革命路"活动，探寻父辈当年一起参加革命的足迹，掌握了不少革命史料。

"一一·四"暴动缔造胶东红军

离开天福山起义纪念馆，时近中午，一行人来不及吃饭，又驱车五十公里赶到昆嵛山主峰泰礴顶南麓的无染寺，探访"一一·四"武装暴动指挥部所在地。

1933年3月，第一届中共胶东特委成立，为发动武装暴动培养了骨干力量。1935年11月18日，胶东特委在当时的文登县沟于家村天寿宫召开军政联席会议，确定暴动计划，指挥部就设在无染寺，队伍番号为"中国工农红军胶东游击队"。11月29日，农历十一月初四，暴动在文登、荣成、乳山、牟平、海阳全面展开。当时全国上下大为震惊，很多报纸在头条报道所谓《胶东赤匪蠢动》的消息，蒋介石八次电令国民党山东省主席韩复榘派兵镇压。"一一·四"暴动虽然失败了，但却极大振奋了整个华东地区的革命热情，为以后的革命斗争提供了宝贵的经验和教训。而且，于得水和王亮带领幸存的一部分武装组建了昆嵛山工农红军游击队，凭借昆嵛山的地势坚持斗争，成为后来天福山起义的骨干力量，这也是土地革命时期胶东地区唯一的一支红军队伍。

杨欧、罗小兵一行在无染寺"一一·四"武装暴动指挥部所在地纪念馆详细观看了一件件文物和资料，了解"一一·四"武装暴动的情况，直到下午一点多才离开。

探访邓云宝的小屋"军事博物馆"

从无染寺"一一·四"武装暴动指挥部纪念馆回到烟台，一行人最后来到烟台红色收藏家邓云宝藏着"军事博物馆"的小屋，参观了他收藏的红色文物。

　　作为一位二十世纪三十年代参加地下工作的革命者的后代，邓云宝十四岁从临终的父亲手中接过一面特别党旗和一张战功证后，就萌生了收藏革命文物的想法。在随后的五十年里，无论是参军还是参加工作，他随时随地都想着收藏革命文物，最后甚至提前离职，专心到各地收集红色文物。2004年7月，记者以《小屋藏着"革命军事博物馆"》为题报道了他的事迹，他的一部分红色文物随后走出小屋，在烟台各地甚至山东省军区展出，感动了社会。近几年，他先后获得了2005—2006感动烟台人物、2013年感动山东网络人物称号，并在招远三个展馆展出了一万多件红色文物。

　　虽然有了三个展馆，但邓云宝的收藏并没有停下，如今他的小屋里又堆满了各种藏品，杨欧和罗小兵一行人走进去都转不开身，不得不一个一个排着队进去看，听他讲述着一件件红色文物的来历。

　　"一个人坚持五十年收藏革命文物确实不容易！"他们说，有机会要帮他

将这些红色文物都展出去，让更多的人从中了解到当年革命斗争的残酷和前辈流血牺牲的革命精神。

罗小兵微信收到朋友捐款消息

在这两天的探访期间，罗小兵有机会就通过微信和朋友们分享他的新发现，特别是在楚留店村找到父亲和母亲拍照的小河以及他们当年住过的房子、在战场泊找到当年许世友住过的老屋后，他把拍的照片都发了出去，让朋友们一起分享他的发现。

看了罗小兵发出的照片，一位朋友感慨老区的人民还住在这样的老房子里，就说要捐款五千元给他们。"真是老区人民没有忘记老八路，老八路后人也没有忘记老区人民。"同行的姜顺海说。

罗小兵他们商量决定，等捐款汇过来后，委托记者将这笔钱分别送给楚留店村的滕云久和战场泊村的杨洪波，帮助他们解决一点实际生活困难。

"在老区人民为革命做出的巨大贡献面前，我的一点点心意实在不足挂齿！"当罗小兵代老区人民向这位朋友表示感谢时，这位不让透露名字的先生给他回短信说，"我们应该感谢的是抛头颅洒热血的革命前辈，以及保护、养育并支持了前辈们英勇战斗的老区人民！"

（2015-3-23《今晨6点》）

"红二代"捐助胶东老区人民

五千元分赠许世友、罗义淮的房东后人

　　"谢谢你们，谢谢老八路！"昨天上午，记者一行将一位"红二代"捐赠的两千五百元交给海阳市郭城镇战场泊村的杨洪波时，八十二岁的老人连声道谢，眼泪都流了出来。之前，记者一行将另外两千五百元捐款交给栖霞市桃村镇楚留店村滕云久时，七十八岁的老人也激动不已，连称感谢。

"红二代"捐助老区人民五千元钱

　　3月12日至15日，开国少将谭右铭的女婿杨欧、开国大校罗义淮的儿子罗小兵到烟台寻找父辈在胶东的红色印记，意外地在栖霞市桃村镇楚留店村找到了罗义淮和妻子衣向璞居住过的老屋，在海阳市郭城镇战场泊村发现了许世友住过的老房子。罗小兵当时将拍摄的照片通过微信发到朋友圈后，一位同样是革命后代的朋友感慨老区的人民还住在这样的老房子里，就说要捐款五千元送给他们。罗小兵和那位"红二代"朋友商量后，决定委托记者将捐款分送给罗义淮的房东后人滕云久和许世友的房东后人杨洪波。

　　3月16日，回到北京的罗小兵接到那位不让透露姓名的"红二代"朋友的电话，立即跟记者要了一个账号，当即将五千元钱汇了过来，委托记者方便时送给两位老人。

　　昨天上午，记者和当初陪同杨欧、罗小兵寻找父辈红色印记的烟台港公安局刘晓宁以及他的两位同事、同是"红二代"的赵春华和芮爱玲一起，赶到

栖霞市桃村镇楚留店村和海阳市郭城镇战场泊村，将五千元钱分送给滕云久和杨洪波。

楚留店曾是"抗大"过节、歇伏点

昨天上午，记者一行赶到楚留店，在村书记郝教军的陪同下到了滕云久家，将那位"红二代"的捐款送给了老人，感动得老人连声称谢。

"这房子有一百七八十年了！"滕云久说，房子的墙基还是原来的，只是屋顶修过。

"原来的小瓦换成了大瓦！"郝教军说，老人的丈夫去世多年，现在老人自己一个人生活，有什么事情她的孩子们都会来照顾一下。

我们去时，老人正在包饺子，准备送给在医院住院的儿子。刘晓宁和赵春华、芮爱玲一听，当即动手，帮老人把饺子包了出来。

"那时'抗大'来过春节、歇伏，说明这里的群众觉悟很高，对革命很支持，这里很安全！"杨欧和罗小兵到楚留店寻访父辈的红色印记时，村民郝恩合说那时"抗大"每年都来过春节，夏天还来歇伏，罗小兵就深有感触地说，"不然我父母也不会那么悠闲地到小河边照相！"

胶东百姓所称的"抗大"，是1936年6月创立于陕北瓦窑堡、后迁至延安的中国人民抗日军政大学，简称"抗大"。1939年，"抗大"各分校分批离开延安到火线办学，一分校第一大队由贾若瑜和廖海光带领，穿过重重封锁，于1940年4月到达胶东，与创立于1938年3月的原胶东军政干校合并，成立中国人民抗日军政大学第一分校胶东支校（也称"第三支校"），简称"胶东抗大"。"胶东抗大"曾迁回招远、平度一带，一面战斗一面教学，1941年3月进驻栖霞牙山地区，直到日寇投降，在牙山办学近五年，为军队和地方党政部门输送了大批优秀人才。

战场泊修复八路军胶东军区机关旧址

　　离开楚留店，记者一行又赶到海阳市郭城镇战场泊村，将另外两千五百元钱送给了许世友的房东后人杨洪波。去年冬天摔伤后躺在炕上的杨洪波接过钱，激动得眼泪都流了出来，抓着刘晓宁的手久久不放，又回忆起了当年许世友在这里的一些往事。

　　"打下万第后，全县要秧歌的都来庆贺！许世友把姓潘的、姓王的、姓杨的几家大姓的家谱请了出来，扎了台子祭拜，感谢老百姓的帮助！"杨洪波说，"许世友枪法就是好啊，这是我当场看到的——他看到房顶上有只家雀，手往后一伸，警卫员就把枪递给了他，他接过去一抬枪，家雀就被打下来了！"

　　杨洪波的儿媳王淑艳告诉我们，他的父亲王守辰当年也是一名八路军，打万第时受伤回了村，现在政府一年给两万多元的补贴。

　　去年，海阳在战场泊村修建了"许世友将军在胶东纪念馆"，并对胶东军区机关旧址进行恢复性建设，近百户居民自愿让出了家里的老房子。八路军胶东军区机关旧址依照原貌，恢复了抗日军民学校、组织科、林浩旧居、许世友旧居、胶东军区司令部、生产科、野战医院手术室等抗战时期的原貌。

　　"当时老百姓都是将最好的房子腾出来给八路军住的，现在听说要修复八路军胶东军区机关旧址，都认为很光荣，又主动搬迁，将当年许世友将军和八路军用过的主要场所让了出来。"村里人说。

　　现在，八路军胶东军区机关旧址区已经修复了演武广场、磨盘广场、古井广场、饮马广场四个广场，以及四十四栋保留比较完整的民宅，使这里成为集中展示许世友将军的传奇一生、再现胶东子弟兵丰功伟绩和战时军民鱼水情的红色革命教育基地。

（2015-3-25《今晨6点》）

第四章

与死神争抢健在的革命英雄

时间对任何人都没有偏爱，即使是为国献出青春和热血的战斗英雄。

早在儿时，听闻一些当地的革命人士为国流血牺牲的事迹后，我就希望有一天能寻访那些散落在民间的革命英雄和亲历者，记录下他们的见闻，不至于因他们的逝去而将那一切记忆带走。到了报社成为一名新闻记者后，我在多年的红色印记采访报道中，一直希望挖掘到革命前辈那些一手的、前人没有记录下的史料，而不是在现有的资料中做一个"搬运工"。

事实也确实如人所担心的那样。如今十多年过去了，在我采访的那些革命前辈中，确实有不少人已经不在人世了——一位抗战妇女在我采访半个月之后就去世了，一位整理和捐献革命歌曲的老前辈也是在我采访后不久去世的，而就在汇编此书时，得知此前采访的一位革命前辈也去世了。我在痛心和憾恨之时，也庆幸能在他们生前对其进行采访，但是，即使在我采访的这些人中，肯定还有没有挖掘到的红色印记，随着他们的逝去，那一切也会永远地湮灭在历史的长河中。

在对这些英雄的采访中，我还遇到一件尴尬的事情：一位妻子去世的老革命因为与儿女关系不和不信任他们，请我与胶东革命烈士陵园联系购买墓地，想死后与牺牲的战友葬在一起，甚至委托我做他的遗嘱执行人。虽然我婉拒做其遗嘱继承人，但在帮他与胶东革命烈士陵园取得联系后，他的儿女得知了这一情况，就托人劝告我不要再为他做报道，不要再与他见面。无奈之下，那位老革命最后在侄子的帮助下去购买了墓地，随后，他也被送到了养老院。之后，我再与他联系时就找不到他了，到烟台几家养老院打听，也没有结果。

"忘记过去就意味着背叛。"寻访那些健在的革命前辈是史志部门的职责，更是每一位记者的责任。相对来说，记者更有条件辨真去伪，发表在报刊上的文字传播得也更广泛，如果有问题也更容易获得指正机会，如此保留下来的文字也更有史料价值。

他先后参加过三百多次战斗；

他带领一个班迫降敌人一千五百多人；

他被华东野战军授予二级战斗模范称号……

在烟台有这样一位神话般的传奇英雄，记者获悉消息后，在芝罘区一条小巷里找到了这位看似普通的八旬老人——

王道恩：八次与死亡擦肩而过

一个偶然的机会，记者获悉今年八十一岁的王道恩曾在解放战争中参加过近三百次战斗，曾带领一个侦察班俘虏敌人一千五百多名，打死打伤敌人五百多名；他曾被记三等功七次、二等功一次、一等功一次；1949年，他被华东野战军授予二级战斗模范的光荣称号。

这样一位充满传奇色彩的英雄，如今却像其他普通的老人一样生活在市区一条普通的街道里，周围的邻居都不知道他有如此传奇的经历，即使他的儿孙辈，也只是断断续续地听老人说起过自己的经历，几乎没有人完整地了解他的历史。一旦老人百年之后，他的这些经历岂不要湮灭在历史的烟尘中？为了不留下这样的遗憾，记者走进了老人的家中，希望能记录下他曾经的烽火岁月。

毕竟是八十一岁的高龄了，虽然精神矍铄，但王道恩的步履还是有些蹒跚，走路需要拄着拐杖。

也许是过于激动，一见面，王道恩说起话来有些无序。比他年轻八岁的老伴在一边笑着说："他老糊涂了，记不住什么了，你们采访他干什么啊！"王道恩听了，好像有些不满，扭头对她说："你到一边去！"他的老伴朝记者笑笑说："你们看，他还不让人说呢！"

记者试着问王道恩以前立过什么功，家里有没有奖章什么的。王道恩说立过功，但奖章没有了。他的老伴又在一边揶揄他说："怎么没有了？我都给你收藏起来了！"说着话，她去另一间屋里拿来了一个盒子，在王道恩面前的桌子上倒了出来：有大大小小的立功奖章，有朝鲜文字的证书，有参加部队学校的毕业证书⋯⋯

看着这些见证自己当年烽火岁月的物品，王道恩的记忆明显地清晰了起来，慢慢向记者描绘了他那充满战火硝烟的传奇经历。

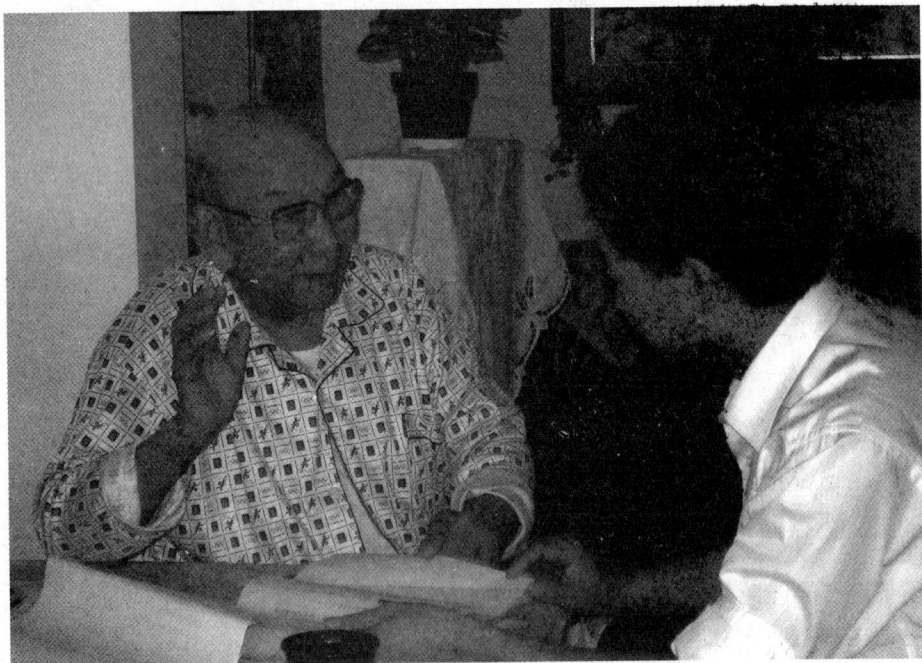

苦孩子找到了翻身路

王道恩，1928年12月22日出生在山东省沂南县葛沟镇王家堰村。当时，王家祖孙三代十七口就靠着一亩八分薄地维持生计，王道恩的降生让他们在高兴之余更多的是愁苦。加上当时兵荒马乱，王道恩的父亲和三个叔叔相继下了关东，到日本人的煤矿里当苦力，家里就靠他爷爷带着他们孤儿寡母苦撑着。无奈之下，四岁的王道恩就开始给地主放猪，一直放到九岁。

1937年春天，爷爷卖掉了祖传的皮袄把他送进了私人学堂，希望他学点知识摆脱贫穷的命运。这年冬天，侵华日军来到了沂蒙山区，学校解散了，王道恩也失学了。

十三岁时，王道恩进入地下党员开办的识字班，学到了许多革命道理，当上了村里的第一任儿童团长。在秘密党支部的领导下，他带领小伙伴们减租减息斗地主，站岗放哨查路条，开始走上了革命道路。1943年，十五岁的王道恩担任了村里的青救会会长和民兵指导员，他办起了互助组、担架队，想方设法为革命出力流汗。

1945年8月13日，王家堰村三十五名青年披红戴绿参加了八路军，走在最前头的就是王道恩。就这样，王道恩到了八路军鲁中军区特务营二连当了通讯员，后来又入了党，决心为革命贡献青春。

带领一个班俘敌一个团

1948年11月7日，淮海战役打响的第二天，我七十六师正面之敌——临沂保安旅连夜向徐州方向逃窜，已经是华东野战军八纵侦察营二连一班班长的王道恩接受了跟踪侦察的任务，带领七名战士连夜出发了。

追出七十多里路后，他们一直没有发现敌人的影子，眼看前面就是沂河，王道恩肯定敌人不可能在短时间连夜过河，怀疑敌人隐蔽在沿河一带，就兵分三组搜索前进。结果，他们在一个村头抓住了两个正在做饭的敌人，得知他们是临沂保安旅二团的，部队正在隐蔽休息，准备天亮后渡河。

这时，等待大部队已经来不及了，王道恩果断决定带领自己一个班的战士对付这一个团。他们摸索到沂河边一道沟壑，发现黑压压的一群人拥挤在一段二三百米的地带里，八个人立即占据了有利地形，将敌人包围了起来。打出两枪后，王道恩向敌人喊话，说解放军三个纵队马上就会赶来，前有沂河断路，劝他们缴械投降。南头的敌人企图夺路逃跑，被王道恩安排的机枪组扫倒了一片，敌人被镇住了，随后，一千五百多名敌人放下了武器。

最后，敌团长发现迫使他们投降的只有八个人，一气之下跳河自尽。

刘集歼敌一千无一伤亡

1948 年 12 月 28 日，华东野战军八纵七六师和敌人邱清泉部一旅在蚌埠以北刘集激战。凌晨两点，敌人大部被歼，阵地多被我方占领，但我方伤亡也很大。进攻暂停，担任二二六团五连六班班长的王道恩等七人作为预备队，担负起了肃清残敌的任务。王道恩将全班分成了两个战斗小组，开始搜索前进。

这时，从一个狭窄的胡同里窜出一条受惊的狗，王道恩意识到里面有敌人，就命令战士们封堵附近几条路口，自己端着冲锋枪向里摸去，结果在胡同尽头一块空旷地的工事里发现了几门大炮，自己脚下的环形战壕里挤满了敌人一个炮兵连。王道恩闪在一棵树后喊缴枪不杀，一个顽匪向他开了枪。王道恩一扫射，将他和身边几个敌人打倒，吓得其他敌人赶紧放下了武器，按照王道恩的命令排成一队出来集合。看到只有他一个人，敌连长乘机抓起一支卡宾枪就要朝他开火，又被王道恩一枪打倒。这下敌人都老实了，被随后赶来的战士们快速转移。

这时，附近七百多敌人在督战队的驱赶下从战壕两边涌了过来，王道恩迅速和战士们抢占了战壕中间一个环形工事，避开了敌人的火力，打破了敌人人多的优势。靠着工事优势，他们甩出一阵阵手榴弹，随后端起冲锋枪扫射，将西边的敌人打退了，又追着东边的敌人打。追到一个纵深设备工事前时，一个躲在避弹孔里的敌人一下子把枪口对准了王道恩，王道恩一个虎步下蹲，子弹从他的棉帽穿过，他顺势一个点射将敌人打死了。

这一来，一群敌人逃出了战壕，到了一堵围墙下，借着机枪掩护准备翻墙逃跑。王道恩接连甩出三颗手榴弹，之后和战士们一拥而上，二百多名敌人被迫投降。

天亮后，王道恩和战士们向敌人最后一块阵地出击。这是一群子母连环堡，敌人旅部指挥所设在中间一个母堡里，周围五十米的半径内分布着四个子堡，堡与堡之间有战壕相连，五百多名敌人占据在碉堡和战壕里。

王道恩和战友们正准备冲锋，发现眼前躺在地上的是我六连的同志，全部牺牲在阵地上。他意识到不能硬攻，就决定夺一条战壕，沿着战壕先炸掉母堡。他们用一排排手榴弹夺取了一条战壕，赶着敌人向母堡逼近。各碉堡的敌人疯狂扫射，他们自己的人也成片倒在他们的枪口下，王道恩和战友们却凭借有利地形掩护无一伤亡。

靠近母堡，王道恩和战友们将两排手榴弹扔出去，碉堡跟前的敌人被炸得血肉横飞。随着一颗颗手榴弹塞进母堡，里面传出一阵阵惨叫。射击孔里伸出一条绑在枪条上的白毛巾，三挺重机枪、六挺轻机枪和一百多支步枪也扔了出来，一百多人当了俘虏。敌人的指挥所瘫痪了，王道恩他们又打掉了两个子堡，最后一个子堡看大势已去，也挂了白旗。

这次战斗，王道恩的六班创下了自己无一伤亡却毙敌二百七十多人、俘虏六百多人的记录。为此，二六军给王道恩记了一等功，华东野战军授予他二级战斗模范称号。

一生八次与死亡擦肩而过

"参军后，我在国内打过日本鬼子，打过汉奸，打过国民党反动派，还在朝鲜打过美国鬼子和跟美国在一起的土耳其、英国联军！"王道恩说，"就像毛主席说的，'一切反动派都是纸老虎'，他们都失败了！"

"就是打纸老虎也有危险啊！战场上随时都会有伤亡，你没有遇到吗？"听着王道恩讲述的这些传奇经历，记者有些奇怪地问。

"有啊！我也负过伤，淮海战役时手指上蹦进了黄豆大的手榴弹皮，在朝鲜战场被美国的磷火弹烧伤了！"王道恩说，"打了这么多年仗，我是八次死里逃生啊！"

随后，王道恩向记者说起了八次与死亡擦肩而过的经历，其中在朝鲜战场上就有四次——

第一次是遇到敌人的四架飞机侦察扫射，炸弹在他身边爆炸，他的一个耳朵被震聋，一只眼睛视力受损，几乎看不见东西了。

第二次是夜里趴在地上和一个班长交代工作，两个人对着头小声说着，那位班长突然不说话了——原来他已经牺牲了，自己幸免于难。

第三次是在战场上遇到敌人扔下磷火弹，他的帽子起了火，用手一摸，手上、脸上都着了火，跑到山沟把头扎进水里也没有用，后来抓起泥巴糊住脸还着火。第二天，他的脸皮都卷了起来，住了四十多天医院还不好。

第四次是枪榴弹没打出去，在枪头上爆炸了，离他不到两米，幸亏它是往上炸的，才没有伤到自己。

王道恩说，另四次死里逃生是在淮海战役的刘集战斗中。除了敌连长朝他开火、避弹孔里的敌人打穿了他的帽子、攻打子母堡的三次历险外，还有一次是敌人的手榴弹扔到他跟前，他刚想捡起来扔出去，突然想到手榴弹飞来的距离，心想再捡起来扔出去已经来不及了，就赶紧趴下，结果手榴弹就在他原来脚站着的地方爆炸了，他动了动身子，竟然一点没伤着。

朝鲜战争结束了，王道恩来到了烟台工作。1956年，他和妻子结婚后，回到了分别十一年的故乡，家里人因为他久无音信以为他早已牺牲了。

离开战火纷飞的战场，王道恩从连长被提升为营参谋长、副营长、营长，后来转业到地方参加工作，直到离休，一直像一名普通市民一样过着平凡而幸福的生活。

2006年，王道恩和妻子相濡以沫度过了金婚纪念日，在孩子们的簇拥下，两人到婚纱店补拍了一张婚纱照，端端正正挂在客厅里，见证着他们幸福恩爱的生活……

（2009-10-11《烟台日报》，与刘佳扬合写）

孙玉祥一家四人死于日军轰炸

他十二岁开始流浪，十七岁参加八路军走上革命道路

　　"我家里有四口人死在日本鬼子手里！"抗日战争爆发七十七周年之际，祖籍栖霞桃村的离休干部孙玉祥昨天告诉记者，"我以前一直找不到证明材料，直到去年6月，我找到了以前的邻居孙玉坤，当年二十一岁的他还记得这一切，他在盖着村委会大印的证明上按下手印，证明了这一点！"

当年一家四口被日军飞机炸死

　　"那是1939年农历的冬月十一日，当时青岛和烟台都被日本鬼子占领了，他们的飞机从青岛飞往烟台时，在桃村发现抗日民众，就扔下了几颗炸弹，炸死了十二人，其中就有我的母亲、我的大哥和四弟、五弟，我家一下子失去了四口人。"昨天，记者走进芝罘区云龙里一栋普通的居民楼，见到了八十七岁的离休干部孙玉祥。他告诉记者，当年惨剧发生后，他两个年幼的妹妹被送到了烟台恤养院，还有一个哥哥在家里干活，只有十二岁的他不能干活，就到处流浪，最后到了大连，靠给人打工混口饭吃。

　　十六岁那年，孙玉祥的父亲到大连找到了他，把他带回老家。回来第二年，1945年1月，十七岁的他就参加了八路军。

他参加八路军走上革命道路

记者从孙玉祥的资料中看到，他出生于1927年，1945年1月加入八路军，在许世友的"九纵"当电话兵，曾到威海汪疃学习架线等电话兵业务，不久就参加了解放烟台的战斗。1946年4月，孙玉祥入了党，随后曾在部队里担任班长、排长、连长等职，跟随部队参加过孟良崮、济南、淮海、渡江等战役和抗美援朝战争，立过十一次三等功和四等功。

1958年，孙玉祥转业到了扬州，曾在解放军南字八一五部队一零零厂做过副厂长（当时用名孙毓祥）。1966年，他患病离职休养。

"1976年周总理去世后，我想叶落归根，就回到烟台，在肉联厂工作，曾任机修车间支部书记。"孙玉祥告诉记者，之后他一直在那里工作，直到1985年离休。

抗美援朝战争中曾获三等功

"1950年，我在志愿军二十七军八十师通信连任电话排长。在新兴里战斗中，我率四人架主攻团的电话线，突遭敌散兵袭击，前进受阻，一名战士牺牲。我当机立断，在另外三人的掩护下，用手枪和手榴弹先后将石洞内的敌军官和散兵各一名击毙，顺利完成架线任务。战后，上级为我记三等功一次，并授朝鲜军功章一枚和人民功臣汗衫一件。"孙玉祥指着一张他身穿那件汗衫的照片告诉记者，那时能得到一件汗衫是很大的荣誉。

事实上，屡立战功的孙玉祥近年来也一直感受着荣誉：1995年3月，他获得了一枚中共烟台市委和烟台市政府联合颁发给他的带有他的头像的瓷碟；2005年，中共中央、国务院、中央军委为纪念中国人民抗日战争暨世界反法西斯战争胜利六十周年，向全国所有健在的抗战老战士、老同志及抗日将领或其遗属颁发"中国人民抗日战争胜利六十周年纪念章"，作为当年的抗战老战士，孙玉祥也得到了一枚；2011年7月1日，在中国共产党建党九十周年之际，中共烟台市委又向他发放一枚编号为06811的纪念章，这些都让他引以为傲。

（2014-7-9《今晨6点》）

孙玉祥见证美军登陆烟台事件

当年他作为电话兵守电话传递消息

"当年我是电话兵，仲曦东让我在山下邮局、烟台山医院和养正小学安了三部电话，以便及时联系！"昨天，在芝罘区云龙里一处普通的住宅里，八十七岁的离休干部孙玉祥告诉记者，他曾见证了美军企图登陆烟台事件。

见证反美军登陆烟台事件

"我们进入烟台后电话总机设在位于毓璜顶的师部，山下邮局、烟台山医院和养正小学各设了一部电话。"昨天，在芝罘区云龙里一处普通住宅里，八十七岁的离休干部孙玉祥告诉记者，"美军企图登陆烟台时，我负责守电话，负责与美军谈判的仲曦东还安慰我不要怕！"

1945年1月，一家四口被日寇飞机炸死的孙玉祥只有十七岁，但他一心想为亲人报仇，就谎称十八岁参加了八路军。部队领导看他个子还没有枪高，就让他当了电话兵，派他到东海电话局学习电话架设和维修技术。三个月后，孙玉祥能独立工作了，8月在牟平编入胶东军区警备四旅，参加了解放烟台的战斗。

1945年8月烟台解放，我军在烟台等地准备渡海北上，接受东北日军的投降，开辟东北解放区。9月底，美军为了帮助蒋介石和国民党政府抢占抗日胜利果实和东北战略要地，就打着盟军的旗号将军舰开到烟台海域，要求在烟台登陆，准备武力阻挠我军实现这一战略目的。时任中共胶东区委外事特派员兼烟台市代市长的于谷莺与烟台警备区政委仲曦东、市委书记滕景禄等研究了情况，组成反美舰登陆统一行动委员会，由仲曦东任统一行动委员会书记。

"仲政委告诉我不要害怕，他说山下邮局是受万国邮政联盟签字保护的，烟台山医院当时是法国医院，和作为学校的养正小学都不会受到攻击！"孙玉祥回忆说，"就这样，我守着电话负责传递信息，见证了反美军登陆烟台事件。"

这一事件当时牵动了中美两国三方的最高决策层，在中共中央的领导下，烟台党政军民与美军展开了一场针锋相对、据理力争的斗争，最终粉碎了美军的登陆图谋。美国作家史沫特莱曾在《伟大的道路》一书中总结说："美国人在烟台事件上低下了头。"

缴获美军军用腕带指南针

孙玉祥珍藏的几件战争期间的文物中，有两件上面带有英文字母，一件是带有"U.S.ARMY"的塑料哨子，一件是背面带有"U.S.ARMY COMPASS,WRIST.LIQUID FILLED"的腕带指南针，正面带有刻度、英文东西南北单词的缩写字母和"TAYLOR"。

"这两件东西都是我在朝鲜战场上从美国人那里缴获的，因为工作需要就留下来了。"孙玉祥告诉记者，作为电话兵，腕带指南针可以为他们指示方向，哨子可以在晚上架设电线时联系。"手表和眼镜什么的不能留！"他说。

解放烟台后，孙玉祥跟随部队在许世友的指挥下打下了胶县、高密、即墨三县，随后又参加了新莱、孟良崮、孟良崮、潍县和济南、淮海、渡江战役，曾首创在火车上架多部电话的先例；之后，他又参加了抗美援朝战争，其所在部队先后从烟台警备四旅改编成胶东军区第六师、华野九纵二十六师、解放军二十七军八十师。

"1950年我在志愿军二十七军八十师通信连任电话排长，在新兴里遭遇美国的'北极熊团'，我在山洞里打死了两个美国鬼子，缴获了一支新式卡宾枪、这个哨子和指南针。"孙玉祥说，此后，这哨子和指南针就一直陪伴在他身边。

打死美军"俘虏"受处分

在孙玉祥保存的一份档案复印件上记载着，他曾立新旧四等功各五次，立新三等功一次，但也曾两次受处分："1948年5月受队前警告一次，因打枪；1950年11月党内受当众劝告一次，因枪杀俘虏。"

"潍县战役我缴获了中将师长陈金城的黄埔佩剑和左轮手枪，和战友黄丙忠试射陈金城的左轮手枪时，枪管炸膛，受到了警告处分。"孙玉祥说，"但说我枪杀俘虏我不服！"

孙玉祥告诉记者，在朝鲜战场上遭遇美国"北极熊团"后，那天找不到团长了，通讯科科长王大凤（音）就让他在新兴里桥头等着。他和一个电话兵在桥头一座小房子里等了几个小时，来了两个人，一个是没穿军服的美国兵，一个是朝鲜翻译，两人想进屋跟他们要馒头吃。

"我们带的土豆都冻成疙瘩了，哪里还有馒头！"孙玉祥说，他们赶那两人走，两人看他们不是战斗员就不走。他怕发生意外，就用枪逼着两人走，两人还不走，他就开枪打死了那个美国兵。朝鲜翻译吓得跪地求饶，就放过了他。

"战斗结束做总结，政工科王继仁（音）说我枪杀俘虏，要给我警告处分。"孙玉祥说，"他没穿军服，应该是被打散后带着翻译逃跑的，没有人俘虏他，怎么能说是俘虏呢？"就这样，他的处分被由"警告"改为"劝告"。

"事后我分析他应该是个军官，而且级别挺高！"孙玉祥告诉记者，因为一般军官是没有资格带翻译的。

把抗美援朝入朝作战日当生日

孙玉祥告诉记者，抗美援朝时期是他人生最辉煌的时候，为了纪念那些岁月，他的生日就定在了中国人民志愿军入朝作战的日子——10月25日。

童年不幸的孙玉祥从小不知道自己的生日，后来办身份证需要生日日期时，他的家人曾专门回到他的家乡找乡亲们打听他的生日，但幸存的乡亲们只记得他是属兔的，没有一个人知道他的生日。

"我们一家人坐下来讨论我的生日问题时，他们问我这一生最辉煌的时候是什么时间，我就说是抗美援朝时，最后就决定把抗美援朝入朝作战的日子当作我的生日！"孙玉祥说，"当时我是我们电话排唯一一个参加过抗日战争的老兵，曾两次轻伤不下火线！"

这个历经抗日战争、解放战争和朝鲜战争的老兵1958年转业到扬州组建无线电厂。

"当时，师政治部主任陈建华找我谈话，他说转业不是解甲归田，更不是革命工作的结束，只不过是转移阵地罢了。你懂些通信技术，应当服从组织分配。"孙玉祥说，后来他在"文革"中受到冲击，"文革"一结束就回到了家乡烟台工作，1985年离休。

"抗日战争胜利六十周年时，从胶东军区走出去的将军贾若瑜回到烟台看望我们这些老战友，还送给我一本他的书——《贾若瑜画传》。"孙玉祥拿着那本贾若瑜亲笔签名的画册说，如今他对生死已经看得开了，现在唯一的希望，就是死后能安葬在灵应山革命烈士陵园，和长眠在那里的战友们相伴。

（2014-7-27《今晨6点》）

附

孙玉祥自述

1939年冬，日本鬼子的飞机残暴地炸死我母亲、哥哥和两个弟弟，使我流离失所，到大连当无酬童工，当时那种苦难的逃生倒不如回去拿起大刀、土枪抗日拼死在老家好。

1945年1月，我怀着报仇的决心，冒充十八岁参加了抗日的八路军。首长们见我苦大仇深，吃苦耐劳，但是人没枪高，就让我到东海电话局去学当电话兵。

经过三个月的刻苦训练，我已能独立地架设电线和安装、修理电话了，毕业后，即归属东海的主力部队，走捷径去年平城参加解放烟台的战斗。遗憾的是，我只有两枚手榴弹，没有机会打死一个日本兵，仇也没报得了。

1946年春，我高兴地加入了共产党，发誓威武不屈、富贵不淫，将革命进行到底。从那以后，我即专门为师长和政委架线安电话，曾出勤跟参谋长率炮兵去栾家口炮击美国军舰。

同年6月，这个以刘涌为师长、钟曦东为政委的师离开了烟台，在许世友司令的指挥下，打下了胶县、高密、即墨三县，切断了胶济铁路，把胶东和鲁中两个解放区连成一大片。与此同时，这些"土八路"扛上了洋枪洋炮，也能白天打仗了，随后编入华东野战军。

战争年代，我所在的二十七军八十师通讯连是打下烟台后新组建的。为适应打出去解放全国的需要，由烟台警备四旅先后改编成胶东军区第六师、华野九纵二十六师、解放军二十七军八十师。朝鲜战争回国后，扩建成通讯营，我当电话架设连长，同时也是这个连唯一经过抗日战争、解放战争、抗美援朝战争的老电话兵。

在非常顺畅又十分艰难的解放战争中，八十师出色地完成多次主攻任务，如首先冲上孟良崮，最早冲进济南，最早强渡天险长江，最早打进上海市区。更值得自豪的是，在朝鲜新兴里的战斗中，八十师在十分艰难的情况下，全力以赴，昼夜激战，全歼美军"北极熊团"（其团旗陈列在北京军事博物馆），知情者都称赞其是英勇善战、打遍天下无敌手的八十师。当时我率仅有的四人架设主攻团电话线，不料突遭敌散兵袭击，张俊志牺牲，前进受阻。我当机立断，在另三人的掩护下，用手枪和手榴弹将石洞内的一名敌军官和一名敌散兵击毙，缴获卡宾枪一支，并圆满完成架线任务。战后，上级为我记三等功一次，并在师庆功会上授朝鲜军功章一枚和人民功臣汗衫一件。

1958年春，师政治部主任陈建华找我谈话，他说转业不是解甲归田，更不是革命工作的结束，只不过是转移阵地罢了。"你懂些通信技术，应当服从组织分配。"就这样，我告别了养育我十多年的八十师，到扬州组建无线电厂。

"文革"后，我带全家回到了怀念已久的烟台，1985年秋离休，从此过着无忧无虑的生活，享受着优厚的待遇，提前步入小康。

想想过去的辉煌事迹，看看如今的处境，这难得的和平心态将伴我走向未来——在中华人民共和国成立六十年之际，我高呼祖国万岁！

蓬莱隋家窑散落着不少红色记忆

老党员犹记当年村民的抗日事迹

如果没有人介绍，谁也想不到一个体重不足百斤的九十二岁老太太会是一位抗日战争时期秘密入党的农民，那时她还没有出嫁。她就是蓬莱市小门家镇隋家窑村的门桂兰。

门桂兰：没出嫁先入党，化名张志军

"小门家就两个，俺村一个老婆儿，一个我！"前几天，记者赶到蓬莱人民医院采访时，躺在病床上的门桂兰由于耳背只能看着写在纸上的问题作答，或者是儿女靠在她耳边大声问她。听得出，她的思维尚可，但记忆已经不连贯了，她这话的意思应该是跟她同时入党的妇女只有一个。问到她的入党介绍人，她还记得一个是"北斗"，一个是王建璞（音）。

"'北斗'叫鬼子抓去了，王建璞领着抗日！"她说，"'北斗'是大辛店皂户于家的，（村里）有汉奸，他回去就（被鬼子）抓去了！"

老太太还解释说"北斗"是化名，她也有化名，叫"张志军"，因为她姥姥家姓张。

老太太说自己还做过青年团团长，经常开会，还去过上薛家受训，一同参加的还有一个邢家的。因为做的是地下工作，别人不知道。有一次日寇去她娘家，她因为发大水没回去，就没有被抓去。

"命大！"老太太说，大梁家一个区长就叫日寇打死了。

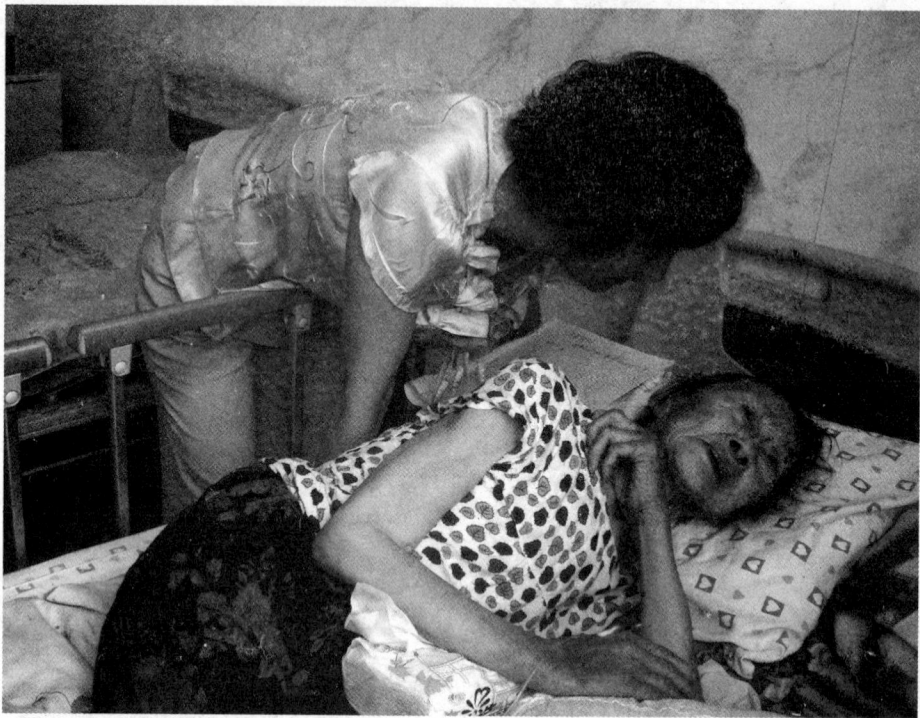

　　门桂兰是1922年11月17日出生的，家住蓬莱市小门家镇隋家窑村。儿女们介绍，老太太是1938年入党的，后来村里登记时给写成了1940年。她见到后还问过："怎么填了个（19）40年？"

　　门桂兰的儿子隋玉年说母亲一生节俭，晚上几乎不点灯。她的身体不好，以前腰老直不起来，走路时两手得拄着膝盖。

　　"去年11月，老太太开始发懒，去医院检查，原来是腰上长的瘤子转移到了肺上。"门桂兰的家人说，她在家里吃了七八千元的药没有用，今年8月初到蓬莱住了一次院。

张有芳：当年在山洞或地瓜井里开会

"当年她在小门家是红人，还没嫁过来就入了党，当了一辈子干部！"记者随后赶到隋家窑村，1947年入党、八十九岁的隋春享对记者介绍起他的妻子，"她当年还是妇救会（妇女抗日救国会）长、各救会（各界抗日救国会）长！"

"当年开会要跑到山上的山洞里，或是地瓜井里！"隋春享的妻子、八十六岁的张有芳是1947年嫁过来的，当时她才十九岁，如今还记得当年的情形。

张有芳的娘家是蓬莱市村里集镇张家沟村，当年她的父亲和叔叔也是地下党员。她的父亲还曾被鬼子抓了去，后来被赎了出来。

"把牲口卖了，让闾长去保的！"张有芳说。

两位老人告诉记者，如今他们儿女都早已成家立业，孙子辈也都学业有成，个个生活安稳，虽然当年他们和父辈都经历过艰难的抗战岁月，但他们如今很幸福。

隋桂嶷：捡日寇子弹炸掉两根手指

隋家窑村还有一位1949年入党的老党员隋桂嶷。他说打日寇时他是民兵连长，有一次捡到了日寇的子弹，没想到捡到手里就炸了，把他左手的食指和中指炸掉了。

"先到温石汤，后到北海医院（当年胶东的八路军医院）治疗过。"他说，自己随后在当地参加工作，后来因言惹祸，就回家务农了。

隋桂嶷现在跟着儿子、儿媳生活，他们还保存着老人一份1950年山东省人民政府颁发的第6006号《革命工作人员家属证》，说明隋桂嶷是"志愿参加革命为人民解放事业服务"的，"家属享受工属待遇"，签发人是"主席康生、副主席郭子化"。

今年九十一岁的隋桂嶷耳朵也很背了，跟他说话要趴在他耳边大声喊。记者问隋桂嶷当年他们打仗的地方，隋桂嶷说："周围的大辛店、丰粟、蓬莱都去过，哪里有鬼子就到哪里打！"

"当年老人是民兵，没出去当兵，炸掉两根指头现在想评个残疾都评不上！"隋桂嶷的儿媳遗憾地说，"老人说他是党员，当年打鬼子是应该的，不让我们去找！"

（2014-8-24《今晨6点》）

（后记：这篇报道发出不到一个月，门桂兰就在病床上与世长辞。）

翟浩生戎马生涯三十年没打过仗

做卫生兵治病救人，青春献军营

很多人都知道当兵打仗，其实也有当兵不打仗的人——就像蓬莱市大辛店镇崮寺店村的翟浩生，这位抗战胜利前夕参军的老兵从军三十多年，做的是治病救人的医疗工作，虽然没上过战场，却也把青春年华献给了军营。

参军当了不打仗的卫生兵

翟浩生1925年出生在蓬莱市大辛店镇崮寺店村，1944年4月到了八路军办的蓬莱师范学校学习，与后来成为海军中将的蓬莱市潮水镇平畅魏家村的魏金山是同学。

"魏金山是我们一中队的中队长，我们当时学习、工作、吃饭、睡觉都在一起。"翟浩生昨天接受记者采访时说，"他是1945年2月参加革命工作，后成为中共第十二届中央候补委员、委员（1985年9月中共全国代表会议增选）以及第十三届、十四届中央委员，还是第五届全国人民代表大会代表。"

翟浩生比魏金山晚一个月参加革命。1945年6月，他来到山东军区卫生部的卫生学校学习，开学时见到了时任山东军区政治部主任、中共中央山东分局委员的肖华。在这次开学典礼上，翟浩生表演了一个节目——模仿曾任国民党山东省主席的韩复榘讲话，让大家认识了他。

1945年10月，抗战胜利不久，胶东的八路军遵照中共中央的部署转战东北，翟浩生也踏上了转战征程。

经龙口秘密转移东北战场

"去东北时，我们是从龙口上船分开走的，开始没告诉是到东北，只说是到前方执行任务。我们在龙口换上便衣，每人领了十个烧饼就上了船——当时烧饼堆得像小山似的！"翟浩生告诉记者，"出发前，许世友司令还给我们讲话，说到了东北可以吃大米白面，下了船坐汽车不用走路。我们一船四十人，以前都没坐过船，一上船就吐，没有不吐的，吐得爹爹妈妈地叫！"

1945年9月15日，针对日本投降后的国内形势，中共中央决定建立东北局，开始组织各解放区的部队和干部开赴东北，海陆并进，日夜兼程。10月底开始，罗荣桓领导的山东军区部队陆续出发，除个别部队是走陆路外，其他绝大多数都是乘船到东北的，开创了我军历史上最大规模的渡海行动。

"过海到了大连庄河下船，没有车还得走。"翟浩生说，"路上有时能碰到苏联的部队，我们就相互打招呼。"

"到丹东待了半个月，部队太多了，我们又走到本溪！"翟浩生告诉记者，"当时还没开学，我们就协助后勤部清查日敌财产，我们负责清查医院！"

误入朝鲜引起"国际纠纷"

翟浩生记得，他们后来又转移到了通化，面对国民党部队的进攻，甚至一度转移到中朝边境的长白县，在那里接收了日本人开的医院，他负责管护士。

"当时，部队医院和司令部都在那里，没吃的没烧的，气温能达到零下四十摄氏度，我们经常上山打柴，有一次甚至误入朝鲜边境，被对方以为是特务。"翟浩生讲述道，"幸亏苏联老大哥从中调和，他们学校的校长请了一顿客，事情才算解决了。"

"1946年初，辽东沙岭战斗打响时，我们已经回到本溪，参加火车运送伤员救护队，护送伤员到各个医院治疗，条件很艰苦，吃住均在火车上。"翟浩生说，"当时，一列火车上五个人，车上冷，我们就用焦炭烤火，结果班长煤气中毒了！"

"就是在那时，我因为工作积极、救护伤员有功，得到嘉奖，还入了党。"翟浩生告诉记者，"校长邓太山看我们任务完成得好，就请我们下馆子，吃刚开江（鸭绿江）的梭鱼，那味道太好了，我现在还记得！"

他是一个没打过仗的老兵

沙岭战役后不久，辽东军区卫生学校成立，翟浩生又到了辽东军区卫生学校学习。后来遇到国民党军队进攻，他带着一部分学员撤到长白山——就是在那里，他不幸染上了肺结核，虽然后来几经治疗，但说话嗓音一直沙哑。

在卫生学校期间，翟浩生一边学习一边为伤病员治疗。1948年3月毕业后，他到辽东医科专门学校代课教学，后来还曾到医大三分校讲解剖知识。翟浩生说自己一直喜欢学习，后来又到卫生部附属医院跟着日本的教授、博士和专家学习，外科、内科、牙科、皮肤科都学过。等到国民党军队撤退、形势好转了，他们回到丹东，他又到医大三分校当外科医生，后来到辽东军区卫生所当医生。

1949年5月，翟浩生突然高烧不退，一检查是肺结核，就住了院，一度饭不能吃水不能喝。"棺材都准备好了！"他说，后来，组织上安排他到辽宁普兰店一家专门医院治疗，病情稍有好转他就要求出院了。

抗美援朝战争开始后，翟浩生要求上战场，因为身体不好没被批准，就一直在东北工作，从长春市政治文化干部学校到沈阳军区工程兵卫生所，从丹东到大连，然后到铁岭，慢慢成为一个没有打过仗的老兵。

雷锋曾帮了他一个大忙

1961年上半年，沈阳军区工程兵部队要征召三个团两千多人的新兵，当时翟浩生负责新兵体检工作。他们到达佳木斯后，征兵工作很不顺利，因为很多青年怕吃苦受累，一听当工程兵都不愿意去，又赶上当地甲型肝炎流行，征兵任务眼看完不成了，部队领导很焦急。就在这时，有人说将雷锋调去做场报告或许能行。

雷锋原名雷正兴，1940年出生在湖南一户贫民家庭，父亲、哥哥、弟弟相继被旧社会迫害致死，母亲被地主污辱后也悬梁自尽，他年仅七岁就沦为孤儿，在六叔公和六叔奶奶的拉扯下才活了下来。中华人民共和国成立后，雷锋获得新生，随后上学、参加工作，1960年1月参军入伍，成为沈阳军区工程兵第十团的战士。入伍第一天，雷锋就作为新兵代表在全国欢迎新战友大会上发言。入伍当年入党，雷锋就多次立功，成为模范。当年12月1日，他的十五篇日记在沈阳军区《前进报》发表，成为全军"明星"。

当时，雷锋在报告会上讲述了自己的苦难家史和中华人民共和国成立后自己的成长经历，特别是在部队得到的锻炼，让很多在座青年大受鼓舞，随即踊跃报名参军。

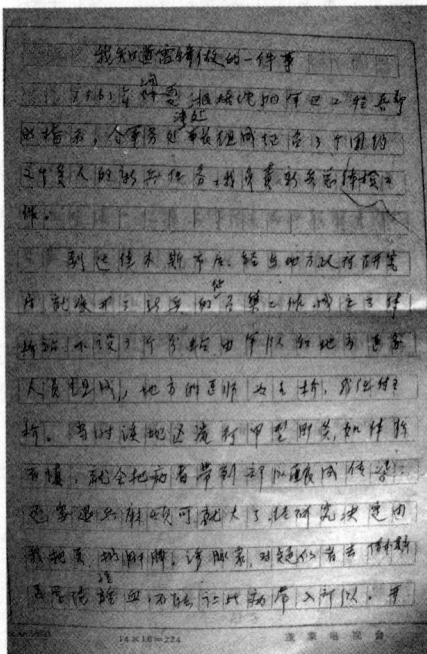

　　做完报告后，雷锋来到新兵体检站，见到正在工作的翟浩生，就敬了礼，说："首长受累了！"翟浩生赶紧停下手头的工作，紧紧握住他的手，说："能见到你非常荣幸，你帮了大忙，能使征兵工作顺利完成，我们大家感谢你！榜样的力量是巨大的，要向你学习！"

　　"文革"时，翟好生回到家乡医院治病救人，直到离休，如今在蓬莱安享晚年。

（2014–8–31《今晨6点》）

隋元方妻子入党不知道他是书记

当年都是秘密入党，只有一个党小组的才相互知道

"那个年代入党都是秘密的，我1939年入党，后来当了书记，1946年入党的妻子都不知道我是党员！"昨天，蓬莱市离休干部隋元方在接受记者采访时说，"当时村里集一千多户，但没出过一个汉奸！"

为求学找舅舅帮忙种田

1920年6月20日，隋元方出生在蓬莱市村里集村一个农民家庭，是个独生子。

"他是一个早产儿，刚生下来全身青紫，气息微弱，连手指甲也没有长好，大家都以为这个孩子活不了多久。"隋元方的孙女隋建训曾在《我的爷爷》一文中写道，"没想到，这个瘦弱的小生命不仅冲破了死神的牵绊顽强地活了下来，而且为家庭、为蓬莱，甚至为国家都做出了伟大的贡献。"

隋元方八岁进入学堂读书，四年后，父亲生病，家中田地无人打理，母亲想让他退学回家务农。隋元方在学校时学习成绩很好，考试总是得第一，他很想继续读书，就到舅舅家求他帮忙。舅舅带人和牲口去帮隋元方把地种上，他就在课余时间去照顾庄稼，坚持到两年后高小毕业。因为是独生子，隋元方那时一直在村里务农。

当时的高小毕业生在农村寥寥无几，高小毕业的隋元方接受了教育，自然懂得民族大义。1939年1月，在同村隋春林的介绍下，十九岁的隋元方秘密

加入了中国共产党，3月参加了北海地委举办的党训班。

参加党训班化名"于德"

"校长是尹伊，经常为我们讲课的有地委书记王夷黎和统战部部长王人三等。"隋元方告诉记者，"在这一个月的过程中，由于日伪军经常扫荡，被迫往返转移五次之多，大部分是夜间行军。"

当年日伪联合，不断扫荡根据地，环境极端恶劣，参加党训班的人一律改用假名，同学之间不得追问真名实姓和家乡住址。隋元方说，他那时的假名是"于德"。

当年北海地委经常住在离村里集十多里路的上薛家，党训班也常设在这里。上薛家地处蓬莱、黄县、栖霞三县交界的崮山脚下，便于进退，又是艾崮山区抗日根据地的中心区，群众基础相当好。

"在3月下旬的一次扫荡中，我们险些被敌人包围。头天我们已经接到大辛店敌人增加的报告，分析第二天可能来扫荡，晚上地直机关和部门还召开了娱乐晚会，直到深夜，所有同志都和衣而眠。第二天拂晓，敌人果然来偷袭，要包围上薛家。"隋元方回忆说，"我们仅有少数警卫部队，分从南北两侧掩护。敌人从村东进来，我们从村西撤离，尽管枪炮齐鸣，但整个地直机关无一伤亡，安全转移到栖霞蚕山一带。"

"当时顽固派蔡晋康刚从那里撤离十多天，我们趁机发动群众，宣传共产党的政策，发展建立党、团组织。"隋元方接着说，"一个星期后我们重返上薛家，发现敌人烧了不少房屋，我们的宿舍和教室都被烧光了，党训班只好转移到黄城阳村。"

妻子入党不知他是党员

"爷爷去地委学习一个月回来就任乡总支宣传委员，当年6月任乡总支书记，一直到1942年6月，乡总支撤销，转为村合作社，爷爷又当村合作社会计。上任之前，爷爷曾受过一次处分。"隋建训告诉记者，"因为乡总支撤销后组织上决定让他到区里任宣传委员，爷爷拒绝去上任，理由是离家太远，他又是独生子，走后家里的地没人种——爷爷受到的处分是停止组织关系一个月，就是一个月不通知他开会——不过，没过多久这个处分就撤销了。"

"三天一次会，四天一次会，任务就是发展党员，发动群众。"隋元方说，"那时入党都是秘密的，只有一个党小组的才相互知道，我妻子是1946年入党的，我是书记，知道她是党员，但她不知道我也是！"

和隋元方一起生活了七十五年的妻子王奎贤不识字，但当了二十三年的妇

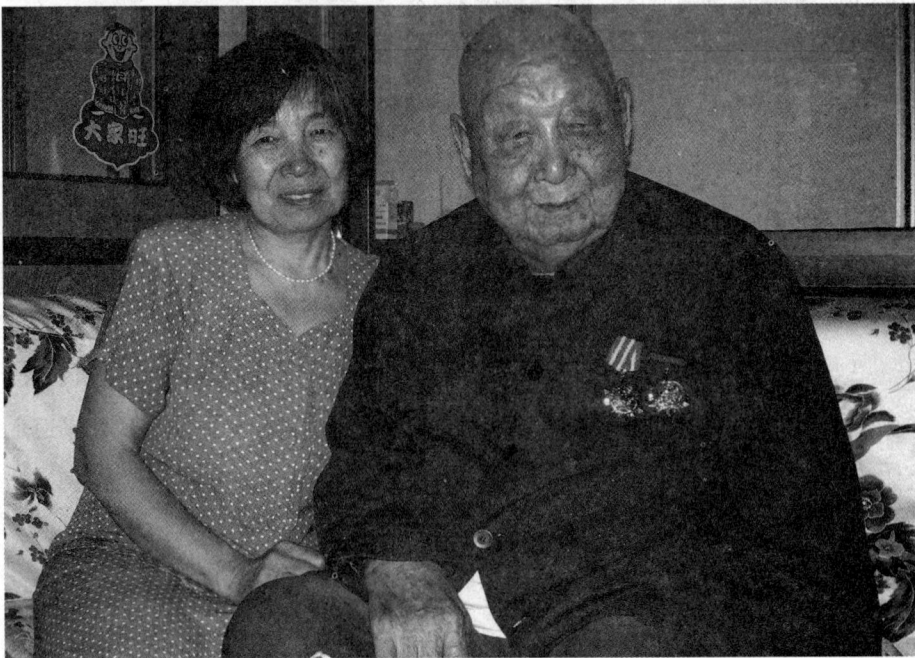

⊙隋元方和女儿隋凤秋

女主任，她做工作很积极，事事都不愿落到别人后面。

"她知道不识字的苦，所以对教育很重视。父亲在外面工作，母亲在村里负责，家里的教育都是母亲管的。"隋元方的小女儿、现在山东工商学院工作的隋凤秋告诉记者，"我们兄弟姊妹都考学出来了，这也是她的功劳！"

"看到五个孩子学业有成，而且'海陆空'都有，这让她很自豪！"隋凤秋说，她的大姐1961年被选调到中国人民解放军技术工程学院，大哥1963年考入中国人民解放军海军高级专科学院，二姐的丈夫是空军地勤，他们为此说家里"海陆空"齐了。

被日寇抓去带路侥幸逃生

作为地下党员的隋元方，还有一次被日寇抓去带路侥幸逃生的经历。

那是日寇到村里集的最后一次扫荡，当时隋元方和家人正在院子里吃早饭，知道日寇进村，他赶紧拿起一只小镢，拉开后吊窗跳出去，就往村北头跑。不料，那里有日寇，刚一见面，日寇就左右开弓打了他两个耳光，然后让他带路。

"鬼子的队伍有四五百人，抓了二十多个村民，都是给他们带路的。"隋元方说，"其实鬼子手里有地图，也根本不向村民问路，村民带路的真正作用是蹚地雷——因为八路军和地下党为伏击敌人常在路上埋地雷。"

走到温世汤休息时，日寇看到一个路人，也把他叫了过来。

"我认出他是曾在抗大上学、因为吃不了苦逃回家的张卫烈，他跟我打招呼，我哭笑不得，没有答话。"隋元方说，"有个曾和张卫烈一起上过抗大、后来投敌的'二鬼子'告了密，日寇就把他抓住一顿毒打，绑起来一起带走了。"

到了石良据点，日寇放走了带路村民，隋元方也被放走了。

"我先去找了张卫烈的哥哥报信。"隋元方接着说，"他当时是商会会长，在社会上有些关系，后来费了好大的劲才把张卫烈救出来。"

当年村里集村没出过汉奸

隋元方曾把这段经历讲给孩子们听，他的孙女隋建训为此写过一篇文章，感慨他能毫发无损地回到家里是多么幸运。

"我说的意思是汉奸可恨，没有汉奸告密鬼子就不会抓张卫烈！"隋元方告诉记者，"村里集当年是一个一千多户的大村，但没有一个投降派，没有一个'二鬼子'。"

"当时老村长于世厚被投降派抓去了，住在村里集姥姥家里十几岁的刘洪江跑去说：'于世厚是我爹，他年纪大了，你们抓人我去行不行？'就这样，刘洪江把于世厚给换下来了。"隋元方说，那些投降派抓人是为了要东西，当时抓了二十个，最后留下四个，其他的都杀了，刘洪江因为是个孩子也给放了回来。

"前几年去过一趟庙儿山（蓬莱革命烈士陵园），心里很不好受！"隋元方说，1949年后，村里移过三口烈士的坟墓，还挖出了埋在一位烈士身边的一支手枪，里面有三发子弹。

"中日战争起，遍地战火燃。县委发号召，全民齐向前……"高小毕业的父亲隋元方很喜欢写文章，这首五言长诗《重登艾崮山》就是他为纪念抗日岁月而作的。在长诗结尾，他写道："干群齐努力，岁岁丰收年。春光无限好，生活又改善。以此告先烈，胜似继香烟。抛头洒热血，只为后人甜。奉劝后来者，切莫忘当年。"

1949年后，隋元方在蓬莱当地工作，先后担任过蓬莱县商业局局长、化肥厂书记等职，1980年离休，如今在家里安享晚年。

（后记：就在此书出版前，记者得到隋元方和隋凤秋都已不在人世的消息。）

（2014－9－11《今晨6点》）

老八路孙佑杰七十年笔耕不辍

当年自制"土电影"宣传抗日，今天写文章、做报告传承精神

"9月3日北京举行阅兵仪式时，我在英灵山胶东革命烈士陵园参加了烟台举办的抗战纪念活动，过几天，我还要去做我的红色追梦报告会！"昨天，七十年前参军的八路军老战士、烟台日报社原副总编辑、九十岁的孙佑杰告诉记者，他的身体很好，从来没觉得累，是因为有牺牲的战友们激励着他。

日寇大扫荡，侥幸逃脱参加革命

"我从懂事时起，就记得从东北回来的堂姐说，日寇侵略中国后在东北三省烧杀抢掠，无恶不作。"谈到七十多年前参加革命的经历，孙佑杰至今记得清清楚楚。

1938年秋，日寇路过孙佑杰的家乡孙家埠村，村里人吓得四处躲藏避难，只有十二岁的他踩着梯子爬上堂屋半空存放地瓜的阁板，扒开地瓜堆藏在里面。尽管母亲搬走了梯子，但他还是怕日寇来了爬到阁板查看。

不一会儿，日寇来了。听到"咯噔""咯噔"的皮靴声，孙佑杰吓得大气不敢喘。日寇发现屋里只有他母亲一个人，就"八嘎""八嘎"地质问她人都到哪里去了。他的母亲以为日寇说的意思是有"八个"人，就再三解释没有"八个"，只有她一个，结果，日寇扇了他母亲一耳光就骂骂咧咧地走了。

此时，孙佑杰听到外面有姑娘边哭边跑，身后有日寇在追，边追边喊："赛姑、赛姑的有……"

因为曾听堂姐讲述日寇在东北干的坏事，孙佑杰知道他们说的"八嘎"是骂人的话，"赛姑"就是欺负女人做坏事，他心里充满了对日寇的仇恨，希望长大能去打日寇。那一次，孙佑杰的父亲被抓了去，幸运的是，他瞅着日寇不注意躲到一户人家的厕所里，最后逃了回来。

"鬼子占领胶东各个县城和重镇后，今儿下乡征粮催税，明儿扫荡捉人，弄得民不聊生。"孙佑杰说，1942年日寇进行大扫荡，从北海边到南海边一条线向半岛东部推进，扬言要把共产党、八路军一网打尽，见了男人就抓，见了姑娘就强奸，如有反抗就杀。在一位堂哥带领下，孙佑杰和三位堂弟幸运地逃了出来。

在胶东抗大决心杀敌立功

"1944年，我考到文荣威联中后，受天福山起义军抗日救国精神的感召，不到一年就报名参加了八路军。"孙佑杰回忆，他和十几名同学一起，在地下党同志的带领下秘密穿过数道日军封锁线，半个多月后到达栖霞北部山区的胶东抗大驻地，被编入抗大二营六连一排当学员。

"那天是1945年6月1日。"孙佑杰说，"到了抗大，我们换上黄绿色土布军装，配发了一杆大枪、十发子弹和三枚手榴弹，随时准备应对日本鬼子的捣乱和扫荡。抗大没有专用课堂和宿舍，根据敌情变化经常转移，走到哪个村哪个村就是学校，以农家闲房当宿舍，露天场地作课堂。"

　　孙佑杰回忆，有一天夜里轮到他到村边放哨，发现一个可疑人影，就大喊一声："口令！"对方答不上来，并撒腿往回跑，他立即扣动扳机向其射击，不料子弹哑了火，等他第二发子弹上膛时，那人已不见了踪影。

　　"那时学员的武器装备很差，一般不主动承担作战任务，遇上小股敌人主要是学校警卫连队抵挡。"孙佑杰说，如发现大股敌人来袭，学校就马上转移。

　　"胶东抗大"是抗日军政大学一分校胶东支校的简称，创建于1940年，采取理论联系实践的方法快速培训抗日战争急需人才，重点是培训军队干部，也培训少量地方干部，学员结业后，一般输送到作战部队和后方机关。

　　"当时我的梦想是：抗日拼沙场，喜报传故乡，生要立大功，死了当英雄。"孙佑杰说，他们接受了正规的军事训练，在政治方面学习了共产党宣言和党的章程等。接近结业的时候，每个人都精神抖擞，激情奋发，梦想能在战场上大显身手。

"土电影" 宣传抗日救国

　　"当时抗大刚成立了宣传队，急缺文艺骨干，看我会画画，还会拉胡琴，宣传队选人时就选了我。"孙佑杰回忆，当时自己想上前线，所以非常不情愿去宣传队。

　　"战争是一盘棋，有各种各样的分工，行行出状元，只有各行各业齐心协力，才能保证战争取得胜利。"领导找他谈话说，"宣传队的工作是用文艺鼓舞教育部队、活跃部队文化生活，不能上战场当杀敌英雄，可以争当做好本职工作的模范嘛！"

　　经过领导的动员，孙佑杰的心结慢慢打开了。

　　1945年，胶东抗大宣传队正式成立，但大家都没经过专业的训练，加上人数没有调齐，要排演节目很困难。

"弄一台幻灯机，用幻灯片来宣扬部队的英雄事迹，那肯定会开创出宣传工作的新局面。"孙佑杰说，虽然能想到这一点，但因为受日寇经济封锁，当时根本买不到现成的幻灯机，也不方便外出"取经"，他就硬着头皮自己制造。

"拿煤油灯光照射用纸壳固定的放大镜，在室内白墙上映出玻璃幻灯片，没想到效果还不错。"孙佑杰说，他反复试验，找到抗大修械所工程师，做成了以汽灯为光源的铁制幻灯机。

"当时我急于向机关部队报喜，就贸然安排在一次广场晚会上放映幻灯，不料放映到第四幅幻灯片时发生了故障。"孙佑杰说，"一位抗大领导上台大声斥责我：'孙佑杰，你搞的什么鬼名堂，乌七八糟，快给我搬走！'"

这次失败后，孙佑杰并没有就此罢手，他改进了幻灯机的结构，使之不仅更加灵活，而且研究出同时放映一静一动两幅幻灯片的方法，让幻灯片动了起来，成了"土电影"，深受欢迎。

1945年8月，日寇投降，胶东抗大的使命也在年底宣告终结。离开抗大后，孙佑杰继续"以文为枪"，作为战地记者记录了解放战争和抗美援朝期间军人们的英雄事迹。

战友激励他七十年笔耕不辍

"1947年，我所在的抗大宣传队原班人马调到华野九纵新成立的文工团。南征北战下部队采访时，我自学了木刻，刻制的数幅作品在军内外多家报纸发表。"孙佑杰说，随后抗美援朝战争爆发，他又在朝鲜战场的硝烟中创作了一系列木刻作品，作为对牺牲战友的一种纪念。

战争结束回国后，历经社会主义建设、屡次的政治运动和改革开放，1979年，孙佑杰转业到烟台日报社，担任副总编辑，继续笔耕。期间，他创作了中篇小说《 策反者 》、长篇纪实小说《 鸭绿江告诉你 》、长篇回忆录《 我的记者生涯 》等，深受好评。离休后，他又钻研工艺书法，三次荣获全国老年书画大赛金奖。

2012年底老伴去世后，孙佑杰一度消沉，整天沉溺于孤苦伶仃的悲凉之中。

"适逢中共十八大召开，习近平总书记提出的复兴中国梦的伟大号召，一下子使八十八岁的我从悲凉中清醒过来，一头扎进全国人民追梦的洪流之中，决心写出我追梦一生的文章。"孙佑杰说，他随后写作似井喷，当年在报刊发表了五万多字的文章，又把一年来发表的文章和报道结集自费出版，无偿赠送给广大读者。

去年至今，孙佑杰的写作更加多产，并接连举办四十多场次红色追梦报告会。这学期开学时，还有不少学校找他去讲新学期"第一课"。

"虽然我今年九十岁了，但身体很好，以前的毛病也没有了，不打针不吃药，生活完全自理，精神十足。"孙佑杰说，"我常常想，为什么我这么大岁数精力还这么旺盛、身体还这么好呢？应该是当年牺牲的战友们在激励着我，想让我把他们的事迹记录下来，把革命精神传承下去，让后人不要忘记战争的残酷，珍惜今天的和平盛世！"

（ 2014-9-5《 今晨6点 》）

车吉仁捐赠三十三首抗战歌曲

重病在床追忆抗战歌曲，希望后人不忘胶东抗战历史

"我想通过晨报把这些抗战歌曲捐献出去，让后人了解抗战时期胶东人民的精神风貌，不要忘了今天的幸福生活是怎样来的！"昨天下午，在毓璜顶医院的病房里，八十三岁的离休干部车吉仁将重病期间回忆、整理的三十三首抗战歌曲交给记者，希望通过《今晨6点》捐献给有关部门。

"老人从报纸上看到有关月初在烟台召开的胶东革命历史地位和贡献暨胶东革命精神座谈会的报道，得知烟台要打造胶东红色文化龙头城市和全国一流的红色文化教育基地，就想临终前将当年自己和战友、百姓们传唱的抗战歌曲整理出来！"昨天上午，在烟台市经济和信息化委员会离退休老干部工作办公室工作的施立光告诉记者，老人已经回忆、整理出了三十三首。

当天下午，记者与施立光来到毓璜顶医院，见到了躺在病床上的车吉仁。

车吉仁原籍荣成，抗战时期父亲去世后，母亲独自一人拉扯着四个孩子，其中两个不幸病饿致死，只有他和后来留在舅舅家里的大哥活了下来。因为老话说的"寡妇门前是非多"，他们家里很少有外人上门，两个女八路因此就经常住在他们家里，他们家也就成为八路军的地下联络点。有一次他和母亲送两位女八路出门时被埋伏的日寇抓住，幸而在有良知的伪军帮助下脱险。1948年，长大成人的车吉仁参加了解放军，成为华东军工部一家兵工厂的战士，在昆嵛山一带工作。1949年后，车吉仁到了烟台机床附件厂工作，1991年离休。如今，胃癌晚期的车吉仁知道自己治愈无望，就希望在弥留之际尽快把记忆中的抗战歌曲整理出来，让后人记住那段艰难岁月。

《持久战最后得胜利》《打倒日本鬼子大家享太平》《英勇杀敌的青年》《多打粮食送前线》《劝夫归队歌》《大战敌人在高格庄》……十九页、三十三首歌曲，都是重病在床的车吉仁凭着自己的记忆回想起来的。后面的《日本法西斯侵略的野心大》《八路军他能保卫昆嵛山》《我的小宝贝》，是他的孩子根据他的回忆记录下来的，他还没来得及抄写——其他的歌他都一个字一个字地抄写了下来，笔迹工整，很难看出这是一位重病在床的八十三岁老人的笔迹。

"这些歌曲老人还一首首地唱了出来！"施立光告诉记者，他前几天给老人录了像、录了音，可以把这些资料一起捐出去，作为一份红色遗产和红色教育的教材。

（2014-11-22《今晨6点》）

女八路领他走上革命路

守寡母亲掩护女八路，车吉仁还记得她们教唱的抗战歌曲

一位身患胃癌晚期的老人、八十三岁的离休老干部，得知烟台市要打造胶东红色文化龙头城市和红色文化教育基地的消息后，忍着病痛，凭着记忆，回忆整理出了三十三首抗战歌曲，无偿捐赠给有关部门。他就是烟台市经济和信息化委员会离退休干部、曾任第二支部书记的车吉仁。

父亲早逝母亲掩护女八路

"我父亲去世早，是母亲把我拉扯大的。" 11月21日，躺在病床上的车吉仁向记者讲述起了自己的身世。

车吉仁是1931年出生的，祖籍荣成市桥头镇所前泊村，当年家里兄弟妹妹四个。因为祖父家里地少难以维持生活，就让他父亲出去找工作。他父亲到了威海一家皮鞋厂上班，因为技术好，又被烟台朝阳街上一家鞋厂高薪聘请去，后来又被一位英国商人请到上海工作。

1937年"八一三事变"后，英国商人接连几个月不发工资，车吉仁的父亲也就没有钱往家寄。"一家人无法生活，母亲就写信去跟他要钱。"车吉仁说，就这样，他的父亲抑郁致病，结果死在上海。因为家贫无力，他们也没能去将他迁葬回来。

"父亲去世后，母亲出门讨饭，被人看到后告诉了我舅舅，我舅舅就把我们接了过去。"车吉仁告诉记者，舅舅对他们很好，那一阵他们一家都靠舅舅

接济生活。

　　"我太姥思想封建，家里的地卖了后钱只给舅舅。舅舅说，男外甥女外甥都应该分，就把三亩地的钱给了我母亲。"车吉仁说，母亲有了钱，就带着他们回家。车吉仁的大哥想待在舅舅家里，最后只有他和弟弟、妹妹跟着母亲回了家。不幸的是，弟弟和妹妹后来都病饿而死。

　　"我们村当时属于割据地区，周围村经常有鬼子活动，村外一里地就有日本鬼子的岗楼，八路军不能公开去，就派人偷偷来开展工作。"车吉仁说，"以前都说寡妇门前是非多，我母亲是寡妇，家里很少有人来，当年两个女八路就藏在我们家里。这两个女八路是青妇队的，她们晚上来做宣传发动工作，就住在我家屋顶层，天亮前再离开。"

母子俩护送八路半道被抓

　　车吉仁回忆，当年日寇经常戴着钢盔、开着车在周围村行动，他们见了就跑——那时叫"跑鬼子"。

　　"有一次我跟母亲和两个女八路被抓住了，好在后来都脱身了！"车吉仁回忆说，那天天亮前，他和母亲送两个女八路出村，路上经过松树岭时，他在前面带路。

　　"松树岭有不少松树，晚上一刮风嗖嗖地响，一般人不敢从那里走，那时我是个十二三的孩子，什么也不怕。"车吉仁说，"刚过了山头，我喊了一句：妈呀，你看放猪的都上山了，天亮了——那时家里都没有表，不知道时间，我看到放猪的就以为天亮了！"

　　"我刚一说，前面的人听见了——原来那不是放猪的，是埋伏的鬼子！"车吉仁接着说，日寇当时朝他们喊："站住，干什么的？"

　　"我到现在也不知道鬼子当时是在干什么，一定是有大的行动，目标绝对不是这两个女八路！"车吉仁说，当时两个女八路手里还拿着小手绢和给八路军写的慰问信，两个二十多岁的小姑娘也不知道怎么办了。他的母亲三十多岁，有点经验，就对她们说："你们手里拿的是什么？赶快埋起来！"

当时正是农村收花生的时候，地里有农民收的花生，摊放在那里晾着。他们赶紧扒开花生，把那些东西埋到花生下的土里，然后慢慢离开埋东西的地方。

日寇围过来，一看车吉仁和他母亲一个是孩子一个是中年妇女就没搜他们，只搜了那两个女八路的身。没搜出什么，就问她们是干什么的，怎么天不亮跑出来。她们说村里来了八路，因为害怕就躲了出来。日寇不信，说如果害怕八路会往北跑——北面是日寇的地盘——你们怎么往南跑呢？她们就说一害怕，半夜三更的也不知道方向了。日寇还是不相信，就拉着他们四个往北山走。

靠"二鬼子"掩护侥幸脱险

"鬼子把我们押到北山后，拿着机枪子弹抖了抖吓唬我们，然后又押着我们往北走。"车吉仁说。往北经过车吉仁他们村，在于家庙集合时，"二鬼子"——也就是伪军队长王新章（音）一看，知道是两个女八路被抓住了，就上前说："这不是谁谁家闺女嘛，你们晚上出来干什么！"上去就踹了她们一脚，把她们赶到一边，准备放她们走。

"这时那个真鬼子上前说：这两个不能放，那个小孩和大老婆可以放！"车吉仁告诉我们，"那时候有句话说：'挽簪的、扎辫的是好人，拃卡的是两种心，耳毛是八路军'——耳毛就是齐耳短发，是八路军妇女的发型，当时两个女八路是耳毛，真鬼子就不想放她们。王新章就说，她俩是因为头上生疮才剪了短发。他这么一说，真鬼子最后就把她们也放了……"

"那时很多当'二鬼子'的人不是真心给鬼子办事！"车吉仁说，当时敌占区好多村的村长对日寇也是应付，他们村村长的儿子就参加了八路军；他们邻村南台村文书王振盛（音）的儿子也参了军，他给人做童养媳的女儿也被她大姑姐动员参加了八路军。"她后来到了济南医院工作，我到济南时还去探望过她！"车吉仁说。

车吉仁说，正是因为老百姓心里都拥护八路军，都恨日寇，两个住在他家里的女八路一直很安全。

两个女八路领他走上革命路

"当时两个女八路想让我母亲跟着她们去参加革命，但我太姥不同意，她也就没跟着走。"车吉仁告诉记者说，"我脑子里的革命歌曲大部分是跟她们学的，当时很多老百姓都会唱！"

母亲没有跟着两个女八路去参加革命，但车吉仁长大后却因此走上了革命道路。虽然是十三四岁的孩子，但他也参加过两次战斗，拿着两颗假手榴弹呐喊助阵，敲铜盆助威。

"假手榴弹也是宝贝！"车吉仁告诉记者，当时黑灯瞎火的看不见，日寇不摸情况，听到这么大的声势吓得草木皆兵。

1931年出生的车吉仁在村里上过两年小学，后在家里干农活。1948年10月，十七岁的车吉仁参加了解放军，在华东军工部第二军工局第六兵工厂当通信员和工人。1949年后，他先后被送到华东军工部烟台工农学校、山东工学院速成中学和山东大学中文系学习，1962年毕业后回到部队；1965年，他到北京军区司令部当参谋，1976年又回到原所在部队军工厂转产的烟台机床附件厂工作，直到离休。不久前，他因患胃癌住进了医院。

"月初，我看到烟台要打造胶东红色文化龙头城市和红色文化教育基地的报道，就想把记忆中的抗战歌曲整理出来捐赠出去，留给后人传唱！"车吉仁说，因为重病在床，他只能口述先让孩子们记下来，然后他再整理，现在已经整理出三十三首。

作为烟台市经济和信息化委员会离退休老干部工作办公室的负责人，施立光知道这个情况后，就赶到车吉仁病床前，为他录音录像，并制作了一张光盘。

11月25日，芝罘区委党史研究室副主任侯迎春来到车吉仁的病床前，接受了他捐赠的抗战歌曲和歌曲光盘，当场向他颁发了荣誉证书。

"这些都是宝贵的革命财富！"侯迎春握着车吉仁的手说，"感谢您，我们会把这些歌曲作为红色遗产和红色教育资料，让后人继续传唱下去！"

（2014–11–28《今晨6点》）

捐赠抗战歌曲的车吉仁去世

党培自费传播革命传统精神

"感谢经信委党组织帮我完成了最后的心愿；感谢晨报记者及时采访报道；感谢芝罘区党史办侯迎春主任代表烟台市红办给我颁发了荣誉证书！"在无偿捐赠三十三首抗战歌曲不久，车吉仁去世了，临终前虽然满怀感激之情，但还是遗憾没有更多时间整理出更多的革命歌曲。

施立光告诉记者，老人临终前看到《今晨6点》对其所做的三篇报道，特意对记者根据录音整理材料中的几处失误做了说明和更正，并感慨说："我只想为烟台红色文化建设尽微薄之力，没想到组织上和新闻部门这么重视。要是能让我多活几天，我还有很多革命歌曲可以写下来，可惜现在已经没有力气写了……"

"爆炸战，爆炸战，嘻哩哩哩，哗啦啦啦翻了天，烂草堆里能爆炸，路旁石头能开花……"这首形象、生动的《爆炸战歌》是车吉仁生前根据回忆整理出的红色抗战歌曲之一。车吉仁去世后不久，烟台党培幼儿园园长党培，就自费将老人回忆整理的这些歌曲打印出来，并制作了一块刊板展示，宣扬车吉仁传承红色文物的革命精神。

此前，看到记者报道的车吉仁老人捐赠红色歌曲的事迹后，党培就与接受捐赠的芝罘区委党史研究室取得了联系，并得到了一份车吉仁捐赠歌曲的复印件。她拿回去自费找人整理、打印了出来，分发到一些单位和个人手中，希望车吉仁老人留下来的这份精神财富传承下去。

今年六十二岁的党培乳名花花，两岁时被父亲送给养父母，多受虐待，后被党和政府解救，并送她上学，随即改名党培，立志永远做党的好孩子，为党争光。十七岁时，成绩优异的党培放弃了保送上大学的机会，参了军，成为沈阳军区建设兵团的"五好战士"与标兵。转业回到烟台后，党培先后在芝罘区小沙埠小学、北上坊小学教音乐和数学，多次被评为省、市级教学能手。1996年10月，四十六岁的党培病退回家。后来，她拿出家中积蓄，免费办起了照顾周末无人看管和外地来烟打工家庭的孩子，取名"党培德艺幼儿园"。因为不收费不合规定，党培的幼儿园被举报，她才开始适当收费，但所收费用大多用于对孩子和社会进行红色革命教育上，得到社会各界的赞许。

（2014-12-24《今晨6点》）

第五章

寻找革命前辈的红色印记

"为有牺牲多壮志，敢教日月换新天。"

即使当年为国捐躯的烈士们尸骨未寒，即使亲人们几十年怀念的泪水未干，但革命前辈们的事迹还是日渐淡化在人们的记忆中。

传承记忆，是一名新闻记者的职责之一。牺牲的烈士们不会再开口说话，健在的英雄也都年事已高。趁着还有见证人，多年来我多方采访，为的就是不让这些红色印记消失，为的就是让这红色精神传承下去。

他是牟平第一任县委书记，组织发动了多次农民起义，却在"文革"时被误传为"叛徒"；

他为革命"绑架"亲生父亲，受其影响，他一家出了三位烈士，家人却从不居功自傲；

为学习先烈精神，继承先烈遗志，"八一"建军节之际，他的后人将其遗物郑重捐献……

烟台市红色文物收藏家邓云宝在整理藏品时，胶东党的创始人之一、牟平第一任县委书记刘经三的故事引起了他的注意。日前，记者与他一起前往刘经三的故乡寻访他的红色印记——

刘经三为革命"绑架"父亲

他是牟平第一任县委书记

7月29日，一个少有的酷热天，记者与邓云宝驱车前往刘经三的家乡乳山市徐家镇黄疃村。到达已是中午时分，刘经三的孙子、今年五十六岁的刘新初提前接到电话，正等在路边。

稍微歇息一会儿，在刘新初的带领下，记者和邓云宝赶到位于黄疃村西北高地上的刘经三墓地。这是2006年国庆节之际当地有关部门为刘经三和他的妻子陶展卿修建的合墓，墓前两侧分别刻着黑底白字"豪气万古流芳""英灵永垂不朽"；墓前石碑碑额是"与日月同辉"五个篆字；墓碑背面镌刻着威海党史委主任田荣纂写的刘经三一生的光辉经历：

1932年秋天，刘经三加入中国共产党。1933年1月，中共牟平县委成立，刘经三任书记,成为中共牟平县委第一任书记,多次发动和领导胶东南部沿海一带农、渔、盐民同官府进行斗争。1934年9月23日,刘经三在文登崮头集被捕,后解送到济南山东省第一监狱内关押政治犯的反省院。1936年2月16日经保获释。1937年2月,刘经三几经辗转到达延安,进抗日军政大学学习,结业后留延安工作。8月,他在延河逝世,年仅三十一岁。

"其实,刘经三的墓地在延安,这么多年没去祭扫,也不知道还能不能找到!"刘新初感慨地说。

在黄疃村采访时,七十六岁的老书记刘德钦告诉记者这样一件事:"文革"期间,因刘经三曾经进过济南反省院被误传为"叛徒",刘家后人受到了冲击。当时村里和乳山县、烟台地区(当时乳山属于烟台)有关部门到中央查阅刘经三的档案,中央有关部门专门给村里来了一封信,证明刘经三没有叛徒行为。1983年8月1日,国家民政部又为刘经三补发了烈士证书。

当年中央的来信现在在哪里呢?刘德钦找了半天没找到,不知道放哪里去了,或者是遗失了。"当时我们在村里开会宣读过的!"他说。

"现在家里还有没有先烈们的东西了?"作为红色文物收藏家,邓云宝希望能有新的发现。

"没有了!以前家里还有一些,'文革'时都烧了!"刘新初遗憾地说。

他家一门三烈士不居功

当天下午,刘经三的儿媳、七十九岁的姜凤英拿出了刘经三留下的一件长袍、一个小皮包、一本《新式武器与未来大战》、一本《交流》杂志、一封家书、一个抗属优待证和照片等遗物,全部交给了邓云宝。

抗属优待证是六十多年前抗日政府发给抗日军人家属的优待凭证。记者看

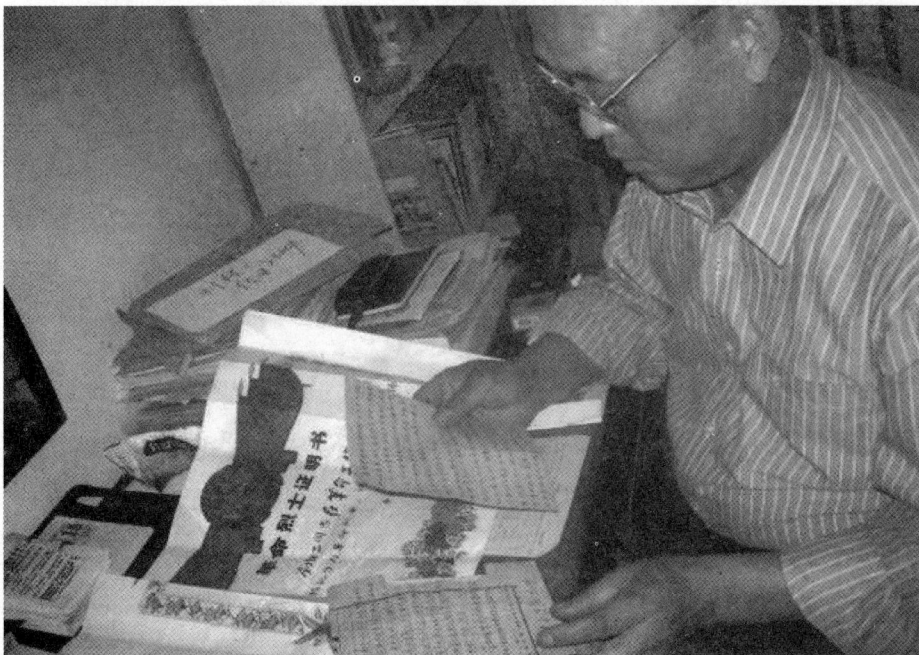

到，优待证就是一个纸质的小册子，制作得有些简单、粗糙，但字迹清晰。封面有"山东省胶东区行政公署抗日军人家属优待证（甲种）南字第337号"字样，盖着印章，可惜印章不清；内页"抗属家长姓名"为刘文周，"抗日军人姓名"为刘炳礼、刘炳信、刘喜璞。在"是否需要物质优待"一栏下，清楚地写着"不需要"三个字。

姜凤英告诉记者，刘炳礼就是刘经三。刘炳信是刘经三的胞弟刘经五。在家风的熏染和刘经三的影响下，刘经五1944年加入中国共产党，同年参加八路军胶东部队。抗战胜利后，随部队渡海转战东北，1947年在四平攻坚战中壮烈牺牲，年仅三十一岁。

刘喜璞是刘经三的儿子刘纪堂。刘经三牺牲时刘纪堂才七岁，他是由祖父刘文周抚养成人的。虽然很少见到父亲，但受祖父"为民请命，报国有志"

的教诲，刘纪堂十五岁就加入中国共产党，十六岁参军，历经大小战斗二十多次。1955年，他被授予大尉军衔，1958年因战伤复发病逝于上海，年仅二十九岁。

刘文周是刘经三和刘经五的父亲、刘喜璞的爷爷。当年，抗日政府对每个抗日军人的家属都有相应的物质优待规定，根据各家情况和意愿给予优待。当时家里有三人参军的开明乡绅刘文周说，革命事业正是艰难的时候，他不需要优待。

村里的老人们回忆说，作为一位开明乡绅，刘经三的父亲刘文周教过书、行过医、经过商，主张社会革新，提倡男女平等、妇女识字学文化。在胶东处于"白色恐怖"时，他曾掩护了胶东党的领导干部宋绍九、于子聪、于得水、于烺、于炳斋等。

"像这样不要国家照顾的革命老人几乎没有！"黄疃村老教师刘德修感慨地说。

刘经三为革命"绑架"父亲

刘经三当年为革命筹款"绑架"父亲的故事，至今还在当地传颂，当地的史志也有明确记载。

1932年冬天，中共胶东特委在刘经三家乡附近的霄龙寺建立了党的秘密联络站"鸡鸭公司"，刘经三为经理。

从家里拿出的第一笔活动经费用完后，无处筹款，刘经三就出了"下策"：清明前日深夜，他和一位同志敲开自家门，用短刀抵住打开门的父亲，把麻袋从头上套下将其扛走，在院子里留信说，"明日日落之后将一百块大洋送到西土地庙香炉底下，钱到人归"。

第二天，家人如期将钱送到，父亲当即被放了回来。家人惊喜之余，又在过道发现一封信："各位大人，膝下敬禀者乃不肖男经三，为革命事，借贷无门，只得用不恭之举暂借大洋百元，他日事业有成，加倍偿还。不肖之子刘经三。"

别说是那个年代，就是现在，儿子"绑架"父亲也是大逆不道的，但刘经三是为了闹革命要钱，周围十里八村的人知道后，都感慨他对革命的一片赤诚，也感慨刘文周的开明大义。

"感动人物"感动先烈后人

邓云宝与刘经三有着不解之缘。

作为革命先烈的后代，今年五十七岁的邓云宝是2005—2006年感动烟台双年度人物之一。他历尽艰辛，历时四十余年，收藏革命文物一万余件，数十次自费举办义展，观众数万人。他收藏的革命文物和他的收藏故事，感动了成千上万的人。

这成千上万的人中，就有革命先烈刘经三的后人、今年六十七岁的烟台退休工人刘延堂。刘延堂是刘经三的侄子，他看了邓云宝痴心收藏的红色文物展览后很受感动，就将刘经三和自己父亲刘经五的烈士证书送给他，希望能让更多的人了解先烈的事迹。为表达对邓云宝的敬意，刘延堂还让家里一位会绒绣的女孩亲手缝制了一面锦旗送给他。

邓云宝收藏的刘经三遗物中，最宝贵的当属他在济南反省院写回的家书了。

1934年9月23日，刘经三在文登崮头集被捕，后解送到济南山东省第一监狱内关押政治犯的反省院——当时的反动政府将政治犯组织在这里每天学习，想对他们"洗脑"，企图"感化招安"。

1934年"小年祭皂（应为灶）时"，刘经三给妹妹蕙兰写了一封信，他是怕家人因为他而不能像其他人家一样享受一年辛劳"赚得的几日快乐报酬"，

"不得不来信加以慰问"。他说，"以前虽有家信，不过父亲未必肯对你们细说，所以权当过年间说故事再说一下"。在信里，刘经三向妹妹介绍了自己被捕后的经历和当时的处境，详细到一日三餐——"大家都穿的道袍大领，都像些出家的和尚，每日除上班时听不到一点声音，都老老实实的，真有点出家风味"。信中，他还叮嘱妹妹和嫂子一起识字长学问，"不要认为在家庭的妇女就不用学问，也不要认为求学问必须在学校里"。

刘经三的这封家书如今纸张泛黄，有些脆弱，似乎稍一用力就会化作碎片，但字迹却依然清晰。

"从中，我们可以看出刘经三当年在狱中的乐观精神！"邓云宝对记者说，"这也是我们需要学习和继承的。"

（2008-8-3《烟台日报》）

刘经三狱中准确预测"二战"爆发

他是牟平第一任县委书记，一家三人先后从军抗日

刘经三(1906—1937)，原名刘炳礼，字经三，名曰礼，又名健生，乳山市徐家镇黄疃村人。1932年入党，1933年1月任中共牟平第一任县委书记，3月任中共胶东特委委员，一直在胶东从事革命斗争。1937年2月，刘经三到达延安，8月不幸溺亡，年仅三十一岁。

狱中准确预测"二战"爆发

"即使被捕入狱，刘经三也不浪费时间，而是利用这难得的闲暇潜心学习，研究时局！"喜欢研究胶东红色革命史的刘云亭昨天告诉记者，牟平第一任县委书记刘经三曾准确地预测了第二次世界大战的爆发。

1934年9月，刘经三与胶东特委宣传委员张连珠、委员李厚生一起被捕。为保护同志，不影响后期武装暴动的筹备，刘经三挺身而出，自报共产党身份，并称与张、李不认识。被捕后，刘经三被解送到济南山东省第

一监狱内关押政治犯的反省院。

在反省院，刘经三静下心来关注国内外形势和中华民族之危机，对当时的时局有了独到见解。1935年12月15日，他在《1936年的危机及我们应有的准备》一文中，准确地预测到日本即将开始全面侵华战争，第二次世界大战即将爆发，中华民族正陷于危亡的边缘；同时，他驳斥了悲观论和乐观论，提出应采取持久战，团结全国所有力量全民抗战。

人格魅力免被组织误杀

"因为他具有的坚强信念和独特的人格魅力，还免遭了一场误杀！"刘云亭告诉记者，"1949年后，刘经三的父亲刘岐峰到杭州寻找他时到了于得水家里，于得水才把这个内幕告诉了老人。"

1936年2月16日，刘经三经家人努力获得保释，第二年2月辗转到达延安。

到延安之前，刘经三在家休养，党内一些不了解实情的人主张按叛徒处理他。但是，很多了解他性格和品质的同志，特别是胶东党组织信任他——因为掌握着胶东党组织情况的他被捕后，胶东党组织并没有被破坏。

就这样，在于得水等同志的保护下，刘经三免除了被误杀的危险。

（2014-7-28《今晨6点》）

赵鸿功在蓬莱撒下革命火种

蓬莱第一个党员出自巨山沟

"巨山沟不但出了蓬莱第一个党员，还诞生了蓬莱第一个党小组！"8月13日，巨山沟村退休教师、六十六岁的徐建波告诉前往采访的记者，"蓬莱的革命之火就是从这里开始点燃的！"

烟台求学，赵鸿功成蓬莱最早党员

"据现有历史资料证明，蓬莱最早的共产党员是赵鸿功。"巨山沟退休教师、六十六岁的徐建波告诉记者，赵鸿功1908年出生在巨山沟一个农村家庭，父亲赵永清一生为农，全家近十口人，种着三十多亩地，当年算是小康家庭。

赵鸿功兄弟四人，当年两个哥哥在外地经商，他是最小的一个，曾在蓬莱城里的志成小学读书。1926年，赵鸿功考到烟台先志中学（1929年并入烟台八中），在进步师生影响下接受了革命思想，积极参加各种进步活动。1928年11月（一说5月），赵鸿功在烟台加入中国共产党。

"1929年春，受中共烟台特支委派，赵鸿功回到巨山沟以教学为掩护秘密开展党的工作，后来成立了蓬莱第一个党小组！"徐建波说，赵鸿功经常向学生讲解穷人受苦受难的根源，宣传俄国十月革命，启发学生的阶级觉悟。

回家教学，赵鸿功秘密发展党员

"他经常利用晚上和假日到长工们聚集的屋子里，到贫苦农民的家里，用通俗的语言宣传革命道理，宣传'耕者有其田'，团结进步力量，物色建党对象。"徐建波说，通过一段时间的教育与培养，赵鸿功先后发展了附近村庄吕家沟的邢汝海、上王家村的李宗元、吕家沟村的吕永田、小埠村的徐士恩和巨山沟村的赵鸿渭等人加入了中国共产党。

吕家沟的邢汝海自幼父母双亡，寄养在巨山沟村外婆家中，早年曾到北京、青岛等地做苦工，后回家务农。

1929年春，蓬莱于家庄一带兴起了"无极会"，一些穷苦农民组织起来斗土豪、抗捐抗粮，准备举行暴动，三十七岁的邢汝海组织附近几个村的贫苦农民积极响应。这次暴动虽然失败了，但反军阀、反封建势力的种子却埋在了邢汝海心中。

正在这时，从烟台回家开展工作的共产党员赵鸿功认识了邢汝海，就经常向他进行阶级教育和共产主义教育，使他认识到只有跟着共产党走才能得解放的道理，并发展邢汝海加入了中国共产党。邢汝海入党后，积极组织贫苦农民加入农会，又介绍李宗元入了党。

赵鸿功建立了蓬莱第一个党小组

1929年春，赵鸿功建立了蓬莱县第一个党小组——中共烟台特支蓬莱小组，他任组长。当年秋天，经中共烟台特支批准又建立了中共蓬莱支部，赵鸿功任书记。

1929年5月25日，邢汝海与赵鸿功等共产党员、农会积极分子趁野王村庙会之时，张贴"打倒土豪劣绅""铲除贪官污吏""取消苛捐杂税""拥护真正为穷人谋利益的共产党"等标语，后又多次把标语贴到城里，轰动了整个蓬莱，给了劳苦大众极大鼓舞。

蓬莱支部建立后，他们经常在巨山沟村北名叫团顶的小山集会，学习党的知识，介绍南方各省在党的领导下实行土地革命的情况和俄国十月革命胜利以后农民的生活状况，发动农会会员和贫苦农民起来反对国民党的专制，反对地主的剥削，开展抗捐抗税和减租斗争。到秋收结束时，农会会员发展到五十多人。

"也有人把李宗元说成巨山沟人，那是以前的事，后来巨山沟的李姓人划归上王家村，所以也可以说李宗元是上王家村人。"徐建波告诉记者，但一些党史资料把小埠村的徐士恩也说成巨山沟村人，不知道为什么。他从村里的老人们那里打听到，徐士恩确实是小埠村的。

记者为此联系上了小埠村党支部徐书记徐进庆，向他求证这一说法。

"徐士恩是我们村的！他去世二十多年了，活到现在应该有一百多岁了！"徐进庆说，"他的儿子和儿媳现在也去世了，但有三个孙子都在烟台生活。"

同学告密，赵鸿功一干党员被逮捕

1930年春，赵鸿功经小学同学介绍到蓬莱城私立丛氏小学（后改为良弼小学）教学，并改名赵镇东，继续开展党的秘密工作。

有资料记载，赵鸿功在蓬莱的活动引起了他小学同学耿叔莹（又名耿瘦影）的怀疑。耿曾两次向其在军阀刘珍年部二十一师政训处任文艺股长的二哥耿永昌谈到，赵鸿功可能是共产党员，加上这期间赵鸿功通过寄给烟台市委的密信又被二十一师政训处查获过，二十一师政训处长李伯良就指示国民党蓬莱县长刘英才，以视察为名到丛氏小学找赵鸿功谈话。谈了一会儿，他以"天色已晚，言犹未尽"为由，请赵鸿功到县政府吃饭，继续叙谈。

赵鸿功一到县政府就被等在那里的李伯良逮捕。李伯良派人搜查了赵鸿功的宿舍和其叔兄赵鸿富在蓬莱城牌坊里的家，又到巨山沟搜查了赵鸿功的家，搜出一本党支部会议记录、一些文件和大量进步书刊。敌人从会议记录中查到了邢汝海等五名党员的名字，随即又将邢汝海、吕永田、徐士恩、李宗元逮捕，赵鸿渭因之前去了旅顺得以幸免。

先烈就义，红色记忆留存乡土间

赵鸿功被逮捕后，先被押送到烟台，后又押往济南，在国民党监狱里受尽酷刑。为掩护其他同志，赵鸿功仅承认自己是共产党员，其他人只是参加农会，无其他活动，并再三声明："责任由我一人承担，勿涉他人！"

国民党山东省临时军法会审委员会以"加入红匪，图谋不轨"为罪名判了赵鸿功死刑。1931年4月5日，将其与邓恩铭、刘谦初等二十二名中共党员杀害于济南市纬八路侯家大院刑场。押赴刑场途中，他们不断高呼："打倒国民党反动派""中国共产党万岁"等口号——临刑前，赵鸿功仍向监刑官陈词："责任在我，与他人无关！"时年仅二十四岁。

邢汝海被捕后，国民党山东省临时军法会审委员会也以"加入共党，组织农会，宣传叛国"为罪名判处他死刑。8月19日凌晨，邢汝海在济南市纬八路侯家大院刑场就义，时年三十九岁。邢汝海牺牲后，乡亲们为纪念他，用一块青砖刻上他的名字，埋在了家乡的土地上。

当时一同被捕的李宗元、吕永田、徐士恩分别被判处十年和八年有期徒刑。

"之后，李宗元到东北参加了工作。"徐建波告诉记者，徐士恩后来活到八十多岁，二十多年前在家乡去世。

"我们想在村里给赵鸿功树块碑！"巨山沟村支部书记刘富刚告诉记

者，"我们要让后代记住，我们村里出了蓬莱第一个党员，成立了第一个党小组！"

（2014-8-27《今晨6点》）

牟其瑞被称为"抗日大律师"

他们一家人传出的情报为解放烟台立了功

　　抗日战争时期，烟台出了一位以律师身份做掩护、为八路军搜集情报、募集款项的地下党员牟其瑞，他不仅自己投身革命，还让妻子、儿女为八路军送情报，曾将一份军事地图从敌占区烟台送交解放区八路军手中，为解放烟台立了功。

他是抗日大律师牟其瑞

　　牟其瑞（1900—1973），字雪年——取"瑞雪兆丰年"之意，号敦祥，先祖世居栖霞，后迁福山县旺远村。因家境贫寒，牟其瑞上学较晚，且时辍时读，后经一位要好同窗间或接济，年近三十考取私立北平民国学院大学部法律系。

　　牟其瑞在校时深受五四运动影响，崇尚法治救国，并为此博览进步书籍，潜心攻读法典，以求维护民权，伸张正义。三十二岁时，牟其瑞毕业取得了法学士文凭。当时，

他的同学纷纷到司法政界谋职，而秉性耿直的牟其瑞崇尚自由，拒绝了一些同窗好友的邀请，凭着一腔热血携妻返回家乡，一面兴理义讼，为贫苦百姓维权争气，一面创办女校，动员乡里女性放脚读书。他不顾当地富豪劣绅阻挠，带领农民开荒拓耕，成为当地的传奇人物。

1939年，牟其瑞加入中国共产党，在烟台南大道新安街西13号的半壁小楼开设了"牟其瑞律师事务所"，挂出特制的蓝色律师牌，以律师职业作掩护从事情报搜集工作，其情报站的涂培兰曾募捐三千伪币，由其转交地下党组织。

1941年2月，福山县区分委书记李培庆被日伪警察逮捕，牟其瑞以律师身份为他充当辩护人，伪法院最终以政治嫌疑犯将李培庆假释。

烟台解放前夕，牟其瑞情报联络站的涂培兰从伪警局搞到了军事设防图和说明书。牟其瑞将这份情报夹藏在牲口驮里，让妻子以下乡探亲为名送出了敌占区，交给了烟台工委敌工部长孙志敏。1945年8月24日烟台第一次解放后，孙志敏和警卫员为此赶到牟其瑞家里向他们表示感谢。

革命前辈亲证其功绩

1970年10月27日，牟其瑞的长子牟传琳为写家史找到了李培庆，李培庆在其亲笔书写的材料里介绍了一些关于牟其瑞的情况——

"在卢沟桥七七事变前，我与牟雪年同志共同在福山县盐场村盐场小学任教师。相处两年多的时间，互相都很了解，相处很好，由同事变为知己，经常在一起谈心，所以更加了解。我于1939年被王历波同志吸收参加中国共产党地下党组织，那时我们党的主要任务是发展党组织，大量吸收党员。因此，当时我就想到牟雪年同志是一个发展对象，于当年秋我即以盐场村地下党支部书记的身份介绍他加入中国共产党，约他到我家填写了入党申请书。经支部批准后，他即成为一名共产党员。当时他住在烟台市干律师工作，因他大部分是与商人或资本家打交道，所以组织给他的任务就不是发展党员，而是募集捐款和搜集敌人活动情况等工作。

1940年秋，他共募伪币三千元整，是我分两次带回来的。这年我已经任分区委书记，工作很忙，就派杨蔼堂同志与雪年同志直接联系工作。

1941年春，不幸得很，被叛徒出卖，我即被日伪警察所逮捕，转送日本宪兵队，又送往伪法院看押伪监狱内。在看押时，牟雪年同志接受组织的指示，叫他以律师身份给我充任辩护律师，借以与组织取得联系。"

对于李培庆被捕后牟其瑞的表现，《福山党史资料》里也记载了时任福山县委宣传部部长、后任山东省委宣传部副部长王历波的回忆："牟雪年在这一段表现也很好，他是律师，又是我和李培庆发展的党员。李培庆被捕后，他仍敢于不避嫌疑，去监狱探望，并极力设法营救。"

烟台市委统战部前部长滕民生，也曾在给牟传琳回信介绍他们家做地下工作情况时写道："烟台工委敌工部原部长孙志敏同志直接领导你们，那时你还小，常跟你母亲和姨母做交通员工作。特别是烟台解放前，你父亲牟雪年同志在敌人'心脏'内叫你们送给组织的一份军事地图，对解放烟台立了功。"

全家跟他走上革命道路

1944年，经过一番周折，一度与组织失去联系的牟其瑞终于重新跟组织取得了联系。时任烟台工委敌工部部长的孙志敏，命牟其瑞留在烟台以律师职业为掩护继续做情报工作，成立司法界牟其端、涂培兰、孙名久三人情报联络站，由牟其瑞的妻子邹映华和妻妹邹静清担任交通员。

如今年届八旬的牟传琳还记得小时候被母亲带着下乡的情景。烟台第一次解放后，牟其瑞才告诉孩子们，他得到的情报大多是缝在当时不到十岁的牟传琳的衣领或袄襟里带走的。从那时起，牟传琳也加入了为八路军送情报的工作，特别是为解放烟台立了功的那份军事地图，也是他跟母亲一起去送的。

1945年，日军投降前的一个晚上，牟传琳跟着母亲骑着骡子下乡送情报，经过黄务村头时，被巡逻的伪军发现。伪军把他们带到炮楼前，逼问他们为什么夜里赶路，并用枪托把他母亲打得鼻子出血。幸好牟其瑞父亲事前给他们备好了六包中药，他们谎称姨母病危去送药，才蒙骗过去。

因为牲口驮里藏着涂培兰从伪警局搞到的军事地图，若不及时送出会影响战局，牟传琳的母亲就带他回头直奔黄务初家卧龙村舅舅邹本诚家里，等到拂晓，由邹本诚护送他们去了旺远，将这份关系到烟台解放的重要情报送出。

经历这次险情后，牟传琳的母亲就不再带他下乡了，改为带他的妹妹。不幸的是，他的妹妹经不起路上的种种惊吓，很快得了病，在烟台解放前病逝了。

1949年后，因被视为对中华人民共和国有贡献的"烟台抗日大律师"，牟其瑞成为政协委员。不料，1957年，他在政协会上发言抨击官僚主义被打成"右派"，幸而1962年摘掉"右派"帽子，1979年又由烟台市委发文予以改正，恢复政治名誉。1993年，去世二十年的牟其瑞的骨灰被送回家乡安葬时，各界仍视他为名人义士送了花圈，总算是告慰九泉了。

正是在抗日大律师父亲的影响下，牟传琳长大后成为烟台第一位高级律师，被司法部授予全国律师从业清廉先进分子称号，曾任山东省政协常委。牟传琳从1988年起受聘担任烟台市政府常年法律顾问，经常被邀列席市政府常务会议，为政府决策提出建议，多次避免和挽回了重大经济损失；同时，他曾为因受欺压杀死村支书的农民辩护，使其免受死刑，最终重获新生走出监狱；他也曾替过铁道口被撞死的五位农民叫板"铁老大"，最终使五人家属获得合理赔偿，并促进了《铁路交通事故应急救援和调查处理条例》的修改，强化了铁路运输企业在铁路交通事故造成人身伤亡中所承担的赔偿责任，被称为是平民百姓的"保护神"。

（2014-3-31《今晨6点》）

福山女英烈于敏归葬家乡

出身富家闹革命，被叛徒出卖受尽酷刑牺牲

在福山区英山革命烈士陵园，苍松翠柏间安葬着近五百名福山籍烈士，其中一位便是于敏，在战友后代的帮助下，2012年从烟台开发区三十里堡迁葬于此，安葬在家乡。

出身富家，不顾个人安危闹革命

于敏(1913—1943)，女，原名李培珍，又名张淑芳，1913年生于福山县盐场村一个富商家庭。十四岁时，于敏到北关小学读书，开始接触反封建的民主思想教育，她就倡导妇女解放运动，带领女同学放脚、剪辫子。1935年，在父母包办下，于敏和福山八大富户之一的鹿崇文结婚。婚后半年，于敏就冲出家门，先后到八角、土峻头、盐场等小学当教员，以求生活自立。

1937年"七七事变"后，在盐场村小学任教的于敏参加了福山"教师暑期讨论会"和"业余救亡剧团"，积极学习时政，编演抗日救亡歌剧。1939年，于敏不顾家里阻挠，与鹿家脱离关系，参加了党的组织"中华民族解放先锋队"。第二年，她加入中国共产党，并被党组织派到厚滋沟小学任教，以教学为掩护，秘密开展党的工作。

1940年冬，于敏到胶东区党校学习，1941年春结业后任福山县妇救会长，不久与县各届抗日救国会秘书杨霭堂结为夫妇。

当年斗争形势极为险恶，福山县只有狮子山一处根据地，日伪与顽固派、投降派陈昱相互勾结，经常袭扰革命根据地，捕杀抗日军民。于敏不顾个人安危，深入敌占区，秘密组织妇女开展救亡运动，动员青年到解放区参军。

被叛徒出卖，受尽酷刑壮烈牺牲

1942年秋，于敏生下一个女孩，因形势紧张，为工作方便，她毅然将孩子寄养在群众家里。

这年10月，北海地委组织磁山工作队，于敏任工作组组长，经常活动于敌占区边缘的黄泥沟、吕家沟、王家疃等十余个村庄。不久，孩子染病夭亡，于敏强忍悲痛继续工作。她带领工作组走村串户，发动群众，锄奸反霸，开展减租减息斗争。短短一个多月时间，就建立起七个堡垒村和十几个抗日民兵小队，在敌占区边缘形成了一个长达十余里的对敌斗争阵地。

敌人因此对于敏的工作组恨之入骨，贴出悬赏告示缉拿，派出便衣特务跟踪追查。1943年1月，于敏因叛徒告密被捕。

于敏被捕后，敌人诱迫她投降，妄图从她口中得到地下党组织的情报。汉奸陈昱亲自出面"安抚"利诱，继而严刑逼供，但于敏坚贞不屈，大义凛然，当众痛骂陈昱认贼作父，卖国求荣。陈昱恼羞成怒，将于敏十指钉在墙上。于敏剧痛难忍，昏死过去……

1月29日，于敏宁死不屈，从容就义，时年不足三十岁。

魂归故里，战友后代帮英烈迁葬

"于敏牺牲后，最初安葬在三十里堡，她的丈夫杨蔼堂一直希望将她迁回家乡安葬，但没有遂愿。"昨天，于敏战友牟其瑞的儿子牟传琳告诉记者，"杨蔼堂去世后，他的这一夙愿就交给了续妻陆明，可惜陆明也因年事已高无法实现他的遗愿，最后，这个重任就落到了我的身上。"

牟传琳是抗日大律师牟其瑞的长子，牟其瑞和杨蔼堂、于敏夫妇都是抗日战争时期一起工作的地下工作者，他们之间结下了深厚的革命友谊。得知杨蔼堂的遗愿后，牟传琳觉得自己有责任去帮他完成。

2012年2月10日，牟传琳得到了杨蔼堂续妻陆明的委托书。陆明在委托书里说，杨蔼堂临终前嘱咐她，一定要把于敏的遗骨迁回原籍。

几经周折，牟传琳在三十里堡找到了于敏的坟墓，与有关部门多次协商、沟通后，于敏烈士的坟墓最终迁到了福山英山革命烈士陵园。

（2014-4-2《今晨6点》）

从在潘家集抢枪开始扬名；

他曾引导部队奇袭日军卫兵所；

他曾令日寇谈"花"色变……

8月18日，记者赶赴招远，寻访一位英雄的足迹——

"花爪子"：独胆抗日英雄冯官令

在招远提起"花爪子"，很多上了岁数的人就知道他是曾杀敌几十名、被誉为"独胆英雄"的抗日勇士。

《中共烟台地方史》第一卷第二编《烟台市党组织在抗日战争时期》（1937年7月—1945年8月）"武工队"一节记载："招远县玲珑武工队队员冯官令（外号'花爪子'）就活跃在玲珑金矿周围。他和队员们机智勇敢，出没在矿区内外，袭击日军卫兵所，破坏敌人的采矿设备，'偷'运优质钢材，惩处汉奸，分化瓦解伪军，搞得敌人不得安宁，被群众赞为来无踪去无影的神兵。"

抗日战争时期，从1941年到1945年，冯官令身历大小战斗百余次，出生入死，战功卓著。胶东军区于1945年授予他"一等战斗模范"光荣称号。

二十世纪六十年代，冯官令几乎走遍招远的所有学校，向广大师生报告他的英勇事迹，"花爪子"在当地几乎家喻户晓。

8月18日上午，记者赶到招远市玲珑镇前花园村，采访了冯官令的二子冯玉银和四子冯玉谦，这位独胆英雄的事迹又涌现在我们眼前……

家国不幸男儿当自强

前花园，位于招远市玲珑镇政府驻地西北二公里处。明朝成化（1465—1487年）年间，冯氏祖先冯嘉言从招远南冯家迁此定居，因此处位于古花园前，故名前花园。

1906年10月8日，冯官令出生在招远市玲珑山下前花园村一个贫农家庭里。虽然故乡名叫花园，但从他出生起，苦难就跟随着他。冯官令出生前，家里靠父亲种着二亩山薄地还可以勉强度日，他出生那年父亲得了半身不遂病，一家六口连饭都吃不上了，当然也没有钱给父亲治病，只能眼睁睁看他瘫在炕上。为了活命，母亲带着小官令、拉着他哥哥、领着他姐姐四处讨饭。冯官令四岁那年，父亲在病痛和饥饿中死去，这让他从小饱尝了生活的艰辛。

冯官令刚刚能挑起半担水后，母亲就无奈地把他雇给地主当小工。到了十八岁，冯官令长大成人，又进了玲珑金矿给资本家当长工，因其膂力过人、胆大心细、爱打抱不平，深受工人们的信赖和爱戴。

当时的玲珑金矿有"尖斗沙子平斗金"之说，但这些财富都进了矿商的腰包，冯官令和工人们在井下拼死拼活干一天只能挣一吊大钱，而且随时都有生命危险。因为在井下打眼放炮炸伤了手，伤好后一双手变得花花点点，冯官令就得了"花爪子"的绰号。当时谁也想不到，十几年后，这个绰号会让日寇、汉奸闻风丧胆。

1939年2月28日，日寇侵占了玲珑金矿，开始了对金矿的军事统治和经济掠夺，矿区和周围村庄几乎每天都有人被杀害。一天，日寇无故将大蒋家村农民蒋万腾推到电网上活活电死，他们却在一旁哈哈大笑，这让冯官令体会到了当亡国奴的痛苦。1940年，三十四岁的冯官令愤然离矿，秘密找到了地下党，参加了抗日工作。

潘家集抢枪英雄初扬名

1941年，为了真刀真枪地打敌人，冯官令辞别了母亲和妻子，参加了南招二区区中队，开始演绎他传奇式的战斗生涯。

当时的南招二区区中队人少武器差，急需扩充装备，冯官令就想设法搞到枪支打日寇。

1941年腊月的一天，在玲珑金矿附近的潘家集上，一个扛枪的伪军勒索百姓，打了一个卖粉丝的摊主老汉。当时的冯官令肩搭一个钱褡子，一身地道的农民打扮，正在邻近小铺佯装喝酒。看清了这个伪军的暴行，趁附近无其他伪军，冯官令走上前，拾起一个秤砣，出其不意将那个伪军打昏，夺下他的长枪，迅速朝天开了一枪。趁集市慌乱之际，他赶紧钻进胡同跑走了。

"花爪子"潘家集徒手夺枪的故事经人们演绎，被传得神乎其神。驻招城和玲珑金矿的日寇开始知道："八路军里有一个'花爪子'，大大地厉害！"

虽然当时南招二区区中队加上冯官令夺来的那支枪总共只有三支枪，但他们却非常勇敢，冯官令和战友们经常夜间潜入金矿袭击敌人，破坏敌人的采金设备，从矿区往外扛钢材，供应根据地兵工厂，搅得敌人日夜不得安宁。

引导部队奇袭卫兵所

1942年4月10日，八路军五旅十三团派小股部队与县大队部分队员组成小分队，袭击位于玲珑金矿中心的日军卫兵所。冯官令担任向导，带领小分队穿涧越峰钻电网，迂回到玲珑矿区的南山坡。

冯官令先让大家藏在一片松林等候信号，自己带一名侦察兵战士，敏捷地进入矿区内一幢低矮的工棚。他们借了矿工的衣裳和矿帽，装作矿工，手提矿灯，肩扛铁锨，走出工棚。

　　冯官令和侦察员大大方方向门岗走去，佯装矿工去上工。日寇窜过来，用刺刀指了指矿工上班的路，示意往他们那边走。冯官令用拿矿灯的手指了指日寇身后那条路，说要到那边干活。日寇不解，刚一回头张望，冯官令就紧握铁锨朝着日寇头上砍去。日寇倒在地上，侦察员马上举起用红绸布包着的手电筒朝玲珑山南坡闪了三下。

　　在山南坡埋伏的战士们看到信号，飞速包围卫兵所，将一颗颗外面套着装有石灰粉、辣椒面布袋的手榴弹从门窗投进去，里面的敌人睁不开眼，摸不着枪，东一头西一头地瞎撞，大半死伤。冯官令将手伸进卫兵所的窗里，麻利地摸到一支手枪。仅一两分钟，奇袭结束，队伍迅速撤离。附近小蒋家据点的伪军急忙赶来搭救，却扑了个空。

　　对于这次奇袭活动，冯官令和战士们编了一段快板："毒瓦斯，手榴弹，石灰粉，辣椒面，鬼子尝得够新鲜；喘不过气，睁不开眼，摸不着枪，拉不开栓，乖乖进了阎王殿……"

日本侵略者谈"花"色变

　　1942年底，冯官令被调到招远县公安局便衣班工作。他身穿便衣，腰插短枪，经常神出鬼没地在敌人的眼皮底下活动，锄奸杀贼，使得日寇一提起他的名字就胆战心惊。

　　奇袭卫兵所后的一天，冯官令在玲珑山下又夺了一个伪军的枪，冯官令没有杀他，但交给了他一个任务：让他回去告诉伪军们，谁敢再发坏，他这个"花老爷"就送他去见阎王。后来，冯官令抓住玲珑矿和周围据点的伪军，有的也被这样教育一顿放回去，他们回去添油加醋地一宣传，敌人就都怕了他，一个个谈"花"色变。

　　《招远县党史资料》（第二集）这样记载："二鬼子"们更是一个个谈"花"

色变。可是越怕谈越爱谈，越谈越玄乎，谈来谈去，他们把冯官令描绘成飞檐走壁、来无踪去无影的剑侠英豪。此后，"二鬼子"们夜间只要闹矛盾，就互相恶狠狠地咒骂对方："你小子不用咋狂，叫你明天出门碰上'花爪子'！"

有一次，冯官令到北招县政府送信。路过姚格庄炮楼时，天色已黑，他朝炮楼开了一枪，一下就把炮楼上挂的一盏保险灯打碎了，他接着喊："我是你们'花爪子'爷爷，老实点！"炮楼上的伪军听到后，赶紧连声喊："是！"随后熄了炮楼里所有的灯，老老实实地让了路。

这样一来，敌人就对冯官令格外恼火，说谁抓住"花爪子"就"赏钱两千，官升两级"。

英雄多次家中退顽敌

敌人视冯官令为眼中钉、肉中刺，曾连续多次围捕他，但除了损兵折将外，别无所获。驻招城和玲珑金矿的日寇黔驴技穷，就再次悬重赏捉拿他，并扬言："死的活的都要！"

冯官令的小儿子冯玉谦告诉记者，他父亲说，他光是在家中就被敌人堵了五回，直接用枪点着他就有三回，但他都英勇机智地逃脱了。

1943年7月的一天，冯官令正在家里的正间拆手榴弹，由于汉奸告密，三十多个日伪军包围了他家，后窗外几个敌人端着刺刀防止冯官令跳窗逃跑。冯官令随手抓起锅灶上的菜刀往外甩，但因劲大方向偏，菜刀刺进门框上来回颤动。敌人见状，急转身往外跑，冯官令迅速到东间拿起手榴弹和手枪，边冲出院子边拉开手榴弹的弦，在东过道将手榴弹扔到北门口胡同。手榴弹响后，他又冲出北门打了几枪，趁敌人还没清醒，冯官令就翻墙越胡同逃进了村外庄稼地。

《招远县党史资料》（第二集）也记载着冯官令的传奇故事：1943年夏天，

他和另一名战士化装成农民，用一把砍柴刀歼灭了大蒋家东山炮楼半个班的伪军，缴获步枪四支、电话一部；1944年2月，他和另五名战士在圈子村袭击了前来看戏的小李家据点四十余名日伪军，擒敌四名；1944年4月7日夜间，他和几个战友持枪闯进伪水口乡公所，"请"出了伪乡长兼寨子据点伪军小队长，命令他帮助八路军解放了寨子据点，一举歼敌二十余名，缴获大批枪支弹药和军需，拔除了玲珑金矿日寇在运送黄金必经路上设下的这颗钉子……

冯官令有勇又有智，非常讲究对敌策略，曾千方百计瓦解争取了玲珑金矿伪军班长徐海亮，通过徐海亮在内部的工作，他又将伪副连长刘子欣等一批伪军官兵争取过来，并运用"借刀计"清除了一个恶贯满盈的叛徒。

许世友赠他三八大盖枪

冯官令的四儿子冯玉谦向我们介绍说：解放战争时期，他的父亲又走上前线，在胶东军区当过侦察排长，复员前给许世友当过警卫班长。1948年，冯官令复员时，他舍不得跟随他多年的两支手枪、一支匣子枪和撸子枪，当着许世友的面在手中摸了又摸。许世友看出了他的心思，对他说："把枪带回去吧！"他回答说："部队枪很紧张，留下给战友们用吧！"许世友随即赠送给他一支三八大盖长枪。

复员回家后，冯官令在招远县公安局干了几年，后来又在盛华金矿当保卫，1962年回村分管治安。在这期间，他又荣获"胶东民兵英雄"和"县一级治安模范"的称号。许司令赠给他的旧步枪，他多年随身携带。

1973年，冯官令到烟台军分区开会，军分区朱参谋长答应再给他一支半自动步枪。会后不多日子，县武装部的人就骑着三轮摩托车把半自动枪送来了。1980年9月29日，冯官令病逝后不久，他的子女又将两支枪都交给了县武装部。

英雄长眠家乡村头

1980年，七十四岁的冯官令因病去世，如今静静地安息在村东他的二儿子冯玉银承包地的地头。

冯官令和妻子生有四儿两女，因为冯官令抗日在外，敌人经常到他家里骚扰，妻子也经常躲藏在外，二儿子冯玉银当年就出生在离村十多里地的卧龙宋家。

记者跟随冯玉银探访了冯官令的坟墓。

从他在责任田边建的房子往北，穿过一片果园，就看到一片高大挺拔的柏树林。冯玉银告诉记者，这些柏树是他当年从莱阳买来的树苗，长大后接种繁育，如今都长到三四米高了。冯官令的坟就掩映在这些高大的柏树下的青草间，如果不注意很难发现。一抔黄土，几块砖头，没有墓碑，没有鲜花，但儿子在他的坟墓边上种植的柏树却高耸挺拔，显示着他的铮铮气概，让我们想起了英雄不屈不挠的精神。

看记者注意到旁边别人家的坟前都竖着墓碑，冯玉银说，因为经济条件困难，他们一直没有给父亲树碑。现在，他最大的心愿就是凑钱给父亲修一修坟，树上墓碑，因为他不仅是自己的父亲，还是为革命做出贡献的独胆抗日英雄。

（2009-8-22《烟台日报》，与张丕基、陆亚东合写）

1944年8月，他因不满旧中国的黑暗统治毅然离开家乡参军；

1945年9月，他在平度战役活捉伪绥靖第八集团军司令官、伪十二师师长；

1946年6月，他在胶县战役击毙指挥反扑的大汉奸赵保原；

1946年11月，他在掖县粉子山战役用重机枪打下一架敌机……

六十年过去了，他的这一切丰功伟绩却鲜为人知，家乡的人甚至不知道他安息在何处——

徐学盛：一位英烈的传奇人生

一次寻找掀开尘封记忆

一个人总是有些难以释怀的记忆。

不久前，祖籍牟平区姜格庄镇珠山后村的孙先生向记者求助，希望能帮他查找家乡的一位六十年前牺牲的烈士下落——徐学盛。孙先生说他从小就听说这位烈士牺牲了，像家乡所有人一样，却一直不知他牺牲在何处、安葬在何地，更不知他是一位传奇式的英雄。

根据孙先生提供的线索，记者几经周折找到了烈士的儿子——烟台市公路局退休干部徐士江。他向记者谈起了那些尘封的往事。

1944年父亲参军时，徐士江才五岁。半个多世纪后，对父亲的记忆已经没有多少了，但他还记得父亲牺牲后部队捎来的遗物，奖状、奖章一大堆。1965年，北京来人又把这些东西拿走了，说是拿回去纪念。长大后，徐士江一直想寻找父亲安葬的地方，先后到潍坊、济南、平度、莱州等地寻找，但一直没有结果。

1990年11月，徐士江意外地接到了淄博市周村区民政局烈士事迹编写办公室的一份材料——《华东二级人民英雄徐学盛烈士传略》，他才知道父亲在部队上将自己的名字由徐学圣改为徐学盛——1948年3月，徐学盛在周村战斗中牺牲，后来安葬在周村革命烈士陵园。

周村区民政局的这份材料是调查了徐学盛家乡和生前所在部队的首长、战友，又参考了牟平、平度、高密党史和二十七军军史等资料编写的，是请一些老首长和烈士家属审查订正的初稿。因为家里人对这些情况都不了解，也提不出什么意见，徐士江将这份资料留了下来，私心里也想留下对父亲的记忆。

正是这份资料，让徐士江知道了父亲的下落，心中父亲的形象也清晰、生动了起来。随后十几年，因为忙于工作，徐士江一直没有机会去探望父亲，前几年因为车祸造成身体不便，更是无法成行了。

说着话，徐士江的情绪渐渐高涨了起来，他拿出了详细记载徐学盛英雄事迹的周村区民政局那份材料——《华东二级人民英雄徐学盛烈士传略》。

从农民成长为战斗英雄

1917年，徐学盛出生在昆嵛县酒馆区杨家庄，也就是现在的牟平区姜格庄镇珠山后村一户贫苦的雇农家庭，父亲除了看山还在山上开了点荒地种粮，徐学盛也和哥哥跟着父亲上山干活。

1944年8月，徐学盛的家乡获得解放，他参军去了牟平独立营，被分配到三连一排三班当爆破员。在攻克孙家滩据点战斗中，徐学盛表现英勇，战后被调到机枪班当副班长。1945年5月，他所在的牟平独立营三连编入胶东军区五师十三团三营。

1945年9月7日，十三团攻打被日伪军盘踞的平度城，徐学盛带领机枪班掩护三营九连向敌人冲锋，伪华北治安军第八集团军中将司令王铁相被活捉。战斗胜利后，伪县长、伪十二师师长张松山下落不明。团首长提审王铁相后，认为张松山可能隐匿城内，就下令四个城门严加辨认，一定要抓住他。

11日上午，徐学盛听下岗的战士说有一个算命先生出了城，他心有怀疑，就和战士周彬追了出去，在一位百姓家里找到了正在换衣的算命先生。徐学盛把他带到俘虏审查所，经王铁相辨认，他正是化妆潜逃的伪十二师师长张松山。

1946年夏季，山东军区发动了"讨逆战役"，胶东军区首长决意先打胶县，砸烂赵保原的指挥中枢，五师和北海独立团受领主攻任务。

"九·一八"事变后，赵保原曾任伪满洲国军团长，参与镇压抗日义勇军。1937年，赵保原随日军入关。1942年，赵保原配合日军向胶东根据地进犯，抗日军政家属及进步人士多遭杀戮、活埋。

1946年6月8日晚，五师各团在胶县西关发起猛攻，9日攻入城内。徐学盛在奎光门下追击逃敌时，突然发现敌兵掉头疯狂反扑。徐学盛就和战友隐蔽观察，等敌人涌入城内后，突然开火，杀伤敌人一片。他发现一个敌军军官上阵督战，就一梭子弹将其击倒。曾在谈判桌上见过赵保原的五师师长聂凤智来辨认，那人正是赵保原。胶县战后，十三团三营报请上级批准，为徐学盛记一等功，并提升为副排长。

1946年11月，胶东军区主力转至掖县城西北的泗河，准备依托城西的粉子山歼灭进犯之敌。7日中午，十三团三营在粉子山西侧一片松林里吃饭，三架敌机发现后俯冲扫射。已经是重机枪排排长的徐学盛想用机枪打敌机，营长牛峰山向团里请示，团首长同意了。

徐学盛把重机枪高射架子架在一棵树上。十几分钟后，两架敌机又飞临树林上空，并投下了燃烧弹，徐学盛后背被烧着了。他就地一滚压灭了火，瞄准俯冲下来的一架敌机射出一梭子弹。敌机冒出了浓浓的黑烟，挣扎着要升空，却打了几个滚，一头栽进了海里，溅起几丈高的浪花。

这次战斗之后，徐学盛被评为全师甲等战斗英雄。

1947年5月，徐学盛参加了孟良崮战役，随后又参加了南麻临朐战役和招远道头战斗、平度三户山战斗。在这些战斗中，他的机枪连和他本人都表现卓越。

1948年3月12日，在解放周村的战役中，徐学盛的右大腿动脉被敌人击穿。通讯员把他救回来，抬到包扎所救治，终因流血过多不幸牺牲。

1948年3月31日，华东野战军政治部为徐学盛颁发了华东二级人民英雄荣誉勋章。

一段巧合得到先烈墓碑照

对烈士后人徐士江来说，父亲参军时自己太小没有多少记忆，父亲长得什么样子呢？家里连张照片都没有，也无从说起。

半个世纪后，当徐士江第一次清楚地知道了父亲当年的英勇事迹后，父亲在他心里的形象这才清晰了起来。他觉得自己的父亲也像其他闻名全国的英雄一样伟大，虽然家乡人很少知道——他把那份资料深藏了起来，对谁都不曾说过，甚至老伴都不知道藏在哪里，儿孙们更不知道自己还有这样一位英雄的祖辈。

当记者提出给徐士江和家人拍张照片时，原本就不想接受采访的他坚决拒绝，更不愿谈到自己和家人的事情。徐士江觉得父亲的伟大是父亲的，自己是自己，不能因为父亲的伟大而觉得自己有什么了不起。

得知徐学盛安葬在周村烈士陵园，记者随即与周村联系想找几张徐学盛墓地的照片，却没有结果。网上搜索，看到一位叫曲庆刚的博客上有周村烈士陵园的文字，就冒昧打扰他。

"这时我的脑子在飞转，徐学盛，这个名字怎么这么熟呢？打开电脑的文件夹，找出那几天拍的照片，结果让我吃惊了：那么多的墓碑，我就拍了两张，其中的一张就有这位徐学盛烈士的。巧合？还是烈士嘱托？"曲庆刚在事后的博客上记录，"真的太巧合了，让我不得不相信灵魂的力量……我相信烈士是在天有灵的，所以才会有这种巧合。我们承认我们共有的懦弱、贪婪和不洁，但我们都有浓厚的家庭观念和浓重的亲情。面对每一个牺牲，都值得铭记；每一位烈士的付出，都值得珍惜。因为烈士战胜了自我，抛弃了那么浓厚的亲情。想起这些，我们会有更大的力量战胜自我。"

当记者将这一切转告委托自己寻找家乡英雄的孙先生时，他惊喜不已，他也觉得冥冥之中有一种力量，觉得他与先烈之间有一种无法割舍的情愫。他说，有机会他要和烈士的后代一起去一趟周村烈士陵园，去悼念一下这位未曾谋面的先烈。

（2009-12-13《烟台日报》）

昆嵛山涝夼藏着不少红色印记

于得水鼓动吕振山打日寇，受伤后曾在他家里养伤

"没想到这么个小村还有这么多红色历史，我现在住的房子是于得水曾经藏身养伤的地方，房主人吕振山当年是于得水的地下交通员。"退休后移居昆嵛山下涝夼村的董淑荣的这一发现，揭开了这个小村的红色记忆。

涝夼村曾是革命根据地

"我现在住的房子是于得水曾经藏身养伤的地方，房主人吕振山当年是于得水的地下交通员。"昨天，居住在昆嵛山下涝夼村的退休教师董淑荣告诉记者，她发现这里山好水好环境好，就和老伴来到这里修身养性，没想到他们翻新的房子正是当年于得水的交通员的老宅，于得水还曾在这里养过伤。得到这一消息，记者随即前往寻访当年革命先辈的足迹。

顺着从牟平到文登的省道303线东行，到了龙泉水库南岸的滩上村边，往南山间有一条河，河西岸有一条可两车并行的水泥路，沿着这路南行三四里，就看到一个路东瓦房、路西楼房的小山村，这就是如今属于昆嵛山国家级自然保护区昆嵛镇的涝夼，光听村名，就知道这里水不少，估计当年涝情不断，遂取名涝夼。

由于山高林密好隐蔽，当年的昆嵛山是胶东革命的根据地，甚至被称为"胶东的延安"，诞生过中国工农红军胶东游击队、昆嵛山红军游击队、山东人民抗日救国第三军，成为中国人民解放军二十七、三十一、三十二、四十一军

的发源地，而位于昆嵛山主峰泰礴顶正北方的涝夼村，自然也是这片革命根据地之一。

于得水鼓动吕振山打日寇

"我父亲吕振山是在金山寨给人扛活时认识于得水的，于得水鼓动他打鬼子，我父亲就跟着他活动了。"在涝夼村吕凤岗家里，这位七十八岁的老人告诉记者，他记得父亲是十二年前去世的，死时九十六岁，虽然父亲曾给于得水当过交通员，但后来一直在村里没出去。

吕凤岗对父亲记忆深刻的一件事是买"五眼鞋"。当时农村人买不起鞋，就穿"猪皮绑"——将一块带毛的猪皮边上打上眼，用麻绳串起来绑在脚上当鞋穿——有一次，于得水让他父亲去龙泉集上买二十五双"五眼鞋"——当时农民看到新出的胶鞋稀奇，见它有五对鞋带眼就称其为"五眼鞋"。龙泉的"狗子"——伪军看他买这么多鞋就拦住他问为什么买这么多，他就说家里有伙计买回来给他们穿，就这么蒙混过去了。

"那天连雨带雪的天不好，我父亲回来后，'猪皮绑'都冻到脚上脱不下来了，最后用剪子剪，都剪到肉了！"吕凤岗告诉记者，当时他也就五六岁，懵懵懂懂的不懂事，这都是听他奶奶和村里的杨寿山说的。

"杨寿山是我们村最早的党员，当时胶东特委书记理琪的大印他把着，用个包袱包着，走到哪里哪里就是理琪的办公室。"吕凤岗说。

于得水受伤藏在吕振山家

"当时龙泉有鬼子据点，鬼子怕人偷袭就在周围挖了水壕，晚上还有探照灯照着。于得水去打鬼子时被发现了，挨了一枪，就到我家来养伤。"吕凤岗说，

"那天我回家看到门被面板挡着，就顺着面板钻过去，一看炕上有五个人在说话，随嘴'哎呀'一声，就被他们赶出来了，我大妈也不让我再回去了——后来我才知道是于得水受伤了来这里养伤。"

吕凤岗回忆说，当时他们家很困难，有一阵地瓜干都吃不起了，就把驴草煮了吃。有一天什么吃的都没有了，他奶奶就说饿了喝水。

"等到傍晚我父亲才背了一袋子地瓜干回来，一人三片两片分着吃。"吕凤岗说，父亲想在村里给于得水派饭——就是让各家轮流给他送饭，于得水不让，怕暴露。后来，他就白天藏着山上，晚上到他们家。于得水在山上时曾藏在涝夼村南的老蜂窝，送饭时不是直接送去，而是一个人送给另一个人，另一个人再送给他。

"老蜂窝是个山洞，里面能藏二三十人，两个洞口，一个通往山顶，一个通往后坡。"吕凤岗说，当时洞口有棵树，那树后来死了。

理琪的大印救了吕振山

吕凤岗说，跟着于得水走上革命道路的吕振山险些丢了命，幸亏理琪的大印救了他。

"那年，于得水带着我父亲几个人到文登扇子坡（音）一个财主家里偷枪偷炮弹，结果被人告了密。于得水会功夫跑了出去，我父亲他们几个就被抓到了文登，毙了一个。"吕凤岗对记者说，"我父亲被绑在凳子上打手，差点被打死。当时理琪已经死了，外人不知道，杨寿山就以理琪的名义写了封信，盖上大印，到文登找到'八大家'，把信递上，这才把我父亲给领回来了。"

"那时候我奶奶有九个孩子，家里还靠他干活养家，怕他出事，就不让他再出去了！"吕凤岗告诉记者，他父亲被救回来后，就拿着热水烫，慢慢把伤治好了，捡回了一条命，但以后不再像以前那样出去一走就是四五天了，就给于得水当交通员，一般出去一趟也就一天两天的。

于得水送给吕振山一支枪

"于得水当年给了我父亲一支枪，我还拿着放过，差点打着我弟弟、妹妹！"吕凤岗说，当时他很喜欢玩枪，有时还会叫小弟、小妹当雀站在墙边，他拿枪瞄准。有一次，小弟和小妹在家里玩，妈妈在炕上睡觉，他又拿着枪玩。那枪是点火发射的，没等瞄准好，一不小心点上了火，一声枪响，小弟、小妹全趴到了地上，他以为打着他们了。妈妈起来一看，水缸被打了个眼，正在往外冒水，两个孩子倒没事。

"那个水缸后来用水泥糊了一下，现在可能还在我哥哥那里！"吕凤岗说，从那以后，他再不敢玩枪了，那杆枪1949年后也被父亲卖了。后来他想去买回来作纪念，但没找到——采访结束经过吕凤岗哥哥家门口时，记者进去找到了被吕凤岗一枪打坏的那个水缸，糊枪眼的水泥已经脱落了。

"那时候枪很少，八路军的武器一般是手榴弹。"吕凤岗说，"那时候八路军的兵工厂一般就造手榴弹和地雷。"

吕振山的儿子见过于得水

"于得水我见过至少两次！"吕凤岗告诉记者，"除了他受伤在我家养伤那次，后来还有一次。"

年逾古稀的吕凤岗清晰地记得，就是在董淑云翻新的那栋房子前，有一天他在那里看到西山上下来两个人，巴掌拍了三下，他的父亲就出来接了他们。

"一个人在门口看着，还不让我进去！"吕凤岗说，后来他知道那个进去的就是于得水，过来告诉父亲他们的司令部设在北面的嘎啦石（音）那里。"于得水喜欢抽黄烟，我父亲还给了他两袋子。"吕凤岗说。

"我们家里原来还有一张于得水的相片，他个子不高，眉毛很厚。"吕凤岗说，"于得水在青岛当了胶东司令后，捎信让俺爹去，俺爹因为家里忙没去，杨寿山就拿着那信去了。"

杨寿山去了一趟没找到于得水，就回来了，回来后和吕振山分析，说信都写来了不可能不在，他就又去了。这次找到了，于得水还亲自出去接他，问他吕振山怎么没去。杨寿山回来时于得水给了他一张相片，吕凤岗去他那儿看到了，就跟他要了来。

"'文革'时，那照片就被她烧了！"吕凤岗指着眼前的妻子告诉记者。

（2014-8-2《今晨6点》）

第六章
探寻任常伦牺牲的真相

"战斗英雄任常伦,他是黄县孙胡庄的人,十九岁参加了八路军,打仗赛猛虎,冲锋在头阵……"

这首当年唱响胶东、妇孺皆知的抗日名曲《战斗英雄任常伦》,颂扬的是在海阳长沙堡与日寇战斗中受伤牺牲的战斗英雄任常伦。

任常伦是胶东抗战英雄的代表,在1945年8月15日落成的胶东革命烈士陵园的山顶,还有一尊重达五千斤的任常伦烈士铜像。

在采访、报道红色记忆的十多年里,我采访到了当年在卫生所护理过任常伦的妇女干部、任常伦从战场上救出的战友、当年准备抬担架的民兵,等等,据此写过不少报道,甚至还引起了当地史志部门的注意,因为当年知情人所说的任常伦牺牲经过与他们的资料记载的不同。

事实上,由于各种原因,很多英雄身后会引起一些议论,这些议论的问题之一,往往就是对英雄事迹记载的问题——在以往的一些资料中,甚至是严肃的党史资料中,我们对革命前辈特别是一些烈士事迹的描述中,往往会运用一些文学手法,特别是一些细节和心理活动的描述,不免会让人怀疑其真实性,进而会怀疑整个人物的事迹和形象。作为一名新闻记者,还原历史也是职责所在,还原历史既可以廓清事实,也会消除一些误会和不良影响,以免使英雄蒙尘。

战斗英雄任常伦，他是黄县孙胡庄的人

6月28日，记者从龙口搭车前往龙口市常伦庄。

听说记者前往探访英雄任常伦的事迹，四十岁左右的司机杜世斌轻轻地唱了起来："战斗英雄任常伦，他是黄县孙胡庄的人，十九岁参加了八路军。打仗像猛虎，冲锋在头阵……"

他说，他从小就听过父母唱这首歌，上学后又学过任常伦的事迹。在龙口黄县，几乎人人都知道任常伦。

在常伦庄村口，有一座村碑，其背面记载："明永乐年间，孙、胡二姓先后迁此居住，取名孙胡庄。该村任常伦在抗日战争中牺牲，追认为战斗英雄，为此于一九四四年经黄县政府批准更名常伦庄。"

1925年出生的老党员王春波，是常伦庄见过任常伦的老人之一。他比任常伦小四岁，还记得少年任常伦经常舞枪弄棒，用枪打兔子、打野鸭，枪法不错。任常伦小时候就成了孤儿，1940年参加了八路军。入伍四年多，任常伦参加战斗一百二十多次，九次

负伤，缴获的武器能够装备一个排。任常伦牺牲后埋葬在牟平埠西头，后来迁葬栖霞英灵山烈士墓地，家乡人就在村里为他修了一座衣冠墓。1959年，龙口修建王屋水库，常伦庄搬到了半山腰，乡亲们把任常伦的衣冠墓也迁到了新村址西侧。1992年，任常伦的衣冠墓被龙口市人民政府公布为市级重点文物保护单位。

记者赶到任常伦的衣冠墓，发现其墓前有一堆纸灰，显然是有人刚刚前来祭奠过。在他的墓边，两棵翠柏像钢枪一样挺拔耸立，恰似英雄持枪守卫着家乡。

1944年8月，任常伦出席了胶东军区和山东军区战斗英雄代表大会，得知敌情紧急，日夜兼程七百里赶回胶东。那时，他已经负过八次伤，肩膀还留着弹片，但他坚决请求参加战斗，不幸在海阳长沙堡的战斗中负伤牺牲。

任常伦牺牲后，他的家乡改名为"常伦庄"，栖霞英灵山上树起了他的铜像，胶东国防剧团为他谱写了颂歌《战斗英雄任常伦》，他生前所在的五旅十四团一营五连被命名为"常伦连"，他从日寇手里夺下的三八大盖枪，1949年后陈列在中国革命历史博物馆……

（2005-7-2《烟台晚报》）

史德明，终生不忘任常伦

《战斗英雄任常伦》歌中唱道："战斗英雄任常伦……危险情况下不顾自己的命，小栾家救出了史德明……"

昨天，记者来到牟平区观水镇寻找抗日战争遗迹时，在三甲村304号住宅找到了《战斗英雄任常伦》歌中提到的史德明。

史德明的老家是现在的栖霞市观里镇大寨村。年轻时，他给人扛活。1939年，他的家乡出现了好几家部队。他想参军，就问人家哪家打日寇。有人告诉他只有"三联军（胶东抗日第三联军）"打日寇，但待遇差。他说，不打鬼子没有国家，待遇差怕什么？就这样，他参加了"三联军"，走上了抗日道路。

今年八十八岁的史德明虽然行动不便，但记忆尚可，对任常伦救他的经历更是记忆犹新——

"1941年冬天，一天晚上，部队攻打栖霞牙山北面的小栾家据点。冲过据点外面的鹿砦和壕沟，要进去时，接到上级命令让往下撤。我撤晚了，腿上中了一枪，一排长进来救我也受伤了。战友们在外面点名时发现少了我，想到我可能受伤落下了，任常伦就回来救我。

"我迷迷糊糊地觉得有人拉我，便问谁？任常伦说：'我。'我说我不行了你走吧，他说他死也要跟我死在一起。他解下裹腿绑在我腿上拖我，我用手撑着往后退。裹腿断了，他就用两只裹腿一起绑着拖。

"敌人发现我们后开了枪，任常伦就趴在我身上。我把他翻下去，说你走吧，咱们不能死两个，他还是没走。最后，他扒开鹿砦把我拖了出来。当时他头上也挂了彩，趴在我身上时血都流到了我身上。

"任常伦把我救出来后，包扎好伤口就走了，我后来就转到牟平养伤……"

史德明负伤后，因为怕被日寇发现，老百姓就把刘家长治北坡一座坟里的尸体拖出来，把他安置在里面，晚上去给他上药送饭。后来，他们又在一块庄稼地里挖了个地洞，把他藏进去养伤。

养好伤后，史德明参加了当地的革命工作，一直到离休，现在过着幸福的晚年生活。

"战斗英雄任常伦……危险情况下不顾自己的命，小栾家救出了史德明……"每当听到这首歌，史德明，这位在坟墓里躲过、在地洞里藏过的抗日战士，就会想起当年战火纷飞的岁月，想起战斗英雄任常伦的救命之恩。

（2005-7-6《烟台晚报》）

观水，一片红色的土地

这是一个既普通又特殊的地方，八路军胶东军区司令部曾经设在这里，许世友将军曾经在这里居住过十二年；闻名全国的战斗英雄任常伦受伤后在这里治疗过；解放战争初期，陈毅元帅也曾在这里疗养过。

不让历史湮灭在尘土中

今年七十六岁的段学生是牟平区观水镇段家村人，抗日战争时期参加了儿童团，曾为八路军站岗放哨查路条，晚上送情报，学会了埋七种地雷。1944年，段学生被村里派往当时设在埠西头村的胶东军区医院四分所举办的地方急救训练班，学习战地医疗救治。1947年参军后，段学生一直做卫生员工作，曾参加过孟良崮战役和抗美援朝战争，1952年转业到观水医院，1973年离休后做老干部工作，现在是观水镇老干部第二党支部书记、观水镇抗战史料研究小组组长，一直在搜集整理观水的抗战史料。

谈到观水的红色历史，段学生如数家珍：1941年，八路军消灭了埠西头一带的敌人后，就在这里建立了抗日根据地。八路军胶东军区司令部设在这里，许世友将军曾在这里居住过十二年，现在房子基本保存完好；保存完好的还有胶东军区医院四分所，战斗英雄任常伦受伤后在这里治疗过，最终不治牺牲；解放战争初期，陈毅元帅也在这里疗养过；这里有据可查的还有新华制药厂的前身、八路军的第七兵工厂、地图印刷厂、鞋厂以及莱阳动力机械厂的前身——隆茂铁工厂。就是这个厂，当年曾创造性地铸造出了战斗英雄任常伦的铜像，至今屹立在栖霞英灵山上。位于后垂柳村的第七兵工厂厂部保存也相对完好，而厂房车间则难觅踪迹了。

眼看着当年的抗战遗址一点点坍塌、消失，段学生感到自己有责任把当年的资料收集整理出来，把仅存的遗迹保护起来。他沿村奔走，寻访当事人、知情者，寻找历史的点点滴滴，将资料整理后转交给了当地政府。

与记者同行的观水镇领导说，当地的抗战史料是一笔宝贵的红色财富，应该把革命遗址发掘整理一下，不能让这段历史湮灭在尘土中，要让子孙后代记住这段历史。

"北果子惨案"血雨腥风今犹闻

1942年春，日寇春季大扫荡，在牟平观水下杨家村东头，将杨文彬、杨文形等人的多间房子点了火，杨文举的大妈藏在草丛里被烧成炭，杨忠荣被日寇开枪打死。

1942年秋天，日寇扫荡八路军第一兵工厂所在的观水镇上垛村。日寇扫荡前，八路军将机器全部藏埋在地下，他们什么也没有搜到，就将老百姓的房屋放火烧了，一百多户、三百多间房屋烧成了灰烬。高立法的哥哥是个哑巴，在山里被日寇用镢头砸死；高云生、矫吉才的父亲被日寇用步枪打死。

1942年10月，日寇对我胶东抗日根据地实行拉网式的"烧光、杀光、抢光"扫荡政策。11月23日，日寇将包围在乳山市马石山上的五百名群众全部杀害，制造了骇人听闻的"马石山惨案"。

在"拉网"途中，日寇经过观水镇曲家长治村，放火烧毁了一百五十多户老百姓的五百多间房屋，通天大火烧了一天一夜，房子没了，粮食烧成了灰炭。于春云和姜克忠的孩子、姜水贵的父亲死在敌人的枪弹下；于水言的父亲被日寇捉住后用刺刀活活捅死；曲义良的爷爷被日寇用火烧伤；姜书振的父亲被日寇用枪打穿了胳臂。

牟平观水北果子村当年是一个不到三十户、只有一百多人的小山村。1942年10月15日，日寇扫荡到这里，老百姓都逃往村南沟峁里躲藏，日寇看到村里没有人就开始搜山。在西南沟里，李春义、李龙云、李德彰、李桂云和小学教师周树明被日寇用刺刀刺死，李德海的妻子和怀里吃奶的女儿以及身边六岁的儿子被日寇用枪打死。北果子村村长、共产党员李龙云被日寇用枪打死后，他的弟弟李海云吓得哭了起来，日寇用手枪一枪打在他的太阳穴上，他倒在地上还有点气，日寇就把一具尸体扔在他身上想压死他，幸运的是，他活了下来，至今健在。当年二十二岁的李德现也是死里逃生。他在前面跑，日寇在后面追，接连打了九枪，虽然打中了他的左上臂，但他最终还是逃过一劫。

段学生搜集整理了北果子村的这些材料后，为其命名"北果子惨案"。

许司令和群众一家亲

1941年，许世友司令员带着八路军从栖霞桃村打过来，将观水解放后，建立了抗日根据地，胶东军区司令部就设在埠西头，许司令经常在这一带居住，这里的老百姓也基本都认识他。

现在提到许世友，埠西头村里上了年纪的人都还记得他"人不高，满脸胡子"。有一次，许司令在埠西头西河滩召开民兵反扫荡动员大会，他讲话后还做了埋雷表演。

八十一岁的肖玉英现在居住的房子就是当年的胶东军区司令部办公地址，当时许世友就住在那里。现在，这房子基本保存完好，外观没有改变。

肖玉英说："许世友经常领着勤务员拿着弓出去射箭，射出去的箭，勤务员就去拿。他骑着一头大黑马，头上有个白头顶。"

因为工作原因，当时的埠西头和崮山前行政村村长刘美英经常与许世友见面，还一起吃过饭、喝过酒。今年八十四岁的刘美英对此记忆犹新。

"他和我们都是平起平坐。"在刘美英的印象中，许司令个头敦实，脸庞发黑，满脸的络腮胡子。他讲起话来带有严重的河南口音，字与字之间的停顿经常拉得很长，他说"同志们"听起来就成了"同—子—们"。许司令有两个爱好，一是打篮球，好多村民都与他打过球；二是射箭，他带的弓箭，别人都拉不开，只有他一人能用。

刘美英记得，任常伦追悼会后，许司令曾请她和另一位村长吃了一顿饭。饭菜很简单，没有大碗大盘，吃的是烙饼，菜是炖大白菜，不见一片肉。

任常伦牺牲在这里

1941年，观水建立抗日根据地后，年仅二十岁的刘美英由于精练、能干被村民推选为埠西头和崮山前行政村村长，成为当时埠西头所属的牙山县第一位女村长。年轻的刘美英领着群众收公粮、埋地雷、做担架，支持抗战。因为胶东军区医院四分所设在村里，她还经常去照顾伤员。当年，她就曾照顾过战斗英雄任常伦。

"四分所虽然简陋，但当时有外国大夫，医疗条件是胶东最高级的，规模也比较大。"刘美英说，1944年8月，任常伦在长沙堡战役受伤后被用担架抬到这里，抢救了三天，终因伤势过重而牺牲。

抢救任常伦期间，刘美英领着村里的妇女去照顾他，任常伦牺牲后，她又帮着整理遗容。由于与敌人拼刺刀，任常伦身上伤痕累累，头部、脸部被刺得不成人形，她是噙着眼泪完成这个任务的。

任常伦牺牲后，许世友司令员在埠西头村西头的河滩上为他主持召开了追悼大会，当时把任常伦的母亲和妻子也接了过去。追悼大会是下午开的，许世友哭了一上午。开追悼大会时，村里的人都去了，哭声一片。

在任常伦追悼大会上，刘美英代表妇女发言，只说了两句便泣不成声，但她记得那两句："任常伦打仗为的是老百姓，他是为我们死的，我们要化悲痛为力量。"追悼大会后，任常伦被掩埋在埠西头村南。

1945年春，在栖霞英灵山修建胶东抗日烈士陵园时，建塔委员会根据有关规定将任常伦的遗体迁往英灵山安葬，同时决定铸一尊铜像以示纪念。当时，铸造铜像的任务就交给了设在后垂柳村的隆茂铁工厂。铸造铜像需要五千斤铜，收购组就化装成"货郎"走乡串户去收购。解放区人民知道消息后，纷纷捐献铜弹壳、铜钱、铜勺、铜锁甚至铜把手、铜烟锅。有了材料，铸造技术又成了问题。最后，他们化整为零，先将头、胸、臂、腿、脚等部位分别浇铸，然后再合为一体，终于铸造成功。

这里也有大生产运动

抗日战争进入相持阶段后，各抗日根据地军民面临着严重的财政经济困难。1942年底，党中央提出了"发展经济，保障供给"的方针，号召解放区军民开展大规模生产运动，粉碎敌人的经济封锁，减轻人民负担。

段学生还回忆起了当年观水的大生产运动。许世友司令员命令五支队和十三、十四、十五、十六团八路军士兵在东留疃、西留疃、埠西头、郝格庄、曲家村开荒种粮种菜，他自己也带领军民开荒二十亩。胶东行署的李义山在埠西头、矫家等村打井浇田；报社印刷厂、四分所人员则在曲家村开荒种菜。

当时没有煤油，就用棉籽油、花生油点灯；没有火柴，就用火炼石打火，或者沤烂地瓜蔓子搓成绳点燃后当火种用；没有庄稼，就吃野菜、树叶；没有衣服，家家种棉花，户户纺线、织布。为了给棉布染色，他们就自己种蓝草，或者搜集柞树芽和湾底的污泥来染布。当时用土织布机织出来的衣服全是疙瘩，穿在身上硌得生疼。为了解决织布机技术操作问题，胶东妇联还在埠西头村举办了四期拉梭机培训班，每期两个月，培养出的技术员就在村里生产土布供给部队。

事过多年，很多纺花车、轧花机和木制织布机都破损了，段学生多方寻找拍下了不少照片，包括磨面粉、碾谷子用的石磨、石碾子，如今都成为珍贵的文物。

（2005-8-25《烟台晚报》）

史志部门将改写任常伦史料

一篇报道提供线索，任常伦受伤后送医不治牺牲

8月25日，《烟台晚报》在《观水，一片红色的土地》中提到战斗英雄任常伦牺牲时的情况，引起了有关部门重视。昨天上午，烟台市史志办与《烟台晚报》联系，指出以前史料记载任常伦是在战场上中弹当场牺牲的，如果记者报道的任常伦曾得到救治的说法属实，其史志就要进行改写。

记者采访时，当年的埠西头和崮山前行政村村长、今年八十四岁的刘美英

回忆说："任常伦在长沙堡战役受伤后，被用担架抬到这里（当时设在牟平观水埠西头的胶东军区医院四分所）抢救了三天，终因伤势过重而牺牲。"抢救期间，她曾领着村里的妇女去照顾他，任常伦牺牲后又是她帮助整理遗容的。

　　而以往史料记载的是："当天傍晚，鬼子发起了对小高地的最后一次反扑。任常伦正满怀信心准备和战友们一起消灭敌人时，不幸，一颗罪恶的子弹打中了他的头部"，"任常伦……因伤势过重，流血过多，未及医治就停止了呼吸，年仅二十三岁"。

　　据悉，史志部门正在对本报报道情况进行研究，准备寻找当年的知情者调查核实。

（2005-8-30《烟台晚报》）

任常伦其实是这样牺牲的

"战斗英雄任常伦，他是黄县孙胡庄的人，十九岁参加了八路军。打仗像猛虎，冲锋在头阵……"六十一年前，山东军区一等战斗英雄任常伦牺牲了。以往的史料记载，任常伦是在战场上中弹当场牺牲的，然而，记者几次采访中得到的说法，却是他受伤后在牟平埠西头医院得到救治后牺牲的……

当事人追忆英雄最后的日子

6月29日，记者赶到海阳长沙堡，找到了抗日战争时期的民兵张子玉。当年的长沙堡战斗时，张子玉是村里的民兵。1946年，他参军到了胶东军区特务团，1950年复员回家。

站在任常伦战斗过的地方，八十三岁的张子玉讲述了英雄的壮举：任常伦和战友们坚守小高地，手榴弹用完了、子弹打光了，他们与日军拼起了刺刀。任常伦刺死五个日军，带领战友们守住了阵地。当时，张子玉和其他三十多名民兵一起，在西南面的高地上待命抬伤员。夕阳西下，他们清楚地看到任常伦和战友们正跟日军拼刺刀，刺刀在夕阳下一闪一闪的，让他记忆犹新。

傍晚，日军反扑，任常伦不幸中弹，被抬到牟平埠西头的八路军胶东医院四分所后，光荣牺牲。

随后，记者在牟平区观水镇埠西头找到了当年埠西头和崮山前行政村村长刘美英。今年八十四岁的刘美英当时领着群众收公粮、埋地雷、造担架，支持抗战。她说，任常伦在长沙堡战役受伤后，被用担架抬到这里，没抢救过来。

任常伦牺牲后，许世友司令员在埠西头村西的河滩上为他主持召开了追悼大会，刘美英还代表妇女发了言。追悼大会后，任常伦被掩埋在埠西头村南。1945年春，栖霞英灵山修建胶东抗日烈士陵园时，有关部门根据相关规定，将任常伦烈士的遗体迁往英灵山安葬，铸了一尊铜像。

史料记载英雄当场牺牲

看到记者的报道后，烟台史志部门有关人员曾与记者联系指出，按照史料记载，任常伦是在战场上中弹当场牺牲的。

关于任常伦的情况，目前流传较广的是史志部门的一份材料《永远矗立在人民心中的铜像——战斗英雄任常伦烈士传略》，许多文章的说法也与之相同。这份材料记叙、描写比较细致，文学色彩很浓，其中对任常伦牺牲经过的记载是——

任常伦站起身，望着远处村子里鬼子燃起的大火，眼睛里闪着仇恨的光芒。他高高地举起手中的枪，坚定地对战友们说："同志们，我们没有子弹，有刺刀，人在阵地在！"

鬼子冲了上来。任常伦与九班战士高喊着"杀"声，端起凝着强烈仇恨的刺刀，冲入了敌群。

一场激烈的白刃战开始了。

三个鬼子兵端着明晃晃的刺刀，从左、右、前三面来围攻任常伦。迎面的鬼子"呀——"的一声，窜到任常伦的面前，来势凶猛，朝着他的右肋就是一刺刀。任常伦无比沉着和勇敢，面对强敌，毫不畏惧。他用力防右反刺一枪，咔嚓一声，就把鬼子刺来的枪磕了回去，紧接着一个前进直刺，"呀——嘿！"一声喊，刺刀穿透了鬼子的前后胸。鬼子扑通一声倒在地上。

任常伦刚拔下刺刀，左右两边的鬼子已靠拢过来。左边的鬼子"呀——"的一声，刺刀直奔他的左胸而来，他机警地往后一闪，鬼子刺刀扑了个空，一头栽倒在地，任常伦飞起一脚，踢中鬼子的肋下，那个鬼子"啊"的一声，滚下山坡。

此刻，右边的鬼子见正面对付不了任常伦，趁机窜到任常伦的背后，刺刀向任常伦的后背扑来。任常伦听到身后的声响，猛地一个一百八十度大转弯，以迅雷不及掩耳之势，用枪尖拨开鬼子的刺刀，用枪托狠狠地砸向鬼子的头部。鬼子重重地跌在地上。任常伦紧跟着一刺刀，结果了鬼子的性命。

战友纪绍信在刺死一个鬼子后，来不及躲闪另一个鬼子的刺刀，在鬼子刺中他的同时，他的刺刀也狠狠地刺进了鬼子的胸膛。

任常伦看到倒下的战友，怒发冲冠，恨不得生出三头六臂，把鬼子全部杀光！他怒目圆睁，左冲右杀，先后有五个鬼子死于他的刺刀之下。在这个大无畏的英雄面前，那些号称有"武士道"精神的日本鬼子丧了胆，只要同他一照面，便掉头逃跑。

五班增援上来了，鬼子乱成一团，丢下几十具尸体，狼狈逃窜。

当天傍晚，鬼子发起了对小高地的最后一次反扑。任常伦正满怀信心准备和战友们一起消灭敌人时，不幸，一颗罪恶的子弹打中了他的头部。

五班长赶紧扑过去，连声呼唤："副排长！副排长！"任常伦吃力地说："五班长，别管我。守住阵地要紧，守住阵地就是胜利！"

"为副排长报仇！""为我们的英雄报仇！"顿时，呐喊声像滚雷，撼天震地，似怒涛，呼啸奔腾……战友们悲愤填膺，怒不可遏。当鬼子冲到前沿时，战士们个个如下山的猛虎，一齐扑向了敌人。

在一排猛烈的手榴弹和一阵复仇的子弹之后，鬼子们狼狈逃窜了。

初夜，总攻开始了！十四团以排山倒海之势，从四面八方扑向鬼子……鬼子扔下了二百五十八具尸体，惨败而逃。我军乘胜追击一百里，彻底粉碎了敌人的"扫荡"。

可是任常伦这个身经百战、遍体伤痕的优秀共产党员、山东军区一等战斗英雄，却因伤势过重，流血过多，未及医治就停止了呼吸，年仅二十三岁。

这里过多的细节描写不知道是如何得来的，其中明确说"任常伦这个身经百战、遍体伤痕的优秀共产党员、山东军区一等战斗英雄，却因伤势过重，流血过多，未及医治就停止了呼吸"。

当场牺牲说法有隐情？

那么，史志部门的说法是从哪里得到的呢？有关人员告诉记者，这份材料主要是龙口当地史志人员调查来的。为此，记者与龙口史志部门取得了联系，希望采访撰写任常伦史料的史志人员。最终，记者找到了这位自称掌握任常伦资料最全、最详细的史志人员，但他拒绝接受采访，只在电话中透露了些其当场牺牲的原因。

1982年，这位史志人员开始整理任常伦的资料时，从一位任常伦的王姓战友那里听说，战斗胜利后，受伤的任常伦穿上了日军的服装，当地的老百姓将他抬往医院的路上，以为他是日军，就在沟里用石头把他砸死了。英雄怎么能被老百姓打死？他们写史志时自然不能把这一情况写出来，就笔锋一转有了神来之笔："任常伦正满怀信心准备和战友们一起消灭敌人时，不幸，一颗罪恶的子弹打中了他的头部"，"因伤势过重，流血过多，未及医治就停止了呼吸"。

无独有偶，记者从任常伦一位刘姓战友的亲人那里也得到了关于他牺牲情况的一个说法，与此有些类似：战斗胜利后，受伤的任常伦戴上了日军的钢盔、穿上了他们的服装，老百姓抬担架时将他掀到了沟里，第二天被人发现后才抬走。

按照这两种说法，任常伦或者是被当地老百姓打死的，或者是被老百姓扔在山沟里死的。总之，他是死在海阳长沙堡的，这与牺牲在牟平埠西头八路军胶东医院四分所的说法完全相反。

当年担架翻倒传出流言

8月31日上午，记者再次赶到海阳长沙堡，找到当年的民兵、八十三岁的张子玉核实情况。

在张子玉的记忆里，任常伦受伤后是他们村里尚兆言、尚连江等三人抬到牟平埠西头的八路军胶东医院四分所的，当年他们都四五十岁，如今均不在人世。

记者提出任常伦死亡的另外两种说法，张子玉说不可能，绝对不可能。他说，如果把任常伦误认为是日军也不会抬他了。然而，将任常伦送往埠西头的路上出现了一点意外，似乎是这两种说法的起因：抬担架的人说，半路上担架带断了，把任常伦摔了一下。因为担架是用门板绑起来的，不结实，路上摇晃摇晃地就断了。那时抬担架都是一个村往一个村传，抬到别的村再换人，张子玉认为可能是因为这个原因引出了误传。

当天上午，记者又赶到牟平埠西头，找到当年埠西头和嵛山前行政村村长刘美英老人。刘美英老人说，当天傍晚，任常伦被埠西头的民兵连长矫贞治领着人抬回来。由于与敌人拼刺刀，任常伦身上伤痕累累，头部、脸部被刺得不成人形，已经不能说话了。抢救期间，刘美英领着村里的妇女去照顾他，牺牲后她又帮着整理遗容。

昨天中午，记者又与马石山突围战中的存活者、今年七十九岁的于成取得了联系。1942年11月，马石山突围战后，于成到了牟平埠西头，在胶东军区医院四分所医训队学医两年，后来分配到中海军区卫生院，转业后到了烟台港务局。于成记得任常伦在那里治疗的情况，抬回来时还有微弱的呼吸，腹部和头部有七八处伤。他说，是一位魏（音）护士长为任常伦整理遗容、入殓的，一位栾（音）护士生也照顾过他，遗体告别时他也看到过。

也是昨天中午，记者与祖籍牟平区观水镇于都村六十九岁的肖女士取得了联系。肖女士原来曾在中学、小学教学，目前退休在烟台。她的父亲1938年入党，姐姐、叔叔都当兵，自己六岁时参加了儿童团。当年八岁的肖女士记得，长沙堡战斗那天晚上，母亲晚上起来做鸡蛋去喂伤员，她也听说任常伦在那里治疗过。

根据记者的调查采访，任常伦应该是牺牲在牟平埠西头胶东军区医院四分所，并非当场牺牲在海阳长沙堡，更没有被当地群众当作日军打死或扔到沟里。

（2005-10-20《烟台晚报》）

附

永远矗立在人民心中的铜像
——战斗英雄任常伦烈士传略

清明时节，雄伟的英灵山上，巍峨的胶东抗日烈士纪念碑下，松柏吐翠，迎春绽蕾。

人们一队队，一行行，举着红旗，抬着花圈，怀着崇敬的心情，拾级而上，前来祭扫烈士陵墓，凭吊在此长眠的为祖国为人民而英勇捐躯的革命先烈。

在胶东抗日烈士纪念碑左侧，花圈簇拥着一尊八路军战士的高大的全身铜像，铜像手握钢枪，英姿勃勃地雄视着远方。数百名工人、农民，战士、少先队员肃立在它的周围。这位八路军战士，就是当年曾参加过一百二十多次战斗、九次负伤、使日寇闻风丧胆的山东军区一等战斗英雄任常伦。

铜像下，花圈旁，一位两鬓染霜的老战士正向人们讲述着这位英雄的故事……

（一）

任常伦是黄县孙胡庄人，生于1921年。他的家乡坐落在黄县南部山区，家里只有祖传的二间草房，二三亩耕地，瘠薄的土地难以养活三口之家，再加上苛捐杂税多于牛毛，常使父母借贷无门。父亲无奈，只得长期在外面给地主扛活。

他六岁那年，一场重病夺去了父亲的生命。沉重的打击，使母亲的精神失去支柱，不久，便卧床不起。由于贫病交加，十岁那年，母亲又辞别了人世。后来，叔父收养了他，并送他入学读书。

特殊的身世，使他变成一个早熟的孩子。十四岁时，他再也不忍心叔父一家于艰难困苦之中节衣缩食供他上学了，毅然中途辍学，帮助叔父挑起生活的重担。此后，他就加入了打短工扛活的行列。

任常伦的家乡，当年曾是义和团活动过的地方。少年时代，他就听到许多关于义和团的勇士"御外侮""杀赃官"的传奇式故事，幼小的心灵上留下了难以磨灭的印象。随着年龄的增长，特别是经历过一段被剥削、受压迫的非人生活之后，更加深了他对现实社会的认识，对邪恶势力的憎恨，对苦难同胞的同情。当时，黄县有这样一种习俗，富人雇"工夫"一般不雇光脊梁的。下学的第二年，婶母为他做了一件粗布小褂，为此，在打短工时雇主颇多。但当他看到一些伙伴常常因光脊梁而揽不到活，致使家中无以为炊时，便干脆把小褂借给别人，宁愿自己闲着揽不到活干。为此，他很受邻里和穷伙伴的称赞。

1937年7月7日卢沟桥事变以后，在中国共产党领导下，抗日的烽火在胶东遍地燃烧起来。1938年5月，黄县抗日民主政府建立。同年七八月间，孙胡庄建立了抗日民主政权。十七岁的任常伦满怀热忱多次往村干部家跑，要求参加八路军，打鬼子；但由于他年龄小，个子矮，村干部一直没有同意。同年冬天，孙胡庄成立了自卫团，任常伦当上了村里第一批自卫团员。他踊跃地参加自卫团的军事活动，而且表现得机智勇敢。他曾多次与同志们一起埋地雷、抓"舌头"、打伏击、掐电线、破坏道路，给了日伪军以沉重的打击。

（二）

1940年8月，十九岁的任常伦实现了多年梦寐以求的愿望，光荣地参加了八路军。他开始在地方武装黄县抗日大队当战士，同年十月又升级到八路军山东纵队五旅十四团二营五连。从此，在他生活的史册上，翻开了新的一页。

在部队党组织的培养和战友们的帮助下，任常伦茁壮成长起来。他从第一次战斗开始，就显露出英雄本色。入伍头几个月，由于部队武器缺乏，他没有发到枪，只背着一把大刀和几颗手榴弹。班长邹满清应许在战斗中帮他夺一支枪，被他谢绝。他坚决地向战友们表示，要亲自从敌人手里夺一支枪。

1941年1月，他所在部队在掖县城南与日军展开了激战。战斗打得异常残酷。开始他负责往阵地上运送弹药。当他把最后一箱弹药运到前沿阵地的时候，战友们子弹已经打完，同敌人展开了白刃战。只见三个战士正同三个鬼子在激烈拼刺，其中一个战友已显得体力不支。说时迟，那时快，他撂下弹药，从背后猛地将鬼子拦腰抱住。对面的战友趁势一个突刺，刺中了鬼子肩膀。他乘机夺下鬼子的大盖枪，回手一刺刀，结果了鬼子的性命。战斗结束后，营部把这支枪发给了他。

1943年10月，他所在的二营奉命深入鲁南开辟滨海区抗日根据地。部队在诸城县与汉奸司令李永平打了三仗，连战皆捷。首战石门，继战近枝，三战插崖，任常伦仗仗都表现得英勇顽强，特别是第二仗近枝战斗尤为突出。

近枝是李永平的重要据点，工事坚固，驻有重兵。二营和滨海十三团接受了攻打近枝的战斗任务。

二营分工爆炸敌人两座碉堡，任务分配给了五连和六连。其时，我军炸药不足，仅有三十斤。如果平均使用，势必两座碉堡全炸不掉。营部考虑五连爆破技术高，经验丰富，所以只分给五连五斤炸药。

五连长刘志金深感任务艰巨，考虑再三，最后决定把爆破任务交给任常伦担任班长的一班。他接受任务后，立即召集全班战士开"诸葛亮会"，集思广益，群策群力。商量的结果是：把炸药投进碉堡的枪眼里。

战斗打响后两个小时，部队就扫清了敌人的外围据点，把敌人压缩到两个大碉堡里。任常伦率领一班战士冲到了碉堡的壕沟外边。此刻，碉堡上下，敌人的机枪和步枪子弹雨点般地扫射过来，壕沟内外，硝烟弥漫，令人窒息。

在兄弟班战友火力掩护下，一班冒着敌人的枪林弹雨架起了通过壕沟的便桥，迅速竖起攀登碉堡的梯子，梯子一放稳，副班长王凤云就扛着炸药包攀了上去。由于敌人火力太猛，几个战友中弹倒下了，王凤云壮烈牺牲了。

面对凶残的敌人，看看牺牲的战友，任常伦火冒三丈，一跃身冲过敌人的火力封锁区，迅速向碉堡里甩进一颗手雷弹，从王凤云身旁抓起炸药包，"嚓"的一声点燃导火索，飞身跃上梯子。导火索"刺啦刺啦"冒着白烟。这时，碉堡里的敌人被这气壮山河的举动吓傻了眼，在他们还没反应过来的时候，任常伦已把炸药包扔了进去。

一声巨响，碉堡炸开了一个大窟窿。碉堡里剩下的敌人吓破了胆，在一班的政治攻势之下，哀告着"别……别再扔炸药啦"，全部缴械投降了。

任常伦常说："为了党和人民的利益，该流血的时候就毫不顾惜地去流血!"每次战斗受伤，他都不皱眉，不畏惧，沉着冷静，坚持战斗。

1941年，胶东部队奉命组织了反击投降派赵保原等的战役。

赵保原是胶东最大的顽固派和亲日派头子，长期以来与日寇勾结，以发城为老巢，囤积重兵，构筑工事，屠杀我抗日群众，进攻我抗日武装，气焰十分嚣张。

1941年3月底，我军打响了围攻发城的战斗。这一仗，是反击投降派战役中持续时间最长的一仗，也是极为关键的一仗。

在我军强大攻势之下，赵保原自夸"固若金汤"的发城外围工事，逐个被攻破。到7月下旬，敌人只剩下城北菜园北山上的三个三层大碉堡了。

7月26日，团部下达了攻打敌残存的三个碉堡的命令，任常伦所在的五连一排由副教导员率领，攻打中间最大的一个。

战斗一打响，任常伦首先率领鹿砦组冒着敌人的枪林弹雨挥舞铡刀砍开鹿砦，为部队冲锋扫清障碍，继而他又带着肩伤，在战友们的掩护下点燃了碉堡下的柴草，火攻敌人，从而使战友们顺利攻下碉堡底层。

此时，已过午夜，一排连指导员在内只剩下九人了，而且全都挂了彩，任常伦也两处负伤。

碉堡里的残敌拒不投降，龟缩在上层居高顽抗，企图做垂死挣扎。敌人不投降，就叫它灭亡。任常伦和战友们下定决心，不拿下碉堡，誓不罢休。旋即架起梯子，开始了强攻。

战友史德明率先爬了上去。敌人摔石头、倒开水把史德明打下来。史德明昏了过去。面对牺牲的战友和负伤的同志，任常伦怒火满腔，完全把生死置之度外，他高喊一声："我上！"立即登上梯子。

多么勇敢的战友，何等无畏的勇士！顿时，往事闪电般地在战友们眼前浮现：福山县猴子沟伏击战中，他第一个跃上鬼子的汽车，与鬼子拼了刺刀，腿上两处负伤，仍然顽强坚持拼杀；莱西河源西沟战斗，他负了伤，还带领全班打退数十名鬼子的进攻，随后，又与战友们并肩向敌人发起冲锋……这次，战友们坚信，任常伦一定能够胜利地完成任务。

战火中，惊人的事情出现了：任常伦挪动着带伤的躯体，紧咬牙关，以惊人的毅力靠手劲一蹬一蹬地向上攀登。此刻，他浑身鲜血淋漓，肩部和腿部伤口揪心撕肺地疼痛，他面色苍白，气喘吁吁，豆大的汗珠从额头上滚下。而他心中只有一个念头：消灭敌人，为战友报仇，为群众雪恨！

梯子下，七双眼睛都集中在他的身上，七双手都恨不得给他助一把力，七颗心都和他不怕牺牲争取胜利的信念连在一起！

他已接近了碉堡的枪眼。突然，碉堡里飞出一块砖头砸在他的头上。他眼前一黑，只觉得天旋地转，金星飞迸，身子一晃，整个身子贴到了梯子上。

"任常伦，快扔手榴弹！"他听到战友们的呼唤，连忙抽出集束手榴弹，吃力地塞进枪眼。塞完，一头栽下梯子，昏了过去。

手榴弹在碉堡内开了花，炸得敌人鬼哭狼嚎。战友们乘机冲进碉堡，全歼守敌一个排。

革命战争的洗礼，使任常伦由一个怀有朴素爱国感情的青年农民，成长为无产阶级先锋战士。发城战斗结束后，他光荣地加入了中国共产党。从此，他更加牢固地树立起为人类求解放而奋斗终生的思想。

任常伦不仅作战勇敢，而且团结同志，关心战友。连队编班，战友们都愿和他编在一个班里，战时划分战斗小组，战友们更愿同他划在一起。战友们都说，他关心别人胜过关心自己。

1941年冬天的一个夜晚，任常伦所在的五连奉命攻打小栾家据点。

战斗打响后不久，由于敌情发生变化，营部决定，迅速撤出战斗。撤离战场后，一清点人数，发现少了掩护撤退的三班长史德明。

原来，史德明在掩护战友撤退时，大腿受了重伤。一排长、二班长和三班的一个战士先后前去营救，都挂了彩，不得不退了下来。部队亟待撤退，战友尚未救下，情况十分危急。

"我去!"任常伦自告奋勇。他把步枪和子弹袋交给班长，而后，猫着腰冒着敌人的炮火，朝史德明负伤的地方冲了过去。

敌人碉堡跟前燃烧着一堆大火，外面的鹿砦也点着一个大火口，史德明就躺在中间。任常伦冲到鹿砦时，立即卧倒，迅速把火堆向旁边移动了一下，匍匐前进到史德明身边，轻声对史德明说："三班长，我来拉你!"史德明考虑到自己伤势太重，又怕任常伦和排长他们一样，再为自己流血，便说："你快走吧，别为我再流血了!"任常伦果断地回答："我不能把你丢给敌人，别说流血，就是牺牲了也要把你拉回去。"他说着，立即解下一只裹腿，捆在史德明腰上。爬着拉了一步，裹腿断了，他爬回去，又把另一只裹腿解下合绑在一起，才缓缓地爬着把史德明拉到鹿砦外，然后背着史德明赶上了部队。

（三）

1944年8月，任常伦出席了山东军区战斗英雄代表大会，被选为主席团成员，并荣获山东军区一等战斗英雄称号。

会上，军区首长做了关于抗战大好形势和今后任务的报告，许多英雄介绍了他们为打败日寇而不怕流血牺牲的英雄事迹，任常伦激动万分。代表大会虽然为期很短，但却使任常伦在成长的旅途上迈开了新的一步。他不仅明确了今后的奋斗目标和任务，而且学到了各路英雄的光辉思想，革命斗志更加昂扬。会议期间，记者多次采访他，要给他登报，每次访问，他总是谦逊地笑一笑说："比起别的英雄，我做得还不够，还是多写写别人吧。我只觉得想起毛主席，想起党，想起穷人受的苦，就什么也能豁上了！"

山东军区战斗英雄代表大会刚刚结束，日伪军纠集一千多人，开始了对我牙山根据地的"扫荡"。任常伦听到这一消息，怒火中烧，日伪军在家乡的罪恶又一幕幕在眼前呈现：

1938年7月，日寇飞机在黄县城空投炸弹，一次就炸毁房屋数十间，炸死炸伤群众数十人；1940年到1942年间，日寇曾八次血洗黄城阳村，仅二百多户、八百多口人的村子就被日寇烧毁房屋九百一十七间，枪杀三十多人，伤残冻饿致死的达三百余人之多；把活人绑在树上当作刺刀靶子，反复捅刺；一个年轻媳妇，竟被他们用刺刀从阴部挑到小腹，五脏四溢……

任常伦怀着对日寇的刻骨仇恨，日夜兼程，长途跋涉七百里赶回部队。此时，他已负伤九次，肩膀里还嵌着敌人的弹片，体力还没有完全恢复。

赶回部队后，部队首长考虑到任常伦的身体状况，本打算不让他参加这次反"扫荡"战斗，安排他休息几天，做好准备，等战斗结束后，给部队报告山东军区战斗英雄代表大会的盛况。可他非要上前线不可，他说："不要我打仗，我受不了！我不能眼睁睁看着鬼子横行霸道！报告，可以一边打仗一边准备。"在他再三要求下，首长批准了他的请求。

我十四团获悉：日寇大岛部队六百多人，沿烟青公路南下莱阳。团首长决定在栖霞县长沙堡布下口袋阵，围歼敌人。

根据团里的部署，部队提前进入阵地。担任副排长的任常伦带领九班，坚守在阵地前沿的一个高地上。

耀武扬威的鬼子钻入我口袋阵后，连续遭到我三营和一营猛烈炮火的打击，乱了阵脚，活像一群被捅了窝的黄蜂。

但日本鬼子毕竟是有一定军事素质的，经过指挥官一番纠集，便在小钢炮、掷弹筒掩护下，开始疯狂地突围。

九班战士，在任常伦的带领下，连续两次击退了敌人凶猛的进攻。

突然，几十个鬼子抢占了制高点左侧的另一个小高地，插起"膏药旗"，架起机关枪，严重地威胁着团指挥部和兄弟排阵地的安全。

怎么办？任常伦主动向排长请战，要求带领九班去夺取鬼子占领的小高地。

九班战士在任常伦的指挥下，一口气冲到小高地正面断崖下。

敌众我寡，只能智取，不能强攻。他首先命令两名战士正面佯攻，尔后率领其余战士沿着断崖迂回到敌人侧面，接着一个突然猛攻，顺利夺取了小高地。

敌人不甘心失败，趁我方立脚未稳，一阵猛烈的炮火轰击后，一个指挥官用指挥刀威逼着一群鬼子号叫着向上冲来。任常伦沉着地端起大盖枪，一扣扳机打倒了指挥官，接着又连发三枪，撂倒三个鬼子。九班战士在他的带领下，斗志高昂，以一当十，英勇地抗击着十倍于我的敌人，连续打退了鬼子五次疯狂的反扑。

手榴弹用完了，子弹打光了，增援部队还没有赶到，敌人的反扑又开始了，一场严峻的考验摆在面前。

任常伦站起身，望着远处村子里鬼子燃起的大火，眼睛里闪着仇恨的光芒。他高高地举起手中的枪，坚定地对战友们说："同志们，我们没有子弹，有刺刀，人在阵地在!"

鬼子冲了上来。任常伦与九班战士高喊着"杀"声，端起凝着强烈仇恨的刺刀，冲入了敌群。

一场激烈的白刃战开始了。

三个鬼子兵端着明晃晃的刺刀，从左、右、前三面来围攻任常伦。迎面的鬼子"呀——"的一声，窜到任常伦的面前，来势凶猛，朝着他的右肋就是一刺刀。任常伦无比沉着和勇敢，面对强敌，毫不畏惧。他用力防右反刺一枪，咔嚓一声，就把鬼子刺来的枪磕了回去，紧接着一个前进直刺，"呀——嘿!"一声喊，刺刀穿透了鬼子的前后胸。鬼子扑通一声倒在地上。

任常伦刚拔下刺刀，左右两边的鬼子已靠拢过来。左边的鬼子"呀——"的一声，刺刀直奔他的左胸而来，他机警地往后一闪，鬼子刺刀扑了个空，一头栽倒在地，任常伦飞起一脚，踢中鬼子的肋下，那个鬼子"啊"的一声，滚下山坡。

此刻，右边的鬼子见正面对付不了任常伦，趁机窜到任常伦的背后，刺刀向任常伦的后背扑来。任常伦听到身后的声响，猛地一个一百八十度大转弯，以迅雷不及掩耳之势，用枪尖拨开鬼子的刺刀，用枪托狠狠地砸向鬼子的头部。鬼子重重地跌在地上。任常伦紧跟着一刺刀，结果了鬼子的性命。

战友纪绍信在刺死一个鬼子后，来不及躲闪另一个鬼子的刺刀，在鬼子刺中他的同时，他的刺刀也狠狠地刺进了鬼子的胸膛。

任常伦看到倒下的战友，怒发冲冠，恨不得生出三头六臂，把鬼子全部杀光!他怒目圆睁，左冲右杀，先后有五个鬼子死于他的刺刀之下。在这个大无畏的英雄面前，那些号称有"武士道"精神的日本鬼子丧了胆，只要同他一照面，便掉头逃跑。

五班增援上来了，鬼子乱成一团，丢下几十具尸体，狼狈逃窜。

　　当天傍晚，鬼子发起了对小高地的最后一次反扑。任常伦正满怀信心准备和战友们一起消灭敌人时，不幸，一颗罪恶的子弹打中了他的头部。

　　五班长赶紧扑过去，连声呼唤："副排长！副排长！"任常伦吃力地说："五班长，别管我。守住阵地要紧，守住阵地就是胜利！"

　　"为副排长报仇！""为我们的英雄报仇！"顿时，呐喊声像滚雷，撼天震地，似怒涛，呼啸奔腾……战友们悲愤填膺，怒不可遏。当鬼子冲到前沿时，战士们个个如下山的猛虎，一齐扑向了敌人。

　　在一排猛烈的手榴弹和一阵复仇的子弹之后，鬼子们狼狈逃窜了。

　　初夜，总攻开始了！十四团以排山倒海之势，从四面八方扑向鬼子……鬼子扔下了二百五十八具尸体，惨败而逃。我军乘胜追击一百里，彻底粉碎了敌人的"扫荡"。

　　可是任常伦这个身经百战、遍体伤痕的优秀共产党员、山东军区一等战斗英雄，却因伤势过重，流血过多，未及医治就停止了呼吸，年仅二十三岁。

　　青松低垂，向英雄致哀；秋风怒号，为英雄哭泣。为了纪念英雄，1945年2月，黄县人民政府决定，改英雄的家乡孙胡庄为"常伦庄"。同年，胶东人民在栖霞县英灵山上为英雄修建了陵墓，树起了英雄碑，塑起了铜像，胶东国防剧团为英雄谱写了一曲颂歌《战斗英雄任常伦》。

　　为了纪念英雄，英雄所在的五旅十四团一营五连被命名为"常伦连"，英雄的牺牲日(11月17日)被定为建连纪念日。英雄生前亲自从鬼子手里夺下且又用它创立卓越战功的三八大盖枪，1949年后被陈列在北京中国革命历史博物馆。

第七章
追寻胶东地雷战英雄

"埋好地雷端起枪，漫山遍野摆战场，坚决消灭侵略者，武装起来保卫家乡……"

这是电影《地雷战》插曲《武装起来保家乡》的歌词，这是一代人记忆中经久回响的旋律。

南邻黄海、与青岛隔海相望的海阳，是一片红色的土地。当年，这里曾有六千多人为国捐躯，占当时胶东地区牺牲人数的十分之一。这个数字并不广为人知，而让海阳闻名全国的是，这里是八路军胶东军区诞生地，这里是抗战时期的地雷战故乡。

地雷战这一全民抗战的典型战例，为胶东抗日根据地的建设和祖国的解放事业做出了卓越贡献，中华人民共和国成立后，一部电影《地雷战》让海阳声名远扬。如今，战火的硝烟还未远去，但海阳地雷战却被一些人忘却。更可怕的是，有些人还在网络上质疑当年这一群众性战术的成果；而一代代年轻人，也很少知道这段历史了。

趁一些地雷战英雄及其见证者尚且健在，记录、挖掘地雷战记忆，是一个有良知的中国人的责任，更是一名称职的新闻记者的义务。

2008年，我开始随烟台一位红色收藏家邓云宝到海阳赵疃采访，见到了几位健在的地雷战英雄及其他地雷战英雄的后人，了解到一些当时的情况。第一次采访时，我们一行寻访到地雷战三英雄之一于化虎的墓前，我的女儿、当年十二岁的中学生，自己到旁边采了一束山菊花插到于化虎墓前的香炉。在惊喜之际，我抢拍了一张照片，回到烟台后将此事写出来，发表在第二天的《今晨6点》上。同行的邓云宝之后多少年更是对此记忆犹新，经常对人提及此事，称赞这位少年对革命前辈发自内心的怀念之情。

文明教育的方式包括言传、身教，历史也是如此，虽然自己一人能力有限，但我还是希望通过自己的笔触，尽可能地保留一些革命的印记，让更多的后人能铭记不忘。

一束鲜花祭奠英雄

　　昨天上午，几位烟台游客自己开车赶到地雷战的故乡——海阳市行村镇赵疃村，参观地雷战战场遗址和纪念碑，祭奠当年的抗日英雄赵同伦、赵守福、于化虎等。领队邓先生告诉记者，利用国庆假期到这里来看一看，既能欣赏到农村的美丽秋色，又能缅怀革命前辈的丰功伟绩，这样的度假方式很有意义。

　　同行的一位中学生看到于化虎墓地边上有一丛丛不知名的野花，特意采了一束放到英雄的墓前。

　　"对成年人来说，在这里可以缅怀前辈英雄；对年轻人来说，可以让他们了解历史！"邓先生说，"革命教育不必一定要在课堂上，让年轻人看看前辈英雄当年战斗过的地方，也不失为一种旅游方式。"

　　（2008-10-2《今晨6点》）

地雷战成就海阳农民三英雄

不久前，"感动烟台"人物、红色收藏家邓云宝又遇到了喜事：一位邻居将父亲的一些革命文物送给了他，其中有一本《胶东军区第一届英模代表大会纪念册》和一张出席华东军区全军第一届英模代表大会山东省军区代表团全体合影，纪念册里有地雷战英雄赵守福、于化虎和孙玉敏的签名留念，照片上也有三位英雄的影子。照片中的唯一一位女性是孙玉敏，但赵守福和于化虎是哪位他不敢肯定。邓云宝对此一直耿耿于怀，总想从照片中确认出赵守福和于化虎。

10月22日，记者陪同邓云宝赶到地雷战的故乡——海阳赵疃和文山后，前去寻找赵守福和于化虎的印记。

海阳地雷战闻名胶东

"不见鬼子不挂弦！"1962年，八一电影制片厂拍摄的《地雷战》中这句经典台词，会将每一位观众的记忆延伸到海阳赵疃。影片中，以赵疃为原型的胶东根据地边缘村赵家庄，经常遭到日伪军的袭击和"扫荡"，区武委会雷主任和赵家庄民兵队长赵虎一起，组织民兵造出了子母雷、连环雷、钉子雷、碎石雷、铁夹子雷、头发丝雷等土造地雷，打得敌人狼狈不堪。

"《地雷战》让赵疃出了名，也让赵守福、于化虎和孙玉敏出了名。"邓云宝告诉记者，"影片中的赵虎是以赵疃赵守福、文山后于化虎为原型的，女主

角玉兰的原型是小滩村孙玉敏。”

　　1942年2月12日，侵华日军到了海阳。中共海阳县委积极发动群众，配合主力部队、地方武装打击敌人。1943年春，地雷杀敌经验传到海阳，当年5月，瑞宇村民兵副队长于凤鸣用地雷炸死炸伤五个日伪军，揭开了海阳地雷战的序幕。当年日军的《华北驻屯军肃正作战指要》中，有两张描述八路军地雷的参考图，其中一张“中国军流掷石地雷”就是《地雷战》中的石雷。

　　许世友《在胶东反“扫荡”的岁月里》一文中写道：“英雄的海阳民兵，以地雷战闻名于整个胶东。他们根据对敌斗争的需要，创造出了十多种地雷和三十多种埋雷、设雷手段，从简单的铁雷、石雷、绊雷，发展到复杂多变的飞行雷、马尾雷、防潮雷、子母连环雷、慢性自然雷等；从单一的沿路埋雷发展到村村设下‘地雷宴’，门上挂雷，草堆藏雷，人人布雷，户户有雷，真真假假，虚虚实实，炸得敌人风声鹤唳、鬼哭狼嚎。"抗日战争期间，海阳民兵自己碾炸药制造石雷，先后作战两千余次。赵疃、文山后、小滩村的地雷战开展得最为活跃，被胶东军区誉为"特等模范爆炸村"。当时，赵疃的赵守福、文山后的于化虎、小滩村的孙玉敏最为有名。

日寇万元悬赏赵守福

邓云宝的红色收藏品中还有一本1975年海军潜艇学校编写的《人民战争威力无穷——赵疃地雷战简介》，里面也记载了海阳地雷战的主战场——赵疃上民兵抗击日寇的事迹。

赵疃位于海阳行村、索格庄、小纪一带的交通要道，是日寇到行村和崖里、孙家夼三个据点的必经之地，也是日寇到这一带扫荡、抢粮的必经之地。

抗日战争中，赵疃民兵与日伪军共作战五百多次，致使日伪军死伤六百多人。1942年到1947年间，赵守福参加战斗二百余次，炸死、炸伤敌人一百八十三人（一说一百三十八人），炸毁敌人汽车两辆，培养出八十二名"爆炸大王"和"爆炸模范"，先后六次获得胶东军区授予的"钢枪奖"。当年，日寇张贴布告："活捉赵守福者赏洋一万元，割他的头者赏洋五千。"

赵守福1950年9月出席了全国战斗英雄代表会议，1956年当选为全国人大代表。1978年和1983年，他又先后被选为第五届、第六届全国人民代表大会代表。二十世纪六十年代，赵守福曾到部队当了三个月的连长，后来许世友让他回家乡组织民兵工作，他从此一直在家乡生活。

2000年10月30日，赵守福在海阳市中医院合上了双眼。但是，在北京中国民兵武器装备陈列馆民兵发展史厅，肩扛长枪、左手握锹、右手持雷的赵守福一直屹立着，他脚下摆放的各式各样的地雷，让我们记住了那个硝烟滚滚、雷声隆隆的年代。

许世友"赐名"于化虎

于化虎原名于晋生。他出生在海阳文山后村，1940年3月参加革命，先后担任村民兵队长、行村区武装部长，运用地雷战、麻雀战打击日寇，发明地雷战术三十多种，参加战斗三百余次，一人打死敌人一百七十一名，成为远近闻名的"爆炸大王"和"胶东一只虎"。1943年7月1日，胶东军区在海阳召开英模大会，许世友为于晋生改名于化虎。

1942年到1945年，于化虎先后被胶东行署、胶东军区授予"爆破英雄""爆破大王""爆炸大王""胶东民兵英雄"等荣誉称号。解放战争中，他担任子弟兵独立一营营长参加了淮海战役、渡江战役，荣立一等功。1948年，于化虎被山东省军区授予"山东民兵英雄"称号。

中华人民共和国成立后，于化虎当选为第一至三届全国人大代表，多次受邀参加国庆大典和抗战纪念会，荣获各类勋章三十六枚。1950年，于化虎出席全国英模大会，被授予"全国民兵英雄"称号。1963年，他出席全国劳模大会，被授予"全国劳动模范"称号。

2004年7月20日20时45分，九十一岁的于化虎与世长辞。

孙玉敏巾帼不让须眉

前几年，邓云宝还收藏了一份孙玉敏的登记表——烟台市兵役局（部）1958年12月27日填写的《县、团以上英雄模范登记表》，登记表右上角贴着一张黑白照片，后面附有信纸。

登记表与信纸上的内容几乎一样，但登记表的字迹流畅，而信纸的字迹稍显粗糙，可以推测信纸上的内容是孙玉敏自己写的，其他人将内容整理到了登记表上——当时的孙玉敏是烟台专署公安处政治处办事员。

孙玉敏，1926年出生在海阳市行村镇小滩村，十五岁参加村妇救会工作。1943年，孙玉敏为解救被日伪军围困的群众和五名八路军，越过敌人四道封锁线去送信。在反"扫荡"中，她参战百余次，毙敌十七名，1945年被胶东军区授予胶东民兵英雄称号，得到了长枪两支、地雷两个、手榴弹十二个、子弹一百余发等奖励。

1948年8月，孙玉敏在胶东英雄大会上被评为"胶东女民兵英雄"，1949年被选为全国妇女代表大会代表。1950年，她出席全国战斗英雄代表大会，荣获"全国民兵英雄"称号；1960年又出席全国民兵代表会议，多次受到党和国家领导人的接见。

1970年，孙玉敏被提拔为海阳县民政局副局长，现离休，在海阳安享晚年。

英雄精神千古长存

邓云宝原来想找孙玉敏确认照片上的赵守福和于化虎，但她因为身体原因不便相见，邓云宝只能到海阳赵疃和文山后寻找两位英雄的乡亲和亲人。

到了赵疃，邓云宝首先找到了村里几位六七十岁的村民。照片是1951年10月28日拍摄的，半个世纪后，几位乡亲对着照片也不敢断言哪位是赵守福。最后，邓云宝找到了赵守福的儿子、六十二岁的赵国联。

"我小时候他在外养病，回来后我叫他大爷，叫了三年。"赵国联说。

赵国联的一只眼睛不好，将照片贴在脸上才找出了上面的父亲："就是这个！"

果然，他确认的跟别人指认的不同，照片前排左二才是赵守福，与大多数人穿着军装、装束严谨不同的是，他挽着裤腿，一看就是农民的形象。

赵国联又拿出一张两米长、二十厘米高的巨幅照片，那是赵守福1978年出席五届全国人民代表大会时党和国家领导人与会议代表的合影。这张照片上有密密麻麻数百上千人，赵国联也是半天才找到上面的赵守福。

出了赵疃，我们又赶到于化虎的家乡文山后村，找到了他的儿子、六十四岁的于永昌。退休在家的于永昌看到照片，一眼就认出了自己的父亲——前排左四，与赵守福隔着一个人。随后，他带着我们到了村东山上，我们看到了于化虎的坟墓，静静地安葬在他战斗过的地方。

从文山后村回来，我们在赵疃村东地雷战纪念亭下看到了赵守福的安葬之处，纪念亭边有迟浩田题写的"地雷战精神永存"的纪念碑。有资料介绍，这里已经成为以地雷战为主题的海阳红色旅游景点之一，被列为山东省红色旅游总体发展规划。

（2008-10-25《烟台日报》）

他们身边还有活着的地雷战英雄；

他们曾向外国人教授过地雷战术；

他们村里到处都有地雷战的遗迹……

红色收藏家邓云宝想和他们重建地雷战纪念馆——

赵疃：不让地雷战的记忆泯灭

赵疃，一部《地雷战》电影让这个深藏胶东的山村闻名天下。

今年10月初，红色文物收藏家邓云宝到赵疃寻访地雷战三英雄之后，思绪一直被那片曾经硝烟弥漫的土地牵动着，英雄的家乡、英雄的土地上有着太多令人怀念的东西。前几天，他禁不住再次前去探寻地雷战的痕迹，记者也再次随其前往。

虽然是初冬，但温暖的太阳让人如沐春风。从烟台到赵疃不到三百里路，路随山转，开车也要两个小时。车到赵疃，灿烂的阳光下依然有青山绿树。

村里还有三名地雷战英雄

"提起海阳地雷战英雄，很多人想到的就是赵守福、于化虎和孙玉敏，因为他们是电影《地雷战》的人物原型，很容易被记住，其实，我们村还有不少地雷战英雄！"赵疃村村委主任赵凤友告诉我们，"除了已经去世的胶东民兵英雄赵同伦、胶东一等民兵模范赵乾福，我们还有三位健在的地雷战英雄，他们是胶东一等民兵模范赵国湖和胶东一等爆炸模范赵泽玉、赵新瑞。"

同为赵疃人，赵国湖、赵泽玉、赵新瑞和赵守福、赵同伦曾经是并肩战斗的战友，又在一个爆炸组，很多浴血奋战的日子都是在一起度过的。赵凤友告诉我们，因为上了岁数，赵国湖很多事情也讲不清楚了，而赵泽玉耳朵有些聋、眼睛有些花，也很难跟他交流了，只有赵新瑞思路还比较清晰，对当年的历史能讲述清楚。

我们来得也不巧，赵国湖出了门没找到，赵凤友就领我们去了赵泽玉那里。赵泽玉儿子的婚姻状况不是很好，现在外面打工，赵泽玉平时就一个人在那里给他看家。我们去的时候，八十八岁的赵泽玉正在院子里门前屋檐下独坐。因为儿子的际遇不好他也有些上火，跟他说话要高声喊着，往往也是答非所问，也许地雷战现在都沉积到他的记忆深处了。

"泽玉喜欢单独行动，他是把埋雷的好手！"赵疃村治安主任赵新义对我们说，"我们还是去找赵新瑞吧！"

英雄回忆地雷战初期失利

赵新义领着我们穿过村中大街，从一条小胡同走到北面的一条街道上，穿过房东头的过道进了街道南面一栋房子的院子里。

经过过道时，我们看到过道的东墙上用炭棍画着一幅夸张的图画，一看就是20世纪五六十年代孩子的作品：前面一个奔跑的人旁边写着"美国"二字，后面一个人一手拿枪一手指向前面的人，看样子是一个中国人在追打美国侵略者。

当年的民兵英雄赵新瑞抗日战争后参了军，受伤后又回到了村里。如今八十二岁的他因为腿伤走路不便，但精神很好。我们说明来意，他拿出凳子在门前坐下，就把我们带到了那个峥嵘岁月——

"抗日战争时，在行村的日军经常来骚扰。1942年，我们村里组织起了民兵，胶东军区组织我们去学习埋地雷，学习完了一人发一个。我们村是我和守福、同伦、国湖去的，一人领回一个。

"那天鬼子又来了，我们三四个人就把地雷给下上了，然后跑到北山上看着。结果，鬼子从那里走过去也没响。鬼子走了我们下去看，那弦还好好的，当时就寻思这地雷不好使。后来第二次下上还不行，我们就有些泄气了，觉得这个不好用。

"第三次鬼子从行村到泽头，我们估摸着他们要从东山山枣埠走，那里有一大堆从地里拣出的石头，我们四个人就去扒拉扒拉石头把地雷埋进去了，弄好弦，拴上个钉子固定住，到了东面就趴下了。眼望着鬼子从村西南头出去了，走到那里就响了，一下子打伤他们五个人。怎么知道是五个人？因为地上有五堆血。

"赶那以后，心里像开开两扇门似的，知道地雷弦要离地十公分，高了能被发现，低了他脚碰不着就不响。这以后我们研究出几十种地雷，就成立了爆炸组，同伦是组长，一气把鬼子炸得不敢来了。"

有资料记载，赵疃民兵当年创造了十多种地雷和三十多种埋雷方法。抗日战争中，他们与日伪军作战五百多次，使得敌人死伤六百多人，赵疃村因此荣获了"特等模范爆炸村"称号。

中华人民共和国成立后，赵新瑞经常到一些机关、学校、部队做报告，讲述当年的地雷战。抗日战争胜利五十周年的时候，赵疃村搞了一次地雷战表演，赵新瑞还带着儿子、孙子一起示范埋地雷，让很多年轻人看到了当年英雄们的风采。

赵疃的地雷战术出了国

赵疃的地雷战出名后，民兵们还走出家门到外地打击敌人。赵守福带领的爆炸队到莱阳埋地雷砸过敌人，赵同伦带领爆炸队员到胶济铁路蓝村沿线配合西海独立团作过战，并向部队传授爆炸技术。

"我们村的地雷战出名是山东省军区作家翟永湖写出来的，当年他来写了一篇小说，后来拍成了电影。"赵疃村联防队的赵绍国告诉我们。1962年，"八一"电影制片厂拍摄了民兵传统教育片《地雷战》，影片中的赵虎、玉兰和于大爷等人物是以全国民兵英雄赵守福、于化虎、孙玉敏和文山后老石匠等人为原型创作的，在影片中，行村成了黄村，赵疃改名为赵家庄。

《地雷战》一上映就受到了欢迎，1974年还在奥地利第十四届维也纳国际电影节上获得了纪念奖。正是因为这部电影，赵疃的名声才走出了国门，当年不少友好国家派人来参观甚至学习地雷战术。自1966年以来，海阳共接待来自毛里塔尼亚、阿尔巴尼亚、巴基斯坦、巴勒斯坦、罗马尼亚、坦桑尼亚、南斯拉夫、印度尼西亚、缅甸、老挝、不丹、阿富汗、柬埔寨、越南等三十多个国家和地区的外宾参观或学习，今年六十八岁的赵绍民当年就是一位地雷战国际教员。

"我教过越南、巴勒斯坦的人埋地雷！"在赵绍民家里，他拿出了一个"优秀民兵军事教练员"奖状，上面盖着山东省军区司令部和政治部的大印，签发日期是1982年12月。

赵绍民曾经担任过全省民兵预备役演习总指挥，2006年底，电视连续剧《地雷战传奇》在海阳开拍时，剧组还曾请他前去讲解地雷战理论。

如今石雷上山砌地堰

赵疃村西的公路上，两边浓密的高大的树木树枝连在一起遮住了太阳，车行其中让人恍惚如在历史的长廊，好像一下子从二十一世纪的和平盛世回到了六十多年前那场硝烟弥漫的战争中，仿佛眼前随时会有地雷爆炸。

"不错，赵疃现在确实还有不少地雷！"赵疃村委主任赵凤友告诉我们，

"赵疃的山上有地雷，赵疃的百姓家里也有地雷，有石雷有铁雷还有陶雷，当然，这些地雷里面都没有炸药，都是一个个空壳。"

我们跟着赵凤友、赵新义和赵绍国上了村后山坡。在一处庄稼地地堰上，一块块整齐垒砌的石块中有一块中间凿有比大拇指粗点的小洞，他们说那些石块就是当年让日本侵略者闻风丧胆的石雷。在附近的几处地堰上寻找，我们又看到了几个石雷。赵凤友告诉我们，中华人民共和国成立后整修土地，这些没有用武之地的石雷就又被利用了起来，被当作石块砌了地堰。

在一处地堰上，我们发现了三块并列的石块上分别刻着"倒""美""帝"三个刚劲有力的大字。赵凤友他们也记不得是怎么回事，但推测是当年石刻的口号"打倒美帝国主义"中的三个字，砌地堰的时候其他几块不知道砌到什么地方了，或者是刻字的一面砌到了里面看不到。

在赵疃村东小山上的地雷战纪念碑和纪念亭之间，赵新义指着地上一块一搂多大的卧石告诉我们，那也是一个石雷。我们低头一看，卧石一角确实有一个人工开凿痕迹的小洞。"那时候，我们有时就把这样天然埋在地上的石头也利用了起来，打上眼后装进炸药就是石雷，一般人真想不到！"他说。

现在，赵疃村还有山枣埠、月牙桥、村南丁字街、村北十字街等地雷战遗址，墙壁上还留有当年的地雷炸痕。

赵疃想重建地雷战纪念馆

1995年8月，山东省委、省政府在海阳召开纪念抗战胜利五十周年大会，到赵疃村东信号山上建起了海阳地雷战主战场纪念碑，中央军委原副主席、国防部长迟浩田上将亲题"地雷战精神永存"的碑文。

记者来到信号山上，看到纪念碑东面的纪念亭已经破败了，让人有摇摇欲坠之感。

赵疃村里原来有个地雷战纪念馆，是1969年省里修建的，声光电控制全自动化，这在当时是很先进的，但后来失盗了几次，1983年就搬到了海阳。

"我们正在想办法，把村里的地雷战文物搜集起来，把地雷战纪念馆重新修建起来。"赵凤友告诉记者，"我们还有活着的英雄，我们还有英雄的记忆，不能等他们百年之后再遗恨万年！"

"你们真要重建地雷战纪念馆的话，我就把我的红色文物也拿到这里来！"邓云宝对赵凤友说，"这里的红色记忆太多了，我那些红色文物在这里更能让人回忆起当年革命前辈的丰功伟绩！"

（2008-12-21《烟台日报》）

牟平有位爆炸大王刘元宪

曾向赵守福、于化虎写信介绍过作战经

很多人都知道海阳是地雷战故乡，知道海阳出了不少"爆炸大王"，其实，当年牟平也出了个"爆炸大王"，据说还向海阳的"爆炸大王"赵守福、于化虎写信介绍过作战经验，他就是牟平区水道镇唐村刘元宪。

1908年出生在牟平区水道镇唐村的刘元宪，三十多岁时赶上日寇侵略到家门口，就与八名青年秘密组成抗日游击小组，用地雷打击日寇，先后炸死敌人三十三名，1947年被济南军区授予"爆炸大王"称号。

刘元宪带领民兵抗日

抗日战争期间，牟平许多村庄的群众自发组织起来，通过游击战、地雷战、麻雀战等方式同日寇进行斗争。在南部山区水道镇唐村，三十三岁的刘元宪发动村里的青年组成了抗日民兵小组，扛起土枪土炮，拿起大刀长矛，出没于水道周围十几个村，逐渐成为一支坚强的抗日队伍。

"那时候，我父亲经常不在家，把庄稼都撂了，只有我奶奶和我妈在山里种地、打粮。他在外面干什么我就不知道了。"2005年7月，刘元宪的儿子刘恒德曾对记者说，"等到后来，我才知道我爹在外面打日本鬼子。"

当年跟刘元宪一起战斗过的民兵宋协君对记者说："那时候战斗的主要形式就是地雷战。给我们的枪、炮、子弹很少，主要就是地雷。"

日寇阴谋诡计没得逞

1943年农历五月的一天清晨，三十多名日伪军从水道据点出动，直扑唐村方向。敌人兵分三路，一路走徐家寨，二路走下河、孙家庄，三路走棘子埠、生木墅。

为了诱敌上钩，刘元宪让民兵在山顶上打了一枪吸引日伪军注意，敌人果然中计，踏响了事先埋好的地雷，把一条狼狗和一个小队长给炸了。这一仗就炸死九名日军，炸伤四人。

"日寇叫村里的一些汉奸特务捎信来，说谁要是抓住刘元宪，一两骨头一两金。"刘恒德说。第二天，日寇连续三次派人到唐村送信，要唐村交出刘元宪，并到据点送财送物包赔损失。

为了抓住刘元宪，敌人三番五次对唐村"扫荡"，所到之处实行"三光政策"，结果连刘元宪家西邻家里养的老母猪也养成习惯了，只要枪一响，就从猪圈里跳出来往西山跑。

1944年3月28日拂晓，日寇指使汉奸趁民兵连续取胜、麻痹轻敌之际，把埋好的地雷上的弦全部剪断，突然包围唐村。民兵们没有准备，仓忙应敌，三名民兵英勇牺牲。刘元宪穿着厚棉袄，日寇的枪把他的棉袄打得到处都是眼，但他保住了性命。

抗日战争中成"爆炸大王"

"当时这个村的民兵是两个班多，不到一个排。地雷原先是胶东军区运来的，那是铁的，石雷是本村做的，当时埋地雷也没有经验。"同是当年民兵的王绅说，就是这样，他们还是摸索出了许多经验，有时将地雷藏在学校抽屉里，地雷弦就挂在抽屉下面，日军一拉抽屉就响了。为了对付敌人探雷，刘元宪和民兵创造了子母雷、夹子雷、翻子雷、五花雷等，使日寇防不胜防。

1944年夏天，日寇又来村里扫荡，刘元宪在敌人的必经之路埋上了子母雷。日寇发现了，小心翼翼地扒土起雷，结果母雷下面的子雷爆炸了，六个日寇坐了"土飞机"，其余的吓得逃回了老窝。

有人说，战斗结束后，刘元宪写信给海阳的赵守福和于化虎，向他们介绍了作战经验，并在牟平推广从海阳学来的造石雷技术。

在抗日战争中，刘元宪带领广大民兵共炸死敌人三十三名，炸伤十多人，多次出席胶东军区和省军区的英模大会。1947年，刘元宪被济南军区授予"爆炸大王"的光荣称号。

（2014-8-3《今晨6点》）

第八章
日本遗孤也是革命后代

人都是父母生养的。这句朴素的话语对一般人来说没有多少意义，但对于一个在战争中与父母失去联系的人来说，却可能是他终生的遗憾。

正因为如此，当年过半百的李桂华突然得知自己不是共同生活了半辈子的父母所生，而是一对日本军人的后代时，这对她的影响是外人很难想象的。在随后的日子里，她为了寻找生身父母自学了日语，并能用日语简单对话对流和写信，向日本各地乃至首相写信寻求帮助。然而，最终，她虽然从一位东北抗联老兵那里得到了一些信息，得知自己是转变为抗联战士的日本军人后代，却至今没有找到亲人及其亲属。

在偶然得知李桂华的情况后，记者对其进行了采访、报道，虽然最终没有为她找到亲人，但也给了她些许安慰。

在对李桂华的采访报道过程中，我还了解到她的姐姐李桂兰也不是养父母的亲生女儿，她也是一位革命前辈的孩子，但她却找不到她的亲人"赵思光"——第三次，作为"一字之师"，我猜测她找不到的"赵思光"应该是"赵恩光"，一字之差阻挡了她的寻亲路。确认这一情况后，我联系上了她的同父异母兄弟，并前往进行了采访，了解了她亲生父亲的事迹也为她了却了一些遗憾。

多少年以后，时至今日，我还经常在街头看到此前采访的这位日本遗孤李桂华，虽然她一直没有放弃寻亲的念头，但面对日本方面的不认可也是无可奈何，让人生出无限感慨……

日本遗孤在烟台

六十二岁的李桂华踏上了漫漫寻亲路

"独在异乡为异客，每逢佳节倍思亲。"万般怀念双亲仰天长叹，虽父母赋予我生命，却至今不知他们是谁！我在寻找答案。岁月流逝年复一年，发自内心的呼唤总想面见，别成遗憾！

——摘自李桂华给日本竹川先生的信

一个偶然的机会，记者得知六十多年前的一位日本孤儿辗转来到烟台，正苦苦寻求自己的双亲。昨天，记者通过警方查找到她的住址。一敲门，出来一位看上去五六十岁的妇女，个头不高、身材清瘦、脸色淡白，神态明显与中国妇女不同——记者当即断定：她就是生在中国长在中国、六十多年不见爹娘和家乡的日本遗孤李桂华。

相依为命，姐妹俩随亲来烟台

1951年9月1日，养母送李桂华上了烟台市解放路小学。

虽然自己不识字，但养母希望她好好读书。她俯身对李桂华说："樱子，记住你的生日是1943年3月8日下午5时。"李桂华记住了，以后每年的这一天她都能吃一碗面条。

根据养父母和一些证人的证词，李桂华知道了自己早年的经历。因为养父是船员，他们一家的生活也是漂泊不定：1943年，她和姐姐李桂兰跟着养母从大连回到养父的老家威海；1944年到了连云港；1945年到了青岛；1946年秋天到了上海；1949年，当船员的养父到了烟台水产公司工作，第二年中秋节前，她和姐姐、养母来到烟台，随后上学，直到1962年因救灾从山东省机械工业学院退学回来，先后在几家工厂上班。1967年，李桂华与一位中学同学结婚，生下一儿一女，如今都长大成人。

李桂华现在还记得，因为养父做船员四处漂泊，即使靠岸也不着家，小时候她和姐姐与养母相依为命。她们曾在青岛港口扫粮、捡火柴、捡糖块维持生计，也曾跟着养母贩卖瓷器、布匹、粮食，直到1949年到了烟台生活才稳定下来。

1993年，李桂华从烟台童鞋厂退休，生活平淡而安稳。她以为自己的一生就会这样一直平淡下去。

天机泄露　日本孤儿苦寻身世

今年六十三岁的老邓是李桂华养母认下的干儿子。1994年，在和李桂华聊天时，老邓无意中泄露了一个惊天秘密：李桂华是日本人，她是养母抱养的"日本军人的孩子"！在李桂华的追问下，老邓说出了原委：1960年，李桂华还在济南上大学时，养母因病住院。病危之时，她告诉老邓，李桂华是她在大连时收养的日本遗孤，希望自己去世后他能多照顾李桂华。

李桂华不相信：人生半百，土埋半截了，自己怎么突然成了日本人？

然而，冷静下来后，李桂华的心开始动摇了：小时候，因为养父、养母都帅气、漂亮，而自己又瘦又矮，不像他们，经常被人指指点点，还有邻居孩子喊她"小日本"，他们为此先后搬过四次家；1955年，他们第四次搬到海边居住，上初中的她又发现邻居对她指指点点说她不像父母，回家问养母，养母只说她小时候没有奶吃，是吃高粱面长大的，所以不像他们；父母领她到大连姨母家里时，姨母和他们说话也都用手挡着嘴，怕她听见——为了弄清自己的身

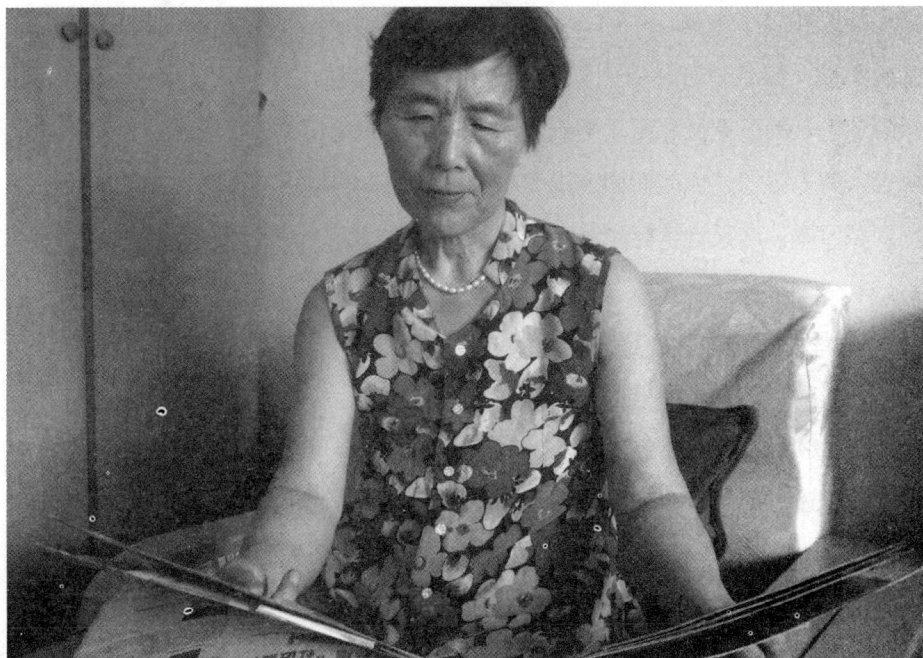

世，李桂华回家问养父，养父的脸涨红到脖子，闭口不答，卷旱烟的手一抖，烟末抖了一身。

看来当年很多人都知道自己的身世！

李桂华开始走访当年的邻居，探访养母老家的亲戚和邻居，追问在大连的姨母。很多材料，包括姨母证实：1943年底，当时在大连的姨母从一个日本军官手里抱来了当时名叫樱子的八个月的小女孩，收下了三千多块银圆。姨母抱着这个小女孩送给了自己的妹妹，谎称"街上捡来的东渡人的孩子"，她就是今天的李桂华。

几经周折，2004年9月15日，李桂华又从原东北抗日联军周保中将军的警卫员刘义权那里得到了一份证明材料：李桂华的父亲是山川一郎，1937年随关东军来到东北，原来是伪森林警察的一名大队长，1939年起义参加了东北抗日联军，后来他与北武惠子结婚，1940年加入了中国共产党。1943年，山川一郎和妻子被周保中将军派往大连做地下情报工作，10月双双被捕。北武惠子被女特务杀害，山川一郎被送到七三一部队活体解剖。1945年末，周保中从一名地下党员那里了解到山川一郎两岁的女儿被其养母收养，就和刘义权等人前去寻找，因他们搬家没有找到。而姨母的材料却证明，她的父母已经回到了日本，这又让李桂华一片茫然。

天涯茫茫，何处是故乡

"从7月25日在烟台飞机场握别，转眼两个半月已过，又到了秋风萧萧时节，光阴过得很快，令人感慨……"

10月13日，李桂华再次给日本朝日新闻社的大久保真纪女士去信，希望听到她帮助自己寻找亲人和家乡的消息。

当世界迎来第六十个抗战胜利纪念日之际，日本朝日新闻社记者到中国各地寻访日本残留孤儿，终于在烟台发现了六十二岁的李桂华。

通过几次联系，大久保真纪女士2005年7月来到烟台对她进行了采访，表示回国后将尽力帮助她。

从知道自己的身世后，李桂华就通过各种渠道与日本有关方面联系，向日本政府相关部门递送了各种材料，向日本各地媒体广泛散发，以寻求他们的同情与帮助。1997年1月16日，日本的《北海道新闻》登载了她的情况，但至今没有确切回音。日本政府认为她的材料缺少有力证据，没有确认她的孤儿身份。他们说，即便能够判明她的身份，但由于不符合是在日本无条件投降后撤退期间发生的特定条件，最多只能证明她是日本人，而不能证明她是日本残留孤儿，因此也就不能享受日本政府为残留孤儿设定的各种待遇。

李桂华对记者说："战争结束已经六十年了，但作为战争遗留问题，我的日本孤儿身份至今得不到确认。我与生身父母别离已六十载，却不知他们的生死与下落，更不要说相见。每当回首往事，我总要以泪洗面。岁月的流逝不能磨灭深藏在我心中的伤痛。我现在最大的愿望就是：如果父母还健在，我要在有生之年与他们见上一面，至少我要亲眼看看还没有踏上的日本。否则，将成为我终生的遗憾。"

几年来，为了寻找双亲和家乡，李桂华先后往日本各地发了二百多封挂号信，有一次一下子就发了四十多封，为此花费三四万元。

李桂华对记者说，人都是有父母和家乡的，她不会放弃自己的努力。现在，她正在将自己的经历写下来，将来有一天，她要将自己的遭遇写成小说、拍摄成电影或电视剧，让中日两国的年轻人都牢牢记住第二次世界大战期间发生在中国东北地区的残留孤儿的故事。

新闻链接——

所谓的日本残留孤儿是日本侵华战争的产物，它专指日本战败后因军队仓皇逃跑而被遗弃在中国大陆的日本孤儿这一特殊群体。

在日本战败后的混乱时代里，日本政府对散居在中国东北各地的日本侨民采取了一种"弃民"政策。许多日本孤儿散落街头，一些中国母亲强忍着战争给中国人民造成的巨大创伤和仇恨，从街头捡回大批日本弃儿，以乳汁和慈爱加以抚养，这才使数以千计的日本孤儿得以存活下来。

据有关方面的统计，战后日本遗留在中国的残留孤儿约有5000人。自中日两国1972年复交到2001年，除了自然死亡外，陆续有2455名残留孤儿被判明身份返回日本，目前滞留在中国国内的日本孤儿已寥寥无几，这其中就包括像李桂华这样因缺少有力证据证明身份而暂时滞留中国的孤儿和部分不适应日本生活重新回到中国的孤儿。

（2005-10-16《烟台晚报》）

姐妹俩相濡以沫五十多年，突然得知她们都是抱养的。漫漫十年寻亲路，抗联将军周保中的警卫员来信揭开两人身世：一个是日本遗孤，一个是抗日地下党的孩子——

中日姐妹都是革命后代

7月1日，记者接待了两位老太太——六十九岁的姐姐李桂兰和六十六岁的妹妹李桂华。李桂华是记者2005年报道过的多年寻亲不得的日本遗孤，她的姐姐李桂兰是抗日战争时期地下党的后代，也是多年寻亲无果，她们希望记者能给予帮助。

姐妹都是抱养的，妹妹是日本遗孤

1994年，李桂华已经退休一年了，生活平淡而安稳。有一天，她突然从"干哥哥"老邓那里听说自己是母亲抱养的"日本军人的孩子"。李桂华问父亲，父亲开始遮遮掩掩，后来也承认了她是收养的。根据从亲戚家里寻访的情况和在大连的姨母证实：李桂华是1943年底在大连从一个日本军官手里抱来的。而她随后又从一位老革命刘义权那里得知，她的生父是起义后参加了东北抗联的日本军人。

后来，李桂华发现姐姐李桂兰的身世也有疑点。

"1996年我回威海老家，大妈说她1940年怀孕时我妈去找她玩，那时我妈还没有孩子。我就奇怪了，我姐是1940年正月生人，我妈那时没有孩子，那我姐是哪里来的？"李桂华说，就是从那时起，她开始怀疑姐姐也是父母收养的。这样，在李桂华寻找自己的身世时，李桂兰也开始了自己的寻亲路，但因为没有多少线索，无从寻找。

后来，李桂兰想到了一件事情：1957年，十七岁的她从烟台五中放学回家，母亲突然说她还有个名字叫"周水子"。现在想来，这应该是母亲特意为她留下的寻亲线索。

前辈来信，揭开姐妹身世之谜

李桂兰的一封寻亲信引来了刘义权的来信，解开了她的身世之谜。

刘义权1930年生于聊城，1943年4月在大连跟随舅舅高鹏柱加入抗联小分队，1944年1月起，任周保中将军的警卫员。

他写信告诉李桂兰，她的父亲是赵思光，母亲是金秉坤，他们是二十世纪四十年代中共胶东区委派往大连的地下党。刘义权听舅舅高鹏柱说，他们因叛徒出卖都牺牲了——因为李桂兰是母亲在大连日本仓库周水子劳工棚做地下工作时生的，就给她起了"周水子"这个独特的名字。也是因为他们被派往营口等地开展地下活动，她就和"一个日本小孩'山川圭子'"一同被高鹏柱送到了她现在的养父母家里寄养。

李桂兰后来又接到刘义权的两封信，得知自己亲生父母都牺牲在大连，就开始查找他们的尸骨埋葬地，但查遍烟台和大连两地的烈士名录和烈士陵园都没有具体记载，她的寻亲之路陷入了僵局。

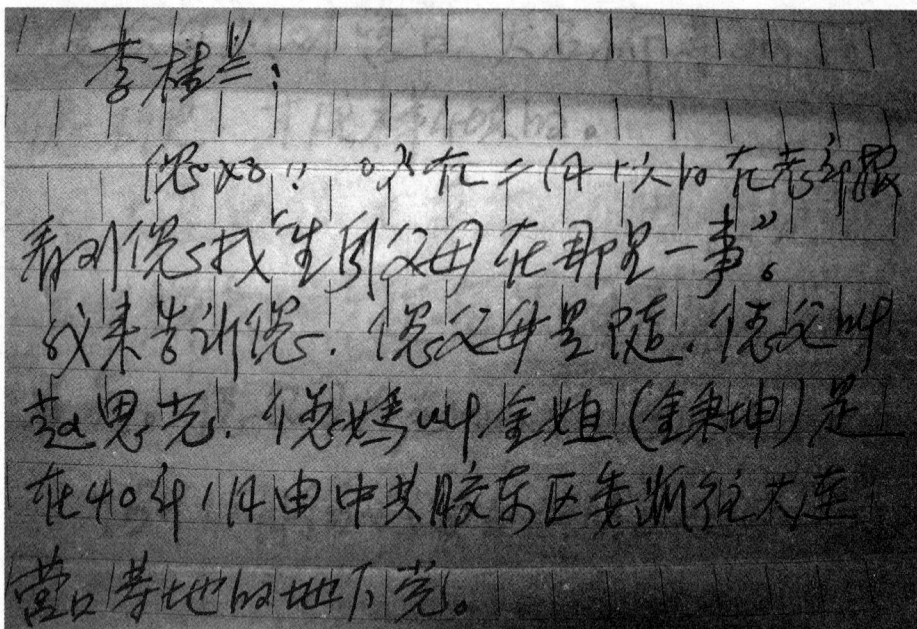

记者探寻，帮助李桂兰找到答案

了解到李桂兰寻亲的情况后，记者根据她带来的一些资料进行了筛选查找。

在刘义权给李桂兰的第一封信中，他说当时和李桂兰的父亲在一起工作的地下党员有高永久、张寿山、姚华芝、宋天鹏，活动地点在海城、牛庄、甘井子、隆兴茶庄等。记者从这些地方的党史资料里查到，这些地下党员的名字和活动地点都有记载，唯独没有赵思光的名字，但却有一个与他一字之差的赵恩光。

会不会是刘义权笔误或者记忆有误呢？记者推测，根据刘义权的信中所说，李桂兰的父亲当时是到大连发展党组织的，作为这样的革命前辈，当地党史肯定会有记载，但现在记载的都是赵恩光而没有赵思光，那基本可以推定刘义权所说的赵思光就是赵恩光。

史料记载，赵恩光原名赵鸿焘，曾用名赵明斋、刘戈、王一，出生于莱阳市赵家埠村。1945年9月，赵恩光带领队伍与胶东区党委派来的"挺进东北先遣队"汇合，参加了东北解放战争。1949年后，赵恩光历任大连市中山区公安局局长、西岗区副区长、旅大行政干校处长、金县农具厂副厂长等职，后在"文化大革命"中去世，中共十一届三中全会后"右派"问题获得改正。

7月2日，记者几经周折找到了刘义权的电话号码。电话拨通后，记者问他周水子的父亲是不是赵恩光，他说是。记者随后提到了他信中写的是赵思光，但史料记载只有赵恩光而没有赵思光，他说那应该就是赵恩光。刘义权在给李桂兰的信中说她的父母因叛徒出卖牺牲一说又如何解释呢？刘义权说这是他的舅舅高鹏柱听人说的，也不能肯定。

如此说来，一切都得到了合理解释：李桂华是当年起义日军的后代，李桂兰是当年抗日地下党的女儿，姐妹俩都是革命后代。

7月2日下午，记者将这一消息告诉李桂兰和李桂华姐妹俩时，她们都觉得心里豁然开朗了。但是，李桂兰随之又想到了许多问题：父亲去世了，他的尸骨埋在哪里呢？母亲还在不在呢？到哪里能找到她呢……

李桂兰说，她一定要把一切都搞清楚！

（2009-7-5《今晨6点》）

寻找革命遗孤的生父印记

李桂兰的父亲去世后埋骨何处？身为地下党的他是怎样的一个人？在老家还有没有其他亲人？2009年7月23日，记者赶赴莱阳市河洛镇赵家埠子村，走访了赵恩光与前妻所生的儿子赵乃喜。

乡村教员心系革命事业

赵恩光，原名赵鸿焘，出生于莱阳市河洛镇赵家埠子村，是家中最小的一个孩子。1929年，他就读于莱阳师范讲习所，毕业后回家乡任小学教员。乡村教师生活虽然清贫但难得地坚守一份清静与安宁，赵恩光与妻子恩爱有加，生活和睦。

二十世纪三十年代，日军侵华的脚步一步步逼近，全国上下一片混乱，齐鲁大地更是日军眼中的"绝佳美味"。看着同胞生活得艰难困苦，身为知识分子，赵恩光那颗善良爱国的心开始寻找出路。他不再满足于小家庭的简单幸福，而是想得更多更远，想到了国家与民族。他从思想和行动上严格要求自己，努力向党组织靠拢，利用教员的特殊身份秘密为党提供最大限度的帮助。

1937年10月，赵恩光如愿加入中国共产党，开始为党进行地下工作。

从一名普通的乡村教员变成了中共地下党员，期间经历的时间虽不长，但却发生了实质性的转变。1939年春，赵恩光接到命令，前往大连开展地下工作。他离开家的那天恰好是正月十五元宵节，各家各户的亲人们都聚到一起吃团圆饭，而赵恩光一家却在离别的愁思中度过。

妻子为丈夫收拾简单的行装，叮嘱的话说了一遍又一遍，她明白，这一别也许就是漫长的一生，但她没有阻拦丈夫，只因深知丈夫对革命事业怀有赤诚之心。

面对儿子尽显侠骨柔肠

赵恩光前往大连后不久，妻子为他生下了一个儿子，便是赵乃喜。母亲思念父亲的日子里，唯一的动力就是将儿子悉心养大。赵乃喜儿时只知父亲在外地，但没有实质性的感触，直到十岁那年第一次见到父亲。

1949年，全国解放不久，赵乃喜跟随伯父赵鸿谋到大连去见素未谋面的亲生父亲。他们带着家乡的特产——莱阳梨和花生，到了烟台然后乘船到大连。

一路上，赵乃喜既兴奋又不安。长这么大还是头一次去见父亲，他什么样子？会不会喜欢自己？会不会像母亲所说的那样很爱自己……这些问题在赵乃喜的脑袋里不停地打转。望着蔚蓝色的海面，小小年纪的他心情不免有些沉重。

时任大连市中山区公安局局长的赵恩光虽然公务缠身，但还是亲自到码头迎接了儿子。搂着儿子瘦小的身躯，父亲流下了激动的泪水，父子俩在码头长时间深情相拥的那一幕，深深地烙进了赵乃喜的脑海——时至今日，老人讲述这些往事的时候，脸上依旧洋溢着幸福的微笑。

初去大连，体质虚弱的赵乃喜患上脉管炎住进了医院，父亲焦急地跑前跑后。为了缓解病痛，他陪儿子聊天，讲故事，说笑话。在父亲精心照料下，赵乃喜不久就出院了。父亲用不甚宽裕的工资，变着法地为儿子改善生活。饭桌上，父亲总是久久地注视着儿子，为儿子夹菜夹肉，自己却很少动筷子。每天夜里，父亲总是"缠着"儿子为他讲邻里乡人的近况，从东头到西头挨家挨户问个遍。赵乃喜说到有趣的事情，赵恩光便会开怀大笑，而后慢慢沉静下来。每当说到母亲时，父亲的脸色立刻就会变得凝重起来，低头喃喃自语着："是我对不起她。"那时的赵乃喜尚不明了这句话的含义，但也隐约感觉到，父母亲可能一辈子都不会再相见了。

短暂的相逢犹如流水一样匆匆而过，赵乃喜返回莱阳时，赵恩光亲自买票送儿子上船，反复嘱咐："下次一定要来！"

此后，赵乃喜又三次前去大连，每一次都在冬季农闲时节去，既可以多些日子陪陪父亲，也可以给父亲捎一点家乡的特产。

"文革"期间，赵乃喜第三次去大连探望父亲。当时，父亲被打成"右派"，白天被拉出去没完没了地揪斗，夜里也睡不成囫囵觉，后来被下放到拖拉机厂干活。尽管这样，父亲还是坚持与儿子保持书信往来，让赵乃喜觉得其实父亲就在身边，自己并不孤单——父亲在信中尽是写些鼓励和关心的话，让儿子倍感父爱的温暖，同时也让儿子看到了父亲正直、无畏和忠诚于革命事业的执著。信中，赵恩光毫无抱怨，而是平和坦然地接受所发生的一切，甚至还苦中作乐，说"劳动能给人力量"。1969年，赵恩光去世，直到1978年，中共十一届三中全会后其"右派"问题获得改正。

1971年，三十二岁的赵乃喜第四次前往大连。这一次是要去带回父亲的骨灰。那时还在"文革"中，赵恩光的骨灰已经无迹可寻，无奈，赵乃喜只得将父亲的一些照片与遗物带回莱阳，做了个"衣冠冢"来纪念父亲。

古稀老人梦回慈父身边

赵乃喜今年七十岁，在讲述他与父亲屈指可数的几次见面时，尽管时隔三十多年，但每一次见面的每个细节、每个画面他都说得很详细。老人一次次陷入回忆当中，那种感叹的神情、那样怀念的眼神每每令人动容。

　　老人在沉默许久之后说，小时候别人都有爹，而他没有，母亲总说父亲在外地干大事但他很爱你，可自己想不通，为什么他连父亲一次面都没见过，他有些恨他。后来长大了，尤其是第一次见到父亲之后，他开始小心翼翼地接受这种爱和关怀。再以后，他知道了父亲的革命经历，渐渐开始理解了父亲，开始崇拜父亲，为自己是他的儿子感到自豪与骄傲。

　　赵乃喜说自己时常做梦，梦到父母，梦到一家人团聚时其乐融融的情景。梦里，他总是被父亲紧紧拥抱，满脸泪水，直到哭醒再也无法入睡；梦里，总是梦到在大连医院父亲给自己讲故事，然后微笑地看着他入睡的画面……

　　老人说，他老了，却像小时候一样特别想和父母在一起。小时候的愿望与年老时的梦想只有这一个，他一生与父亲相处的时间寥寥无几，但就是这零星点滴的时光，却让他每一次都对父亲有了不同的认识，也正是这些日子让他对父亲的爱一点一点积累、沉淀、加深，浓得再也化不开。

　　（注：此文因版面原因未发表）

第九章
让志愿军烈士魂归故里

古语说，入土为安。中国人不仅有土葬情怀，更有殡葬情结，如果一个人死后不得安葬，就好像魂无所依，亲人和后人都会为此不安。

这些年，随着我国与韩国关系的改善，不断有抗美援朝牺牲的志愿军烈士遗骸归国的报道，让当年的志愿军及其亲人甚至每一位中国人都感到欣慰。在为此欣慰的同时，我们难免也会对那些埋葬在异国他乡的烈士格外牵挂，特别是他们的亲人，更是对他们念念不忘。如何慰藉这些烈士亲人的思念之情，不是一个简单的说服问题，确实需要国家和有关部门用心思考。

作为一名新闻记者，力所能及地为他们做一点事情，是我一如既往的情怀。

一个人回家的路有多长？1942年偷偷参军离家、1951年牺牲在朝鲜战场的牟平籍烈士曲成山，当年也被安葬在朝鲜烈士陵园后，家人一直找不到他的具体安葬地点，更没能前去祭拜，烈士生前每封信中提到的思乡之情也都无法排解。十一年来，记者接连不断的报道，最终引来一位志愿者从烈士坟前捧回一把土，终于让这位烈士魂归故里，七十年后重回家乡，也实现了烟台红色收藏家杨翌梅多年的心愿。

2018年7月1日，我报道了杨翌梅寻找曲成山烈士安葬地的消息后，又接到不少烈士后人寻找烈士安葬地的求助信息，报道后也多有收获，随即引出了这一系列报道，给了不少烈士亲人一些安慰。

去年，记者报道了多年热衷于收藏抗美援朝文物的杨翌梅寻找曲成山烈士安葬地的情况后，也让不少读者记住了她对烈士的情怀——在当年阿里巴巴与《今晨6点》合办的寻找烟台"最美家乡人"活动中，她光荣入选，被评选为十位烟台"最美家乡人"之一，从中也可见大家对烈士们的敬意。

一包烈士遗物何以流落地摊呢？烈士生前身后有着怎样的故事呢？

11月23日，记者和一位文物收藏者前往牟平区高陵镇鲍家泊村寻访了这位烈士的印记——

曲成山：一包文物引出的烈士

地摊发现烈士资料

不久前，在烟台一个地摊上，抗美援朝文物收藏爱好者杨翌梅发现了抗美援朝志愿军烈士曲成山的一包遗物，其中包括烈士生前家书、立功证书、烈士证书、照片和一些他人的借款欠条等。

能一下子收藏到一位烈士这么多文物很难得。从这些文物中可以看出，烈士曲成山是牺牲在朝鲜战场上的。这些资料包括很多留存的借条，事由包括看病、买化肥等，借条的署名都是曲延梅，估计曲延梅应该是曲成山的家人，可见他的家境很不好。

这些烈士文物是怎样流落到地摊上的呢？烈士的生前身后有着怎样的故事呢？杨翌梅找到烈士家乡的有关部门打听，但一直没有回音。最后，她找到了记者，希望借助媒体的力量找到答案。

杨翌梅探寻曲成山烈士生前身后的消息传开后，记者获得了不少热心人传来的线索，得知曲成山的家乡牟平县岠山区鲍家泊就是现在的牟平区高陵镇鲍家泊，但对于烈士是否有后人和亲人他们却都不知道。

有一天，记者突然接到一个电话，一位王先生说那些文物是他从姥爷那里拿出来送到地摊上的。因为姥爷上了岁数，这些东西一直放在家里没有人知道，有些眼看就烂掉了，他想让这些东西有一个比较好的归宿，想找一个喜欢收藏的人能妥善保管它们，就把它们送到了一位摆地摊卖古玩的人手里。

记者问王先生曲成山和他姥爷是什么关系，他说是弟兄俩。对于姥爷的情况，王先生只是告诉记者姥爷现住牟平区高陵镇鲍家泊村，其他情况也说不出所以然来。

牟平寻访烈士家人

12月3日上午，记者和杨翌梅一路打听着找到了牟平区高陵镇鲍家泊村。村口有几个等车的人，我们打听一位五六十岁的老人，说要找当年牺牲在朝鲜

战场上的曲成山烈士的家人。他和另一位老人分析了一下，认为我们要找的人应该是住在村东，就热心地给我们带路。

在一栋普通民房前，一位老人坐在门前用刀剁着柞木树枝，带路的老人告诉记者，他就是曲成山的弟弟曲延梅。弟弟叫曲延梅，哥哥为什么叫曲成山呢？今年七十九岁的曲延梅告诉记者，曲成山原名叫曲延武，参军后才叫曲成山。

曲延梅老人记不得哥哥是哪一年出生的。根据曲成山1951年烈士证书上三十岁的记载推算，他应该是生于1921年。曲延梅说，哥哥参军前，家里男女七八口人吃不上穿不上，到了冬天就靠从锅灶里扒出的柴火取暖，但也是热了前面冷后面。到了冬天没有农活，曲成山就每天往返近一百公里往烟台送柞木炭。在村里，曲成山还曾经给两户人家扛过活，前后干过三四年。"那日子苦得实在是没法说。"曲延梅老人叹息道。

1942年8月，曲成山突然不见了，家里人也没地方去找，直到后来接到一封信，才知道他秘密参军去了。

1942年8月，曲成山参加了第四野战军，1945年2月加入中国共产党，1946年到1947年六次参加东北自卫战，1947年随部队转战山东、河南、湖南等地。朝鲜战争爆发后，他又参加了中国人民志愿军第四十军后勤部入朝参战，1951年光荣牺牲。

从曲成山的家信上可以看出他的毛笔字写得很好，记者问曲延梅他哥哥生前上过几年学，他说："一天书也没念过啊！那时候吃饭穿衣都是问题，哪里还能去念书？"

曲延梅和父母也都不识字，曲成山写了信回来，他们也是找人念才知道写了什么。家里人回信，也是找人代笔。

曲成山在一封家信中说他们在部队"净吃大米饭"，曲延梅说幸亏哥哥参军才摆脱了压迫，不仅能吃饱饭，还成为一位排长、连长，为祖国的解放、为朝鲜人民的解放做出了贡献。

烈士家人甘于清贫

曲成山参军后的情况家人也说不上来，牺牲的具体经过也不清楚。至于他参军后的一些经历，记者是从他的家信和各种证书上了解到的，他的牺牲也是从烈士证书上知道的。

部队给曲成山家人的烈士证书，写明他牺牲在朝鲜平安南道中和郡东夹面大先里西沟，当时就安葬在那里，遗物在烈士证书也有详细记载：除了一点钱外，还有钢笔、手表、印章、刮脸刀、纪念章、筷子、相片、皮包等。

曲成山牺牲后，家里人像那时所有的农民家庭一样过着贫穷而艰辛的日子，经常是要买袋化肥、看个病都要跟村里借钱，这也就是杨翌梅收藏到的那些借条的来历。虽然生活艰苦，但家里人从来没有以烈士家人的名义向组织和村里要求特殊照顾和救济。

1958年烟台开始修建门楼水库，曲延梅带着村里的民兵前去参战，冬天赤脚在泥里水里泡着，没想到落了个老寒腿，现在走路都困难。加上岁数大了不能干活，村里就给他办了个"低保"，现在生活越来越好过了。

"烈士有后代吗？"记者问曲延梅。

"我是他儿子！"这时，坐在旁边五十多岁的男子说。细问之下，我们才知道他是曲延梅的儿子曲凡海。

曲成山牺牲后，他的母亲曾经告诉曲延梅的儿子曲凡海说："你以后就是你大爷的孩子！"就这样，为了不让烈士断后，曲凡海名义上过继给了曲成山。曲凡海年轻时本来想去参军，家里人没让他去，而是让他的弟弟曲凡江去了。

曲凡海说，他小时候对父亲曲成山也没有什么感情——因为从没见过他。上了岁数后，这几年他经常想念那个没有见过面的父亲。他曾经到牟平的烈士纪念碑前寻找曲成山的名字，但没有找到；去民政部门打听也没有结果。曲凡海很想到朝鲜父亲的坟前看一看，但一直没有机会和能力，就只能在心里想念着。

曲延梅身后是中间一道院墙隔开的六间瓦房，一边三间，他住西面儿子家，曲凡海住东面。东面三间是他们家的老房，西面三间是二三十年前买的别人家的房子。当时儿子结婚没有房子也没有钱，村里就照顾他们，先买下来，钱是一年年还的。

走进曲延梅家里，最显眼的就是镜框里的照片，照片不少，但没有一张曲成山的。曲成山的所有东西和家里几乎所有的文字票据、选举证、股票证、保险单等都放在曲成山留下的一个皮包里，几十年一直没有人翻腾，好像被遗忘了，直到外孙把它们拿去送到烟台的地摊上，才得以重见天日。

英雄精神永远传承

杨翌梅，这位普通女工因为小时候的耳濡目染，对抗美援朝那段历史一直不能忘怀。在回烟台的路上，她向记者讲述起了自己与抗美援朝这段历史的渊源。

杨翌梅的姑姑曾是沈阳文工团的一名演员，抗美援朝期间两次随赴朝慰问团到朝鲜战场，为中国人民志愿军、朝鲜人民军慰问演出；1951年，她的母亲在怀孕五个多月的情况下，还主动赶到医院为志愿军伤员献血，伤员伤愈重返战场前，特地带着战地记者去看望她，并跟她合影留念……

因为对那段历史的刻骨铭心，以至于长大后找对象就因为丈夫的父亲是参加过抗日战争、解放战争、抗美援朝的老军人，杨翌梅及其家人才点头首肯。

因为这一切，杨翌梅从小就喜欢收藏与抗美援朝有关的文物，从二十世纪七十年代至今，她搜集的照片、书籍、奖章、邮品、粮票、生活用品、慰问团赠品等抗美援朝文物，算下来也有六七百件了。

二十世纪九十年代，杨翌梅和丈夫从东北来到烟台后，经常光顾大庙、辛庄街、文化宫的文化市场，看到有关抗美援朝的文物就买，很多老摊主都知道她专门收藏这时期的文物，有了这方面的东西都会留下来先问她要不要。

杨翌梅在一家企业工作，工资也不高，几乎都花费在买文物上，家里的生活就靠丈夫的工资收入。杨翌梅每买到一件文物，都会想方设法考证它的来历，探寻它背后的故事。现在，杨翌梅对她收藏的每一件文物的由来都记忆犹新，几乎每一件她都会讲出一段故事。也正因为此，得到曲成山烈士的这包文物后，她也一定要探个究竟。

谈到未来，杨翌梅说自己的生命终有走到尽头的那天，她多次想过，要在临走前为这些文物找到一个比较好的归宿，让那段历史永远流传下去。而在这之前，她最大的愿望是举办一次抗美援朝专题藏品展览，让更多的人了解那段激情澎湃的历史，缅怀先烈们的英雄事迹；然后就是整理一下每件藏品的来龙去脉，出版一本关于抗美援朝藏品的纪念书籍。等到退休后，她希望能到朝鲜志愿军烈士陵园为长眠的先烈们扫扫墓，看一看那些没能回家的烈士们。

（2008-12-7《烟台日报》）

曲成山到底安葬在哪里?

杨翌梅希望了却他"回家"的遗愿

"烈士牺牲在异国他乡六十七年,看到他的遗物我就忍不住要落泪,我想找到烈士安葬的地方,即使不能将他迁葬回来,能在他坟前抓一把土带回来,也算让他魂归故里了!"6月30日,在烟台市民、红色文物收藏家杨翌梅家里,她向记者展示了她收藏的烟台烈士曲成山的遗物,希望记者帮她实现这一愿望。

谁能来帮助烈士魂归故里?

2008年,杨翌梅从烟台古玩市场上收藏到烈士曲成山的一包遗物,并在记者帮助下找到了烈士家人,但烈士的安葬地一直没找到。

"现在我退了休,有时翻看着这些烈士遗物,我就忍不住落泪——烈士生前很想家,我想让他魂归故里。"杨翌梅一边翻看着烈士的遗物一边对记者说,她担心万一哪天自己去世了这些资

料会成为废品。

"部队给家人的烈士证书上，写着他牺牲在朝鲜平安南道中和郡东夹面大先里西沟，当时就安葬在那里。"杨翌梅告诉记者，根据这一线索，如果到了朝鲜应该能找到烈士的安葬地。但是，因为各方面的原因，她和烈士的亲人都对此无能为力，她希望记者能帮他们实现这一愿望，哪怕是带回一把土。

"烈士生前思乡心切，每封信都说想家，想父母，盼望战争早日结束回家孝敬父母，让他魂归故乡，现在不仅是他家人的愿望，我觉得也是我的责任。"杨翌梅告诉记者，想到当年通过记者找到了烈士的家乡和家人，她就想再找记者帮帮忙，希望通过媒体实现这一愿望。

（2018-7-1《今晨6点》）

曲成山安葬在朝鲜兄弟山陵园

志愿者清明节前去扫墓时拍到其墓地和名字

"曲成山烈士安葬在平壤市兄弟山烈士陵园，清明节我们去扫墓时拍到过他的陵墓，也拍到他的名字！"昨天，烟台志愿军老兵帮扶计划团队负责人曙笑华告诉记者，看到《今晨6点》7月1日的报道后，他们找出了今年清明节去朝鲜扫墓的资料，确定了曲成山烈士安葬的地点。

八旬志愿军愿带路寻找烈士

7月1日，《今晨6点》9版以《烈士朝鲜牺牲 何时魂归故里》为题，报道了烟台红色收藏家杨翌梅十年前收藏到牟平籍烈士曲成山遗物后的心事：她想找到烈士的安葬地点，或者将其迁葬家乡，或者能从那里捧回一把土，让烈士的英魂回家，了却烈士及其家人的遗憾。报道发出当天，烟台退休市民、志愿军老兵张恒才就与记者取得了联系，希望能为寻找曲成山烈士的安葬地提供帮助。

"当年我在朝鲜高射炮部队，虽然没打过仗，但对几个山头的情况很熟悉，那时看到很多山头都埋葬着烈士，坟前一般都有木牌或石碑，我去了肯定能找到他！"今年八十二岁的张恒才告诉记者，他以前是教师，1957年参军到了朝鲜战场，后来还两次参加对越作战，在部队做过指导员。1969年，张恒才转业回到烟台又做了教师，1996年从烟台工程职业技术学院退休，现在住在烟台万达广场小区。

"杨同志能保存好这些烈士遗物很了不起，我很想帮帮她！"张恒才说，每当想起当年牺牲在朝鲜战场上的那些战友他就很难受，虽然自己已经八十二岁了，但如果需要，他会挺身而出，帮助烈士完成回家的意愿。

志愿者找到烈士朝鲜安葬地

"我们是一群专门帮扶志愿军老兵的志愿者，我们也可以帮助寻找曲成山烈士的安葬地。"7月1日的报道发出当天，烟台日报社退休记者、解放军原二十七军后代，同时身为烟台志愿军老兵帮扶计划团队负责人的曙笑华，也与记者取得了联系，说他们团队今年清明节期间曾赴朝鲜为志愿军烈士扫墓，帮助一些烈士后人寻找烈士的安葬地，可能有曲成山安葬地的线索。向记者详细了解情况后，曙笑华马上与她的志愿者伙伴取得了联系，着手查找曲成山安葬地的线索。

"曲成山烈士安葬在平壤市兄弟山烈士陵园，清明节时，我们的志愿者去扫墓时拍到过他的陵墓，也拍到他的名字！"7月3日，曙笑华向记者报告了一个好消息，说她联系了今年清明节到朝鲜扫墓的志愿军老兵帮扶计划团队浙江志愿者孙佳仪，孙佳仪连夜查找，在朝鲜拍到的烈士陵园照片上找到了曲成山的名字——他安葬在平壤市兄弟山烈士陵园。

曙笑华告诉记者，兄弟山志愿军烈士陵园是平壤市内唯一一座志愿军烈士陵园，也是朝鲜对中国游客开放的为数不多的几座志愿军烈士陵园之一。这座陵园建于二十世纪七十年代，安葬的主要是在抗美援朝战争及战后志愿军支援朝鲜重建过程中牺牲在平壤的志愿军指战员。

"兄弟山志愿军烈士陵园分上下两层：第一层中央建有烈士纪念碑，碑文记述了志愿军烈士的历史功勋，表达朝鲜人民对志愿军烈士的深切缅怀之情；第二层建有三座合葬墓，墓前献花台上刻有烈士名录，其中一座墓碑上就有曲成山的名字。"曙笑华说。

（2018-7-4《今晨6点》）

曲成山烈士英魂有望归乡

家乡人表示，如果可能会把他迁葬到父母坟旁

"如果他的后人能把他迁葬回来，我们村里会帮着将其安葬在他的父母坟墓边！"获悉找到曲成山烈士安葬地的消息，牟平区高陵镇鲍家泊村村委主任曲忠伟告诉记者。

志愿者确认墓碑上的名字就是牟平烈士

7月1日，《今晨6点》以《烈士朝鲜牺牲 何时魂归故里》为题报道了烟台红色收藏家杨翌梅寻找牟平籍志愿军烈士曲成山安葬地的消息后，烟台日报社退休记者、烟台志愿军老兵帮扶计划团队负责人曙笑华与他们团队的志愿者取得了联系，从他们扫墓时拍到的视频中找到了曲成山与战友合葬的陵墓和墓碑上的名字，得知曲成山安葬在平壤兄弟山烈士陵园。

这位曲成山确定是牟平烈士曲成山吗？会不会是与其重名的其他地方的烈士呢？

"我们通过民政部中华英烈网和抗美援朝纪念馆上的烈士名录双向对比，核准烈士信息，结果一般都是准确的。"曙笑华昨天告诉记者，2016年，志愿军老兵帮扶计划团队成员、也是志愿军烈士后代的黄军平，拍下了刻有一万多名烈士名字的英烈墙的视频，他们回来后通过各种信息比对，帮助很多人找到了亲人的安葬地。

"2017年，孟良崮战役胜利七十周年之际，我到孟良崮参观、祭奠父辈战

斗过的地方，在那里结识了这个帮助志愿军老兵的志愿者团队——'我为烈士来寻亲'。他们的成立源于《三八线》这部反映抗美援朝战争的电视剧。"曙笑华说，他们的目的，是利用清明节到朝鲜祭拜英烈的机会帮助烈士寻找家人、帮助家人寻找烈士安葬地。

曲成山烈士后人曾去朝鲜寻找其安葬地

"可是找到了！他牺牲在异国他乡这么多年，我们都不知道他安葬在哪里。"获悉曲成山烈士的安葬地，他的外甥女、今年五十七岁的王兴娥告诉记者，前年她曾跟随旅行团到朝鲜查找过曲成山的安葬地，可惜没找到。"我们很多事情都不懂，去了没有头绪，最后也没有找到。"她说。

7月4日，记者获悉曲成山烈士在朝鲜的安葬地后，随即与烈士的后人——牟平区高陵镇鲍家泊村他的亲人联系。通过高陵镇政府找到鲍家泊村党支部书记的电话，得知记者十年前采访的曲成山的侄子、也是弟弟过继给他当儿子的曲凡海已经去世，另一个侄子曲凡江也去世了。曲成山的弟弟曲延梅如今已经八十九岁，卖掉了村里的房子，去了牟平区玉林店镇西圈村，跟着女儿曲凡娥生活去了。

通过玉林店镇政府和西圈村支部书记的联系，记者找到了曲凡娥，她也年近七旬了。

"我一定要去朝鲜把大舅'搬'回来，把他安葬在姥爷姥姥的坟墓旁边。"经过几番周折，记者最后找到了曲成山的外甥女王兴娥，她说，她的姥姥生前一直念叨他大舅，知道他牺牲后也到处找他的安葬地。"太好了，现在终于找到了！"她说。

烈士如能魂归故里，将安葬父母陵墓旁

"如果他的后人能把他迁葬回来，我们村里会帮着将其安葬在父母坟墓身边的！"获悉找到曲成山烈士安葬地的消息，牟平区高陵镇鲍家泊村村委主任曲忠伟告诉记者，看到《今晨6点》报道后，他们镇上也找到他了，他们都想帮烈士后人做点什么。"虽然我们能力有限，但我们也想让烈士魂归故乡，包括他的那些遗物，如果收藏的杨女士愿意，我们想给她点费用，拿回来送到牟平杨子荣纪念馆，让更多的人瞻仰。"他说。

"找到他的安葬地我就放心了！"收藏曲成山烈士遗物的红色收藏家杨翌梅告诉记者，如果烈士的后人不能去朝鲜将他迁葬回来，她就想自己去看看，祭奠一下烈士，带他的英魂回家。

"现在我们'我为烈士来寻亲'志愿者团队每年清明节都会组织去朝鲜扫墓，如果曲成山烈士的后人和杨女士想去，可以在清明节前一个月报名，准备好护照，跟随我们一起去，我们会提供一些导向帮助，或者他们自己去，到了朝鲜再寻求大使馆的帮助。"曙笑华告诉记者，现在安葬在朝鲜的志愿军烈士很多，不大可能将他们再迁葬回来，不少烈士家属的做法是到其坟前祭奠，或者去捧一把土回来，象征性地将其安葬在家乡，也算烈士魂归故里。

"青山处处埋忠骨，为国牺牲的烈士太多了，很多都没能回到故乡安葬，但他们的英魂永远驻守在家乡。"曙笑华说，能让曲成山烈士魂归故里，也是他们的一个心愿。

（2018-7-6《今晨6点》）

刁忠书也在朝鲜牺牲不知葬何处

妻子去世一年未入土，家人盼他回来与其合葬

　　在志愿军老兵帮扶团队"我为烈士来寻亲"帮助下，牟平烈士曲成山的安葬地找到了，这一消息不仅让烈士的家人和收藏烈士遗物的杨翌梅感到欣慰，也让七十四岁的海阳人刁学文得到了希望——7月10日，老人找到记者说："我的父亲刁忠书当年牺牲后也不知道安葬在哪里，母亲去年去世后一直没有下葬，一直在等他回来一起安葬。"

为国捐躯的烈士们牵动众人心

　　"你们什么时候组织去朝鲜祭拜抗美援朝的烈士？我先报上名，我也想去！"得知记者通过志愿军帮扶志愿者找到曲成山烈士安葬地的消息后，曾经参加过抗美援朝和抗美援越战争的张恒才打来电话，激动地对记者说，"这么多年过去了，我一直忘不了那些牺牲在那里的战友们，有生之年，我很想再去看看那些安葬在异国他乡的战友们。"

　　"我的奶奶吴胜令当年嫁到郭家后人称郭大娘，她在抗日战争时做过我们党的地下情报员，智勇双全，被人尊称为'革命老妈妈郭大娘'。我的伯父也是一位烈士。我对为国捐躯的烈士们充满感情，经常想为他们做点什么，如果需要，就告诉我！"7月3日，烟台昆嵛同合法律服务所的法律工作者郭玉文告诉记者，以前他就想成立一个帮助烈士及其家属的公益组织，但因为种种原因没能实现这一愿望。《今晨6点》关于寻找曲成山烈士安葬地的报道，再次

唤起了郭玉文的这一愿望，他希望能在有生之年为烈士及其家属们做点事情。

"我在大连的时候遇到过曲成山老家的村委主任曲忠伟，看到你们的报道后，我对这件事情也很关心，希望能为他们做点什么。"远在武汉的曲宗文获悉晨报报道后，也打来电话询问相关情况。他说，全国曲姓人不是很多，他既为曲成山是烈士而骄傲，也为他牺牲在异国他乡而难受。作为南下干部的后代，曲忠文现在正在收集一些先烈和革命前辈遗物以及胶东南下干部的史料，想举办一些展览，让后人通过这些资料了解先烈们的英雄事迹。

刁忠书烈士，老伴的骨灰等您回来合葬

"我的父亲刁忠书当年也牺牲在朝鲜战场，一直下落不明，希望你们帮着找一找，能让他的遗骨回乡与我母亲的骨灰合葬，让我的母亲安息！"看到晨报找到烈士曲成山安葬地的消息后，海阳市小纪镇大刁家村七十四岁的刁学文也与记者取得了联系。

刁学文告诉记者，他的母亲是去年10月15日去世的，火化后，骨灰一直放在殡仪馆，他们想等找到父亲的安葬地后把他迁葬回来，与母亲一起合葬。"眼看今年10月15日很快就要到了，可我父亲安葬在哪里还没有一点消息！"刁学文痛心地说。

刁忠书生于1922年，1944年参加革命，1950年12月在朝鲜新兴里战斗中牺牲，牺牲前任二十七军八十师二三九团副指导员。据一张山东省人民政府1950年7月1日签发的第1740号革命军人家属证记载，刁忠书是1942年6月从独立营入伍的，当时在九兵团二十七军八十师二三九团一营一连，他的父亲刁奎梧时年五十一岁，当时家有八口人。

"当年是父亲的一位战友传来消息，说他在朝鲜新兴里一个山沟里牺牲了，但没有找到遗体，后来被按照失踪处理。直到1983年8月1日，民政部才

为我母亲赵国风签发了我父亲的革命烈士证明书。"刁学文告诉记者，虽然有了一张烈士证书，但他们一直不知道父亲牺牲的细节和安葬的地点，他们也不知道到哪里能找到。

（2018-7-11《今晨6点》）

刁忠书应是葬在长津湖陵园

长津湖战役牺牲的志愿军全都就地安葬

　　"经过'我为烈士来寻亲'志愿者查找，只找到了长津湖志愿军烈士陵园的合葬墓，但没有找到刁忠书的名字，如果他确实是牺牲那里，那应该也埋葬在那里。"2018年7月13日，志愿军老兵帮扶团队"我为烈士来寻亲"传来消息，遗憾地为寻找海阳烈士刁忠书画上了一个并不圆满的句号。

刁忠书应是与战友合葬长津湖陵园

　　7月11日，《今晨6点》报道了海阳烈士刁忠书的儿子寻找刁忠书的安葬地、想让他回家与去世的母亲合葬的消息后，志愿军老兵帮扶团队"我为烈士来寻亲"志愿者们再次出手相助。他们将在朝鲜拍摄的视频和照片拿出来翻找，遗憾的是，只找到了长津湖战役后牺牲的志愿军烈士们合葬的陵园照片和墓碑上有限的名字。

　　"那次战役我们打败了美国的王牌部队'北极熊团'，牺牲的志愿军也很多，合葬时的墓碑上也没将他们的名字全部刻上去，很多人即使埋在那里外人也不知道。"昨天，志愿军老兵帮扶团队烟台方面负责人、烟台日报社退休记者曙笑华告诉记者，在朝鲜咸镜南道盖马高原长津郡长津邑，合葬着长津湖战役中牺牲的志愿军烈士，新兴里和池水里两地则分别有七座和三座合葬墓，有一百九十五名烈士的名字刻在墓碑上，其他大部分烈士的名字无从查找。

　　"虽然没找到他的名字，能知道他的部队那么英勇，知道他合葬在那里我们也很欣慰，但我妈妈去世前我曾对她发誓要把爸爸找回来，我还想等等，看看有没有可能找到他。"听到这一消息后，刁忠书的儿子刁学文告诉记者，当年他的父亲和母亲结婚时分别是二十三岁和二十二岁，结婚后，父亲就去了海阳独立营，从那以后再也没回家。

"我出生三个月后，妈妈带我在姥姥家，有一次听说爸爸在附近，我们才去见了他一面。我爷爷去世时他正在打上海，接到信后知道不能回来也没法写信，就让我舅姥爷写了封信回来。再后来，他去了朝鲜就牺牲在那里，我妈妈自己把我拉扯大。"刁学文说，九十多岁的母亲去世前几次心肌梗死，他知道母亲还在惦记他父亲，就对她发了这个誓言。

"就算找不到他的尸骨了，我也希望有机会能去陵园墓地祭奠一下他。"刁学文一再向记者表示感谢，他说这么多年没有父亲下落他一直很难受，现在总算能轻松一点了。

他所在部队全歼美国"北极熊团"

"虽然那么多烈士的名字我们不知道，但他们当年的战绩却至今流传——刁忠书所在的九兵团二十七军全歼了美国陆军最精锐的'北极熊团'，连他们的军旗也缴获了，团长也击毙了。"曙笑华告诉记者。

在第一次世界大战中，美军步兵第七师第三十一加强步兵团成功攻入西伯利亚，战功显赫，被时任美国总统威尔逊授予"北极熊团"称号，并亲自授予"北极熊旗"。在抗美援朝第二次战役新兴里战斗中，中国志愿军第二十七军用极端劣势的装备将其全歼，上至团长下至士兵无一逃脱，团长麦克莱恩上校也被志愿军击毙，其军旗"北极熊旗"被缴获。

"战斗结束后，刁忠书所在的二十七军八十师二三九团的三营通讯班长张积庆打扫战场时捡到一块一平方米左右的蓝布，形状和装饰很像一面旗子，与志愿军常用红色布料做旗帜的习惯不一致，他就没有在意，当作包袱皮用了。营长毕庶阳听说后前去查看，发现那就是敌人的军旗。"曙笑华告诉记者，毕营长把它作为战利品上缴，现在这面旗已被国家列为一级保护文物，珍藏于中国人民革命军事博物馆内。

据悉，美国陆军最精锐的"北极熊团"整团覆灭，军旗被缴、团长被毙，这是美军历史上前所未有的，这标志着这个"王牌团"番号永远从美军战斗序列中消失了，也标志着中国志愿军第二十七军创造了一个以劣胜优的人类战争史上的奇迹，因为这是抗美援朝作战史上唯一成建制地全歼美军一个加强步兵团并缴获其军旗的范例。

（2018-7-14《今晨6点》）

钟兆珍烈士安葬在哪里？

名字刻在家乡烈士碑上，尸骨不知在朝鲜何处

"当年家里给他盖好房子找好对象等他回来结婚，他却牺牲在朝鲜战场；因为他的牺牲，我老爷爷抑郁成疾第二年就去世了；因为他的牺牲，那年我父亲参军被挑上了爷爷奶奶都没让他去——到现在我们都不知道他安葬在哪里！"2018年7月16日，在烟台工作的乳山人钟方平找到记者，希望《今晨6点》能帮他找到他的六爷爷钟兆珍在朝鲜的安葬地。

钟兆珍抗美援朝时牺牲在朝鲜

7月16日，在烟台工作的乳山人钟方平来到报社，拿出一张1951年的革命军人牺牲证明书和一个山东省胶东区行政公署颁发的抗日军人家庭优待证，希望记者帮他找到牺牲在朝鲜战场的六爷爷钟兆珍的安葬地。

今年四十八岁的钟方平祖籍乳山市崖子镇泽科村，他的老爷爷钟寿筠是个私塾先生，兼职行医，养育了七个子女，当年颇有声望。

"我们村原名'宅口'，是我老爷爷将其改名'泽科'的。"钟方平先生告诉记者，当年他的六爷爷钟兆珍跟着他的老爷爷钟寿筠读过私塾，自幼就有爱国思想。日寇侵占胶东后，十六岁的钟兆珍参加了革命活动，和几位进步青年一起演话剧，揭露日军侵华暴行，宣传中共抗日救亡主张。1945年4月，钟兆珍参了军。

"1945年8月烟台、威海解放时，我六爷爷是胶东军区教导团三营六连的战士，后来渡海到了东北参加过辽沈战役。"钟方平说，辽沈战役后，钟兆珍1948年曾从东北返回乳山探过一次亲，之后就再也没回来，家里只知道他南下参加了淮海、渡江等战役。

"1949年，我六爷爷在上海时曾向家里寄过书信和照片。"钟方平说，1950年，钟兆珍随二十七军开赴朝鲜战场抗美援朝，临走时给家里寄了一封信，告知家人他将前往朝鲜保家卫国——家里人没有想到，这封信成了他的诀别信。

六十多年后仍不知安葬在何处

"1951年，六爷爷所在部队将一张革命烈士证书送到我老爷爷手中，说六爷爷在第五次战役时壮烈牺牲。我老爷爷得知消息抑郁成疾，第二年就去世了！"钟方平说，直到抗美援朝战争结束，他们邻村一位从朝鲜战场回来的军医捎回钟兆珍的遗物——一个本和一支笔，并告诉家人他是在朝鲜战场上遭遇敌人飞机轰炸牺牲的——时任二十七军七十九师二三六团干管处副处长的钟兆珍随部队乘火车转移，通过一个隧道时遭遇美军飞机轰炸，他所在的车厢被炸，他的右大腿被炸断。

"老军医说，敌人飞机离开后，医疗队上前抢救，我六爷爷因失血过多牺牲。"钟方平先生说，后来，乳山建起了灵山烈士陵园，钟兆珍的名字被刻在陵园纪念碑上，但一直不知道他安葬在哪里。为了找到他的安葬地，一家人还曾到丹东等地的抗美援朝烈士陵园查找过，但都没有下落。

"因为他的牺牲，我父亲钟贵伍当年参军被挑选上了，爷爷奶奶就没让他去，这也成了父亲一生的遗憾。"钟方平说，看到晨报为曲成山烈士找到安葬地的消息后，他们又重新燃起了找到钟兆珍安葬地的希望。

（2018-7-17《今晨6点》）

爱心人士慰问曲成山家人

自发捐款送给烈士弟弟表达心意

　　获悉曲成山烈士在朝鲜安葬地的消息后，杨翌梅心里终于稍稍宽慰了一些，她随即赶到烈士家乡，将这一消息告诉了他健在的亲人。看到本报报道后，一些爱心人士还为烈士亲人捐了款，并上门将捐款送到了烈士亲人手里。

杨翌梅看望曲成山烈士弟弟

　　"曲延梅虽然八十九岁了，但对曲成山的记忆还是很深刻的，我去了后说起曲成山，一家人都哭了，能找到他的安葬地，他们都感到很欣慰！"7月6日，得到曲成山烈士安葬地的消息后，收藏曲成山烈士遗物的烟台红色收藏家杨翌梅，特意赶到牟平区玉林店镇对阵圈村，看望了曲成山烈士的弟弟曲延梅——2008年，记者与杨翌梅到曲成山家乡寻访时，曾见到过他。

　　曲成山的外甥女、曾自己到朝鲜寻找过曲成山安葬地的王兴娥向杨翌梅提出，希望能将舅舅的遗物转交给他们收藏，但被杨翌梅拒绝了。

　　"且不说当年他们把这些东西拿出去卖了，就是现在他们拿回去恐怕也保存不好，放在我这里也保存不好，我希望能将这些资料放在哪个博物馆，这样既能保证烈士的遗物长久保存下去，也能发挥其教育后人的作用。"杨翌梅告诉记者，当年她收藏的这些资料也是倒了好几手的，有一些破损很严重，她仔细地熨烫平整然后粘贴起来，还有一些实在无法复原的只能丢掉了。"收藏了这么多年，我不仅对曲成山烈士怀有深厚的感情，对这些资料也很有感情，不希望它们再遭冷遇，再被毁坏。"杨翌梅说。

爱心人士给烈士家人捐款

9月1日，杨翌梅带着烟台慈善总会慈心助困团队的四名星级义工陶世玲、王冰、姜淑花、房丽霞，一起驱车赶到牟平区高陵镇下雨村，看望了曲成山烈士的弟弟曲延梅，并给老人送去捐款和物品。

《今晨6点》报道了曲成山参加抗美援朝牺牲在朝鲜战场的事迹后，不断有爱心市民关注烈士的后人。得知烈士的弟弟曲延梅现在身体不好、生活困难时，不少人表示要为他奉献一份爱心，安慰烈士的魂灵。

"烟台慈善总会慈心助困团副队长陶世玲听说我收藏了曲成山烈士的遗物、还去看望过他的弟弟曲延梅后，就跟我联系，想去看看老人，表达一下她们的心意。"杨翌梅告诉记者。

陶世玲带着三位队员，给老人送去了两千三百元捐款和米、面、油、月饼、巧克力等，杨翌梅则为老人送上了一幅自己创作的百寿图，祝愿老人健康长寿。

"沈阳八位爱心女士通过微信也捐了款，这些好心人年龄都在六十五岁到八十岁，对当年的抗美援朝英雄很有感情。"杨翌梅说。

"我们以后还会经常去看望老人，让烈士的亲人感受社会的关爱。"义工队员王冰说，她们都是普通的退休女工，收入微薄，靠省吃俭用来开展爱心助困活动。"像我们的副队长陶世玲，她患有糖尿病，经常靠减少药物的用量省钱扶贫助困；姜淑花的父亲是抗战时期的地下党员，她没有退休工资，靠儿女的资助生活，这次也同大家一起来了。"她说。

（2018-9-3《今晨6点》）

曲成山七十七年后魂归故里

爱心人士从他坟前捧回一把土

　　一个人回家的路有多长？1942年离家参军、1951年牺牲在朝鲜战场的牟平籍烈士曲成山，当年被安葬在朝鲜烈士陵园，家人一直无法前去祭拜。志愿军老兵帮扶计划团队的志愿者不仅找到了他在朝鲜的安葬地，还从他坟前捧回了一把土。6月27日，这把土撒在刻有曲成山名字的牟平端午山烈士陵园，让他以这种方式魂归故里。

曲成山七十七年后魂归故里

　　"大舅啊，您终于回来了，您安息吧！""亲人啊，您这是回到家乡了，您安息吧！"

　　6月27日上午，烟台慈心助困团队副队长陶世玲和七十一岁的房丽霞、六十二岁的姜淑花以及烟台红色收藏家杨翌梅，一起乘车赶到牟平端午山烈士陵园，与牟平烈士曲成山的外甥女王兴娥及其丈夫一起，将从曲成山在朝鲜的坟前捧回的一把土撒在这里，以告慰烈士英灵。此前，曲成山烈士的家人不知

道他的名字也刻在这个烈士陵园，不久前找到后，他们就想让他在这里安息。

"虽然我们没能去朝鲜，但好心的志愿者能从他坟前取回这把土，也算让他魂归故里了。"杨翌梅告诉记者，今年4月25日，天降大雨，在牟平车站出现了动人的一幕：自己将志愿者从朝鲜曲成山坟前取回的这把土送给王兴娥时，王兴娥顿时泪如雨下。"大舅啊，您回来了，老天都感动得落泪了！"王兴娥哭着说。说也奇怪，就在这时，外面的大雨戛然而止。

曲成山坟前的这把土，是与他合葬的烈士陈本裕的外孙女任秀琴寄给杨翌梅的。任秀琴也是志愿军老兵帮扶计划团队的志愿者，专门帮助志愿军烈士后人寻找烈士安葬地。今年清明节期间，她和母亲到朝鲜为姥爷扫墓，从坟前取回了一把土，也拍了一组照片。后来，她从网上看到杨翌梅委托记者寻找曲成山烈士安葬地的报道，就翻看了一下自己拍的照片，发现曲成山与她姥爷的名字刻在同一块墓碑上。知道曲成山和她姥爷在同一座坟墓里，任秀琴就将从姥爷坟前带回的那把土分出一部分，寄给了杨翌梅。

家人和大家都了却一大心愿

作为一名红色收藏家，杨翌梅十一年前偶然收藏到志愿军烈士曲成山的一包遗物，又在记者的帮助下找到了这位烈士的家人。去年，她又想到烈士信中的思乡之情，想找到烈士在朝鲜的安葬地，经记者报道后也实现了这一心愿，但一直无法前去祭拜。

"我从烟台、济南、北京、丹东的民政和外事部门多方打听，但始终没有找到前往朝鲜烈士陵园的机会，幸亏志愿者任秀琴寄来了曲成山坟前的这把土。"杨翌梅告诉记者，"现在烈士魂归故里，我终于了却了一大心愿。"

"听说我们要来迎接烈士魂归故里，不少义工都要捐款给烈士家人。"烟台慈心助困团队副队长陶世玲告诉记者，"我们出发前，小义工陈麓名的妈妈还追上来替儿子捐了二百元。"

从牟平端午山烈士陵园出来，陶世玲她们拿着义工捐款去买了一个轮椅和一个代步椅，赶到牟平区玉林店镇对阵圈村，连同剩下的善款和物品一起交给曲成山的弟弟曲延梅。去年找到曲成山烈士在朝鲜的安葬地后，陶世玲就和她的志愿者团队带着善款去看望过曲延梅，此次曲成山魂归故里，她们又捐款近五千元，送给这位烈士家人。

"你们又来了啊！"陶世玲一行一进门，曲延梅马上认了出来。看到陶世玲她们送来的轮椅、代步椅和善款等，曲延梅一再拒绝，最后在众人劝说下才接了过去，连声道谢。

大家诉说着曲成山烈士的生前身后，不觉时近中午。一行人准备告辞时，曲延梅的女儿拿出刚煮好的鸭蛋让大家路上吃，又装了一袋子土豆让大家拿回家。

"真是太感谢你们了，也没什么好东西给你们！"曲延梅和女儿抹着眼泪对大家说，现在曲成山终于魂归故里了，他们也了却了一件心事。

（2019-6-29《烟台晚报》）

特等功臣王学风烈士的家乡在海阳

"砀山说"有档案无证据，"海阳说"有人证和物证

1月26日，志愿军烈士王学风原籍查证座谈会在烟台召开，中华英烈褒扬事业促进会会员、志愿军烈士后代联谊中心成员杨翌梅主持了会议，海阳市作家协会主席孙海云、常务副主席于培伟介绍了他们查证中国人民志愿军特等功臣、一级战斗英雄王学风籍贯的情况；中华英烈褒扬事业促进会会员、志愿军烈士后代联谊中心副主任郭玉文介绍了原籍海阳的云南省监狱系统退休干警张闻查证特等功臣王学风的情况；海阳市北城阳村村委代表王学敏介绍了出生于他们村的烈士王学风的家庭情况以及他们村三十五名革命烈士的情况；烟台市退役军人事务局和烟台市司法局有关人员及中华英烈褒扬事业促进会理事、志愿军烈士后代联谊中心主任邓其平听取了情况汇报。

座谈会最后的结论是：特等功臣王学风籍贯的"砀山说"只有档案没有证据，结论不成立；"海阳说"有人证和物证，结论正确。据此，与会者表示，他们将进一步整理材料，尽快上报退役军人事务部等有关部门，要求对中国人民志愿军特等功臣、一级战斗英雄王学风的籍贯重新认定，以早日让烈士安息，让烈士家人得到慰藉。

英烈名列志愿军特等功臣第六位

据记载，中国人民志愿军特等功臣、一级战斗英雄王学风1926年出生，1948年从辽宁锦州参军，1951年4月在朝鲜战场牺牲。

1951年4月，在朝鲜华岳山前沿阵地，面对"联合国军"的进攻，时任中国人民志愿军第四十军一二〇师三五八团一营三连副班长的王学风，率领二十人战斗小组打退敌人第二次进攻时，脸腮被子弹打穿，头部中弹，顿时昏迷过去。不久，苏醒过来的王学风听到敌人的枪声愈来愈近，便命令战友董万玉赶快撤离。敌人合围过来，用机枪扫射，把他的双腿打断了。为了不当俘虏，王学风拼尽最后力气滚下山崖，壮烈牺牲。

据战后统计，王学风率领的二十人战斗小组在阻击敌军三次进攻中，共造成敌军伤亡二百人，王学风入朝作战单人毙敌伤敌一百余人。他的档案材料中记录，他入伍后经历过大的战役五次，立功受奖十二次。

《四十军在朝鲜》一书第三十一回"向祖国汇报2"里有这样一段——

　　1951年5月5日，毛泽东在接见进京汇报的志愿军四十军军长温玉成时，问："你们四十军最先入朝作战，一直没有得到休整和补充，怎么能坚持战斗七个月之久呐？"于是，温玉成向毛泽东详细汇报了四十军的战斗经过，当他汇报到共产党员王学风两腿都被机枪打断，不能站立，他就坐着、爬着继续战斗，最后摔断步枪，滚下山崖时，毛泽东听得入了神，忘了弹掉烟灰，眼里泛起了激动的泪花……

就这样，王学风烈士的名字被刻在朝鲜平壤志愿军展览馆的纪念墙上，他的事迹被载入中国人民解放军军史，他的立功受奖证书被中国人民解放军档案馆专门收藏，他的名字被排在毛泽东亲自批准的、由国防部和中央军委命名的志愿军特等功臣一级战斗英雄行列的第一行第六名。

档案留下烈士籍贯"砀山说"

1995年，安徽砀山县委、县政府考察团成员在朝鲜平壤志愿军展览馆看到"志愿军特等功臣、一级战斗英雄王学风，江苏砀山县人"的信息时（当时江苏砀山已经划归安徽管辖），认为砀山县出了一个特等功臣、一级战斗英雄是当地的骄傲，回去后，就开始在当地查找特等功臣王学风的家人和资料，但党史、民政、档案等部门都没有相关记录。

2005年6月，在安徽省砀山县秘书科党史研究室工作的王东超，得知特等功臣王学风的籍贯迟迟难以确定，就开始寻找王学风的家乡和亲人。他从砀山王姓村庄入手梳理，两年里没找到一点儿英雄王学风生活过的痕迹。他把寻找范围扩大到周边城市，仍然没有结果。

2012年，王东超辗转从中国人民解放军档案馆找到了特等功臣王学风的档案。按照档案记载的地方，王东超走遍了区域内所有村庄，仍没有找到王学风的亲人。此后数年间，他和砀山县有关部门一直不间断地查找王学风家人，还是没有结果。

后来，王东超在砀山县唐寨镇家和村找到了疑似特等功臣王学风侄子的王法顺一家。王法顺介绍，他父母生前说，他的叔叔小时候父母双亡，跟哥嫂生活，后来离家出走。他这个叔叔当时没有大名，只有小名"宝丰"。

有了档案记载和这个线索，中国人民志愿军特等功臣、一级战斗英雄王学风的籍贯"砀山说"后来就流传了开来。

一篇文章引出烈士籍贯"海阳说"

2012年，王东超拿到特等功臣王学风的档案仍找不到他的家乡和亲人时，就在网上发表了一篇名为《归来吧，跨隔世纪和国界的烈士英魂》的文章，希望知情者提供王学风更多的信息。正是这篇文章，引出了特等功臣王学风籍贯之争的"海阳说"——当年，海阳市北城阳村的烈士王学风的侄子王茂磊，从网上看到王东超寻找特等功臣王学风的这篇文章后，立即将文章和照片发给了仍在家乡的四叔王学国。

2018年2月10日，《解放军报》发表了海阳作家于培伟、孙海云和田永杰共同采写的《共和国英雄，哪里才是你的家》，其中记载了当时的情形——

王学国激动地把照片拿给本家叔叔王京伦看，王京伦惊讶地望着王学国问："你在哪儿找到大侄子了？"王学国问叔叔："您说这是不是俺大哥？"王京伦不假思索地说："这就是你大哥，一点儿也没有错。"王学国又将照片拿给堂兄王学水辨认，王学水端详着照片说："是你大哥。你大哥颧骨高，下巴尖，像你妈。"紧接着，王学国又把照片分别拿给村里的二十位老人看，大家一致说照片上的王学风就是北城阳村的王学风。

2017年5月21日，接受我们采访的王学风少年伙伴共八人，这些耄耋老人端详着王学风的照片对我们说，照片上的王学风绝对就是同他们一起长大的王学风。

2017年3月，我们曾在海阳市荣军医院采访了东村街道泽子头村的高成新老人。高成新虽九十岁高龄，但耳聪目明，思维清晰。他说："1952年（此时间可能老人记忆有误——作者注）5月，我在朝鲜战场上见到过王学风。我们俩当年在海阳一起当的兵、受的训，后来分到两个部队。在朝鲜，我们是在两支部队急行军途中偶遇的。当时我激动地搂着王学风说，真没想到能在这里碰上你。王学风也说没想到能在朝鲜战场上碰到海阳老乡……"此外，也是从北城阳村入伍的抗美援朝老战士王新勤1978年回家探亲时，曾亲口对王京义说，入朝作战时，他亲眼见到过王学风。

孙海云是2016年到海阳北城阳村采风时遇到王学国的。得知这位海阳市作家协会主席、摄影协会副主席热心红色文化，王学国就托他帮助查找他的大哥、烈士王学风的下落。

为了查证中国人民志愿军特等功臣、一级战斗英雄王学风的籍贯"砀山说"是否属实，2017年5月，孙海云与于培伟驱车前往安徽省砀山县实地采访。他们找到了王东超，与他一起到当地认定的特等功臣王学风家乡调查，了解到这里的王学风小时候父母双亡，跟随哥嫂生活，是个顽劣少年，后来负气出走，没有大名，只有乳名"宝丰"。他们拿着特等功臣王学风的画像找当地百姓辨认，大家只觉得两人嘴唇有点像。

"我们认为，特等功臣王学风籍贯的'砀山说'除了档案记载外没有任何其他证据，这一说法站不住脚。"孙海云介绍。在这期间，原籍海阳的云南省监狱系统退休干警、志愿军老兵后代张闽回乡时，从他们那里得知了特等功臣王学风籍贯之争问题，也开始参与调查、考证，确认特等功臣王学风就是海阳的烈士王学风，支持中国人民志愿军特等功臣、一级战斗英雄王学风籍贯的"海阳说"。

烟台座谈会聚焦烈士籍贯

2020年10月，中华英烈褒扬事业促进会会员、志愿军烈士后代联谊中心副主任郭玉文应邀加入特等功臣王学风籍贯考证行列。当年10月26日，他在中国人民革命军事博物馆参观"纪念中国人民志愿军抗美援朝出国作战七十周年主题展览"时，发现烈士王学风的籍贯仍然标注为"安徽砀山"，就留言"海阳说"有据可查，建议查证。随后，中国人民革命军事博物馆专栏编辑与郭玉文建立了联系，希望他能提供相关证据。

据介绍，在烈士王学风"海阳说"支持者的努力下，退役军人事务部让安徽省和山东省各自收集证据，提报材料。随后，安徽省和宿州市及砀山县迅速收集材料，在国家没有正式定论前，抢先在砀山县建起了特等功臣王学风英雄纪念馆，举办了王学风事迹展，为王学风塑造了英雄铜像；安徽省退役军人事务厅也上报退役军人事务部，肯定特等功臣王学风籍贯的"砀山说"。

在此情况下，张闽直接投书致函退役军人事务部领导，要求就特等功臣王学风籍贯问题进行查证落实；郭玉文则将相关材料提交中华英烈褒扬事业促进会和中国战略与管理研究会志愿军研究会（志愿军烈士后代联谊中心），希望其协助提交相关材料，对特等功臣王学风的籍贯做出可靠认定。

为了全面搜集整理特等功臣王学风籍贯"海阳说"的相关材料，志愿军烈士王学风原籍查证座谈会在烟台举办时，邀请了本报记者参加，本报记者现场了解了相关情况。

烈士籍贯"海阳说"有人证物证

"特等功臣王学风的'砀山说'，除了抗美援朝纪念馆和档案记载，当地没有任何证据支持。那里的'王学风'小时候是个顽劣少年，离家出走时只有一个乳名'宝丰'，村民看到特等功臣王学风的画像，只觉得他的嘴唇与他们那里的'宝丰'有点像。"孙海云在座谈会上介绍，"而海阳的烈士王学风，不仅有亲人和村民、战友的指认，家里还有烈士证书等资料，虽然目前还有一些证据缺失，但也能证明特等功臣王学风就是这位海阳烈士。"

海阳烈士王学风1926年出生于北城阳村人，十五岁以前主要以放猪、放羊为生，1941年被当时的海阳县盘石区党组织负责人王鉴溪看好，接收他为通信员。1942年夏天，十六岁的王学风正式参军入伍。据海阳档案馆记载，他入伍时为海阳独立营战士，后调入胶东军分区（东海军分区）特务连，常在烟台和文登一带活动。

在这次座谈会上，孙海云和于培伟介绍，他们查证特等功臣王学风籍贯时，虽然留下了不少受访者的签字和手印，但也有些是代笔，没有当事人的签字或手印、印章。

"1958年，民政部门向海阳王学风的父亲王京义颁发了烈士证书。上书：'王学风同志，在抗日战争中牺牲，被评定为烈士。'王京义手捧儿子的烈士证书，老泪纵横，双手颤抖。激动过后，他对儿子牺牲的年限存有质疑，因为本村当兵的王保山、王保义在1943年、1944年和1945年分别在济南和招远及牙前县见过王学风；1944年他还托人向家里要过钱，说要参加学习；1948年他还从辽宁锦州往家里捎过棉花，并附书信一封，信中的笔迹也系儿子所写，可惜那封信后来被他们烧了。"于培伟说，1985年，王学风的父亲王京义满怀遗憾地离开了这个世界。临终前，他把寻找大儿子王学风的任务交给了四儿子王学国。目前，王学国手里还有2015年省民政厅重新颁发的王学风烈士证书；在他父亲留下的地契边角，写有"大儿一二〇、三五八"字样，而这正是特等功臣王学风烈士的部队番号。

"目前，海阳王学风的疑点是1958年家里接到了他1942年牺牲的烈士证书，推测是他从海阳独立营转为正规部队后被疑为失踪。"远在云南的张闻分析，"胶东军区成立后，海阳王学风所在的海阳独立营划入第一军分区，也就是东海军分区。抗战胜利后，东海军分区奉命派了一个连护送先遣支队到东北执行特殊任务，后来因故改编为警察部队，王学风应该就在其中。估计当时为了保密，他们填写档案时就填了假籍贯，这才有了1942年牺牲和后来的籍贯砀山说法。"

"让烈士安息是我们最大的心愿"

"目前，特等功臣王学风籍贯'砀山说'的唯一支持就是档案和碑刻。如果档案准确,为什么一直找不到他的家人?"张闽告诉记者,战争年代,很多部队的档案不健全,包括王学风所在团的团长于承光,后来家人也找不到他的下落,最后是跟海阳王学风的家人一年得到了烈士证书。从这点来看,特等功臣王学风的档案出现问题也就不足为奇了,而且有些证书和资料将其名字写成了"王学凤",类似的问题在当年部队中很常见。

在座谈会上,与会人员分析,特等功臣王学风的籍贯被写成砀山有以下几种原因:一是王学风参军后一直执行特殊任务,党组织为了保护其家人免遭不测,故意让其使用假籍贯;二是王学风到东北当警察时,为了保护自己故意填写了个假籍贯;三是在抗美援朝战争供给严重短缺,有些战士饥寒难耐,有时会将牺牲战友的衣服扒下来穿在自己的身上,战后根据衣帽所记录的地址进行登记,就会将烈士真正的籍贯写错。以上这些情况,在战争年代的特殊情形下经常出现。

"2018年,我们前往中国人民解放军档案馆采访时,档案管理人员曾对我们说:以前,普通战士是没有档案的。一些英雄的档案,都是在英雄牺牲后才整理的。由此可见,这些档案并非由英雄本人填写,出现错误在所难免。"于培伟说,这包括一些报道将特等功臣王学风的牺牲时间由1951年误写为1953年。

"我们村六十多年前做了一本《烈士谱》,上面记载了三十五名革命烈士,详细记录了每名烈士的姓名、性别、职务、牺牲地点、牺牲时间等信息,而王学风烈士的名字下面,却是一片空白……"海阳市北城阳村村委代表王学敏介绍,他们村是一块红色热土,当年为了保家卫国,很多人参军参战,所以才涌现出这么多革命烈士,能出现特等功臣王学风这样的烈士一点也不奇怪。

"其实,2018年7月9日,海阳市民政局出具的证明就显示,特等功臣、一级战斗英雄王学风的出生地应为海阳北城阳村。"张闽介绍,只是由于后续的工作还没有跟上,国家有关部门也就没有对此做出定论。

"根据目前的情况和证据，我们认定特等功臣、一级战斗英雄王学风的籍贯是海阳，他就是海阳人。"中华英烈褒扬事业促进会理事、志愿军烈士后代联谊中心主任邓其平听取情况后认为，特等功臣王学风籍贯的"砀山说"，除了有档案记载外缺乏其他证据支持，而"海阳说"有人证和物证，真实可靠。

在座的烟台市退役军人事务局和烟台市司法局有关人员对此也表示认同。与会者表示，他们将进一步整理材料，尽快上报有关部门，要求对特等功臣王学风的籍贯重新认定，以早日让烈士安息，让烈士家人得到慰藉。

（2021-2-2 《烟台日报》）

第十章
邓云宝收藏红色文物"感动山东"

　　邓云宝的父亲邓清禄是早期的胶东区地下党员，老人临终前，将自己精心保存的一些革命文物交给了他，一再叮嘱，这是父辈们用鲜血和汗水饱尝这场战争之苦换来的，要用这些文物教育激励后人珍惜今天的幸福、和平。

　　父亲的嘱托激发了邓云宝红色文物收藏的热忱。在随后的一生中，这位革命后代就痴心于收藏红色文物，最后收藏到数万件，并在各地多次进行义务展览，为此获得了"感动烟台""感动山东"人物称号。

　　2004年7月，作为烟台日报社的记者，我了解到邓云宝收藏红色文物的事迹后，就开始跟踪采访报道，先后发表了《小屋藏着"革命军事博物馆"》《一个人和万件红色文物》《邓云宝：此生心系红色革命文物》《邓云宝红色文物展落户招远》《邓云宝上榜"中国网事·感动山东"网络人物》等数十篇报道，见证了邓云宝和他的红色收藏事业的发展历程，也与他结下了深厚的友谊，两人成为忘年交。

　　不幸的是，2017年9月3日，就在中国抗日战争胜利纪念日暨世界反法西斯战争胜利七十二周年的纪念日，邓云宝在小屋整理文物时，突发脑出血不幸去世。

　　在六十七年中，邓云宝历尽沧桑，无怨无悔，痴心不改，以一己之躯，穷尽所有，收集数万件红色文物，最后献上了自己的生命，堪为呕心沥血，死而后已。

　　获悉邓云宝去世的消息，在赶往殡仪馆探望他的路上，我想到几句话，写下来为他送行——

> 亲朋好友皆含泪，
> 天若有情天亦悲。
> 红色收藏几十年，
> 感动中华亿万人。

小屋藏着"革命军事博物馆"

邓云宝收藏革命文物一万多件

当你看到"N4A"字样时，也许猜不到它的意思，但如果说它是"新四军"的臂章，你可能就会恍然大悟。2004年7月11日，记者在芝罘区四间不起眼的小屋里就看到了这枚臂章以及一万一千多件革命军事文物，这都是烟台群艺书苑的邓云宝的收藏品。

在邓云宝的收藏室，记者看到两间平房和两间小棚里堆积着数不清的文物，因没地方摆放，这些文物一件一件地摞起来，很多都无法拿出来看。

今年五十四岁的邓云宝如数家珍地向记者介绍：这是1932年川陕省苏维埃政府工农银行发行的布钱，这是1935年10月的苏区征粮券，这是解放战争时民工支前的木制车轱辘，等等。

据邓云宝介绍，他的藏品包括中国革命各个时期的军衔、帽徽、军帽、腰带、水壶、挎包、干粮袋、冲锋号、枪套，以及文件、奖状、地图、书籍等，四间小房子简直成了中国革命军事博物馆。

(2004-7-12《烟台晚报》)

日本画报自曝日军侵华史实

2004年8月15日是日本投降纪念日，烟台一位民间收藏家向本报提供报料，他收藏了四本日本朝日新闻社编辑的画报及其增刊，日本战地文字记者和摄影记者用自己的笔和照相机详细记录了日本侵华的脚步。

小屋藏着"军事博物馆"

时间的江河滚滚，涤荡了多少往事！然而，十四年抗战却一直不能从中国人的记忆中湮灭，日本军国主义蹂躏中国的那段屈辱悲惨往事又岂是时间能冲刷掉的？就在日本宣布投降、中国抗日战争胜利五十九周年前夕，记者在一位烟台市民的收藏品中看到了日军侵华的又一罪证——日本朝日新闻社当年编辑、出版的画报和增刊——正是日本人自己编辑的这些画报，曝光了他们的侵华史实。

在烟台南郊有两间不起眼的小屋，小屋旁边搭建了一个棚子，这就是烟台群艺书苑邓云宝的"藏宝室"——这里原来是他儿子结婚的房子，因为邓云宝的收藏品挤占了大部分地方，两个年轻人只好搬回去跟父母住在一起。

二十世纪三十年代，邓云宝的父亲成为中国共产党的地下工作者，在胶东马石山惨案中幸免于难，解放战争时参加了淮海战役和渡江战役，中华人民共和国成立后去世。临终前，父亲留下一面党旗、一本党的"七大"小册子和一个立功证，嘱咐老邓把这些革命文物收藏好，教育后代不忘历史。在父亲的感染下，1950年出生的邓云宝从二十世纪六十年代开始收集红色文物，四十多年来攒下了一万多件。

邓云宝1969年参军，后来从事公安和企业保卫工作，2000年从一家企业"内退"，和几个志同道合的朋友办了个群艺书苑，现在一心扑在自己的文物事业上。

一走进邓云宝的"藏宝室"，满眼全是文物：革命先烈的书信、文件、奖章、奖状和革命军队各个历史时期的徽章、军帽、水壶、挎包、地图，以及日本侵华暴行的铁证——铸有"天皇"两字的日军指挥刀、在战场上被烧掉一角的日本军旗、日本军人的步枪刺刀和四本朝日新闻社编辑的画报及其增刊等。

日寇用过的战刀是邓云宝在吉林省白山市购得的。这把钢制战刀刀柄上刻有"天皇"字样，长约一米，刀柄顶端已经破损，战刀刀身通体已锈成暗红色，刀鞘已经斑驳。另有一把刺刀，长约六十三厘米，也是浑身锈迹。那面在战场上被烧掉一角的日本军旗，是邓云宝从齐齐哈尔寻来的。

日军画报记载其侵华全程

邓云宝介绍，这些日军画报还是第一次向外人展示。画报是他早年从别人手里买来的，其中一本是当地群众在日军撤退后的营房里捡到的。二十世纪七十年代，他在黑龙江工作时出高价买了来。一位日本人听说他有这些画报，曾提出要高价购买，被他坚决拒绝了。他说，这不是价钱的问题——现在日本国内很多人都在否认侵华历史，这些画册都是日军侵华的铁证，一旦回到他们手里，那还了得？！

邓云宝手里的四本画报是日本朝日新闻社编辑发行的战地杂志，刊登的都是日本随军战地记者的文字报道和特派员拍摄的战地照片，其中照片居多。画报内容是用日文印刷的，内容涉及日军侵占南京、山东、安徽及海南岛的战况战事，有关于台儿庄、汉水战役及南京围攻战的报道，有《蒋介石抗战"循环战法"》的报道。照片有日军攻占南京、汉口、大别山、海南岛的战地实景，照片中的日军士兵或者正在战前训练，或者正攻打某地，或者是他们进城的情景，个个荷枪实弹。

所过城市全被其侵占

画报上还刊登了《山东战线要图》和《南京附近要图》，在日军占领的城市位置都插上了日本旗，并清楚地标注着日军侵占的时间。

在《山东战线要图》上，沿胶济线、津浦线两条铁路，日军先后侵占了各个城市。从这一地图上看，山东大部分都已沦陷到日军的铁蹄下。

在《南京附近要图》上，南京的各个城门和重要地点也都插满了日本旗，明确标记着侵占时间。

在一篇日军攻打南京的战地日记中，有中华西门被炸塌的照片，有日军在城门欢呼的场面，有日本军旗飘扬在"国民政府"四个大字的拱门上方的情景，有日军阅兵式的场面，有一万五千多名被俘中国军人的照片。南京中央军官学校讲堂前孙中山的塑像仍然高高耸立，但他看到的却不再是国民政府的军官，而是侵华日军。

《海南岛战线要图》上标注的海南岛南部沿海城市也布满日本旗。正文有海南岛南端"崖县扫荡战"的大量图片、文字报道，其中一幅照片上是几名日军围站在一起指手画脚，一名日军正挥舞着铁锹用土掩埋土坑，已经快要填平了，旁边的日文说明写着"埋葬残敌遗骸"。

日寇枪下的"亲善合作"

在一本画报第16、17页的《江南新春》里有几幅"歌舞升平"的景象，但西湖美景中只有日本军人的身影和一座炸断的铁桥；在一条游船上划船的也是一名日军，没有一个中国百姓的影子。

有一幅照片记下了这样一个场景：在一间纺织工厂里，纺织机一边是埋头做工的中国女工，另一边端坐着一个日本士兵，身穿军装，肩上挎一把长枪。工厂四周站着多名拿枪监视的日本士兵，照片旁边印有"亲善合作"字样。

另一本画报里的《上海浦东罢工事件》，报道了"英商纶昌纺织华人工人罢工事件"。为了让工人复工，照片上的布告说参加复工会议的可以得到"车马费"和"饭票"，不参加就得不到。

邓云宝说，凭这些物证就可以证明日本当年侵华的历史。他打算开一个军事历史博物馆，让中国人牢记日本当年是怎么侵华的，让日本人无法抹杀这段历史。

（2004-8-16《烟台晚报》）

2004年7月到2005年5月，《烟台晚报》先后四次报道了红色文物收藏者邓云宝收藏革命文物的情况，他的一万多件红色文物即将于2005年8月在"革命之路·红色文物展"上亮相——

一个人和万件红色文物

在纪念抗日战争胜利六十周年之际，我们能有机会通过一幅幅照片、一件件实物回顾中国革命坎坷曲折的历史，都是因为一位看似普通、实则不凡的市民邓云宝。一万件文物，即使逐件清点，也是一个浩瀚的数字，更何况是一件件从各地搜集；多少个时日多少里路，即使年轻力壮，也是二万五千里长征，更何况一个人两条腿孤军奋战；有情赠送无义卖，即使一件一点点钱，加起来也是一笔巨款，更何况两手空空只拿着退休金。

一个嘱托成为毕生的追求

邓云宝的父亲是中国共产党的地下工作者，临终前留下一面党旗、一本党的"七大"小册子和一个立功证，引起了邓云宝收藏革命文物的念头。1950年出生的邓云宝从二十世纪六十年代开始收集革命文物，四十多年来攒下一万多件。

为了搜集这些文物，邓云宝到临沂、莱芜等革命老区寻访老党员、老军人、老民兵，饿了啃几口干粮，渴了喝几口凉水，夜里住最便宜的旅店。许多人被他感动，主动向他提供线索，或者把自己珍藏的革命文物送给他。即使如此，收藏文物还是耗费了邓云宝不少钱，甚至包括为儿子准备的结婚钱，而这他都瞒着老伴。搜集的文物太多，一箱子一箱子没有地方放，邓云宝最后都放到了儿子准备结婚的两间小屋里，挤得儿子、儿媳妇只好搬回去跟他们住在一起。

2000年，邓云宝从企业内部退养后开始整理这些文物，希望能让更多的人从中看到渐渐远去的那段历史。通过本报四次报道，社会各界知道了他的心愿，许多人向他伸出了援助之手，有的要资助他，有的要为他提供场地展览，有的要为他包装文物。最终，他与烟台国际会展中心联手，经过一个多月的紧张筹备，终于开办了这次"革命之路·红色文物展"。

一个展览浓缩一段历史

这次经过精心准备的展览分为八个部分。

第一部分为各革命时期的领袖人像、革命先驱人像、照片、图片。

第二部分为各革命时期中国共产党的入党誓词、党员标准，包括土地革命时期、抗日战争时期、解放战争时期、中华人民共和国成立初期的入党誓词。

第三部分为各革命时期人民武装的旗帜、军徽、军帽及装备，包括军用水壶、军号、子弹袋、枪套、刀枪等物品，其中军帽、军服及其他装备就达上千件。

第四部分为各革命时期共产党及其军队的文件、资料、票证、纪念证章，包括立功奖状、喜报和军、烈属的证明书等二百多件，锦旗、勋章、纪念章等三千多枚。

第五部分为中国人民浴血抗战史实，包括《朝日新闻》画报描述的日军侵略中国的种种罪行。

第六部分为建国初期共产党及其军队的宣传图片，包括二十世纪六十年代的宣传图片近百张、抗美援朝战争宣传图片五十张。

　　第七部分为中国人民抗日救亡舆情和人民战争的军事形势图，包括1936年上海进步组织发行的《救亡情报》放大版、从红军长征到三大战役时期的军事形势图三十张。

　　第八部分为各时期出版的不用版本的毛主席著作和毛主席像章。

　　军服、军帽是一支军队和一个国家实力的象征。邓云宝收藏的军帽包括"八一"南昌起义时的大檐帽、红军的八角帽、八路军和新四军军帽等。南昌起义部队的军服颜色是灰色，军官服装样式为列宁服，士兵服装样式为贴身兜服，官兵都戴大檐帽。八路军的军服、军帽基本上是黄绿色的；新四军穿灰色军服，戴灰色军帽，军帽为圆筒便帽，帽前钉上下两个纽扣。国共两党合作时，每顶军帽缀国民党军徽一枚。解放战争时期，解放军的军服、军帽由各野战军自筹自制，服装颜色不一。

　　革命军队的发展历程，在这里也通过各种物品反映了出来。

　　1927年"八一"南昌起义和秋收起义时的"中国工农革命军"，指战员以系在颈上的红领巾为识别标志。1928年到1937年土地革命战争时期为"中国工农红军"，以八角帽上缀钉布制红五星和衣领上的红领章为识别红军官兵的标志。1937年到1945年战争时期，红军主力部队改编为国民革命军陆军第八路军（后又称第十八集团军），以其左臂上的深蓝色臂章为标志，正面为"八路"两字，下端标记佩用年、月，背面有"十八GA"字样，即十八集团军的英文缩写；留在南方八省边界十三个地区的红军游击队，改编为国民革命军陆军新编第四军，以其左臂上的深蓝色臂章为标志，正面为"N4A"三字，即新四军的英文缩写，背面为部队番号及佩带者姓名、职务等。1946年1月到1948年1月解放战争时期，东北野战军的前身为东北民主联军，其标志为白底红字的胸章，正面为"东北民主联军"，背面为部队番号、职务、姓名等。1949年2月到1955年10月解放战争后期到中华人民共和国成立初期为"中国人民解放军"，帽徽为"八一"红五星，左前胸为白细布底黑字的胸章，正面背面为部队番号、职务、姓名等。

　　中国人民解放军在1950年统一了全军军服，随后五十多年改革了十一次，最主要的有五次，即"五五式""六五式""八五式""八七式"和"〇五式"。

一件件文物再现历史

　　邓云宝收藏的日军画报是日本朝日新闻社编辑发行的战地杂志，刊登的都是日本随军战地记者的文字报道和特派员拍摄的战地照片，包括日军占领我国南京、济南、曲阜、泰安、杭州、黄河大桥等地的大量图片，其中侵略山东的图片有六十八张。这些画报是邓云宝早年在黑龙江工作时从别人手里买来的，其中一本是当地群众在日军撤退后的营房里捡到的。

话筒虽小会说话，八路大哥威风大。喊得两腿直发抖，说的全是心窝话。要想活命跟着走，要想回家枪放下。当初俺是抓丁来，家乡还有俺老妈。我们都是受苦人，和八路大哥是一家。调转枪口共对敌，艰难险阻俺不怕。杀敌立功喜报传，乐坏了乡亲，乐坏了妈。

一个抗日战争时期的人民军队瓦解敌军用的喊话筒，让我们看到了当年战争的可调和性，许多伪军甚至日军就是因此被瓦解过来的。

男人去支前，女人忙纺线。为了打胜仗，再苦心也甜。军队打胜仗，人民是靠山。纺线织布为的是子弟兵多打胜仗，俺老百姓才能保住家和田。

一架昆嵛山革命根据地老百姓在抗日战争、解放战争时期给部队纺花制衣用的纺花车已经破旧了，但却凝聚了胶东解放区人民对子弟兵的一片深情。

高粱红呀谷子黄，不忘亲人在前方。他为杀敌挂了花，他的事迹遍地扬。担架抬上咱亲人，轻抬轻放喂热汤。人民军队爱人民，军民情谊深又长。

一副胶东担运七团六营使用过的担架，成为当年全民皆兵的最好注释，这首歌谣是胶东人民对子弟兵热爱的真实写照。在抗日战争和解放战争中，"一切为了前线，一切为了胜利"，胶东人民展开了规模巨大的支前运动，要人有人，要物有物，部队打到哪里，老百姓就支援到哪里。

（2005-8-11《烟台晚报》）

收藏是当今社会的一种时尚，有人收藏字画，有人收藏瓷器；有人为了鉴赏，有人为了增值。在烟台，却有这样一个人，四十多年历尽艰辛，耗尽家财，甚至差点丢掉性命，收藏革命文物一万余件并免费义展，他收藏的红色文物和他的收藏故事感动了成千上万的人，他就是"2005年—2006年感动烟台双年度人物"邓云宝。

2011年7月9日，记者采访了这位"感动烟台"的红色文物收藏家。

邓云宝：此生心系红色文物

从去年5月至今，烟台市芝罘区毓璜顶街道办事处办起了一个"红色博物馆"。邓云宝提供的上千件红色文物，一年来吸引了来自中央和省市各级领导及各地军人、学生等上万人参观，这些文物让人们重温了革命前辈为中华人民共和国的成立走过的足迹。

革命父亲播下红色收藏种子

二十世纪六十年代初，邓云宝的父亲邓清禄把自己珍藏多年的立功证、奖章和当年发展地下党员时的一面作坊粗布做的、已经褪了色的党旗等十几件革命文物交给邓云宝保管。邓清禄早在二十世纪三十年代就加入了共产党，开始从事党的秘密地下工作，在1942年的马石山惨案中幸免于难，后来还参加过淮海战役和渡江战役。虽然父亲把那些文物交给邓云宝时他只有十四五岁，但父亲的信任还是在邓云宝幼小的心灵刻下了难忘的记忆，埋下了他日后收藏红色文物的种子。

1969年高中毕业后，邓云宝参军到徐州，发现一些"老八路"到部队上传统课时把当年的见证物拿出来展示，教育效果非常好，这一下子触动了他的红色收藏梦。

1971年，邓云宝的父亲去世时，他参军在外没能回去看父亲最后一眼。家人后来告诉邓云宝，父亲临终时还叮嘱他好好保存那些文物，说那是他们用鲜血和生命推翻旧社会、建立中华人民共和国的历史见证，这更让邓云宝坚定了收藏红色文物的信念。

邓云宝在部队里常到老首长家里，看到他们珍藏的战争年代的书信、奖章奖状和一些军用品，就跟他们说出了自己的心愿，很多首长和战友就把自己珍藏的红色文物赠送给他。首长和战友们的无私和信任给了邓云宝动力和压力，他开始利用各种外出机会四处"觅宝"。

在部队里，邓云宝常出去给部队买菜，认识了一位卖菜的大姐。大姐说她父亲是"老八路"，家里有军用腰带、喊话筒、送信袋，还有一把日本鬼子的指挥刀，邓云宝就恳求她带几件给自己，但那位大姐三番五次"失约"。无奈之际，邓云宝就去了她家里，向她父亲表明了心愿。感动之余，"老八路"把自己珍藏的六件八路军用品、一份"国共合作奖状"和一面侵华日军国旗、一把日本军官指挥刀交给了邓云宝。

为了收藏他几乎倾家荡产

1981年8月，邓云宝转业到黑龙江省佳木斯林业地区公安局，有了更多深入基层的机会，也有了更多收集红色文物的机会。这期间，他搜集到很多各个革命时期的红色文物，其中包括东北抗日联军赵尚志部队戴过的棉帽、用过的子弹袋和绑腿，另外还有四本1937年日本朝日新闻社出版的画报。

1987年11月，邓云宝调到烟台石油集团公司后，仍然利用各种机会收集红色文物。

到2001年底，邓云宝已经收藏了八千多件红色文物。人都爱给自己定目标，当时邓云宝就给自己定下了收藏一万件红色文物的奋斗目标。

为了达到这个目标，邓云宝背着家人向单位申请内退，买断了工龄，这样就有了充足的时间和资金。他跑到临沂、莱芜等革命老区寻访老党员、老军人、老民兵，饿了啃几口干粮，渴了喝几口凉水，夜里找最便宜的旅店住。很多老军人被他的精神感动，就无偿地把自己珍藏的红色文物送给他。

在沂蒙老区，因多日奔波，邓云宝旧伤复发，加上山路崎岖，后来迷了路，又饥又渴，最后晕倒在山路上。醒来后，他发现自己躺在老乡的炕上，才知道是被看山的老史看到后背下山的。听说邓云宝是为了收集革命文物晕倒的，老史便像当年照顾八路军伤员一样，端出鸡汤面，悉心照顾邓云宝。临别时，他还把家里珍藏的一套军装和臂章送给邓云宝。

邓云宝收藏的文物太多了，不仅花了儿子准备结婚的钱，还把儿子结婚的新房也占了。为了方便收集文物，邓云宝后来干脆搬到儿子单位分给他结婚用的两间小平房去，并在门口搭建了棚子，用来放文物藏品。

万件文物背后是万个故事

到2002年底，邓云宝收藏的红色文物超过了一万件，其中有各革命时期的领袖人像、革命先驱像以及中国共产党的入党誓词、党员标准；有各革命时期人民武装的旗帜、军服、军衔、军徽、军帽及装备以及文件、资料、票证、纪念章；有各革命战争时期人民军队、支前民工用过的钢炮、担架等；有建国初期共产党及军队的宣传图片；还有日军侵华期间的大量物证，包括罕见的《救亡情报》，等等。

万件文物背后有上万个故事，这些文物记录了那段血与火的历史。

　　一把日军侵华时用的指挥刀曾沾满中国人民的鲜血，它是日本侵华的铁证；一副当时非常先进的担架是解放军从国民党军队缴获的，曾帮助抢救了无数战士的生命；一辆支前的木制独轮小推车，是胶东子弟兵满载军粮弹药从胶东半岛推到江淮平原的，保证了解放军的物资供应；一双千层底的鞋底是一位妇女为在前线打鬼子的丈夫纳的，纳到一半，她收到丈夫为国捐躯的消息，悲痛之下，她把针插在鞋底上，留下了一双没有纳完的鞋底……

　　曾经有一名在大连外国语学院工作的日本教授，听说邓云宝有四本日本画报，就在翻译带领下找到了邓云宝，想买回去。他看邓云宝家里条件不好，以为只有给钱邓云宝就能卖。开始出价每本四万元，邓云宝不卖；八万元，邓云宝不卖；十万元，邓云宝还是不卖！弄得翻译都急眼了，说邓云宝傻。

　　邓云宝告诉他，就是每本一百万他也不卖！这四本日本画报是日寇自己出具的侵华证据，他不能让他们拿回去销毁了！

他的收藏故事感动了烟台

　　邓云宝收集文物不是为了赚钱，是为了教育后人、激励后人的，为了让后人记住今天的幸福生活是先烈们用鲜血和生命换来的。

　　从1998年开始，邓云宝开始把自己收集的红色文物分类整理，到一些社区、部队和学校义务展览，一件件红色文物背后的故事让很多人深受教育，也引来了社会的关注和媒体的报道。

　　2004年7月，记者以《小屋藏着"革命军事博物馆"》为题报道了他收藏红色文物的事迹后，很多单位表示愿意为他提供场地展出，邓云宝的这些红色文物先后在烟台山社区、烟台少儿图书馆等地方展出，免费供市民和游客参观。2005年，为了纪念抗日战争胜利六十周年，烟台国际会展中心向邓云宝提供一千多平方米的展馆，使他成功举办了"革命之路·红色文物展"。

在这次展览期间，两位来自牟平的客人送给邓云宝一面锦旗，上书"红色之路觅亲人，激励后人不忘本"。送锦旗的人是当年牟平有名的"民兵英雄""爆炸大王"刘元宪的后人。由于时间的流逝，特别是当年"文革"期间，刘元宪的物品基本遗失，家里连一张照片都没有留下。他的后人参观展览时，意外地看到邓云宝收藏的刘元宪的文物，感激之情难以言表，就送给他这面锦旗表达谢意。

在长达一年的"革命之路·红色文物展"期间，共有全国各地的数万观众免费前往参观，他们给邓云宝留下了很多感谢信、留言和锦旗，还有不少革命后代在这里看到了他们先辈的革命足迹，感动之余，将家中收藏的红色革命文物无偿送给邓云宝。

山东大学教授、社会学家张景芬博士看了邓云宝的红色文物展览后，曾在留言簿上写道："红色文物收藏家邓云宝所展示的洋洋万余件红色文物，涵盖了我党我军各个历史时期，形成了一条系统明晰的历史脉线，是一部中国革命史的'百科全书'。瞻望万件革命文物，无声胜有声，她让我们学会牢记历

史，承担强我中华的责任。"

随着各新闻媒体不断关注邓云宝的红色文物收藏事业，越来越多的人知道了他的事情，都被他的收藏故事所感动。2006年年底，烟台人民评选邓云宝为"2005—2006感动烟台双年度人物"，表示对他收藏红色文物的肯定，让他感到了莫大的欣慰。

收藏让他总结出胶东革命精神

"在战争时期，山东人民特别是胶东党组织和人民对中国革命的贡献有'四多'：支前贡献多、南下干部多、北征将士多、革命烈士多。"邓云宝告诉记者，"这'四多'背后，是由四种革命精神支撑着的。"

作为一位收藏家，邓云宝并没有仅仅满足于收藏上。2009年，在烟台市胶东红色文化研讨会上，作为唯一一位民间代表，邓云宝在会上做了"展示红色文物，传承胶东精神"的发言。他从自己的收藏中总结出了胶东革命四种精神，获得了与会代表的赞同。随后，这篇报告全文发表在2010年第二期《烟台社会科学》上，引起了很大反响。

邓云宝总结出的胶东革命四种精神是——

第一，"苦菜花"精神——知难不畏，坚韧不拔。胶东大地上的苦菜花是千千万万胶东人无惧无畏、百折不挠的写真。1935年的"一·一四"暴动失败后，以中共胶东特委书记张连珠为首的大批共产党人和革命群众惨遭屠戮，于得水带领的二十七人游击队坚持战斗，成为抗战后天福山起义的主要力量，在雷神庙战斗中打响了胶东抗日第一枪，这也是中国人民解放军著名的二十七集团军前身。

第二，"地雷战"精神——机智勇敢，不屈不挠。抗战时期，海阳地雷战中涌现出的全国民兵英雄、"爆炸大王"赵守福、于化虎、孙玉敏等人身上都体现了胶东人民机智勇敢、不屈不挠的伟大民族精神。

第三，"铁军"精神——英勇顽强，敢于牺牲。在今天的中国人民解放军战斗序列里，二十六、二十七、三十、三十一集团军均出自胶东部队。这几支"铁军"历尽战火锤炼，从中涌现出二百多位共和国将军和大批英雄模范。其中的二十七军前身是二十七人的昆嵛山游击队，参加天福山起义后，经过雷神庙战斗的洗礼，成为一支不可战胜的力量。长沙堡大战日寇，任常伦威震敌胆；孟良崮强阻整编七十四师，歼灭国民党"王牌军"；济南城头杀声起，攻克顽垒夺头功；横渡长江敢争先，残敌败寇莫能挡；南京路上好八连，军纪严明众口传；清津湖畔克美军，一战扬名天下知。

第四，"支前"精神——团结一致，无私奉献。陈毅当年曾说过："淮海战役之胜利是胶东人民用小车推出来的。"翻身农民不忘共产党。为了解放全中国，1947年土地改革后的胶东农民组织了大规模的民工支前队伍，横越山东全境，席卷黄淮平原，部队打到哪里给养就送到哪里。

记者问邓云宝将来他去世后这些文物怎么办，邓云宝说这些文物都是人民的，他死后要全部捐献给国家，让更多的人受到激励和教育。

"有人说，收藏记忆是对历史的尊重，我苦苦收藏的正是整个红色革命的光辉记忆！"邓云宝告诉记者，"作为一个革命后代，一名共产党员，我执著奋斗了四十多年，收集、整理、展示革命文物，保存先辈们的革命遗存，为的就是继承先辈遗志，传承革命精神！"

作为一个革命后代，作为一名共产党员，邓云宝没有辜负父亲的临终嘱托，没有辜负党的培养教育，他收藏的红色文物和他的收藏故事都在感动着我们。

（2011-7-10《烟台日报》）

邓云宝红色文物展落户招远

当年"感动烟台人物"继续感动烟台

就在2013年"七一"前夕，感动烟台双年(2005—2006)人物、红色文物收藏家邓云宝在招远市玲珑镇欧家夼村举办的"革命之路红色文物展览"免费开放了。

这个展览的展区是欧家夼村在废弃厂房的基础上改建的，总面积达三千多平方米，分为中国共产党成立展厅、胶东革命史展厅、抗日战争史展厅、人民军队系列展厅、文革厅、社会主义建设与改革开放厅、英模厅等，陈列文物

一万多件套，成为目前国内规模较大、展品较丰富、历史年代跨度较广的近代革命史场馆。

2004年7月，一个偶然的机会，记者走进邓云宝收藏万件红色文物的小屋，至今九年间，一直跟踪采访邓云宝的红色收藏事业，先后发表了《小屋藏着"革命军事博物馆"》《日本画报记录日军侵华》《烟啤55年前与解放军合作》《小证章记载艰难革命史》等数十篇报道，见证了邓云宝和他的红色收藏事业的发展历程。为了收藏这些文物，邓云宝几乎跑遍了胶东革命老区，行程数万公里，几次遇险，险些失去宝贵的生命。为收藏这些文物，他辞去工作，甚至连儿子结婚的钱也挪用了。

从1998年开始，邓云宝把自己收集到的上万件红色文物分类整理，先后在烟台少儿图书馆、国际会馆、烟台社区、山东省军区军史馆举办了几十场小型文物展览。2005年，他在烟台市国际会展中心举办的名为"革命之路"大型义展持续多年，受教育群众多达数万余人。他的事迹曾被众多媒体报道。邓云宝收藏的这些文物记录了中国革命的历史，是对当代人、后来人进行革命传统教育生动的教科书，其收藏的文物及收藏背后的故事深深地感动着人们。

2006年12月，邓云宝凭借四十余年收藏红色文物的义举，获得了"感动烟台双年(2005—2006)人物"称号。

（2013-7-8《今晨6点》）

红色收藏家邓云宝上了央视

曾获"感动烟台双年(2005—2006)人物"称号

"在山东招远的欧家夼村，有一座占地三千平方米的展览馆，里面陈列着上万件我军在各个历史时期留下的珍贵文物，而这些文物的收藏者是一位退伍老兵。来，认识一下他——"2013年8月1日早晨6点50分，中央电视台新闻频道朝闻天下栏目女主持人这段开场白，把当年由烟台日报传媒集团组织评选出的感动烟台双年(2005—2006)人物、红色文物收藏家邓云宝收藏上万件红色文物的事迹介绍给了全国甚至全世界的观众。

　　早在2004年7月，记者就报道过邓云宝收藏革命历史文物的事迹，并在随后的几年里一直对他进行追踪报道。今年6月，招远市欧家夼村村委帮助邓云宝建起了一个专门的展览馆，用来展览他收藏的红色文物。

　　建军节前夕，中央电视台的记者获悉邓云宝收藏革命文物的事迹，特地赶到展览馆进行了采访。昨天上午，在朝闻天下栏目"咱当兵的人"专题里，以"邓云宝：六旬老兵的红色收藏"为题对此做了报道。

（2013－8－2《今晨6点》）

邓云宝登上"感动山东"人物榜

烟台红色收藏家收藏万件革命文物

"红色基因,变成一种近乎痴迷的行动。四十年收藏,上万件文物,只为保存一代人共同的红色记忆和精神见证。一颗红色种子,让历史重新鲜活,让责任代代传承。"这是"中国网事·感动山东"网络人物邓云宝获奖的颁奖词。

2013年12月18日,"中国网事·感动山东"2013年度网络人物颁奖典礼在山东大厦举行,包括我市感动烟台人物、红色收藏家邓云宝在内的十大网络人物获奖。据悉,部分先进典型将由新华网山东频道推送至"中国网事"评选组委会,参加"中国网事"年度评选。

1950年,邓云宝出生于一个革命家庭,因为父亲临终嘱托萌发了长大后收藏革命文物的想法,历经四十余年收藏了上万件革命军队在各个历史时期留下的珍贵文物,继而举办义展,再现一个个红色故事,传承、警示、教育后人。

不久前,由山东省网络文化办公室与新华网共同主办、新华网山东频道承办,以"网络无疆、人间有爱、大美无言、草根有力"为主题的"中国网事·感动山东"2013年度网络人物评选活动,通过网上投票及专家评选,最终,烟台红色收藏家邓云宝等二十八人入选。

据悉,这一活动自11月初启动。经过对各申报单位推荐人物的综合评定,11月19日到12月2日进行了网上社会公示和公开投票,最终确定了十大感动山东网络典型人物名单。

"中国网事"年度网络人物评选是由新华社主办、新华网和新华社"中国网事"栏目承办的活动。"中国网事·感动山东"2013年度网络人物评选是"中国网事"评选组委会特设的山东区域网络人物评选，本次评选出的部分先进典型由新华网山东频道推送至"中国网事"评选组委会，参加"中国网事"年度评选。入选的"感动人物"都成为当地的重点宣传对象。

（2013-12-19《今晨6点》）

邓云宝收藏了两块抗日石刻

分别刻有"杀死小日本"和"记1938·2·3"

"据我推测，这是当年日寇侵占烟台时爱国民众立下的誓言碑，发誓杀死日本鬼子！"5月23日，红色收藏家邓云宝在整理自己的藏品时，找出了两块记录当年日军侵占烟台时的石刻。

"这是十多年前南洪街拆迁时我捡到的，看到上面有字，就觉得是个好东西！"邓云宝告诉记者，一块石头上刻着"杀死小日本"五个字，另一块上刻着"记1938·2·3"。

"'1938·2·3'是1938年2月3日，这是日寇侵占烟台的时间！这么说来，这两块石刻应该是日寇侵占烟台时烟台人民为表达抗日决心立下的誓言！"邓云宝说，"这两块石刻的字迹比较质朴，应该是出自普通百姓之手，说明当时抗日是人心所向，大家同仇敌忾！"

烟台发现记录当年日军侵占烟台的石刻不是第一次了。2005年8月，有关部门在烟台港南码头客运站对原东海关码头验货房修缮复原时，就发现了一块刻有"大日本海军管理"的界碑石柱；2010年4月15日，烟台东炮台景区工作人员在清理古战壕时，也发现了一块日军当年侵华标记——一块大理石上刻着"大日本海军用地"字样，时间也是1938年2月。

据史料记载，1895年甲午战争时，日本军舰就曾驶至烟台东炮台前，目睹坚固的海防设施后迅即离开，未敢在烟台登陆。1938年2月3日，日本再次侵犯烟台，强行占领了烟台港和东炮台。

（2014-5-24《今晨6点》）

"红二代"参观邓云宝收藏展

追忆父辈南征北战生涯，每家都有段光荣革命史

"到招远参观革命之路红色文物展，就是来缅怀先辈们的丰功伟绩，学习和继承他们勇于牺牲的革命精神，为实现中华民族的伟大复兴贡献力量。"2015年5月21日，一批"红二代"以此纪念抗战胜利七十周年，回顾父辈们的革命经历，表达他们共同的红色情怀。

"红二代"自发纪念抗战胜利

"我们这次活动是大家自费组织的，费用均摊！"当天上午，在烟台港公安局工作的刘晓宁和一批生活在烟台的"红二代"租车来到招远市玲珑镇欧家夼村，与南宁、长沙、北京三地来的三位"红二代"会合后，一起参观了烟台市红色文物收藏家邓云宝的革命之路红色文物展。

刘晓宁的父亲刘健夫，1922年12月出生在河北省抚宁县蒋家营村，1943年在冀东参加八路军，曾任晋察冀十八军分区宣传队长、晋察冀第十三旅宣传队长。解放战争时期，他又出任冀热辽独立第四师宣传队长、第四野战军四十五军一五八师政治部秘书编辑，参加过承德围困战、锦西阻击战、塔山阻击战、平津战役、衡宝战役和湘西、广西剿匪。中华人民共和国成立后，刘健夫先后在广州公安十师和海军航空兵第三师、第五师工作，1964年转业到烟台，任交通部烟台港务局党委副书记兼政治部主任，1984年离休，1994年病逝。

"这些年，我经常与全国各地的'红二代'——特别是父亲当年所在的一五八师的后人联系、相聚，一起追忆父辈们的战斗经历。"刘晓宁告诉记者，"今年是抗战胜利七十周年，我就想组织我认识的'红二代'也搞个活动庆祝一下。"

他们身上流淌着"红色"血脉

刘晓宁告诉记者，他们的父辈来自祖国四面八方，分别出自四个野战军，机缘巧合让他们在烟台相遇，而且他和芮爱玲、赵春华还是一个单位的，基于父辈们共同的红色情怀，他们经常一起参加红色活动。

"我这里展出的是从全国各地收集来的红色文物，其中就有我同事林荣军的父亲林乐财的一些红色文物。"邓云宝带领大家参观他的革命之路红色文物展时，拿出一张带镜框的大照片告诉大家，"林乐财是荣成大林格村人，1947年参军，曾任班长、排长、连长、营长等职，是一级练兵模范，曾立过五次战功。"

"想想那些死去的战友，我还有什么不满足的？！"一起前来参观的林荣军告诉记者，他的父亲在第一次授衔时因故被遗漏了，有人劝父亲去找一下，父亲就这么说了一句。

刘凌拿到武器组建队伍

"我父亲是跟着于眉参加革命的，后来在于得水的部队，抗战胜利后跟随部队渡海去东北开辟根据地。"刘胜生告诉记者，他父亲所在的部队渡海前，武器都留在了胶东，因为听说东北有很多日本留下的武器，可以尽管挑。

"没想到去了后什么也没有，武器都被苏军接收了。"刘胜生说，"父亲急中生智，跟苏军搞好关系，最终拿到了武器弹药，很快就把队伍组建了起来。"

刘胜生的父亲名叫刘凌，原名刘世运，1922年出生在蓬莱市刘沟镇二刘家村，1938年2月参加抗日起义部队。1943年，刘凌曾带领部队三进青岛崂山开辟游击区。解放战争时期，刘凌参加了四保临江、攻打鞍山和新开岭战役，此战役全歼国民党军美式装备的整编师；他还参加过塔山阻击战和平津战役。曾任广州军区万山要塞区司令员、兰州军区和乌鲁木齐军区副政委等职，1998年1月病逝。

傅作义部队看到狗皮帽子就跑

"当年傅作义的部队看到戴狗皮帽子的就跑！"在邓云宝的展厅里看到一顶当年东北民主联军戴的带毛的棉帽子，刘胜生讲起了一个故事：解放战争时，一支东北野战军入关后还戴着皮帽子，遇到傅作义的部队，双方混战在一起，东北野战军打了胜仗。后来知道，傅作义曾经拟了一个内部材料，告诉他的部队见了几支战斗勇猛的解放军赶紧避开，其中就包括戴狗皮帽子的东北野战军，所以，他的部队一看对方是戴狗皮帽子的，就吓得赶紧跑，结果不战而败。

今年六十八岁的刘胜生也曾参加过战斗——他是1969年参军的，1979年作为步兵特务连参加了对越自卫反击战，一直打到越南高平。

"因为服装问题，当初我们一支部队也吃过亏！"刘胜生告诉记者，当年为了练兵，一支部队被派到敌人后方作战。这支部队刚到前线，穿戴很整齐。当时遇到敌人施放毒气，他们赶紧戴上防毒面具，结果因为天气炎热，穿得又多，好几个战士中了暑。

袁冠伍赴福州补叛将的"缺"

"我父亲当年在东北接到部队调令，要求他一个星期赶到福州军区报到——那时坐火车从东北到福州就要走好几天，一个星期搬家到福州，那得多急啊！"袁明告诉记者，"我父亲到了福州才知道，原来是炮六十三师副师长投敌到台湾了，我父亲是去补缺的——那个副师长到了台湾，后来发牢骚，被人打了小报告，蒋介石就把他秘密处决了。"

袁明提到的这个人叫张清荣，河北保定人，1938年在河北省清苑参加八路军，1952年2月参加抗美援朝，1957年8月调任福州军区高炮第六十三师副师长，中校军衔。

关于这个人，目前的说法是：1957年12月17日晨，张清荣乘渔船叛逃至金门，被台湾当局授予炮兵上校军衔，改名张春生。1958年10月，张清荣因倡导国共走和平之路获罪，加上已无利用价值，被台湾当局逮捕，12月被枪决。

李福祥锄奸吓得敌方排长求情

"我爸在晋察冀地区从事锄奸工作时，八路军两个侦察员进城侦察被守城伪军杀死，他就带人进城，将一个守城排用斧头全部处决。守城排长吓得跟他们求饶，以后侦察员进城就来去自由了。"李建国说，他的孩子们听说了这个故事后，还以为当初八路军里就有"斧头帮"。

从南宁赶来的"红二代"李建国的父亲是李福祥，1916年出生在河北省平山县南甸康庄。李福祥1937年10月参加八路军，曾任晋察冀军区锄奸科长，参加过百团大战、黄土岭战役、辽沈战役、平津战役、湖南剿匪和抗美援朝，曾任湖南省军区暂编十九团政委、广州军区后勤营管部处长等职，1988年去世。

长沙来的刘南征是与李建国一起结伴来的，他们小时候一起在广州上过学。刘南征的父亲叫刘永元，河北平山县人，1938年参加八路军。

"刘永元是一员虎将，曾用大刀砍死过日本鬼子，身上有多处枪伤。"刘晓宁告诉记者，"解放战争时期，刘永元担任团长的团是四野一五八师最能打仗的。"

（2015-5-24《今晨6点》）

北京军区派人探访邓云宝

筹建二十七军史料馆，希望社会各界支持

"胶东是我军主要诞生地之一，二十七军就是从胶东走出去的，我们此行主要是看看邓云宝收藏的相关革命文物！"昨天，北京军区政治部编研部原部长陈政举告诉记者，目前，他们正在筹建二十七军史料馆，需要社会各界的支持和帮助。

"我们是从开国少将谭右铭的女婿杨欧那里了解到邓云宝收藏革命文物的。"陈政举介绍，今年3月，开国少将谭右铭的女婿杨欧和开国大校罗义淮

的儿子罗小兵到烟台寻找其父辈在胶东的红色印记时，看到了邓云宝小屋里成堆的革命文物，回到北京就把这个信息传开了。因为北京军区正在筹建二十七军史料馆，他们对二十七军发源地传来的这一信息格外在意，就安排了这一行程。

7月22日，陈政举和杨欧一行六人中午坐车到了烟台，下午去了招远，到邓云宝设在西山烈士陵园和玲珑镇欧家夼的两处革命文物展参观。

第二天上午，他们又到邓云宝收藏文物的小屋看他的藏品。与北京军区陈政举一行前来的还有一位在日华侨李振江，他一直致力于中日民间文化交流，看到邓云宝收藏的一皮箱日本侵华文字史料和照片，深感震惊，也有意在日本做一个巡展。

（2015-7-24《今晨6点》）

两万件文物差点被雨淋毁

邓云宝：我以后要将这些红色文物捐给国家

因为父亲传承下来的红色情结结缘红色文物，又因一片痴心辞职专心收藏红色文物并义务展出，为此荣获"感动烟台双年(2005—2006)人物"称号和"中国网事·感动山东"2013年度网络人物称号，他就是邓云宝。一场连阴雨，差点使邓云宝收藏的两万多件红色文物遭受"灭顶之灾"。

两万件红色文物面临"灭顶之灾"

"这雨再这么下，淋塌了房子我这些文物全得捂在里面，这可是'灭顶之灾'！"2017年8月6日上午，多日的连阴雨后终于晴了天，六十七岁的邓云宝趁这机会爬上房子去换漏雨的破瓦，结果从房子上摔了下来，幸亏没摔伤。侥幸之余，他拨打了记者的电话。

不到半小时，记者赶到张裕集团公司大门北邻，在两间小屋门口见到了沾着一身泥水的邓云宝。连阴雨后的晴天，太阳一晒，到处都是蒸发的水汽，天气更加闷热，连出汗带摔跤，邓云宝身上的长袖衣裤几乎湿透了。

邓云宝说，最近几场雨让他感到害怕，前些年就有些漏雨的小屋漏得更厉害了。担心屋里的文物被淋坏，前些天他就在找地方给这些文物搬家。

"儿子给我找了个地方，搬去了一些，邻居把两间房子和一个棚子也借给我，搬过去了一些，还有一些没来得及搬。"邓云宝边说边领着记者进了屋。这是儿子当年结婚时单位分的房子，邓云宝收藏的文物没地方放，就放在了这里，这一放就是十多年。

两间小屋也就二三十平方米，除了中间过道和一铺炕、一个柜子、一个茶几和两个沙发，眼前到处都是邓云宝收藏的文物，炕上、柜子上、茶几上、沙发背上，到处都是。

"你看看屋顶、地上！"邓云宝一说，记者抬头就看到屋顶一片片水渍，有的地方已经发霉了，而水泥地面也是湿漉漉的。摸摸成堆的军服、军帽，也是湿漉漉的，那些书也带着湿气。

"这两间屋，还有旁边邻居的两间，还有院子外人家借给的棚子，总共放了两万多件吧，放在这里真是问题啊！"邓云宝又领着记者去看了看旁边房子和小棚里的文物。旁边的房子跟他这房子差不多，屋顶也有水渍，而那个小棚也就是墙边临时搭建的，真来了大风估计都能刮倒，里面也是湿漉漉的。

"等天好了都得拿出去晒晒，不然就长毛了！"邓云宝无奈地说，"躲过了这几场雨，可别又给烂掉了。"

收藏文物"感动烟台""感动山东"

邓云宝是1950年出生的。父亲是二十世纪三十年代胶东早期党的地下工作者，他临终前的殷殷嘱托，在年幼的邓云宝心里埋下了收藏红色文物的种子。1969年，高中毕业的邓云宝参军后开始收集革命前辈的书信、奖章、奖状和一些军用品。因为一辈子收藏红色文物并义务展出的壮举，邓云宝在2006年12月获得了"感动烟台双年(2005—2006)人物"称号。

"感动烟台"后，邓云宝并没有停下收藏红色文物的脚步，一有时间，他还会跑到各地收集红色革命文物。同时，他也一直在与各地联系，想建红色文物展览馆，教育后人不忘革命历史。

2013年"七一"前夕，邓云宝在招远市玲珑镇欧家夼村举办的"革命之路红色文物展览"免费开放了。欧家夼村将一个三千多平方米的废旧厂房改造成了展区,展出了邓云宝收藏的一万多件红色革命文物。几乎与此同时,邓云宝还拿出三百多件红色文物,和招远有关部门在招远市爱国主义教育基地——招远西山烈士陵园的招远革命斗争史展厅和招远革命烈士事迹展厅展出。

"红色基因,变成一种近乎痴迷的行动。四十年收藏上万件文物,只为保存一代人共同的红色记忆和精神见证……"2013年,在"中国网事·感动山东"网络人物颁奖典礼上,邓云宝又获得了"感动山东"人物称号。

"我要将这些红色文物捐给国家"

"眼看我就七十岁了,这几年就感觉身体不如从前了,等我动不了了,这些红色文物还是得捐给国家!"看着这些差点遭受"灭顶之灾"的红色文物,邓云宝又一次跟记者说出了自己的这一想法。邓云宝告诉记者,现在自己还能动,每天睁开眼还想往旧货市场和文物市场跑,经常去看看有什么值得收藏的东西,看好了就要买回来,一直没有间断。

"除了在招远那三个馆的一万多件,我现在手头还有三万多件吧,光这里就是两万多件!"邓云宝说。

"我的愿望是能在烟台建一个系统的胶东革命文物展馆,各个时期的文物我都规划好了,就是一直没有合适的场地,再说,我只有文物没有资金,也一直没有找到合适的合作对象。"邓云宝告诉记者,这些年他跟不少地方探讨过合作的问题,但往往是因为资金的问题半途而废,这成为他现在最大的心事。

(后记:此报道发出不到一个月,9月3日,邓云宝不幸去世。)

(2017-8-7《今晨6点》)

附

我的红色文物收藏之路

邓云宝

我的红色文物收藏之路，是先辈和时代赋予我的责任。

我出生于一个革命家庭，父亲早在20世纪30年代初就加入了中国共产党。虽然，他从没有跟子女们说过，但通过母亲和亲戚朋友的丁点儿回忆，我得知，父亲在土地革命时期，曾任中共胶东区地下联络员、"红色锄奸队"成员，与胶东著名的革命英雄于得水、于克恭等共事过。在我年幼的时候，经常目睹父亲为支前和动员青年参加解放军而奔走操劳。那时，正是中华人民共和国成立的前夜，为劳苦大众谋解放是父亲那一代共产党人为之奋斗一生的目标。父亲一生为革命鞠躬尽瘁，在病重时，常常拿出以前为党工作时的物品，回忆着激情燃烧的往昔岁月。临终前，父亲将他的毕生心血交给了我——一面胶东区中共地下党组织秘密发展党员的党旗、一张陈毅司令员签字的渡江光荣证、一张张用生命换来的立功证书、一枚枚染就鲜血的功勋奖章……嘱托我不忘历史，教育后人。父辈之艰苦卓绝，我辈难望其项背，但父辈们所创造的无上精神，我辈要义无反顾地保存下来，示之后人。带着父亲的临终嘱托，秉承"告慰先烈，启迪今人，流传后世，教育子孙"的信念，我踏上了收藏红色文物的道路，一走就是四十多年。

红色文物收藏，是我为自己设定的人生目标。因为红色文物记载着中国从耻辱到辉煌、一个政党从弱小走向强大的创业史。我们曾经是被侵略者，从1840年到1949年时长一个多世纪的近代史，中华民族积贫积弱，在强权环伺的世界，到了风雨飘摇的存亡之秋。我们也拥有英雄，一代共产党人站了出来，带领着中国人民完成了五千年所未有的乾坤一变。然而今天的美好并不能忘却过去的残酷，一幕幕的慷慨激昂，一次次的前仆后继，永远刻在红色文物上永不褪色。而今，当经济飞速发展，国力日益强大，人民逐渐富裕，独剩下这些红色文物守望着峥嵘岁月，静静地诉说着渐行渐远的悲壮往事。所以，收集它们，便是收藏历史，收藏历史是为了永久的和平。

四十多年的红色文物收藏之路是我的"万里长征"。为了收集这些革命先辈们留下来的文物，四十多年来，我的足迹遍布黄土高原、塞上北国、江南水乡。为了收藏，我荡尽家财，拖着在参军时留下的伤残躯体风雨兼程；为了收藏，我遍访老革命老战士，年近花甲仍通宵达旦研究革命历史典籍。每每看着这些历尽艰辛收集而来的文物，了解到它们背后不为人知的故事，更想到先辈们的事迹可以继承下去、传扬开来，我的心里就跟喝了蜜一样甜，巨大的压力就得到缓解。积土为山，积水为海。如今，我用心收集每一件红色文物，走过了四十几年的风风雨雨，已达数万件之多，涵盖从甲午中日战争到社会主义建设等重大历史时期。知名学者张景芬教授在参观了我的收藏之后，曾评价道：洋洋万件红色文物形成了一条系统明晰的历史脉线，是一部中国革命史的"百科全书"。

红色文物是中华优秀历史文化遗产的重要组成部分，是最富感染力和说服力的爱国主义教材，昭示着华夏儿女的崇高理想和价值追求，诠释了中华民族的传统美德和革命理想。这些蕴藏着党和共和国无数记忆的红色文物是一个个真实故事的再现，是对历史记忆的重温，亦是革命精神的传播，为的就是传承、警示、教育后人。为此，我将革命文物进行了系统分类，并在烟台各社区、部队、学校等地方举办了几十场文物义展。在展览的过程中，红色文物对群众进行了一次精神上的洗礼，红色文物展览受到了一致的好评。2005年，我又在烟台国际会展中心举办了以"革命之路"为主题的大型红色文物展，时间长达一年之久，到场数万人次。在这次展览之后，我也有幸被评为"感动烟台"十大人物之一，并接受了中央电视台的采访。

我花了大半辈子的时间在收集红色文物，当万件文物集中在一起时，我才明白它们背后所蕴藏的意义及其代表的精神。在战争期间，胶东党组织和胶东人民为中华人民共和国的建立立下了不朽的功勋，总结起来他们为革命所做的贡献有"六多"：支前贡献多、南下干部多、北征战士多、革命烈士多、黄金支援多、无偿奉献多。这"六多"背后凝聚着中华民族的优良品质，代表了胶东人民自强不息、不畏艰险、无私奉献、敢于牺牲、团结奋进的风骨与品格，更蕴藏着胶东人民的五种伟大精神。

一、知难不畏、坚韧不拔的"苦菜花"精神

胶东人民在争取自由与解放的斗争史上，与反动势力和侵略者进行了英勇壮烈的殊死搏斗。特别是在抗日与解放战争中，无数革命先烈不屈不挠、前赴后继，为民族解放立下不朽功勋。

胶东地区是华北最早传播马克思主义的两个地区之一，大革命时期青岛的三次工人同盟大罢工与上海"五卅"工人运动相齐名，当时被工人运动领袖邓中夏称为"异军突起"。1928年6月举行的莱阳抗粮军暴动，是中共"八七会议"之后山东省举行的著名农民暴动之一。1935年发生在文登、荣成、威海、莱阳、牟平、海阳的"一一·四暴动"，是土地革命战争时期山东省内著名的红色武装暴动，其规模之大、地域之广、参加民众之多为同时期革命暴动之首。暴动虽然失败，但是于得水率领三十余人成立红军游击队，坚持作战直至抗日战争爆发，成为天福山起义的骨干力量。这支共产党在华北地区保留下来的唯一一支红军队伍，随后在牟平雷神庙战役中打响了山东抗日的第一枪。从中共建党到抗日战争前期，革命的火焰蔓延到胶东大地，涌现出许多可歌可

泣的革命先烈：张静源、张连珠、理琪先后三任胶东特委书记为国捐躯，左武堂、程伦、曹云章等党的一大批优秀干部喋血刑场，更有众多的革命群众惨遭反动政府杀戮。而胶东党和民众不畏白色恐怖，前仆后继。

正如胶东民谣中所唱："苦菜花，遍地长；烈火来，烧不尽；春风来，吹又生。"如今，"苦菜花"精神仍然在感染和激励着群众，为建设经济发达、社会和谐的胶东奋勇前行。

二、饮水思源、大公无私的"黄金"精神

胶东地区富产金矿，抗战时期，丰富的黄金资源是日寇的首要掠夺目标。而胶东人民在严酷的封锁中，为了保卫黄金、支援抗日根据地舍己为人，大公无私的"黄金"精神传遍九州。

抗日战争爆发之后，日军进驻胶东地区，妄图掠夺丰富的黄金资源。为了不让日寇得逞，胶东特委与日伪顽进行了殊死搏斗。

1939年冬，一批我党人员受中共胶东特委之命到招远"搞黄金"，打入玲珑、蚕庄金矿的矿工中，宣传革命道理，组建工人护矿队，从此，招远一地的金矿由抗日人民政府牢牢控制在手中。在掌握金矿之后，胶东区政府将大批黄金源源不断地运往延安和各大根据地支援财政。据不完全统计，抗战期间，胶东地区为中共政权贡献黄金数十万两。仅1940年，中共胶东特委派出的苏继光等主要领导就秘送两万多两黄金至延安，令周恩来和朱德都赞叹不已，感谢胶东人民所做出的特殊贡献。

抗战期间，蓬莱、黄县、掖县创立根据地后，成立"北海银行"，并发行了北海币，在各大根据地内通用。北海币后来成为整个山东抗日根据地的本位币，尤其以此为基础设立的"北海银行，"是中国人民银行的前身之一，在中国金融史上占据重要一页。

三、英勇坚强、敢于牺牲的"铁军"精神

在当今中国人民解放军战斗序列中，有三个集团军的前身是胶东部队。这几支"铁军"历尽烽火硝烟，面对强敌，敢打敢拼，无坚不摧，是中国军队中的璀璨明星，并涌现出了二百多位共和国将军以及大批的英雄模范。

三个集团军中，尤其以二十七集团军著名。其前身是二十七人的昆嵛山游击部队，参加天福山起义后，经过雷神庙战斗血与火的洗礼，逐渐锻炼成一支不可战胜的力量。长沙堡战役大战日寇，任常伦威震敌胆；孟良崮强阻整编七十四师，歼灭国民党"王牌军"；济南城头杀声震天，攻克坚垒第一大功；横渡长江奋敢争先，残败敌寇莫能阻挡；南京路上正气八连，军纪严明众口传颂；清津湖畔力克美军，一战扬名天下闻知。兄弟部队赞扬二十七集团军为："敌人嗷嗷像猪叫，四面被围没法逃。老大哥部队办法好，层层剥皮层层撩。稳打稳扎信心足，活捉强敌立功劳。"二十七集团军是解放军功臣部队，参加过历次国庆阅兵。

三十一集团军是另一支胶东英雄部队，在攻克济南、淮海战役中立下卓越功勋，1953年，在东山岛反美蒋军队登陆作战时，大败强敌，创造了我军首次"海岛作战"胜利的头功。

四十一集团军以纪律严明著称，在辽沈战役的塔山保卫战中，被军委嘉奖为"塔山英雄团"。平津战役中，大部队路过果园，全军无一人偷吃苹果。毛主席听说后，亲自到南苑机场检阅了四十一集团军。由于军纪优良的传统，这支部队成为解放军驻港部队。

三大集团军中走出了迟浩田、张万年、王瑞林等一大批闪耀将星，它们是胶东大地孕育出的英雄部队，汲取了胶东人民英勇顽强、敢于牺牲的高风亮节，成为享誉中外的中国人民解放军的"铁军"。

四、甘于奉献、团结一致的"支前"精神

在整个解放战争时期，胶东人民纷纷捐粮捐物，组成了浩浩荡荡的支前大军。陈毅元帅曾动情地说："淮海战役的胜利是胶东人民用小车推出来的，我装在棺材里也不能忘记人民的深厚情谊。"

胶东地区是我军在华北的重要战略物资基地，勤劳勇敢的胶东解放区人民用鲜血和生命哺育着子弟兵。1946—1947年，如火如荼的土地改革运动，使胶东人民告别了千年的宿命，拥有了自己的土地。翻身的农民不忘共产党，为了解放全中国，组织大规模的民工支前队伍。他们横越山东全境，席卷黄海平原，部队打到哪里，给养就供到哪里。"一切为了前线，一切为了胜利"的口号激励着胶东支前队伍步调一致、无私无惧地向硝烟弥漫、炮火连天的战场进发。

"推起小车吱吱响，运粮运弹到前方，不怕敌机头上炸，不怕弹坑把路挡，不怕山高水又险，不怕路远千里长，主力到哪送到哪，同心协力打老蒋。"在整个战争期间，胶东支前民众跋山涉水，风餐露宿，冒着敌人的炮火，汇成一条支前的滚滚洪流，为全国的解放奠定了坚实的基础，许多民众成为无私奉献的支前楷模。

五、机智勇敢、不屈不挠的"地雷战"精神

海阳地雷战闻名华夏，涌现出大量的爆炸英雄，著名雷乡赵疃村更有这样的民谣："赵疃民兵世无双，自制石雷威力强。声声爆炸赛霹雳，道道焰火似电光。队伍有个赵守福，猛轰巧打神通广。强炸飞爆加空爆，炸得日寇无法防。据点、狼窝被炸平，二百多鬼子见阎王……英雄事迹万代传，爆炸大王英名扬！"

抗战时期，山河破碎，强敌横行。为了打击敌人的嚣张气焰，胶东人民组

织起来，奋而抗争。海阳赵疃的人民一边生产一边战斗，开展敌后抗战。在整个抗战期间，他们把智慧运用到极致，集思广益，勤于研究，研发了不同类型的地雷，炸得日寇防不胜防，魂飞魄散。海阳南部的"五虎联防村"是侵略者的"鬼门关"，日军在此损兵几百余，不能越雷池一步。海阳地雷战充分显示了人民战争的威力，代表人物全国民兵英雄"爆炸大王"赵守福、于化虎、孙玉敏等充分体现了胶东人民机智勇敢、不惧强敌的民族精神。

　　历史长河波澜壮阔，什么是中华民族真正的宝藏？革命先辈瞿秋白说，人爱自己的历史好比鸟爱自己的翅膀！不能深刻触摸历史的烙印，又怎么获得纵横未来的翅膀？虽然，一代共产党人为独立自由而浴血奋斗的背影已渐行渐远，年轻小辈们只能通过历史教科书上的只字片语来了解那段历史，但没有血与火的经历，怕是永远体会不到徘徊在生死之间、愿以鲜血守家国、性命博和平的大义大勇。今天，对中华民族来说，需要前仆后继的事业仍然在继续。我也坚信，为中华民族复兴而努力的人们，必能从那一段热血燃烧的过去吸收丰富的营养。所以，我的红色文物收藏之路依然任重道远。

　　收集红色文物的历程固然艰辛，但是数十年来的收获更是让我获益一生。继承父辈遗志，传承革命精神，是我一辈子要做也是要做一辈子的大事。我是一个执著坚持的人，一生并无奢望，能将这条红色文物收藏之路一直走下去，让后辈牢记前辈胼手胝足、以身许国的精神并世代传承下去，足矣！

　　我想将我收藏文物多年所得与大家分享，也与大家共勉：收藏历史是为了永久的和平！

第十一章
收藏家"为了和平收藏战争"

"为了和平收藏战争。"

在以前没有声音和图像设备时，能流传后世的只有物质，精神和文化只能通过一定的物质载体，并借由图形和文字来表达，因此，收藏家们在满足自己的个人喜好和牟利诉求之外，还为我们保留和传递了很多历史和文化。而一些收藏战争题材，特别是收藏革命战争题材物品的收藏家们，更让我们见证了当年革命斗争的残酷和革命前辈的伟大情怀。

在我二十多年的新闻生涯中，除了"感动烟台""感动山东"的红色收藏家邓云宝，还采访过不少红色收藏家。这些收藏家东奔西走收藏的各种红色文物，正是当年革命历史和战斗历程的见证，而他们收藏的一些日军物品，也成为揭露日军侵华历史和暴行最好的证据。

（一）收藏家是历史的挖掘者

王景文一生所乐终成"战邮"专家

在职时，他是一位普通文史工作者；

离休后，他专心做起了集邮研究；

二十年来，他发表了一千五百余篇论文，出版了五部专著，其作品多次荣获全国金奖……

自幼内向喜收藏

在集邮界，很多人都知道烟台有一位从事邮品、邮史研究六十载的老集邮专家王景文。2008 年，他被授予全国集邮联"会士"称号，其作品荣获过全国金奖，又被选送世界参展。这在全国都是数一数二的。记者偶然获悉这一消息后，2009 年 2 月特地前往拜访，想了解一下一个人何以能将业余爱好做到极致。

在烟台市老年福利中心一个书房和卧室合二为一的房间里，精神矍铄的王景文追溯起自己的邮品、邮史研究，说这与他的幼时经历和性格有关。

1931 年，王景文出生在龙口一个普通的贫困农民家庭中，父母都是文盲，一生在饥饿线上挣扎，只知道种地养家糊口，对国家大事知之不多，小时候

⊙记者与王景文（右）合影

让他读书，也只是希望能认识几个中国字，不当"睁眼瞎"而已。然而，年幼的王景文不知为何竟然求知若渴，爱书如命。他八岁进私塾，从《三字经》读起，忙时干农活，得闲才上学。古贤有"囊萤""映雪"佳话，王景文小时灶火边、月光下看书的事情，也曾被街坊邻居所传扬。那时，他身边除了在私塾里能看到的四书五经之外，几乎看不到其他书报，听说谁家有书，不管古今文白，他都会想方设法去借阅。路边集市上发现用作包装的旧报纸，他看到了也要捡回家去阅读……就这样，童年时期的王景文成了同学、邻里间读书最多的人，被周围的人们称为"小圣人""百事通"。

1944年王景文十三岁时，私塾改为学校，正在上着学的王景文参加了革命活动，当过儿童团团长。十五岁小学尚未毕业，王景文又因"革命需要"被选拔培训到外村教小学，成了一个边学边教的"八路教员"。

王景文性格内向，不张扬，从小喜好与知识文化有关的文物史料收集。亲

历了胶东解放区的抗日战争、解放战争，王景文对解放区的革命文物情有独
钟，加之他曾经主持过地方党史的征集研究工作，他与记录胶东军民十四年抗
战和三年自卫战争斗争历史的文物票证结下了不解之缘。

业余乐在方寸地

王景文说，他把集邮看成一项"乐事"，并有一方刻着"乐在方寸"的
印章。

由于小时候经常替交通员投递信报和为战邮刊物写稿，王景文当时就与战
时邮局有了接触，逐渐熟悉了战邮业务，对战邮产生了感情。

1946年春天正式参加革命工作后，王景文有机会广泛阅读社会报刊，特
别是当时从破烂市上买到一批早年邮刊，使他领会了邮票是"国家名片""百
科全书"的含义。集邮可以增知识，长学问，这与他的求知欲、"收藏癖"一
拍即合。凡是能见到的山东战时邮票，他都收集起来。当时，他收藏的邮票装
满了七八个大型邮册，甚至20世纪初到20世纪末的外国邮票也有千枚以上。

1984年，烟台市成立了集邮协会，并组建了集邮研究小组，王景文是其
中的主要成员。当时集邮协会研讨的第一个课题就是"抗日民族战争胜利纪
念"邮票的发行日期。这是二十年前我国邮坛正在争执的一个悬案。由于该票
是在胶东设计印制的，查证起来比较方便。经过一段时间，王景文查证落实
后，就写出了一篇邮学论文，在《集邮》杂志上正式发表。

1990年是解放区邮票发行六十周年，全国要举行重大的纪念活动。为此，
山东邮电局和集邮协会于1989年秋发起对解放区邮票的调查研究工作，王景
文应邀参加了会议，并接受了调查任务。

王景文把这项"义务劳动"看成一次提高邮票知识、搜集战邮史料的好
机会。开始时正值春节前后，他和另一位离休老同志不顾天寒地冻，顶风冒雪

到各县市的邮局和档案馆查阅资料、访问"老战邮"。四个月的时间，他们几乎跑遍了原胶东地区（包括威海）的所有县市，查到了一大批很有价值的战邮档案资料，弄清了"抗战胜利纪念""毛泽东像第一版""朱德肖像邮票""蓬莱、掖县加盖解放"等邮票以及北海免费贺年片的发行背景情况，解决了几个悬而未决的邮史问题，既为全省的区票调查提供了资料，也为他个人以后的战邮历史研究奠定了基础。

退而不休忙考证

1991年离休之后，王景文更有了时间和精力做邮品收藏、邮史研究。虽然年代过久，战争年代的实物存世不多，但许多古董贩子知道王景文为做研究肯出善价，所以一旦发现好东西就与他联系，这让他得到了不少极有历史价值的珍罕之物，有几件还是未见经传的孤品。

从1989年参与解放区邮票调查至今，王景文一直没有停止过战邮票品的抢救、挖掘和研究活动。开始，他亲自跑下去搜寻。但是，个人的能力毕竟有限，当他听到有些战邮封片在农村又被当作废纸烧毁的消息时非常痛心，深深感到抢救、挖掘的紧迫性。王景文想到，不能仅靠个人的力量，必须充分发动群众。于是，他发表了题为《抢救挖掘迫在眉睫》的文章，在邮界大声疾呼，又在亲朋好友中宣传解放区邮品的历史文物价值，激励他们积极搜集实物或打听信息，同时还发动文物商贩们到农村收购。由于他的广泛搜集，许多原先被当成废纸湮没于农村民户的战邮实寄品（特别是胶东区封），免遭了毁弃的厄运，有幸被抢救出来，成为难得的邮集素材或邮史实证。

王景文不仅喜欢收藏，而且有着每见一件藏品必须把它的来龙去脉查证清楚的"考证癖"，离休之后，研考邮品就成了他的最大嗜好。

由于历史和战争原因，山东解放区的邮史和邮品存在着许多悬疑问题，亟待通过查阅档案资料、挖掘邮品实物来解决。为了核实资料，王景文1992年曾专程赴京拜访山东战邮创始人赵志刚（邮电部原副部长），又到长春访问原胶东战邮局副局长戴开文和秘书王光。为查明"英雄封"，他到海阳农村地雷战"老家"访问当年参加"群英会"的赵守福、于化虎、孙玉敏三位老民兵英雄。2003年，他访查到"免费一角"拥军封寄信人的下落后，又不顾刚做过白内障手术，亲赴济南拜访老革命王健民。

最近几年，王景文选择出数十件有代表性和趣味性的胶东历史票证撰文介绍，在各大邮刊发表学术论文数百篇，不仅得到了各方的好评，也为许多单位提供了写史编志的实物图片。为使这些实物图片能在社会上发挥更大的作用，他又接受有关单位和部分藏友的建议，将自己的藏品分门别类编撰成书，正式出版，以便各界参考使用，使之成为社会的共同财富。

乐在其中成专家

如今年近八十岁的王景文，现为中华全国集邮联合会的会士、山东省集邮协会理事和学术委员、中国解放区邮票研究会研究员。同时，应全国各大民间邮学会的邀聘，他还担任《齐鲁集邮》《蜀陵集邮》《新瑞集藏》《平方邮刊》《烟台集邮》等多家邮刊的顾问，先后在《集邮》《中国集邮》《中国集邮报》《集邮博览》《上海集邮》《香港邮票世界》及各省级邮报邮刊上发表集邮学术文章一千五百余篇、一百八十多万字。因为掌握了丰富的知识和资料，王景文曾对《中国邮票史》、邮票目录、区票史中的一些史实、文字的差错、失误、欠妥之处提出过指正意见，得到了专家的认同。

1994年，王景文还参加了《中国解放区邮票史（华东卷）》的编写工作，1999年又承担完成了《中国解放区邮票大图典》的华东部分编写任务。

近几年来，王景文先后出版了《胶东邮史邮品研究》《烟台旧影》《胶东战时邮政》《王景文集邮学术文选》《胶东解放区票证汇选》五部个人学术研究专著。《王景文集邮学术文选》1993年在兰州获银奖，1996年和1999年在北京获金奖；《胶东邮史邮品研究》在2003年在重庆全国邮展中获大会银奖，在2004年首届全国优秀集邮图书评选中获一等奖。

全国邮联副会长常增书评价说："他（王景文）不愧为研究解放区邮票邮史的主将和功臣。"由于王景文重点研究战时邮政，并且成果显著，因此他被全国集邮界誉为"战邮专家"。

著书立说获大奖

《胶东战时邮政》是王景文与其子王晓光合著的。这本专门研究胶东战时邮政历史的专著，被烟台市档案馆作为烟台档案史料丛书的第一辑编辑出版，以发挥其"存史、资政、教化、育人"的社会功能。

原中国邮票博物馆馆长孙少颖在其为《胶东战时邮政》写的序言中介绍说："翻阅书稿，使我眼前一片景明。好！这就是我多年盼望的集邮学术著作，而且是超出我想象的一种形式。第一，它是一部专著……第二，它有深厚的学术价值……第三，它很全面，是一部胶东战时邮政的综合性史志，既有按年月日编排的大事记与组织沿革，更有邮、交、发合一体的重要文献，以及战邮业务的发展概况……第四，它很系统……第五，它具有第一手档案文献的史料性和可信度……第六，它超出了囿于个人著述的小圈子，不仅选入了多年来作者自己对胶东战邮学术问题的重要论文，而且有'老战邮'的回忆文章，以及散见于各报各书的有关胶东战邮的邮文书目。"

也许正是由于这些独特性，2008年，王景文的《胶东战时邮政》一书又在南昌全国邮展上获得了文献类的"镀金"奖。前几天，中华全国集邮联合会发来通知，《胶东战时邮政》一书又被选定于今年4月份参加世界集邮展览。

　　孙少颖在序言中还说："近二十年来，参与编修中国邮票史、集邮史的亲身经历，在我的潜意识中逐渐形成了一个挥之不去的概念——真正的邮政史学家，不在邮政部门，而绝大部分是在广大的社会集邮家中……集邮史上的马任全、孙君毅、史济宏、钟笑炉、黎震寰、叶季戎、杨耀增等，是如此……我现在谈的王景文同志，亦是如此。"

　　由于各种原因，很多人虽然在工作岗位上兢兢业业、勤勤恳恳，但往往也只是为了完成工作，但其内心里还有热爱的事业无法追求。一旦退休，他就有机会乐在其中乐此不疲，也就会获得在职时达不到的学术高度，得到在职时无法获得的荣誉，取得专职人员无法取得的成绩。我想，王景文大概也属于这类人。

（2009-2-28《烟台日报》）

施立光追回"三支队"创始人文稿

文稿记录"三支队"创立历史，曾被人从烟台购往北京收藏

"这是胶东'三支队'创始人之一孙会生的亲笔文稿，是他回忆'三支队'创立前后有关历史的重要资料！"2015年5月5日，市民施立光向记者展示了他收藏的一份手稿，他说，"这份手稿当初是从烟台流失出去的，差点成为一桩憾事！"

有心人追回"三支队"创始人亲笔文稿

"两年前，我听一位朋友说他收了三袋子烟台的档案材料，其中有不少1949年前的资料，遗憾的是好多都被北京藏友挑走了。打听到北京买家的下落，我就专程去了一趟，才将这份文稿买回来！"施立光告诉记者，孙会生是1938年抗战初期共产党领导的胶东最大一支抗日部队"胶东抗日游击队第三支队"（简称"三支队"）的创始人之一，这份手稿是他关于"三支队"创立前后有关历史的记录，文物价值很高，能将其从北京"抢"回来，他感到很欣慰。

施立光收藏的这份手稿上标着落款：孙会生。整份手稿有八十多页，是孙会生在二十世纪六十年代写下的，详细回忆了"三支队"创立前后的有关历史。其内容包括：一、掖县国民党的创立与演变过程；二、黄山理石合作社的情况；三、掖县国民党两派斗争与国共两党的斗争情况；四、孙会生个人自传及担任副县长时的情况；五、关于"三支队"成立以前地下党人郭北海、赵铭景被暗杀事件的经过；六、关于"三支队"成立以后共产党人李象九被杀事件的经过；七、有关"三支队"张显庭的有关情况；八、关于杜振东与"三支队"的有关情况及杜振东的回忆证明材料；九、关于"三支队"的成立及发展情况；十、关于南门里事件和铁血图事件。另外，还包括二十世纪六十

年代掖县革委组织部外调证明材料。

"这份文物真实再现了1938年前后掖县共产党联合国民党组建胶东抗日游击第三支队的历史。"施立光说，因为文稿是"三支队"创始人之一的孙会生亲笔所写，其历史价值无可替代。

孙会生当年是"三支队"创始人之一

孙会生是莱州市平里店镇西北障村人，曾用名孙逢霖，生于1900年10月，曾任政协山东省第一、二届委员会常务委员和第三、四、五届全国人大代表以及政协莱州市第五届委员会副主席等职，2004年10月因病去世。

1924年，孙会生加入国民党，是掖县最早的国民党党员之一，曾任掖县国民党要职。1933年8月，他接到国民党山东省党部关于调查逮捕中共掖县主要领导人郑耀南、王鼎臣的密函后，千方百计将这一消息传给郑耀南，使他们得以及时转移。1934年12月，国民党山东省党部又下密令逮捕郑耀南，孙会生置个人安危于不顾告知郑耀南，使敌人再次扑空。

1937年"卢沟桥事变"后，孙会生参加了"民众抗敌动员委员会"，组织发动全县的抗日斗争。1938年2月，他被任命为胶东抗日游击第三支队军需处处长。1938年5月，他正式声明退出国民党。他领导的"三支队"后勤工作不仅保证了部队军费开支和近四千名战士的薪饷，还支援了鲁东七、八支队和胶东区委、山东分局甚至延安的中央机关。他同郑耀南等"三支队"领导筹建的北海银行，为中国人民银行的建立打下了基础。

抗战胜利后，孙会生回到掖县北障乡担任建设委员兼文教委员。中华人民共和国成立后，他担任掖县副县长，倡导科学种田，推行农具革新，为农业生产做了大量工作。1980年，孙会生当选为政协掖县委员会副主席，团结民主人士，为社会主义现代化建设做出了贡献。

（2015-5-6《今晨6点》）

（二）文物是历史的"见证者"

1931年海阳律师创办《爱国报》

其中一期报道"九·一八"日军侵华史实

近日，烟台红色收藏家杨翌梅在烟台齐鲁古文化市场搜集到一张烟台办的老报纸——1931年的《爱国报》，见证了当年日军侵华历史和烟台人民的抗日意志。

九十七年前海阳律师创办《爱国报》

"这张报纸是1931年10月16日出版的，上面有'九·一八'事变后日军在东北的侵华情况报道！"2014年7月4日，烟台红色收藏家杨翌梅向记者展示了她收藏不久的一份老报纸——海阳县褚文郁创办的《爱国报》，在这张残缺的报纸上，除了连载的一篇侵华日军轰炸锦州的报道，还有抗日口号，揭露了日本帝国主义早在全面侵华之前就对我国进行侵略的历史，同时也反映了当时烟台人民的抗日决心。

这张《爱国报》共四个版面，报纸下端和一版、二版边缘残缺，其他部分基本完好，字迹清晰。报纸一版右上角的出版日期显示是1931年10月16日，星期五，该期是第3956号，报社地址是烟台同乐街（也就是现在的芝罘区市府街东端），电话号码为438。

　　据史料记载，褚文郁(1890—1957)字宗周，是海阳县西坊坞村人，自幼入私塾读书，后毕业于北平朝阳大学法律系。时值国家多难之秋，褚文郁1917年赴烟台办《爱国报》，兼理律师业务。烟台律师公会曾在《芝罘日报》撰文赞扬："褚文郁系我埠著名律师，精通法典，深受法界敬重。"

　　1929年，烟台商会会长澹台玉田强购海阳县步鹤村李鞠氏在烟房产，鞠氏不服，请褚文郁代办讼事，官司打赢。作为烟台商会会长的澹台玉田不准全埠工商业者订阅《爱国报》，褚文郁则利用报纸揭露商会丑闻。后经人调解，澹台玉田以红卍字会长的名义聘任褚文郁为烟台恤养院第二副院长，褚文郁将《爱国报》并入红卍字会，改名为《胶东卍报》。

八十三年前报纸刊登日军侵华报道

　　杨翌梅收藏的这张《爱国报》主要内容为三版的一篇外埠消息，题为《日本空军爆袭锦州之详情》，副题为《飞机炸弹皆夺自我方 以我武器杀我人民可耻孰甚》，报道全文如下——

　　当晤该站段长孟钦南，据谈昨（八日）午后二时闻有日飞机十二架自营口向北飞来，二时一刻抵锦，即在车站交大省府与天泰合栈长官公署各处，同时投弹轰炸，共盘旋三十五分钟，投弹四十余枚，目的在威赫省府，是时，铁路局员工多在班工作，见飞机至，纷纷逃避，其不及躲避者，则多被击毙，机车房炸毙司炉三人、抬煤夫三人、道夫一人、至各处共死三十余人，伤者甚多。铁路局员工目视飞机之残暴，故多不安定，不欲在此险境工作。又据某君谈：日人自临时辽宁省府及长官公署在锦州成立后，对各委员之行动，颇为注意，故时派暗探侦查各员之行踪，现探知省府各委在交大办公，并以为省代主席米春霖及长官公署荣臻，均在车站专车上休息，故昨日飞机投弹时，对车站之车房及交大，与锦县之东北两关，最为注意，在车站及交大，多用重大炸弹投击，故将车房停放之一四一及一一七两专车炸毁，并将守车夫炸伤；交大则投弹十二枚，多落院内，有一弹由窗炸入，将省委邢士廉之办公桌椅完全炸毁，其另一弹，则炸毙交大俄教授一名，其用意欲与各省委为难。长官公署因在车站后之天泰合栈，不易分辨，故未受重大危险，然其轰炸之时，米春霖主席及荣臻厅长，正在送乐山副官长宅会议，各省委亦均于事先闻讯离府，故皆无恙。（未完）

这篇报道除了"八日"和"未完"有括号外，其他标点均为空格表示，这里的标点均为杨翌梅所加。

在这篇消息旁边，还有一篇《本周的口号》，内容如下——

同胞们呀！此次日本帝国主义侵占我东三省，是吞并我国的初步，也就是我国家民族生死存亡的关头！我们要立下"宁做战死鬼、不做亡国奴"的决心，大家奋起，抛头颅、洒热血，去和倭寇决战、和倭奴拼命！

1. 同心合力共赴国难！

2. 卧薪尝胆复仇雪耻！

3. 誓死拥护主权保全国土！

4. 奋斗到底我们必获最后的胜利！

5. 打倒残暴无理日本帝国主义！

6. 打倒灭绝人道的日本帝国主义！

当年报纸广告内容占大半篇幅

杨翌梅收藏的这张报纸虽然残缺，但基本能看出各版的主要内容。从四个版面的内容来看，新闻内容只有一小部分，大半内容为广告，其中一版头题就是一种婴幼儿保健品的广告，可见当时烟台人的广告意识已经很强了。报头下的《声明刊例》介绍了广告价格，连做多期的都有折扣。

一版上半版头题广告外纸张缺失，不知道具体内容，头题广告下的半版内容为一种白兰地酒和宏利人寿保险的广告；二版除了缺失部分，左下角是一则绣品广告，其他为国际新闻，内容包括《日本政府极力主战 国联中人颇乐观》《中国代表在国联大辩论》，报道的是"九·一八"事变后各方的反应；三版除了日军轰炸锦州消息和《本周的口号》外，"本省新闻"栏下还有一则新闻《省府令各县长公安局等填具保洁甘结》，此外半版多是醴泉啤酒公司一则广告启事《真金不怕火炼》和仁济医院、梨香园蜂场的广告，以及一则所城里的售房广告等；四版则全是广告，包括汕头报馆主任董伟农代言的"韦廉士红色补丸"以及法国山德尔巴黎白浊丸、福特汽车等。

另外，二、三版中缝为福山律师公会通告，介绍了该公会的二十四名律师；一、四版中缝为轮船广告，介绍了烟台到天津、大连、营口、安东（现在的辽宁省丹东市）和威海的航班信息，可见当年烟台客运航运的发达。

（2014–7–5《今晨6点》）

1933年牟平师生创办抗日刊物

《塔影》创刊号发出杀敌报国呐喊

"我愿驾驶着破浪的兵船，满载着勇敢的同胞，扫荡日本的巢穴，杀净他们的海岛；翻遍倭奴的田野，种上我们的禾苗。"八十一年前的"九·一八"事变两周年之际，牟平中学三年级学生在《东三省感想》一文中对日本侵略者发出了这样的怒吼。

"我收藏的这本《塔影》创刊号是牟平中学校刊，出版于1933年10月，当时正值'九·一八'两周年纪念之际。"昨天，我市红色文物收藏爱好者施立光向记者展示了一件藏品，他说："由于时代久远，历经战乱，书的封底已经毁损。"

这本《塔影》收集了牟平中学教师和学生的作品近三十篇。其中很多是纪念"九·一八"事变两周年的文章，师生们用手中的笔声讨日寇罪行，感慨山河破碎，表达对政府软弱的愤怒和对部分国民麻木的失望，发出杀敌报国的呐喊。其中一位一年级学生在《战场上》一文中就想象着自己与日寇作战的场面："'杀！杀！努力向前杀！'我抱着必死的精神，拼命地杀上前去。敌人死了一半了，杀！枪刺刺了我的股，枪弹伤了我的手臂，我还是拼命地向前杀！前面敌人已经没有了，只有那阴沉的森林和横卧的尸首。我衣服被血染遍，我两腿一软睡着了。枕着那横卧的尸首，听着那森林的呼啸……猛醒！猛醒！我且等到天明，明天绝早跑上最高处，瞭望他们的军情。"

牟平中学的校刊何以命名"塔影"呢？从署名"勇志新"的发刊词应该能了解到师生们的心声："三年的幼儿，蹒跚学步，牙牙学语，想正式走步，说明白话，这便是塔影的产生。朝阳涌出沧海，远照着伟大的宝塔；我们的声啊，色啊，都射到它底影里。太阳升到中天，高临着雄壮的孤塔；我们的灵啊，魂啊，都吸入它的底影里。夕阳斜挂疏林，反映着巍峨的高塔；我们的形啊，体啊，都藏在它底影里。祝福啊！阳光的常明，塔影的长存，永远地做我们光荣的象征。"

"塔影原来是壁报，征求同学的作品，由誊写的方式来公布，借以磨炼学生们的发表力。"在这本内文46页的刊物最后有一段《编后余话》，简单介绍了这本刊物的来历，"在这学期第一次学生自治会干事会议上，通过了印刷'塔影月刊'的决议案……"

"《塔影》诞生在国难当头之时，是一份宣传抗日和进步思想的刊物，给了爱国师生抒发爱国情怀的空间。"施立光说，"正是这些胸怀爱国之心和忧国之念的有志青年，一代代前赴后继，为中华民族伟大复兴而奋斗着，才有了我们今天的新中国。"

（2014-12-5《今晨6点》）

烟台也有央视报道的日本侵华地图

轰炸城市提前标注，说明日本入侵早有计划

"马上就是日本侵华的'七七事变'七十七周年的日子了，中央电视台新闻联播节目今天展出了国家档案馆珍藏的1937年11月日本侵华地图，我也有一张类似的地图。"2014年12月4日上午，烟台市民施立光告诉记者，他收藏的一张日本制作的昭和十二年（1937年）十二月的地图，可以证明日本侵华是蓄谋已久的。

施立光是我市一位红色文物收藏爱好者，工作之余收藏了大量红色革命文物。

"'七七卢沟桥事变'不是偶然事件，是日本早就计划好的！"施立光分析说，这张地图是日本制造卢沟桥事变不久后印制的，日本人把当时勘查到的中国各地重要物产位置都在图中标了出来，大都市、主要都市、飞机场、海底电缆、铁路、日占区、日军投弹轰炸的城市等也标注得一清二楚，说明日本侵华是做好了长期掠夺中国物产的计划。而且，地图中还详细标注出中国各地飞机场的位置以及从日本到达中国各个港口的航线位置，说明日本早就为轰炸和占领中国飞机场、港口等重要场所做好了充分的准备。

1937年"七七事变"后，日军8月大举进攻上海，11月占领上海，12月攻占南京，制造了惨绝人寰的大屠杀。这张地图是当年12月出版的，地图上的轰炸城市当时已经标注到南方的广州等地，可见日本侵华的战略计划制订得相当完备。

（2014-12-5《今晨6点》）

烟台发现《外人目睹中之日军暴行》

英国记者田伯烈记录，军事博物馆收藏为国家一级文物

"今年12月13日是第一个南京大屠杀死难者公祭日。在这一天即将到来之际，我将这本记录南京大屠杀日军暴行的图书展示出来，以此祭奠三十万无辜死难者。"施立光说，"同时，也给那些否认南京大屠杀的日本军国主义者一个耳光，声讨日本军国主义的罪行，警醒人们勿忘国耻。"

英国人著书揭露南京大屠杀

"在中国人民革命军事博物馆全国抗战文物馆中陈列着一件编号为31号的国家一级文物，它是'1938年7月国民出版社出版的田伯烈著作《外人目睹中之日军暴行》'。"2014年12月5日，烟台市红色文物收藏家施立光告诉记者，他也收藏了一本《外人目睹中之日军暴行》，那是十五年前从河南一位红色收藏家那里买到的，当时花了他将近八个月的工资。

1937年12月13日，侵华日军攻入南京城后，在南京制造了震惊中外的南京大屠杀惨案。南京大屠杀是日本军国主义犯下的大规模屠杀、强奸以及纵火、抢劫等战争罪行与反人类罪行。英国记者田伯烈亲历了南京大屠杀，他写的《外人目睹中之日军暴行》，是一位外国人从一位新闻工作者的视角，用自己和其他在场的外国友人亲历目睹的一手材料，在南京大屠杀惨案发生后最早出版揭露日军暴行的铁证。

作者将日军罪行向全世界公布

"去年12月间，日军攻陷南京后，对于中国的无辜平民枪杀奸淫掳掠，无

所不为。我身为新闻记者，将所见所闻的日军暴行，拟成电稿，拍发孟却斯托导报。"作者在这本书的序言中介绍说，"不料，上海日方的电报检查员向上级请示后，认为内容过于夸张，加以扣留。屡经交涉，都不得要领。于是我决定搜集文件凭据，同时发觉事态之惨，殊出人意，因此我才想到这些凭据，大有公诸世界的必要。这是我写这本书的原因和经过。"

作者称："写本书之目的，在以日军如何对待中国平民的事实，向全世界公布，力求真确，不存偏见，使读者明白认识战争的狰狞面目，剥夺战争的虚伪魔力。"

收录大量亲历者拍摄的照片

《外人目睹中之日军暴行》中文本由相明译，武汉国民出版社出版，郭沫若题词作序，高德题写书名。书有三篇序，分别是作者原序、郭沫若序和译者附言。该书共分九个章节，分别是《南京的活地狱》《劫掠、屠杀、奸淫》《甜蜜的欺骗和血腥的行动》《恶魔重重》《华北的恐怖》《空袭与死亡》《恶魔的阴谋》《结论》及附录。

书后有七个附录，内容分别是《南京暴行报告》《南京暴行报告(一续)》《南京暴行报告(二续)》《国际委员会书函文件》《攻占各城市之日军部队》《南京的杀人竞赛》和《请看日方之报道》。书中收录了大量当时亲历南京大屠杀的外国人拍摄的照片，并配以详细的文字说明，时间、地点、人物描述清晰。

"该书的英文版于1938年4月前后在英国出版，中方得到外文版后迅速翻译，于1938年7月'七七事变'一周年之际匆忙编印少量出版，仅限于慰劳前方抗日将士之用。"施立光说，"仔细阅读可以发现，书中很多地方的文字处理不够精准，说明当时还没来得及仔细校对就匆忙编印出版了。"

作为慰问品送前线激励将士

"与中国革命军事博物馆馆藏的那本国家一级文物相比，我这本书的封面多了几枚印章。一枚是'独立第五旅政治部图书室'章，一枚是'某某某某图书馆藏书'章，还有一枚隐约可见'汉口特四区七七……慰劳前方将士战地文化服务处'字样。"施立光说，"由此可见，这本书曾作为慰劳前方抗日将士的慰问品被送到了前线，它曾经激励着抗日将士们在战场上英勇杀敌。"

"'汉口特四区'当年属于日本租界，这说明当时抗日活动已蔓延到日租界区内。"施立光分析，"'七七……'应为'七七献金'或'七七纪念'，这两个活动都是1938年7月共产党在武汉领导发动的，这本书也是为了慰劳前方抗日将士而进行的全国第一次大型捐献活动的历史见证。"

共产党领导"七七献金"

1938年6月，中国共产党举办纪念"七七事变"一周年活动，郭沫若草拟了"七七"周年纪念计划，主张进行"七七献金"活动。

7月9日下午，八路军武汉办事处人员组成的"献金团"来到设置在江汉关的献金台前。周恩来首先上台，将自己一个月薪金二百四十元点清投入献金箱中。博古代表中共七名参政员将每人每月所得薪金三百五十元投入箱中。李克农代表在前线浴血奋战的八路军全体将士，将7月7日这天素食节省下来的伙食费一千元捐献出来，二十多名共产党员依次登台献金……

原计划三天的献金活动延长到五天，百万人口的武汉有五十万人走上献金台，工人、农民、店员、乞丐甚至难民都前来献金，献金总额超过一百万元，被当时报界称作"一桩有意义的献金"。

这次纪念活动还组织了慰劳团到各战区慰劳将士，用一部分献金款采办医疗器械和药品等前方急需的物品，并购买了十辆卡车支援前线。

这次"七七献金"活动激发了全民的爱国热忱和抗战决心，把中华儿女的赤诚之心发挥得淋漓尽致。一位记者深有感触地写道："这是中国兴亡的重大测验，可以肯定地回答，中国绝不会灭亡！中国一定会复兴！"

附书内文字片段——

十二月十七日，星期一。劫掠，屠杀和奸淫的事情，有增无减。昨日白天和夜间，被强奸的妇女至少有一千人。一个可怜的女人竟被强奸了三十七次，一个兽兵在强奸时，因为五个月的婴儿哭声不断，便把他活活闷死，反抗的惩罚就是刺刀……

十二月十八日，星期六。早餐时，李格斯报告住在他家的两个女人昨晚被强奸，其中一个是青年会某秘书的表姊妹。威尔逊报告一个五岁的女孩子被送到医院，她被日本兵刺了五刀，一个男人的身上有十八处刺刀的伤痕，一个女人的面部和腿部，也被刺了十七刀……

十二月十九日，星期日。完全陷入无政府状态。日本兵放火、燃烧甚烈，据说还有几处也要烧……日本兵闯入若干外侨的住宅，住宅内的难民被搜劫，妇女被强奸。一些人很残忍地被杀死了，毫无原因。难民区中的清洁队员七人，六人被杀，一人负伤逃回……

十二月二十日，星期一。暴行继续不已。全城大火蔓延。午后五时，我携史密斯君乘车出外，城内最重要的商业区太平路一带，烈焰冲天。向南行，我们看见日本兵在店铺内放火，再向南行，我们看见日本兵忙着把东西装入军用卡车……

（2014-12-6《今晨6点》）

日军侵华纪念戳曝光其侵华行程

日军两年侵占六十余城，每占一地刻一枚纪念戳

"这本日本侵华纪念戳真实地记录了抗战两年来日军侵占我国各地的详细经过，是他们无可抵赖的历史罪证！"2014年7月6日，烟台市收藏家施立光向记者展示了一本他托人从日本收藏来的珍贵史料，上面盖着1937年卢沟桥事变到1939年7月28日日军封锁珠江的每一步。

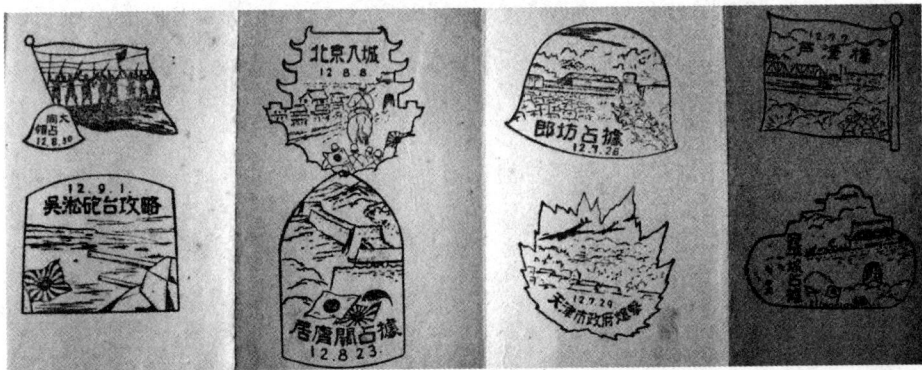

施立光收藏的这本日军侵华纪念戳是一本折式册，里面的空白页基本按照时间顺序分别盖着六十五个印戳。日本发动卢沟桥事变的1937年是日本昭和十二年，印戳上除了时间标记基本都是日军侵占我国各地的木刻画，是一本日本侵华历史不可辩驳的见证。

记者从有关方面了解到，像施立光收藏的这本完整的日军侵华纪念戳在我国大陆还没有公开报道，目前有报道的只是台湾地区的黄文显手里有一本，记录的也是1937年至1939年日军占领中国各主要城市及轰炸大小战役的戳章。根据黄文显的研究，这应是当时日军为了激励日本国内人心发给日本人收藏的小册子。

（2014–7–7《今晨6点》）

日本记者照片被盖章"不许可"

成为揭露其侵略行径的最真实罪证

"自'九·一八'事变至抗日战争，日本帝国主义对中国及亚洲其他国家发动了惨无人道的侵略战争，为了掩盖其战争罪行和反人类罪行，日本官方的新闻检察署曾对日军随军记者在战场上拍摄的照片进行检查，把对他们不利的照片盖上'不许可'大印，或写上'不许可'几个字，禁止发表。"2014年12月12日，烟台市红色文物收藏家施立光向记者展示了一本照片上盖有"不许可"大印的日本战历。根据书中介绍，日军发动侵华战争期间，每日新闻特派员拍摄的24038张照片被加盖"不许可"印章，并在空袭中烧毁，后来，他们在大阪每日新闻社地下仓库中发现有捆包，就编辑出版了一部分，留下了日本帝国主义最真实的侵略罪证。

"之所以'不许可',原因很多,但总结起来就是一条,怕影响日军形象,怕暴露侵略行径!"施立光告诉记者,这些"不许可"写真(照片)包括如下几类。

(1)表现敌军与日军战死者之照片不许发表。理由是无论敌军战死者还是日军战死者的照片一经被报刊刊登,势必会被日军士兵看到,由于同为军人,也许也会战死,看到这样的照片可能会对士气产生影响。

(2)表现日军残暴屠杀和劫掠之照片不许发表,理由是如此照片一经发表会影响日军形象。

(3)一切表现日军运兵的照片不许发表,理由是会泄露日军的具体运兵方法。

(4)一切在日军军用机场拍摄之关于日军飞行员之照片必须将背景全部隐去才可公开发表。理由是如不隐藏背景,会被判断出该军用机场的具体位置。

(5)一切带有日军番号之照片必须将番号去掉才发表,理由是怕泄露部队番号。

(6)一切表现日军坦克和飞机的照片必须将日军坦克上的机关枪、炮塔、飞机上的机关枪、发动机全部隐去才可发表。

(7)有背景的照片必须将背景隐去。

(8)日军少佐以上军衔的军人的照片不得公开发表,理由是怕泄露高级军官身份。

(9)日军士兵裸体洗澡的照片禁止发表,理由是怕影响形象。

(10)日本妇女露大腿之照片禁止发表,理由是违反日本当时之风俗。

(11)对日军军容不利之照片需经过修改才可发表。

(12)展现日军虐待俘虏之照片禁止发表。

(2014-12-13《今晨6点》)

《画报跃进之日本》留下侵华影像

成为南京审判战犯军事法庭大屠杀案的证据

"当年他们出版这些画报'炫耀战绩'时，肯定不会想到有一天这会成为他们侵华的罪证！"在我国第一个南京大屠杀死难者国家公祭日前夕，烟台市红色文物收藏家施立光向记者展示了他收藏的一份珍贵资料——《画报跃进之日本·南京陷落祝贺号》，指证日军侵华史实。

日本杂志自证侵略史实

"这本1938年2月由日本编辑、出版的日军占领南京的画报特辑，尽管回避了大屠杀的真实事实，粉饰了残暴侵略的狰狞嘴脸，但其拍摄的攻城、入城等照片不仅证明其侵华的史实，更再现了当时我南京保卫战之惨烈场面。"2014年12月5日，施立光拿着他收藏的《画报跃进之日本·南京陷落祝贺号》向记者介绍说，"这一张张照片都定格了国破家亡的悲惨时刻，凝望那段痛心疾首历史，再次警醒我们勿忘国耻振兴中华！"

施立光收藏的这本《画报跃进之日本·南京陷落祝贺号》封面虽然有些破损，但画面上"祝南京陷落"的小条幅和日本国旗、军旗是那样醒目而刺眼。

翻开内页，日军攻占南京侵略行径被一张张照片记录下来：1937年12月9日炮击光华门，10日上午飞机轰炸，下午敢死队爆破，将光华门炸开个口子，日军蜂拥而至，光华门失守；日军向中华门炮击，中华门12月12日失守，日军装甲车开进城内；12月12日，中山门城墙被日军攻破，日军在城里贴出布告，而光华门城墙上"誓复国仇"的口号依稀可辨；12月13日，日军进入南

京城区太平路及国民政府外交部等地，日军站在中山门上俯瞰南京城；12月17日，日军最高指挥官松井石根进入南京城。

日军自拍照片成为罪证

"这本画报的照片都是日本随军记者拍摄的，是证明其侵略史实最好的证据！"施立光告诉记者，《画报跃进之日本》是由东京东洋文化协会每月1日出版的月刊，照片由日本侵华战争期间的随军记者拍摄，从1937年日军侵华开始，每期都介绍日军侵华进程，直到1945年日本战败。

1938年1月，一个日军少尉军官拿着两卷"樱花"胶卷到南京"华东照相馆"冲洗照片。照相馆的学徒罗瑾在冲洗时，发现多张日军砍杀中国军民和侮辱中国妇女的照片，就偷偷加印，并选择了其中十六张装订成册，转给同学吴旋保管。

日本投降后，当时的南京国民政府审判侵华日军战犯，面向社会收集日军暴行证据，吴旋就把相册送至当时的南京市临时参议会。相册中的照片"确系日寇施行暴行所自摄，足以证实战犯罪行之铁证"，成为南京审判战犯军事法庭大屠杀案的系列证据第一号。目前，相册藏于中国第二历史档案馆。

12月8日，国家档案局在其官方网站发布了这些日本军人拍摄的暴行照片等材料。

日指挥官放任大屠杀

"日军制造的这次大屠杀，不是日军士兵自发的行为，而是最高指挥官命令和纵容下的集体行动！"施立光说，"这是当年的远东国际军事法庭查明宣布的。"

"充分证据证明，松井对于这些恐怖行为置若罔闻，或没有采取任何有效办法来缓和它"，"而对于这类暴行具有责任的军队又是属他指挥的。他是知道这类暴行的。"当年，远东国际军事法庭审判书表明，松井石根知道日军暴行却没有采取任何措施制止暴行的扩大，相反，却为暴行的蔓延提供了军令依据，且对日军行为采取了纵容的态度。

（2014-12-6《今晨6点》）

《崑嵛报》记录胶东军民抗日史

"八路又打胜仗 得了挺歪把机枪"

"这张抗日报纸《崑嵛报》不仅记载着日寇残害胶东人民的罪行和胶东军民抗击日寇侵略的事件，还介绍了延安及其他抗日根据地的情况。"2014年6月28日，热心收藏红色革命文物的市民单红向记者展示了一张七十二年前的老报纸，见证了当时胶东军民的抗日情况。

《崑嵛报》记载胶东军民抗日史

"我周围的几位行内人大都没见过《崑嵛报》，对其背景等情况不了解。"单红告诉记者，她查阅资料，了解到《崑嵛报》是抗日战争时期中共东海地委机关报，因为当时对敌斗争环境恶劣，印刷量较少，今天难得一见。

记者从郎伦友编著的《中国新闻事业编年纪事》上了解到，1940年，共产党东海抗委会在山东胶东地区创办《崑嵛报》，社长孙川、刘恩，总编辑刘令凯；五日刊，油印，四开四版。单红收藏的这张《崑嵛报》为四开单面油印，发行时间是1942年1月10日，期数是42，但没有标注发行单位，其中的消息基本都未标注作者姓名，文中抗日人物姓名大多用又代替。据推测可能是为了防止泄密，保护抗日群众，故意将发行人、作者以及抗日群众的个人信息等隐去。

这期《崑嵛报》第一版的头题文章题目是《用胜利迎接新年！我八路驻东海某部 在荣成又打胜仗 得了挺歪把机枪》，一个题目就将八路军抗战的情况写得一目了然。报纸中间部分转载了1942年《解放日报》的元旦献词。围绕着元旦献词，四周是十几篇东海区各地发生的抗日新闻，包括日本鬼子残杀无辜百姓和抗日人士的事件、东海区群众与日伪军做斗争的故事，以及赵保原手下汉奸赵汉卿被日寇误杀的"狗咬狗"新闻。

第二版主要是介绍延安及其他抗日根据地的情况和胶东军民开展抗敌誓约运动的情况。报纸的中缝位置连载了漫画式新文字课本，内容为号召群众参加八路军，为抗日捐款捐物。

十二三岁的女孩惨遭日寇魔手

一篇消息《兽性：抢掠，残杀，奸淫！》报道的内容是：1941年12月2日，石岛、俚岛的鬼子和伪军二百三四十人在七区杀死、杀伤三名无辜百姓后，不仅将群众钱财抢掠一空，还奸淫妇女十五六人次，其中有两名十二三岁的小女孩。

《请看！我们同胞遭受的酷刑》报道的是：1942年1月某日，牟海某区刘某某去牟平赶集，因没有良民证，被"二鬼子"捉去过了两次堂，几天后才被放了回来。他回来后介绍说，跟他们同时受罪的还有六个男女青年，手脚都被捆在桌子上，其中一名男同志在日寇的屠刀下惨遭杀害，其余的人除了被灌辣椒水和凉水外，一名女同志还被敌人用猪蹄子塞住嘴打气，然后被拉到烟台折磨致死。牟海六区崖子村的孙某某到烟台做买卖，被日寇捉去，严刑拷打后，用辣椒水灌了好几次。家人花了好多钱才放了出来，但人还没到家就咽气了。

《水道鬼子像疯狗　到处乱咬一阵》报道的是几起水道日寇拆毁民房、逼迫老百姓把木料运到牟平城里的事情。

胶东人民面对恶行奋起抗战

《兽性：抢掠，残杀，奸淫！》这篇消息在报道敌人兽行的同时，还报道了胶东人民响应抗日民主政府和反扫荡的号召，配合主力部队打击敌人的情况：他们加强抗日自卫团的工作，许多青年参加了八路军。为了粉碎敌人的扫荡，防止奸细活动，男女自卫团员加强了岗哨，日夜巡逻，盘查行人非常严谨，没有路行证或来路不明者休想通过。更有许多村庄的群众集体睡觉，经常训练，随时准备着配合部队给日寇有力地打击。

一篇消息《好男儿要当兵　大家来欢送》报道的是：1942年1月某日，牟海七区某村老百姓与全体小学生排队欢送三名参战青年，临行时慰劳了很多的食品和物品。

据消息《抗日分子两名　又遭丁部暗杀！》报道，牟海六区铁山乡于学友原来曾在投降派丁某的兵工厂里做工，因无法忍受其压迫及其勾结日寇残杀抗日人士的罪恶，辞职参加了抗日农救会进行抗日宣传，揭露投降派的罪恶。不幸的是，1941年12月2日，他们父子二人被丁某派来的暗杀团四人杀害。

"十条誓约"坚定抗日信念

这张《崑嵛报》第二版有半版篇幅介绍的是"军民誓词誓约"运动，包括《对军民誓约运动的新认识》《为什么提出誓约运动？》和《军民誓约誓词》三篇文章。

根据文章介绍，日本帝国主义对中国人民实行"三光政策"的同时，还采取了"三分军事七分政治"的手段和各种奴化国人的方式，企图长期占领中国。为了粉碎敌人的阴谋，吸取其他地区的经验教训，做好反扫荡工作，取得最后的胜利，胶东区抗日民主政府于1941年底开展了"军民誓词誓约"运动，将全体军民在思想和政治上统一起来，一致抗敌。

誓约誓词包括十条，分别是：一、不做汉奸顺民；二、不当敌伪官兵；三、不参加伪组织维持会；四、不替敌人汉奸做事；五、不给敌人汉奸粮食；六、不买敌人货物；七、不用汉奸票子；八、爱护抗日军队；九、保守军事资财秘密；十、遵守抗日民主政府法律。以上誓约如有违犯，愿受军纪法令处分。

这一军民誓约运动的推行，提高了解放区军民的思想觉悟和抗日斗志，使胶东军民坚定了抗战到底的立场，抱定了救国救民、牺牲小我的精神，以此取得了一次次反扫荡斗争的胜利。

（2014-6-29《今晨6点》）

抗战胜利政府给抗属发贺年卡

勉励人民打垮"蒋、伪、敌"　保卫胜利果实

"这是1946年元旦蓬莱县政府发给现役军人周敬兴的贺年卡，意在勉励人民打垮'蒋、伪、敌'，保卫胜利果实。"2015年1月5日，烟台市红色文物收藏爱好者方龙，向记者展示了他收藏的一件胶东红色文物。

"我请教著名邮品收藏家林卫滨得知，这枚贺年卡在集邮界被称为'贺年慰问邮简'，属于胶东专印免资美术明信片。"方龙告诉记者，这个品种的贺年片是近期才面世的，仅有几枚，非常珍稀。

胶东专印免资美术信封、明信片诞生于抗日战争时期，大多发行量极少，因战乱留存至今的大多数为孤品。因其既具有红色文物收藏价值，又具有战时邮品性质，近年来，这类藏品颇受红色文物收藏者和集邮爱好者的共同追捧。

方龙收藏的这枚贺年卡是蓬莱县政府发给抗日家属的。这张贺卡底面印有彩色宣传画，分左右两部分。左半部分闪闪放光的五星下映衬着"恭贺新禧"四个大字，左上角用虚线框出邮票大小的方框。右半部分彩画分为上下两幅。上幅是八路军战士左手高举红旗，旗上书写"反对内战"四个字，右手手握钢枪，正向敌人冲去；前方敌人分别写着"蒋、伪、敌"。贺年卡下方是后方支前生产的场景。邮简内页为慰问信正文。

因当时新年、春节期间的贺年明信片为免资，所以那个时期留下的明信片没有贴邮票。

（2015-1-6《今晨6点》）

一张复员证显示我军大裁军诚意

"这是新四军山东军区发给复员军人周敬兴的复员证，从这里也可以看出抗战胜利后全国人民期待和平建国、'国共'大裁军的形势。"昨天，烟台市红色文物收藏爱好者方龙向记者展示了一件1947年1月4日的胶东红色文物，见证了当时革命军队的变动情况。

二十九岁的新四军复员了

"这张复员证就是我军响应大裁军号召的见证，签发日期是1947年1月4日，而山东新四军合编番号撤销的时间是1947年1月23日。"方龙告诉记者，这张复员证是山东新四军番号撤销前十九天颁发的，一位二十九岁的青年军人被安排复员了。

1946年，抗战胜利后，全国人民在欢庆胜利的同时都期待和平建国，"国共"两党为此谈判，并进行有步骤的大裁军。1946年初，军调三人小组签署了《关于军队整编及统编中共军队为国军之基本方案》的文件，确定一年之内，国民政府将九十个师以外、中共将十八个师以外的其余部队人员复员。此后半年内，国民党军队缩编为五十个师，中共军队缩编为十个师。随后，国共合编为六十个师、二十个军，其中四个军的军长由中共方面人员担任。

1946年1月，新四军军部兼山东军区发出《关于新形势下政治工作的指示》，除了进行军政总结、评选英模、形势教育等外，一项重要的工作就是整编复员。聂荣臻后来在一篇文章中曾写道，中共的做法是"以事实使设在北平的军调部看到，我党执行整军方案是切实认真的"。

复杂落款见证我军大变动

"1947年1月4日，适逢抗战胜利后短暂的和平时期，这本证书采用少见的白布印制，三十二开，中间折叠后像一个小本子，封皮四周用彩色花环环绕，做工精美。"方龙介绍说，这本复员证上的花环内印有"山东军区、新四军，复员军人证明书，山东军区、新四军复员委员会发"等字样，下部为证书编号，加盖"胶字第08950号"，说明此证为胶东部队核发。复员证封底印有复员军人的权利和义务；内页四周也用花环环绕，顶部中央为毛主席和朱总司令头像。

"这本复员证的落款为：军长兼山东军区司令员陈毅、军政委兼军区政委饶漱石、副军长兼军区副司令员张云逸、军副政委兼军区副政委黎玉、军政治部主任兼军区政治部主任舒同。"方龙说，"签发复员证的这些人都是那个时代的著名人物，每个人前面的复杂职务名称是其他证件少有的，这是抗战胜利后一段特殊历史时期的见证。"

华东野战军成立，新四军撤销

史料记载，1945年9月19日，中共中央在《关于目前任务和向南防御、向北发展的战略方针的指示》中提出：罗荣桓到东北工作，中共中央华中局移至山东，与山东分局合并组成华东局，领导山东和华中两大战略区。现在的华中局改为分局，受华东局指挥。

随后，陈毅从延安出发，10月5日到达临沂，同罗荣桓进行工作交接，10月20日被任命为新四军军长兼山东军区司令员。张云逸与饶漱石12月2日到临沂会合；华中局与山东分局留下的部分合并为华东局，新四军军部与山东军区机关留下部分合并为新四军兼山东军区机关。

12月18日，中共中央批准华东局组成名单，以饶漱石、陈毅、黎玉、张云逸、舒同为常委，26日又增郭子化、李林为常委，饶漱石为书记，陈毅、黎玉为副书记。

12月26日，中共中央军委批准了新四军兼山东军区其他领导的配备："新四军副军长张云逸兼山东军区副司令，山东军区副政委黎玉兼新四军副政委，陈士榘为新四军兼山东军区参谋长，袁仲贤为副参谋长，舒同为新四军兼山东军区参谋长政治部主任，唐亮为副主任。"

1946年12月25日，中共中央致电华东局，同意华中分局与华东局、华中军区与山东军区、华东野战军与山东野战军的机关合并。遵照此电指示，1947年1月下旬，新四军、山东军区、华中军区、山东野战军、华中野战军整编为华东军区、华东野战军，1月23日是农历春节，华东野战军正式成立。至此，新四军番号撤销。

（2015-1-6《今晨6点》）

喜报里藏着东北军胶东作战秘密

随船前来学习参加当地战斗，塔山作战胜利发喜报

"这张东北军塔山作战立功喜报上的时间比塔山阻击战的时间早了七个月，难道是书写错误？"烟台市红色文物收藏爱好者施立光经过考证，发现了东北军当年来胶东和胶东部队并肩作战的秘密。

喜报比作战时间提前七个月？

"去年4月，一位下乡收古董的朋友打来电话说，他在乳山乡下收了一张

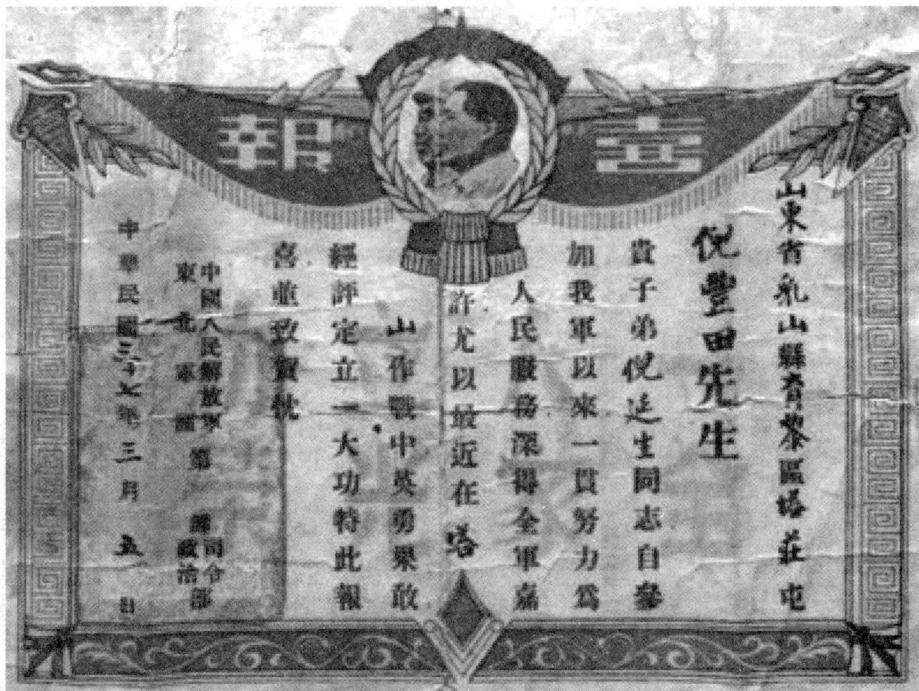

东北塔山阻击战立大功的奖状式喜报，我就买了下来。"2014年11月3日，我市红色文物收藏爱好者施立光告诉记者，这张立功喜报上有"一人立功全家光荣"两行红色底字，是发给当时的乳山县育黎区塔庄（屯）倪丰田的，正文为"贵子倪延生自参加我军以来一贯努力为人民服务深得全军嘉许尤以塔山作战中英勇果敢经评定立一大功特此报喜并致贺忱"，落款为"中国人民解放军东北军区第Ｘ师司令部、政治部"，标注时间为1948年3月5日。

"塔山作战、东北军区，这两个要素让人一看就想到了当年的塔山阻击战。"施立光说。塔山阻击战是解放战争时期东北野战军在辽沈战役中的一次防御作战，为保障主力部队夺取锦州，第四、十一纵队在锦州西南塔山地区阻击增援锦州的国民党军。这是中国人民解放军战史上规模最大、时间最长、最为残酷的阵地防御战，他们坚守塔山阵地六昼夜，寸土未失，以伤亡三千余人的代价毙伤敌副团长以下官兵六千多人，创造了"模范的英勇顽强的阻击战"范例，彻底粉碎了蒋介石的北援计划，对辽沈战役全面胜利起到了关键性作用。

"但是，塔山阻击战发生在1948年10月，这张喜报上的时间比它早了七个月。"施立光说，他将这个疑问电话告知了卖家，让他有机会找当地老人问一下是怎么回事。

原来塔山作战非塔山阻击战

"后来，他找到乳山当地健在的革命老前辈打听了一下。老人回忆说，当时东北军与胶东部队混编在一起，在乳山等地与国民党军队作战。"施立光告诉记者，"据此分析，这张喜报反映的并非塔山阻击战，应该是发生在当时的乳山县育黎区塔庄村附近的塔山战斗。"

为搞清历史真相，施立光查阅了许多胶东历史资料，奇怪的是，在胶东军史、党史及地方史中均未查到有关东北军队到胶东作战的记载。

"今年早些时候,参加过胶东抗战和解放战争并一直在胶东工作的谷言照大爷到我这儿,我将这个疑问告诉了他。"施立光说,"谷言照大爷告诉我,当年为支援东北解放,胶东部队通过海运秘密运往东北,船回来时,曾经有一部分东北部队为了学习取经乘船来到胶东,和胶东部队并肩与国民党军队作战。"

施立光分析,也许是当时来胶东取经学习的东北部队人数较少,在胶东停留时间较短,这段历史没有引起史学家的重视,也就没被记入历史。

胶东部队曾使用东北军番号

"前不久,原八路军胶东部队的部分老领导宋澄、宋竹庭等人的后代来到烟台,我有幸与其见面,从他们那里了解到这样一段历史:解放战争时期,胶东部队(中国人民解放军第二十七集团军)为了迷惑国民党军队,曾经短暂使用过东北军的番号。"施立光告诉记者,"他们说,1947年12月前后,胶东部队曾经在乳山塔庄附近的塔山与国民党军队进行过一次激烈的战斗。"

根据这些情况,施立光分析历史真相应该是:1947年,中国人民解放军东北军区某部以学习取经为目的,乘坐返航的胶东运兵船来到胶东,并与胶东部队并肩作战。为了迷惑国民党军队,当时的胶东部队将部分部队番号临时改为前来学习的东北军番号,并以此名义与国民党军队作战。塔山战斗结束后,1948年3月召开庆功大会奖励有功人员,部队就用了从东北带来的东北军的奖状,颁发给有功的胶东军人。喜报上除了人名、地名和时间为手写的外,其他都是印刷的,其中地名处在胶东是通常的"村",在这张喜报上却是东北常见的"屯"字,这也证明了这张喜报确实是东北军发出来的。

"这么说来,我收藏的这张喜报也就成为解放战争中东北军与胶东军队在胶东并肩作战的历史见证。"施立光说,"希望研究革命史的人能把这一段历史挖掘一下,别让后人遗忘!"

（2014-11-4《今晨6点》）

劳工票展示胶东人民支前盛况

日前，烟台红色文物收藏家杨翌梅收集到一张盖有"支前生产委员会印"印章的"劳工票"，向我们展现了胶东人民当年支前爱国的盛况。

烟台发现一张"劳工票"

"这张'劳工票'是胶东人民为解放全中国支援前线的重要证据！"昨天，烟台红色文物收藏家杨翌梅，向记者展示了一张她在烟台古玩市场上收藏到毛边纸"劳工票"，盖有一个红色竖刻印章，印章上依稀可辨为"山东省招远县许家行政村村□□"，后面两字难以辨识。

"这张劳工票是当年胶东人民支援前线的证明。"杨翌梅告诉记者，她查找到的资料说，解放战争开始后，中共华东中央局、山东省政府和山东军区于1946年9月2日联合发出通知，决定成立山东省支前委员会。此后不久，各级党组织、政府也相继建立了支前领导机构，行署、专署成立了支前司令部，各县成立了支前指挥部，区、乡、村建立了支前生产委员会，领导人民群众在搞好秋收秋种、发展生产的同时，把支援前线、夺取淮海战役胜利当作当时的头等任务。

据悉，当年山东是解放战争的主要战场之一，从1945年9月至1949年10月，山东民兵、民工，支援人民解放军进行了定陶、鲁南、莱芜、孟良崮、鲁西南、潍县、兖州、济南、淮海、平津、渡江等几十个著名战役，并随军转战山东、江苏、河南、安徽、湖北、山西、河北、浙江、福建、江西、广东、广西、上海、贵州、辽宁、吉林、黑龙江十七个省市，将大批粮食和弹药、军需物资运往前线，把二十多万名伤员转到后方，以至于当时的华东野战军司令员兼政治委员陈毅不止一次说："淮海战役的胜利是山东老百姓用小车推出来的。"

当年烟台支前立了大功

在全国解放战争时期，烟台市各县的支前民工在胶东区、在山东省乃至全国都很出名。

1947年3月8日，胶东区支前司令部成立，随即指示各县成立支前指挥部，各区、各村成立支前委员会，各县的支前工作随即开展了起来。随着解放战争形势的发展，烟台市各县按照上级的指示组成了一支由担架队、小车运输队、大车运输队组成的七十万人支前大军，从山东走向华东，在支援淮海、渡江战役之后又去支援沪杭宁战役，将战争急需的粮食、弹药等各类物资及时送到作战部队和战士手中，"解放军打到哪里，民工就支援到哪里"，为全国解放战争的胜利立下了不朽的功勋。

招远的支前工作则从抗日战争就开始了。抗日战争时期，招远、招北县人民从人力、物力、财力上大力支援抗战。1946年到1949年，招远、招北两县人民又全力以赴支援解放战争。1948年9月，两县组成五千余人的担架团支援淮海战役，其中，招北支前三大队二中队的五分队第一小队荣获华东支前司令部授予的"快速小队"称号，六分队荣获"钢铁担架分队"称号。1949年，两县担架队又随军渡江。

（2014–4–11《今晨6点》）

五件文物讲述宫英玉革命经历

马石山惨案促使他走上革命路，文物记录一步一个脚印

"1948年的入党志愿书、1949年的立功奖状和喜报、1950年的干部登记表、1952年的退职人员介绍信，这五件文物记录了一位胶东战士宫英玉的革命历程！"2015年4月21日，烟台市文物收藏爱好者白山向记者展示了他收藏的一组红色文物，见证了一位战士参军、入党、战斗、工作及退职的革命经历。

马石山惨案激发他走上革命路

"这是胶东区牙前县马石店村宫英玉在中华人民共和国成立前参加厦门战役的获奖奖状和三等功喜报等五件文物，这套资料不仅见证了这位革命前辈的革命经历，也反映了胶东人民支援全国解放战争的光辉历史。"白山告诉记者，"从这些资料中可以看出，宫英玉是1945年1月参加胶东抗日军队的，1948年入党，随后跟随胶东部队一直战斗到福建，并在福建省三明市龙溪县县委工作，1952年8月因年老退职返回故乡。"

根据白山收藏的这些文物记载，1942年日寇在马石山大扫荡，不仅八路军牺牲了不少人，老百姓也被杀了不少，住在马石山附近的宫英玉从这一惨案中认识到再不起来跟日寇斗争，在家里也活不成。他想赶快把日寇赶出去，于是，在1945年1月参了军。

宫英玉刚参军时被分配到胶东军区特务营生产队，心里不愿意，想到前方。部队负责人跟他谈话，说他年纪大，革命在哪里工作都一样，他才想通了，后来还当上了生产组长。敌人进攻胶东时，部队让宫英玉回家住了一个月，他以为是叫他复员，在家里也不安心。后来，他去找队长，回到部队，去

了辎重连喂牲口，1948年4月在临淄大马代村入了党。

入党申请书写明他的优缺点

"看那时的入党志愿书，入党人的优点、缺点写得一清二楚，而且都是实实在在的问题，不空洞。"白山向记者展示着宫英玉的入党志愿书，在"为什么要参加共产党及其动机"一栏中写着："1.自己决(觉)得，过去是依靠自己的父母，在革命阵营下，就要依靠共产党。2.共产党能为民服务，能领导群众反(翻)身。"

在"小组、介绍人意见"一栏里，介绍人矫希忠、杨恩惠填写的对宫英玉的意见是——"优点：1.各种工作当中的坚持性好，劳动性强；2.对牲口关心按时喂，行军不管怎么疲劳，也坚持喂牲口；3.团结上和同志们不发火，对自己的文化学习很好；4.埋头苦干，不发牢骚。缺点：1.爱面子，有些事情不爱问别人，有时在工作中反(犯)急性病；2.政治上开展得慢。"

在干部登记表中，也具体记录了宫英玉的优点和缺点——"优点：1.工作方面很老练，积极负责，特别是对牲口喂养很上心。2.团结好，班里的同志病了他非常关心，对同志的态度很温暖，从来不发火，威信很高。3.艰苦作风好，自己年纪大行军有困难，但是进军福建这样的行军从未掉队，没发过牢骚。4.政策观念，从来没有违纪，对老百姓态度很好。缺点：有点小英雄思想。"

胶东战士在厦门立功受奖

白山收藏的宫英玉在厦门战役中获得的奖状约有半张报纸大小，制作精美。奖状的正面以人民解放军在坦克掩护下势如破竹的冲锋画面做背景，上部边框位置有一颗大大的金边红色五星，两侧分别是三面五星红旗和三面八一军旗；左边为朱德头像，右边为毛主席头像。奖状的文字内容为："兹有宫英玉同志在厦门战役为人民立下功绩，业经评定为三等人民功臣。特此颁给奖状以资鼓励。司令：叶飞；政委：韦国清；政治部主任：刘培善；副参谋长：陈铁君。一九四九年十一月十三日"。后面加盖"中国人民解放军步兵第二百七十一团政治处"的红色方形大印。

这张奖状的背面分左右两部分。右部分内容为立功事迹："厦门战役战前、战中，工作中表现都很积极，服从性好。上级分配任务都很愉快圆满完成，并在艰苦情况下挺身而出，带领群众对同志们团结很好，经常个别谈话交换意见。不论平时、战时，没有破坏群众纪律。党的政策执行得很严明，工作当中争先去干。"左半部分，介绍了人民解放军的本质，总计有二百多字。

厦门战役三等功喜报也是半张报纸大小，制作格外靓丽。封面以粉红色为底色，四周装饰为门框形状红色边框，上、下两边框分别题写"一人立功"和"全家光荣"几个大字。中间部位绘有三名解放军战士画像，展现了人民解放军的威武雄姿。喜报内容为："兹有宫英玉同志，在厦门战役中为人民立下功绩。业经评定为三等人民功臣。除颁给奖状外，特此报喜。"这张喜报盖着"中国人民解放军步兵第二百七十一团政治处"的印章。

"厦门战役正逢1949年中华人民共和国成立，解放了厦门全岛，也是人民军队献上的一份厚礼。"白山说，"宫英玉在这场战役中立功受奖，也表现出了胶东人民子弟兵的战斗风采，给胶东人民争了光！"

（2015-4-22《今晨6点》）

六封军人家书透露解放战争历程

战士保江山两过女友家门而不入

"我收藏了六封战争年代的家书，一封是1947年解放烟台周边时一位战士留下的，五封是一位烟台籍战士在烟台解放后跟随部队从烟台打到上海时写给家人的。"2014年7月19日，红色文物收藏爱好者单红向记者展示了她的几件藏品，她说，"这几封家书见证了那个年代革命军人的真实生活和真实思想，是那个时代的缩影。"

保江山两过女友家门而不入

"这位高密军人李善宣的信写于1947年12月10日，当时正值胶东保卫战大反攻时期，胜利后他在牙前县（因境内有牙山得名，1944年12月析栖霞、牟平、海阳、乳山四县部分区域设立，属东海专区，1950年1月撤销）写了这封家信。"单红介绍说，"从书信内容看，他的女友家住海阳小纪，行军作战中曾两次路过女友家，都没有进去看一看，直到高密、胶县解放后，才写了这封信。"

李善宣信中说："我自从和伯父伯母分别后，想往家插，不料，想到了姜山还有敌人，就没有过去。又回来时，走的小纪，到朱武一直又到了牙前县。当时从小纪经过的时候，本想到伯父那里去看看，但上级不准随便走，所以没去。我在牙前又住了七八天，开始从栖霞往家回转，幸一路顺利，过七八天的功夫就到家了。到家时，高密还没解放。现在高密、胶县都被我们解放了。"

古有大禹治水三过家门而不入的壮举，这里有革命战士为保江山打敌人两过家门而不入的感人事迹，这样的壮举其实存在于很多平凡的革命战士中。

南下支前一路书信报平安

"这几封信是烟台牙前县一位普通战士于景（有时写作'敬'）华在胶东一支队二团一营一连支前过程中写给家人的，分别发自临沂、蚌埠、明光、无锡和上海，收信地址都是'胶东区牙前县郭城区河南村'。"单红告诉记者，这些信是于景华随部队从烟台一路打到上海的见证。

在战斗中，于景华冒着枪林弹雨抬担架，运子弹，最后押解俘虏到达上海以西的南翔车站。部队到达南翔后，他所在部队负责保护粮库，最终圆满完成了支前任务。他信中还提到，部队生活很好，来时带的钱一点儿没花，到上海后将棉衣拆了，里面的棉花卖了，棉衣表准备邮寄回家。

这几封信有的贴着解放区毛主席或朱德头像邮票，是"支前邮局"成立之前邮寄的，还有两封未贴邮票，盖着"华东支前免资邮件"邮戳，是"支前邮局"成立后邮寄的。信封有的是自己用废纸糊的，内层有字；信纸则大多是随手捡的废纸。从上海邮寄的那封信的信纸背面甚至还有别人在上海写的一篇日记。

免资邮戳见证胶东人民支前

解放战争中，大批胶东支前人员配合作战部队开赴前线，他们不仅参加了山东的大小战役，还跟随三野部队南下，参加了淮海、渡江和解放南京、上海、杭州、宁波等战役，有的到达了福建南部地区。为了保障支前人员与家人的书信联系，由支前机构将大家的信收集起来，交给所属部队，部队将其与战士们的信件一起免费寄递。1947年上半年，临时成立了"支前邮局"，1948年秋成立了华东支前委员会支前邮局，支前人员邮寄平常邮件时，在邮件上加盖"支前免资"戳记即可邮寄。

"1949年秋，华东地区彻底解放，支前任务基本完成，支前民工陆续返乡，历时11个多月的支前邮局宣告结束。"单红说，"支前邮局在战火中诞生，存在时间短，所接收和投送的邮件与军邮类似，留存至今的'华东支前免资'邮戳实寄封十分罕见，这几枚支前实寄封是胶东人民支援全国解放的历史见证。"

（2014-7-20《今晨6点》）

两件藏品展现革命前辈战略眼光

解放军两年前就预见了全国解放

"1947年9月12日，新华社发出了《人民解放军大举反攻》的社论；1947年11月15日，人民解放军就印发了《人民解放军大反攻形势图》；1948年元旦，胶东革命根据地牙前县发贺年卡也提出了'大反攻'。"红色文物收藏者施立光告诉记者，他收藏的一张地图和一个贺年卡充分展现了当时革命领袖的战略眼光。

一张地图展示"大反攻"形势

"这张《人民解放军大反攻形势图》是1947年11月15日由中国人民解放军印发的，五天后就发到了基层！"2014年10月28日，烟台市红色文物收藏爱好者施立光向记者展示了他收藏的一份地图，他说，"这张地图预示着当时的蒋介石政权末日即将到来，人民军队进入了全面大反攻时期。"

施立光收藏的这张地图题头是"人民解放军大反攻形势图"几个大红字，大红字下面是小一号字体印着"全国大反攻，到处大胜利！"的红字口号。在两行标语下面标注着"人民解放军印，11·15"的字样，左下角盖有"华东野战军政治部直属宣传队"印章，背面写有"胶东区福山担架营二连收存，1947年11月20日"字样，说明从印刷到发放到基层只有五天时间，可见传递速度之快。

"在地图上，一个个红箭头标出了东北、华北、晋察冀、中原、西北等地'解放大军前进方向'，并用圆圈注明了几处战役的情况。"施立光说，"这让人们直观地看到了解放战争爆发一年零几个月后战场形势的根本变化，预示着蒋介石政权的末日即将到来，人民军队进入了全面大反攻时期。"

新华社社论宣告"大反攻"开始

"经过一年又两个月的内线作战，大量歼灭敌人之后，人民解放军大举反攻了。"1947年9月12日，新华社发出社论《人民解放军大举反攻》说，"正当蒋介石发布所谓'总动员令'，自吹自擂企图发动他的所谓'九月攻势'的时候，我英勇的人民解放军却用大举反攻答复了他们。"

1947年7月，冀鲁豫及山东解放军开始出击，在鲁中、鲁南各地取得胜利，特别是在鲁西南，连续歼灭敌九个半旅；8月11日，刘伯承、邓小平、徐向前、李先念率部越过陇海线，渡过黄泛区、沙河、洪河、淮河等，8月27日到达大别山地区；9月8日，陈毅、粟裕、陈士集、唐亮、叶飞率华东解放军进入鲁西南，在菏泽以东郓城以南的沙土集歼灭蒋军五十七师全部；在东起苏北，西至陕西，南抵长江的南线诸战场上，解放军已经转入反攻。

"人民解放军在南线诸战场的攻势，加上我晋察冀人民解放军现在正在进行的对平汉北段的攻势，我东北、热河、冀东人民解放军早已于五月间就开始了伟大攻势，组成了人民解放军全面反攻的总形势……"社论预言，"人民解放军伟大的反攻已经开始，长江以北各省伟大的解放战争已经开始。争取这个大反攻的胜利，把解放的旗帜插到全中国！"

胶东元旦贺年卡宣示"大反攻"

"我这里还有一张1948年胶东革命根据地的贺年卡，也宣示了'大反攻'的形势！"施立光告诉记者，他收藏的这张贺年卡是胶东区牙前县县长送给革命功臣的。

这张贺年卡两边对折,右面贺词为"新年带来新胜利,大家团结大翻身。前方后方鼓把劲,冲上山岗大反攻",左面落款为"恭贺于进江同志新春/年志禧,张天和鞠躬"。除了名字"于进江"是毛笔填写外,其他字全为红色印刷的繁体字,但"同志"的"同"字此处用的是其通用字"仝"。贺年卡上还设计了装饰图案,在"恭贺"上方,一个放光的五角星中心是竖起大拇指的右手;左下角落款处是扎着绑腿、头戴钢盔、端枪跃上山岗的一位战士,正合贺词内容。

"不管是新华社的社论、解放军的地图还是胶东根据地的贺卡,都向人民宣示了'大反攻'的形势和前景,预见了全国解放的时间!"施立光告诉记者。

(2014–10–29《今晨6点》)

两件文物寄托抗美援朝时期军民情

一块手帕写下七百字的慰问信

"前不久，我收集到两件抗美援朝时期的文物，一件是人民群众慰问志愿军战士的糖果袋，一件是写在手帕上的慰问信，极为罕见。"2015年1月20日，烟台市红色文物收藏家施立光告诉记者，"这两件文物让我们感受到了人民群众与革命军人亲如一家的情感。"

"这两件文物是栖霞市桃村镇野夼村一位参加过抗美援朝的志愿军战士的遗物，是从抗美援朝战场上带回来的。"施立光说，"老战士的后人讲，他的功劳证和奖章早已不在了，现在只剩下这两件东西。"

施立光收藏的这个糖果袋上有一个印章似的图案，图案中印有"抗美援朝保家卫国"的口号，一位志愿军战士手握钢枪，身后的天上有战机掠过。下方为糖果慰问品图案，书写着"慰问品"三个字。右下角斜着印制了绶带似的图案，嵌有毛主席头像的五星像章两边分别是"抗美援朝"和"保家卫国"的口号，下有"中国人民赴朝慰问团敬赠"的字样。所有的图案几乎全是红色，在白得发黄的袋子上显得格外显眼。

"手帕上的慰问信是1953年中国花纱布公司镇江市门市部全体同志写给中国人民志愿军的。"施立光告诉记者，"这位抗美援朝老战士生前曾用这块手帕包裹他的宝贝，由于年代久远，现在手帕中间鼓起，四个角多褶皱。庆幸的是，六十多年来，这块手帕没有洗过，基本部分都完好，字迹也比较清晰。"

这块手帕上共有十一人的签名、盖章，落款时间为1953年2月11日。信中，十一位同志共同向志愿军同志汇报了他们为了支援前线、支援国家经济建设辛勤工作、多次获奖的经历，字里行间洋溢着祖国建设者们对志愿军战士的崇敬和爱戴之情，让人感受到人民群众和革命军人亲如一家的情感。

1950年6月27日，美国出兵侵略朝鲜，并派第七舰队开进台湾海峡。面对美军对中国东北近邻的入侵和对中国安全的威胁，中共中央做出出兵朝鲜的重大战略决策。10月8日，毛泽东在《给中国人民志愿军的命令》中指出："为了援助朝鲜人民解放战争，反对美帝国主义及其走狗的进攻，借以保卫朝鲜人民、中国人民及东方各国人民的利益，着中国人民志愿军迅速向朝鲜境内出动，协同朝鲜同志向侵略者作战并争取光荣的胜利。"随后，举国上下掀起了轰轰烈烈的"抗美援朝，保家卫国"运动。为了赢得反侵略战争的胜利，全国人民万众一心、同仇敌忾，全力支援前线，有钱出钱、有力出力，纷纷捐款捐物。

抗美援朝凝聚着整个中华民族的意志和力量，向世界宣告帝国主义欺负中国人民的时代永远结束了，掌握了自己命运的中国人民是不可战胜的。

（2015-1-21《今晨6点》）

八十年前的布告宣告北海银行成立

诞生在莱州的这家银行是中国人民银行三大前身之一

"这是1938年8月印发的北海银行成立布告，是抗战初期共产党领导创办银行的原始物证。"市民方龙2015年1月29日告诉记者，"北海银行后来不断发展壮大，1948年和华北银行、西北农民银行合并，组建了中国人民银行。"

一张布告见证北海银行诞生

方龙收藏的这张布告是一张大红纸。从布告上可以看出，当时其发行范围是蓬莱县、黄县、掖县——也就是今天的蓬莱市、龙口市和莱州市，每户一份。

"北海银行成立于抗日战争初期，当时烟台大部沦陷。在白色恐怖下，一般老百姓家里不敢存留这样的红色文物，这张布告历经七十多年留存至今实属罕见。"方龙说，在烟台市档案馆还珍藏着一批"北海币"，同样记载着共产党领导下的红色金融诞生历史。

史料记载，1938年2月胶东半岛沦陷后，日伪"联合准备银行"的"联银券"在敌占区充斥市场，当时国民党政府的法币币值急剧下跌，奸商巨富趁机滥发票券，大发国难财，造成物价飞涨，给共产党的根据地建设、军队供给和人民生活造成很大困难。为此，刚刚在掖县成立的胶东抗日游击第三支队和掖县抗日民主政府，决定成立自己的银行。1938年8月，胶东北海行政督察公署成立后，定名为胶东北海银行。

"这张布告上的日期是1938年8月，正好印证了这段历史。"方龙告诉记者。

北海银行从胶东走向全国

1938年12月1日，北海银行在掖县县政府大院内举行开业典礼，下设蓬莱、黄县两处分行。纸币一经发行，立即在蓬、黄、掖三县流通，信誉很好。

1939年1月，日伪军刘桂堂、张宗援部进攻胶东，北海银行撤出掖县城，当年8月恢复。在胶东抗日根据地初创时期及抗战困难时期，北海银行发放大量"低利贷款"，成为我国农业贷款的开端。

1940年8月，山东分局将胶东北海银行收为省管，成立山东北海银行总行，原胶东北海银行总行改称"北海银行胶东分行"。山东北海银行成立后，很快形成了独立的北海币体制。到抗战胜利前夕，约有7亿元北海币在市场上流通，抗日根据地实现了北海币的完全统一。

1948年11月，根据中共中央的部署，华北银行、北海银行和西北农民银行合并为中国人民银行，北海银行改组为人民银行山东省分行，北海银行成为中国人民银行的三大前身之一。

"一个地处胶东的偏僻小城成为新中国银行业的起源地之一，这不仅是掖县的骄傲，也是整个烟台和整个胶东的骄傲！"方龙说。

附北海银行布告（部分）——

为了抵制伪钞，稳定物价，中共胶东特委决定创建北海银行。北海银行首次发行北海币，票面分一元、五角、二角、一角四种，共发行九万伍仟元，以后陆续扩大发行。

北海币在蓬莱县、黄县、掖县内通用，与国民党法币的币值相等。在解放区内，对私人土杂小票限期清理，设点兑换国民党法币，禁止使用日伪钞票。

（2015-1-30《今晨6点》）

烟台发现我党早期财政报表

80%预算被压缩，见证我党期财政制度之严格

"这是1941年胶东行政联合办事处的部分预决算书以及涉及办事处主任曹漫之的审计报告。"2015年1月7日，烟台市红色文物收藏爱好者方龙告诉本报记者，"其中百分之八十以上的预算被压缩掉了，可见当时我党财政制度非常严格！"

烟台发现共产党早期财政报表

"根据我的经验，这应该是共产党领导下的胶东民主政府早期的预决算书。"昨天，烟台市红色文物收藏爱好者方龙向记者展示的是他收藏的一件红色革命文物———1941年10月至12月胶东联合行政办事处的部分预算书、决算书，还附有一张关于胶东行政联合办事处主任曹漫之生病期间用药、用餐费用的审计报告。胶东行政联合办事处是抗战早期胶东抗战的最高领导机关，1941年1月成立，1942年7月变更为胶东行政主任公署。

"这段时间正好是在抗战最艰难的时期，这几张残破的纸片内容非常独特，有很高的研究价值。"方龙说，"它们不仅是当时我党领导下的抗日民主政府完善的财政制度的见证，也再现了胶东抗战最艰难时期抗日民主政府坚持厉行节约、艰苦奋斗的精神，体现了领导与群众同甘苦共患难的群众路线作风。"

方龙收藏的这几份预算书、决算书采用很正规的表格制式印刷。预算书为八开纸大小，土纸印刷，盖有胶东行政联合办事处、曹漫之主任及会计的印章，内容包含时间、单位、名称、领导盖章、会计盖章，表格部分包含项目、

上期实销、本期预算、说明、审核数、核准数等。

百分之八十多的预算被压缩

"在办事处事务股提报的1941年第四季度追加预算书中，百分之八十以上的预算被压缩掉了，可见当时民主政府审计机关的审计是十分严格的。"方龙说，在这份追加预算书中，办事处需要马一匹、骡子一头，曹主任特务员需要木枪套一个、皮撸子枪套一个、枪背带两条。审计部门审计后，这部分预算被全部砍去，理由一览写着"因经济困难"。

在一张预算书上还有一张附件，是审计部门关于胶东行政联合办事处主任曹漫之生病四个月期间用药、吃病号餐合计七十多元的审计报告，内容大体如下——"拥护首长，这精神是很好的，不过，对于制度是要注意的。如补养的药品可由其药中出，粮食可由粮金内出……如属个别慰劳，多分配给首长一些，也是可以的。现在四个月的样子，总共七十多元。这不但超出标准，而且在敌后方似乎也超出应用的需要了……"

"在曹漫之领导下的审计部门敢于对他做出这样的审计真让人敬佩。"方龙说，"从这一点也不难看出，在抗日民主政府中，领导和群众一样，都没有搞特殊、闹特权的！"

（2015-1-8《今晨6点》）

烟台发现最早的共产党员退休证

1946年由胶东行政公署主任曹漫之签发

　　"我曾经从事劳资人事工作多年，跟大多数人一样，认为我党我军的退休制度是1949年后才有的，直到见到这件红色文物才改变了我原有的观点。"2015年1月14日在烟台市经信委负责退休老干部工作的施立光昨天告诉记者，两年前他在芝罘区辛庄街一个古玩店里淘到一张退休证，竟然是中华人民共和国成立前胶东红色政权领导人签发的。

　　"当时首先映入眼帘的是'曹漫之'三个大字，接着是'胶东行政公署退休证'。"施立光告诉记者，"这张退休证的签发时间是1946年，当时我觉得很奇怪，怎么那时就有退休制度吗？但凭我多年的经验，这是件真品无疑，仔细研究后，我感觉这很可能是我党我军最早的退休证明书。"

　　这张曹漫之签发的胶东行政公署退休证比八开纸略短些，尺寸较大，固定制式印刷，有存根，有编号，中缝与落款处皆盖有"山东省胶东行政公署"红色大印。证书名称为"山东省胶东行政公署退休人员证明书"，其中文字为："兹有肖子义同志，系山东省文登县高村区圣格庄村人，现年五十二岁，于1941年10月脱离生产参加军政工作，对抗日民主事业颇有贡献，因病不能继续服务，退休回籍另就职业，特发给退休金本币三千五百元，望当地政府按复员工作条例有关该员情况之规定，予以优待。"

　　"前几年曾有两位藏友分别撰文展示过自己收藏的1949年前解放区的退休证，其颁发时间分别为1947年和1948年，而我这一件的颁发时间为1946年10月，应该是我党我军最早的退休证。"施立光说。

　　据悉，当年抗战胜利后，中国共产党为表示和平建国的诚意主动进行大裁军大复员，这张胶东解放区退休证是在大复员的环境下办理的。我国古代官员的退休制度源于周朝，西周规定官员七十岁致仕。"致仕"，就是把工作岗位归还给君王，即退休，发给养老金。唐朝规定申请准许退休制度，采取的是给土地养老，土地可以代代相传。到了明清两代，改为六十岁退休。中华人民共和国成立后，全国实现了退休后发放养老金制度。我国现行的退休政策源于1951年政务院颁发的《劳动保险条例》，其中规定，男职工的退休年龄为六十周岁，女职工为五十周岁。

（2015-1-15《今晨6点》）

第十二章
"红二代" 关注烟台红色文化

　　胶东，在中国革命进程中占据着不可或缺的地位。胶东革命烈士陵园，是胶东最有红色印记的地方。

　　在烟台唯一一个内陆县市区——栖霞的英灵山上，有一处胶东革命烈士陵园，这是由中国共产党组织人民群众建成最早、纪念抗战烈士最多、占地面积最大的专门抗战烈士的陵园。这个陵园竣工于日本宣布无条件投降那天——1945年8月15日，为的是纪念抗日战争中在胶东地区英勇牺牲的两万多名烈士，山顶建有胶东抗日烈士纪念塔。

　　胶东革命烈士陵园安葬的一位位烈士，见证着以烟台为主体的胶东成为山东红色革命发祥地之一，也是中国红色革命最早的区域之一的历程——从党的建设、军事建设到政权、文化建设，烟台在胶东地区都一直走在前列。

　　早在五四运动前，烟台就经销发行《新青年》等进步报刊，介绍马克思主义，传播新思潮。1921年，中国共产党第一次全国代表大会召开不久，中共中央局就委派共产党早期领导人邓中夏、王荷波到烟台开展党团活动，开启了烟台红色革命的篇章。1923年，烟台海军学校学生郭寿生被吸收加入中国共产党，成为烟台第一位共产党员。1924年，郭寿生在烟台海军学校建立党小组，直属中共中央领导，标志着烟台党组织的诞生。1933年3月，根据中共山东省委指示，共产党员张静源在牟平建立中共胶东特委，统一领导胶东地区革命斗争。1938年12月，在抗日硝烟中成立的中共胶东区委是山东省第一个区党委。

1928年6月，莱阳县委按照党的"八七"会议精神举行胶东抗粮军武装暴动，开创了胶东地区以革命武装反抗反革命武装斗争的先河；1935年，胶东特委领导的"一一·四"暴动，是抗战前胶东地区规模最大的农民武装斗争。这次暴动创立的中国工农红军胶东游击队，是山东唯一一支坚持到抗战爆发的红军队伍，也是共产党在北方沿海地区保留下来的唯一一支红军队伍。以昆嵛山为中心，胶东地区的革命斗争以星火燎原之势迅速扩展，中国人民解放军第二十七、三十一、三十二、四十一集团军都是以昆嵛山红军游击队为源头发展壮大起来的。

抗日战争时期，胶东特委和掖县县委领导发动了天福山、威海、玉皇顶等一系列抗日武装起义，相继成立了山东人民抗日救国军第三军和胶东抗日游击第三支队，组建了八路军山东人民抗日游击队第五支队，组织开展了牟平雷神庙战斗、掖县郭家店战斗、莱阳花园头阻击战、马石山反"扫荡"突围战、海阳长沙堡战斗和地雷战等。1938年3月成立的掖县抗日民主政府，是山东省第一个县级抗日民主政权；8月成立的胶东北海区行政督察专员公署，是山东省第一个专区级抗日民主政权——蓬黄掖根据地的民主、法制和经济建设，当时都位居山东省内各根据地前列。创立于1938年8月的胶东特委机关报《大众报》，是抗战时期山东省内创立最早的主要党报之一，坚持出版了十二年之久；1938年9月在掖县成立的胶东文化界救国协会，是山东抗日根据地成立较早、活动时间最长、影响较大的党领导下的文化界团体；胶东抗大，则是山东开展军事教育的典范，培养了五千多名革命干部。

解放战争时期，胶东军民执行中共中央的战略方针，以外交斗争配合军事斗争的特殊方式粉碎了美军在烟台登陆的企图，保住了通向东北的重要海上通道；从1945年9月开始，胶东军民陆续将八路军部队七万多人和地方干部六千多人从海上运往东北，为建立东北根据地奠定了基础；1947年，蒋介石对胶东解放区实施"九月攻势"，胶东军民组织的胶东保卫战，彻底粉碎了国民党军对山东解放区的重点进攻，从根本上改变了山东战场的战略态势。

就是这样一片红色的土地，孕育了深厚的红色文化。这些年来，烟台的红色文化吸引了不少从这里走出去的革命者的后代前来"寻根"，寻找他们父辈在这片土地上留下的红色印记，缅怀他们父辈当年的丰功伟绩。他们关注着烟台红色文化的建设和发展，希望烟台能将其发扬光大，为子孙后代留下一片丰厚的精神家园。

烟台红色文化感动了网络大 V

感慨激动提建议，当场吟诗表心意

　　"胶东红色文化网络名博烟台行"是烟台市利用网络媒体展示胶东红色文化、展现烟台发展成就的一次活动，活动开展五天以来，网络大 V（网络重要人物）朱德泉、一清、刘仰、朱继东、张忆安说史、孤烟暮蝉、梦遗唐朝等人走访了除长岛以外的烟台各县市区的著名红色文化展馆、地点和遗址等。在2014年5月12日的座谈会上，他们纷纷就各自的感触和见解畅所欲言，并提出了很多具有建设性的意见。

　　"我以前来过烟台多次，但以往对烟台的印象只是美景美食。这次走访下来，我才知道烟台还是革命老区。"网络大 V 梦遗唐朝说，"我发过一个关于杨子荣的微博，结果很多粉丝惊讶：杨子荣是我们烟台的吗？"作为一名知名编剧，梦遗唐朝说，他已经从胶东的红色革命历史中选择了一个题材，准备写一部剧本，争取拍成电影，让更多的人了解胶东的红色历史。

　　"杨子荣是胶东的英雄，杨子荣有没有后人？有人说他的后人是过继的。"刘仰发言说，"即使是过继的孩子，他现在过得怎么样？有没有什么事迹？估计很多人都会关心。"他希望烟台能将英雄的历史和现实联系起来，以此弘扬红色文化，教育年轻一代。刘仰还针对海阳地雷战故乡进行的实景剧演出提出了建议，希望烟台可以在老根据地演出一些革命题材的老电影，既可满足大家的怀旧心，又可让大家不忘历史，活化红色革命教育。

　　谈到北海银行，朱继东总结说，烟台人具有创新精神，当年就是考虑到根据地的金融安全问题创办了北海银行，保证了解放区的经济命脉。"当年烟台进行的对美国人的审判也是我党依法治国的渊源。"朱继东接着说。

朱德泉认为，烟台将当年的外国使领馆作为党员教育基地，是因地制宜做好红色文化建设的好办法，可以把这些历史资源活化起来，从历史中找营养，在文化自信中发展，让历史告诉未来，以此打造胶东半岛红色龙头城市。

当年的杨禄奎事件和阻止美军登陆事件给张忆安说史留下了深刻的印象，同样也对一清震动不小。

"我总结烟台的特点是血性的刚强、大义的担当、优美的风景、理想的！"一清在发言时说，"当年发生在烟台的杨禄奎事件和阻止美军登陆事件让我们见识到了烟台人敢于抗御外侮的气魄；雷神庙战斗和昆嵛山起义让我们见识了烟台人抗击外侵的勇气；黄金送给党中央、青年参军、民工支前则让我们见识了烟台人勇于担当的大义

在讨论过程中，一清禁不住吟出了他书写的一首小诗《妈妈的旗》——

　　在大海的深处，有一粒淡红在漂移，不管风多大雨多急，这微尘般的一粒，就是连心的希冀……

　　在大山的深处，有一缕红绸在飘飞，不管夜多长星多稀，这鲜亮的一缕，就是平安的盼归……

　　在大海的深处，有一粒淡红在漂移，不管风多大雨多急，这微尘大小的一粒，就是我们的五星红旗……

　　在大山的深处，有一缕红绸在飘飞，不管夜多长星多稀，这鲜鲜亮亮的一缕，就是妈妈幸福的心意……

（2014-5-13《今晨6点》）

烟台应该打造红色文化名片

胶东早期革命家后代探寻父辈抗战足迹

"当年，以烟台为中心的胶东地区是共产党抗击日寇最坚固的革命根据地，也是山东省我党抗战的重要战略地区，对全国的抗战做出了巨大贡献，为了新中国的解放事业派出了二百多万支前民工，选送了大量南下干部，先后组建了四支野战军，是一座当之无愧的红色之都！"2016年7月16日，到烟台寻访父辈抗战足迹的宋韧、肖峰——胶东地区早期革命领导人之一宋澄的女儿、女婿在接受记者采访时说，作为胶东革命志士的后代，他们向我市有关部

⊙图为宋澄的女儿宋韧和丈夫肖锋

门提出了多项建议，希望打造出烟台的红色名片，让历时永远记住以烟台为中心的胶东军民对中国革命做出的卓越贡献。

今年八十四岁的肖峰是江苏江都人，1943年就参加革命，曾在新四军从事文艺宣传工作，1950年就读于杭州国立艺专，后留学苏联列宾美术学院，1983年起历任中国美术学院院长达十三年之久，是国内著名的油画家、艺术教育家。1959年，肖峰与在中央美术学院任教的宋韧结婚，而宋韧的父亲就是胶东早起革命领导人之一宋澄。因为这一关系，肖峰对胶东的感情一直很深，经常带领学生和朋友到胶东创作采风、走访。

"去年我和学生到烟台采风时，了解到烟台对红色文化建设很重视，做到了'人无我有、人有我优、人优我特'，深受鼓舞。我们还参观了牟平杨子荣纪念馆、雷神庙战斗遗址和烟台山红色纪念馆、蓬莱栾家口渡海纪念馆以及栖霞胶东革命烈士陵园等地，了解到当年胶东有五十万儿女参军，组建了四个野战军，有二百六十万民工支前，有名有姓的烈士达到七千六百万人，而且，还为中央提供了四十三万两黄金作为抗战财政支柱。"肖峰告诉记者，"这一番走访后，我们这些如今身处外地的胶东抗战志士后人更是热血澎湃，都想为促进家乡的红色文化建设出一点力。经过研究，我们提出了三个建议：一是在烟台建设一个大型的胶东革命历史纪念馆，二是可以将胶东革命烈士陵园打造成世界级烈士公墓遗址，三是建设一个胶东红色文化艺术馆！"

肖峰介绍，关于胶东革命历史纪念馆，去年他们提出这一建议后，烟台有关方面当时就做了研究，决定将馆址设在烟台山下的原芝罘俱乐部。

"作为国务院公布的第一批八十处国家级抗战纪念设施遗址之一，栖霞胶东革命烈士陵园收录的烈士英名远远超出了国内排名第二的烈士陵园，完全可以称得上是世界级的烈士纪念遗址，我们可以利用雕塑等艺术手段将这里打造成一个可以让人们在瞻仰烈士的同时欣赏到红色艺术的制高点，完全可以与世界知名烈士陵园相媲美——几百年后，我们建的一些工厂可能会消失，但艺术却将永远流传，因为艺术是表达我们情感的最好载体。"肖峰对记者说，"烟台有不少优秀的美术人才，我们完全有条件完成这一壮举。"

"树高千丈叶落归根，父辈在这里流血抗战，我们应该在这里流汗建设！"肖峰告诉记者，"北京八路军山东抗日根据地研究会的同志们对烟台这块红色的土地也很重视，成立了胶东红色文化促进委员会（筹），他们希望能将这里沉淀的胶东抗战史诗挖掘整理出来，不仅要将烟台的精神文明建设推向前列，更要将烟台打造成国内外瞩目的红色纪念设施的高地。"

新闻链接——

宋澄，1910年出生于荣成黄山村(原文登黄山村)，1931年在燕京大学加入共产党，并被共北方局派遣回到家乡宣传党的主张，发展党的组织，建立了文登县第一个共产党小组。1933年5月共青团山东省委遭到破坏后，中共北方局委派宋澄任共青团山东省委书记。7月，宋澄因叛徒告密被捕，直到"七七事变"后国共第二次合作获释出狱。回到胶东后，宋澄作为胶东特委参与组织了天福山武装起义。在1938年的雷神庙战斗中，宋澄中弹，仍带伤坚持指挥战斗。1938年9月"三军"改编为八路军山东纵队第五支队，宋澄任支队政委。1941年，宋澄因积劳成疾病故于鲁南革命根据地。

（2016-7-17《今晨6点》）

胶东抗战意义值得深入挖掘和宣扬

——访前山东省委书记黎玉之子黎小弟

"黎玉在山东工作期间，曾到胶东两次，特别是抗战期间曾到胶东巡视、指导工作三个月，对胶东的感情很深！"2016年7月，到烟台寻访父辈革命足迹的前山东省委书记黎玉之子、八路军山东抗日根据地研究会副会长黎小弟在接受记者采访时说，"胶东抗战在中国革命史上占有重要地位，其意义不可低估，值得深入挖掘和宣扬！"

黎玉受命恢复重建山东省委

"我父亲是1936年4月到山东的，任务是恢复和重建山东省委。"黎小弟告诉记者，1935年，身为中共直南特委书记的黎玉在冀鲁豫交界的濮县古云集镇里一个村子徐庄，组织"穷人会"，带领农民分粮"吃大户"——开仓放粮，济南乡师的中共地下党支部书记赵建民听到消息就找了过去。

⊙黎小弟（右）与记者合影

黎玉，1906 年出生于山西崞县，早在 1926 年就入了党，随后在家乡和北平、天津、河北等地从事地下工作，领导革命斗争。1935 年冬，黎玉到山东濮县——今河南范县和山东莘县境内领导农民"吃大户"后，在山东坚持党的地下工作的赵健民闻讯赶来，向他报告了山东党组织遭受破坏的情况。黎玉让他写了一份报告，回去向上级党组织做了汇报，就被中共北方局派到山东恢复和建立屡遭敌人破坏的中共山东省委，并担任省委书记。

"当时，我父亲只身一人骑着一辆自行车从河北磁县来到了济南。"黎小弟说，"从那时起，他就把自己的生命和山东人民紧紧地联结在一起，一直到中华人民共和国成立前夕，在山东整整工作了十三年。"

1936 年 5 月 1 日，在济南四里山北边一块长满松柏的坟地里，黎玉召开了重建山东省委的第一次会议，参加会议的还有省委宣传部部长林浩和省委组织部部长赵健民。为避免暴露，会议决定山东省委暂时以山东省工委的名义领导全省工作。省委建立后，经过一段艰苦而又细致的工作，到 1937 年 10 月，黎玉和同志们逐步把全省各地的党组织大体重建和恢复起来了，全省党员有近两千名。

"1937 年到 1938 年期间，我爸爸曾两次到延安开会和汇报工作。"黎小弟告诉记者，"党中央、毛主席和北方局刘少奇同志对山东工作非常重视，每次都给予明确而具体的指示，这对山东工作的开展起了关键性的指导作用。"

亲自领导山东抗日武装起义

1937 年 4 月，黎玉从延安返回山东时，正值"七七事变"，他及时布置了游击战争计划；1938 年 4 月，黎玉第二次去延安汇报工作，毛主席对山东地区党组织和抗日游击队的发展壮大状况给予了高度评价。

"抗战一爆发，我父亲不仅制定了组织、发展抗日游击队的十大纲领，还亲自领导了徂徕山抗日武装起义。"据黎小弟回忆，1937年4月黎玉在延安开会期间，中央指示今后对外不要用"省工委"名义，就称中共山东省委。7月中旬，黎玉回到济南传达中共会议精神时，山东省工委正式称中共山东省委，黎玉任书记，张霖之任组织部部长，林浩任宣传部部长，景晓村任秘书长。

日本发动全面侵华战争后，平津沦陷，日军又沿津浦铁路南下，兵临山东边界。黎玉召开了省委紧急会议，做出在全省各地分十个地区发动武装起义的决定，制定了组织、发展抗日游击队的十大纲领，并将省委机关从济南搬到泰安，在泰安徂徕山直接领导了抗日武装起义，成立了八路军山东抗日游击第四支队，首次打出了"八路军"番号。

从1937年下半年到1938年底，山东先后爆发了大小二十多次共产党领导的抗日武装起义：胶东的天福山起义部队与其他起义部队会合成立了"山东人民抗日救国军第三军"；鲁东北长山、黑铁山起义部队与其他起义部队会合成立了"山东人民抗日救国军第五军"；鲁东的牛头镇起义部队和周围起义部队会合成立了"八路军鲁东抗日游击队第八支队"；在泰西还成立了人民抗敌自卫团……这些起义发展起来的部队，成为山东抗日战场的主要武装力量。

"当时山东能有十几路武装起义绝对是中国抗战的创举！"黎小弟说，"山东聚集三万多武装力量成立的八路军山东纵队，与八路军一一五师、一二零师、一二九师和新四军同为直接向中央战略发报单位，这在全国是绝无仅有的，由此可见山东抗战的历史地位。"

黎玉到胶东巡视并指导抗战

"胶东的革命基础好，胶东的抗战地位很重要！"黎小弟介绍，胶东是地方党组织开辟和建设敌后抗日根据地的先行者，1938年3月12日成立的掖县抗日民主政府是山东第一个共产党领导的抗日民主政权，与同年初八路军一一五师和一二九师创建的晋察冀、晋冀豫两个根据地不同，这是地方党组织依靠自己的力量创建根据地的壮举。

　　1939年5月13日，中央发出的《中央关于胶东工作的指示》认为，胶东"年余发展了数千党员，创造了六七千人的党领导的队伍，这是伟大的成绩"，要求"建立胶东的坚固的抗日根据地"。同年12月6日，中央《关于山东及苏鲁战区工作的指示》进一步提出："在我们领导下的某处政权（如胶东三县）应该成抗日民主政权的模范区，极力扩大其影响于全省全国。"当时，山东分局十分重视，连续发出"关于胶东工作的意见"，并派黎玉亲赴胶东指导工作。

　　1939年10月，黎玉动身到清河、胶东区巡视，11月10日到达胶东。黎玉在胶东巡视了三个月，还在1940年元旦时进行了历时四天的军政大检阅。在掖县七区周官庄，黎玉向胶东区和第三军区负责人做出重要指示，提出了胶东的战略任务，确定了胶东发展战略：第一步，控制大泽山、昆嵛山，掌握东海、西海地区；第二步，夺取牙山，掌握胶东中心战略要点；第三步，以牙山为依托，南下海阳、莱阳与顽军决战。黎玉指出了胶东对敌斗争中的关键问题，对胶东的抗战、反顽斗争具有重要指导意义。

　　"我父亲在巡视期间还对黄金的开采、生产、储存、运输、组织和保密工作做了周密安排，离开胶东时带走了万八千两黄金，对延安和山东抗战提供了巨大的财政支持——当时携带黄金的人都不知道自己背带的是黄金，护送的人也不知道自己护送的是黄金，两千多人的队伍走走停停一个多月，最后回到山东纵队司令部，由此也建立了一条秘密交通线。"黎小弟说，1947年10月，黎玉还受命到胶东领导和指挥了胶东保卫战，后到上海、北京工作。1982年8月又回到胶东调研，并为胶东抗日烈士纪念馆和理琪纪念馆题词。

胶东抗战意义应该深入研究

"胶东抗战的意义应该深入研究，特别是在金融方面的贡献是其他地区不可比拟的！"黎小弟介绍，"胶东不仅诞生了山东第一个我党领导的抗日民主政权，这里创建的北海银行还是人民银行的发起行之一，为我党抗战提供了重要财政支持。"

"1938年创办于掖县的北海银行，是胶东人民为中国革命做出的特殊贡献，其巨大的政治军事和经济社会效益是难以估量的，其发行的北海币是我党历史上流通时间最长、使用地区最广、使用人口最多、发行量最大的本币，北海银行也是中国人民银行的前身之一。"黎小弟告诉记者，1943年8月，黎玉在山东省临参会二次大会上发布的施政报告中称赞："在金融斗争中以胶东最好。"这场金融战史称"排法禁伪"或"停法排伪"，就是由北海银行为主的北海币将大约六亿法币、伪币挤出根据地，并到敌占区换回了我们急需的物资，粉碎了日伪和顽固派对根据地的经济物资封锁策略。

有资料表明，抗战时期，胶东是山东最稳固的根据地，是经济最发达的根据地，也是文化教育和医药卫生最先进的根据地，还是最大的兵源基地——抗战胜利后，胶东成建制组建了四个野战纵队，是我军建军史上的一大纪录。

"在我父亲留下的照片里，其中一张是胶东骑兵连当时接受检阅的情景，但是，这支骑兵部队后来哪里去了却没有资料记载，我查了很久都没有答案！"黎小弟说，"时间已过去七十多年，有些历史要湮灭了，如果我们不抓紧时间抢救，可能会有更多的历史消失在时间的隧道里——前事不忘后事之师，希望有心人能把胶东抗战的历史完整地整理、记录下来，让一代一代人都珍惜今天的幸福生活，为祖国做出自己应有的贡献。"

（2016-7-27《今晨6点》）

后记

　　俗话说，无巧不成书。这不是一本刻意而为的书，而是诸多巧合促成的新书（正如我的名字"新书"）——

　　俗话说，人生七十古来稀。人生七十岁稀而可喜，国家七十岁更该贺喜——值此国庆七十周年之际，这部寻访革命前辈红色印记的作品，可作为一份献礼。

　　俗话说，人过五十天过午。年过五十的人，往往都会回顾自己的前半生——自己五十年里半数时间从事的是新闻工作，此书也可视为前期职业生涯的成绩。

　　俗话说，三十年河东三十年河西。无论河在东河在西，水流终究要入海——三十年前上大学开始独立生活，如今旧例内退之年也该检视下自己人生的轨迹。

　　因为知识走出了家乡，因为性格改变了命运，因为爱好决定了人生。初中时偷办手抄报被开班会批评，高中时办文学社耽误学业，大学时又组织文学社担任校报记者，作为曾经的文学青年，虽然没能成为作家，但机缘巧合做了一名记者，几乎每天都没离开文字，也采写过不少有关革命前辈的稿件。特别是2015年纪念抗日战争胜利七十周年之际，烟台发起了一场"红色记忆"宣传活动，我又做过相关的采访报道，而且很多内容独到。虽然此前就想到要将这些文字结集出版，也有同事提出建议，但一直没有付诸行动。去年年底，有朋友指出在国庆七十周年之际出版此书的意义，并再三督促，这才使得此书如今面世。

　　因为书中绝大多数文字都是在报纸上发表过的，汇编时只是做了技术性的处理，所以成书相对简单，但因为要分类组合、酌情排列，加之送审的波折，还是耗费了半年多的时间和精力，其间也曾废寝忘食、通宵达旦，回想起来不胜唏嘘。

　　如今，此书即将付梓，终于可以轻松一下了。轻松之时，先要感谢一下促成此书和给予诸多指教的各位师友，包括同事吴殿彬、曲宏、赵加锋、殷新和同学杨立敏、舒忠、牟德鸿，以及退休教师杨瑞芬。当然，还要感谢接受我采访、为此书提供素材的革命前辈及其亲朋好友，特别是提供日军记载招远跳井烈士线索的作家萨苏，他的这一线索引出我一系列采访，不仅找到了那位让日军敬佩的招远跳井烈士牺牲地点，而且挖掘到另外两位招远跳井烈士事迹——这里也有一个巧合：五年前得到这一线索进行采访时，就开始与萨苏老师联系，但一直没联系上，就在写此后记时终于联系上了，并得到允许，才放心引用了他的相关资料。

　　报纸是大多数读者看过即扔的读物，新闻作品也大多是"易碎品"，但一些新闻却是历史的记录和见证，特别是对于即将和终将逝去的革命前辈及其知情者的采访报道，往往是一份不可复制、稍纵即逝的珍贵资料。从这个意义上说，这本书不仅是我对自己多年来有关红色题材报道的总结，也是对革命前辈的怀念，还是给中华人民共和国七十年华诞的献礼，更是一份特别的胶东革命历史资料。

滕新书

2019 年 8 月 15 日

图书在版编目（ＣＩＰ）数据

一名记者的红色印记寻访 / 滕新书著. — 青岛：
中国海洋大学出版社, 2019.7（2021.6重印）
ISBN 978-7-5670-2370-3

Ⅰ. ①一… Ⅱ. ①滕… Ⅲ. ①革命回忆录 – 作品集 –
中国 – 当代 Ⅳ. ①I251

中国版本图书馆CIP数据核字(2019)第183435号

出版发行	中国海洋大学出版社	
社　　址	青岛市香港东路23号	邮政编码　266071
出版人	杨立敏	
网　　址	http://pub.ouc.edu.cn	
电子信箱	465407097@qq.com	
订购电话	0532-82032573（传真）	
责任编辑	董　超　滕俊平	电话　0532-85902342
装帧设计	祝玉华　滕新书	
照　　排	光合时代	
印　　制	日照报业印刷有限公司	
版　　次	2019年8月第1版	
印　　次	2021年6月第2次印刷	
成品尺寸	170 mm × 230 mm	
印　　张	25.75	
字　　数	336千	
印　　数	2501—5000	
定　　价	59.00元	

发现印装质量问题，请致电0633-8221365，由印刷厂负责调换。